原生之蔓

葵田谷 著

图书在版编目（CIP）数据

原生之蔓 / 葵田谷著 . -- 北京 : 北京联合出版公司，2021.6

ISBN 978-7-5596-5240-9

Ⅰ. ①原… Ⅱ. ①葵… Ⅲ. ①推理小说－中国－当代 Ⅳ. ① I247.5

中国版本图书馆 CIP 数据核字（2021）第 070341 号

原生之蔓

作　　者：葵田谷
出 品 人：赵红仕
责任编辑：夏应鹏
封面设计：沉清 Evechan
内文排版：星光满天

北京联合出版公司出版
（北京市西城区德外大街 83 号楼 9 层　100088）
三河市兴达印务有限公司印刷　新华书店经销
字数 332 千字　880 毫米 ×1230 毫米　1/32　13 印张
2021 年 6 月第 1 版　2021 年 8 月第 1 次印刷
ISBN 978-7-5596-5240-9
定价：49.80 元

目 录

楔子

灰蒙蒙的月光失踪不久，就开始打雷。海滨路上三三两两看潮的人，一开始跟随云层里的明亮走走停停，很快就被雨水的边线追得落荒而逃。旧堤路年久失修，被日夜奔跑的大货车碾得坑坑洼洼，片刻就蓄满了水，被过往的车一铲一道瀑布，逃到路边的人又叽里呱啦往回跑。

匝道那头，三个年轻女郎挤成一团，坚守在路基上招手。她们是幸运的，一辆经过的绿牌出租车减速停下来，放弃了在更远处跳脚的一对情侣，三人一拥而上。

“开车开车。”三个女郎上车后一阵娇笑，嚷着还好，身上没淋多湿。

“是这样，我刚接了个单。”的哥为难地说。

“但是你挂了空牌啊，拒客我投诉你！”坐在右侧涂了紫色唇膏的女郎不由分说。

坐中间的高个儿女郎露着肩膀，显得世故一些，说：“我们走得不远，车费给你加倍。”她早就看出，那的哥是要载客才靠边开的，这不是已经接了单的样子。

的哥愉快地翻下空车牌。大雨天，走短途比长途划算。

“去哪儿？”

“先往前开，我们还没想好。”

的哥把车驶上堤路，挂上耳机继续和工友聊天。

“今晚是跑不开了，刚刚接了一单长途，人家急着赶飞机。雨又大。”

“我也调不开，”电台那边的工友说，“今天上午在城北的车站转过几圈了，确实是下雨不好找。出这种事，公司就应该派人帮忙。”

“那个老徐挂靠的吧？我听说他以前开黑车，有滴滴了才办的挂靠。公司肯定不想管，帮忙发个寻人通知都算讲人情味了。”

“我和他不熟。他拿 C5 证，而且还打擦边球。”

“C5 的啊？说起来，他老婆是不是没上班？”

“好像没上，在家的。”

“有人在家还能出这种幺蛾子？他上哪儿找的保姆啊？”

“谁会想到出这种事。”

“嘿嘿师傅，你在说什么事？”

后排的乘客突兀发问。

的哥从后视镜分辨不清是谁问的，估计是靠左边那个，最年轻，圆亮的眼睛里堆满好奇。的哥之间的对话没有外放，乘客只听到单边的话，但是“保姆”“幺蛾子”“寻人”几个关键词已经够人联想了。现在网上什么事都传得快。

的哥不答。他没闲情去操别家的心，但也不想多别家的嘴。不过，车一路开，的哥的电台一路没跑题，人人都侃，他偶尔搭两句嘴。

不见好几天了吧？嗯，整整四天了。公安有没有在找？找啊，满城找，谁有空也转转。盯车站。盯到什么时候？难啊，这几天雨这么大哪盯得住。穿什么衣服来着？明黄色的外套，好认。没戏，拐孩子的又不傻，衣服肯定给扒下来换了。那个保姆叫什么？姓段，叫什么芸，据说身份证都是假的。上午不是有人说在水库东边见过吗？阿坚说的？你信他？他昨天没过半夜就交班了，今天一天都在搓牌。警察是刚开始找吧，听说不到四十八个小时警察不管。这个不一样啦，直接从家里抱走的，说是有监控录像。老徐家好像刚装修完吧，肯定破墙了，破墙主小人。话说孩子多大了？两岁。

后排的乘客问："师傅，真的是你工友啊？你们在帮忙找人吗？好厉害！"

的哥拉下耳机说："不说了不说了。"又开出一段，车突然在半路刹了个急停。后排乘客们"啊"了一声，紫色唇膏那位差点把手机磕自己额头。

"喂——会不会开车，一路打电话，又坐地起价，我真投诉啊！"

的哥嘀咕了一声："……有人。"

高个儿女郎问："没碰上吧？"

的哥好一会儿才松开刹车，说："没有，一年到头儿总要遇上几个短命的。"

"等等，别开车！"紫色唇膏尖声叫起来，她的眼睛离开手机，望向窗外，"就在这儿停，酒吧一条街——"没等她的同伴探头，她兀自推开车门。突然"砰"的一声大响，把她吓得倒坐回车厢里。

大雨里横了一辆电瓶车，车轮骨碌碌转，一个穿雨衣的人躺在地上蹬腿。

一车人噤若寒蝉。

倒地的人躺了一会儿，见车上没人有动静，蹦跳起来，"砰砰"拍副驾驶边的车窗。

"下车！都下来！"

的哥闻声反而心定了，慢悠悠地抽了把雨伞，开车门，故意从车尾绕到另一边。先看看还敞开着的后排车门，弧角不对，撞变形了。

的哥问那穿雨衣的："撞哪儿了？去医院还是报交警？"

穿雨衣的说："报警！"说完蹲在路墩上。的哥开始以为对方是碰瓷的，夜雨里细看人家确实头破血流，一边眼睛耷拉着，心里也夹了慌。他掏出手机查看，一会儿又放下。开出租的怎么也不能在开摩的的人面前㞞，的哥打了电话。先报保险公司，然后报交警。

的哥是有经验的，他前后张望，前方离红绿灯不算远，而对方也没走内线。后方都是黑乎乎的雨。他离远放置了荧光三角牌，打着伞走回来，看到几个乘客还窝在后排不动。

"都下车吧，我要看看车门关不关得上。"

"有多一把伞吗？外面好大雨。"高个儿女郎问。

"没有。"

三个女郎犯了错，气势殆尽，蔫蔫地下了车，用单薄的衣衫遮雨，脸上的妆容横一道竖一道。高个儿女郎说："你们俩先到酒吧去。"没等的哥回头，女郎仰起头，"我不走，行了吧？"

的哥吸了吸鼻子，想想让三个女人淋雨也不绅士，走到一旁使劲压车门，果然硬邦邦的关不上了。的哥转头想教训人，看到两个女郎已经跑得没了影，剩下一个站在雨中，抱着白颤颤的肩膀，弯下身问受伤的人好点没。

的哥深感晦气，踮着脚抬头，左看右看。

保险公司的查勘员和交警前后脚到。五六个人围在雨里，都没好心情。受伤的人高高掀起雨衣，指完自己额头又指后背。一个交警说："搭客的吧，你这车有牌没牌？"开摩的的脾气出人意表地犟，黑暗中眼睛死盯着警察头上的执法记录仪："没搭客，有牌，你哪只眼睛看见我搭客，我是受害者，警察讲不讲理！"说完又蹲地上。另一个交警说："得了得了，赶紧去医院缝两针，保险公司管赔。"查勘员催着交警定责。交警又回过头来骂的哥："你开个鸟车啊！"的哥喊冤："门又不是我开的！"高个儿女郎抱着手，无论是平直的香肩还是一身的正牌，都自有一股气势："我承认我们有责任，但就事论事，是司机先在半路停了车。”交警说：“你们自己扯不扯得清，扯不清叫拖车拖了！”

前前后后一个多小时。

一个交警突然挥手，指着的哥：“你，为什么突然半路停车？”的哥说：“就是……有人横穿马路……”

“横穿马路？路口不是在前面吗？什么样的人？”

“没看清……雨大……”

高个儿女郎说：“我看到了……好像是女的……手里抱着东西……”

那个瞬间，每个人的心里都不约而同地“咯噔”一声，似乎有东西跌落。

两个警察对望，抬头扫视马路的对面。蜿蜒的堤路已经到了尽头，海岸线因为渔排的灯火而若隐若现，它们之间黑漆漆横亘着一片杂木林。

的哥、高个儿女郎、摩的司机三个人湿漉漉地守在原地，他们眼看着那片无光的林子里，只有两道笔直的白色光束来回划着。有时，光束朝天，似乎要把密密的树冠一刀切开。后来，手电的强光安静地聚拢起来。不久，远处传来警笛声，分不清是警车还是救护车。

他们三人都没能看见，躺在菰草堆里那张冰冷惨白的孩童的脸。

第一章　3 个目击人

1

天色已近黄昏。每天这个时间，商业区里的摩天楼都显得格外安静，它们齐刷刷地围成圆圈，低着头祈祷，每一面玻璃幕墙都闪耀着金光。在石屎森林的一角，有一隅绿地、一片小湖、一排长椅，谭淼淼就坐在最西侧的座椅上。两个小时以前，她穿着黑白配的套装从写字楼的顶层坐电梯下来，在楼下的星巴克买了一杯热咖啡，直到现在咖啡还满至杯沿，但早已冷了。女白领原本想出来透透气，没想到一坐就坐到了日落时分。

广场中轴线的最远端，耸立着镂空钢结构的电视塔，钢柱自下而上呈逆时针扭转，螺旋而垂直。再过半个小时，那建筑物会跟随整座城市一起亮灯：下部是七彩色的霓虹灯，像农村孩子自家织的毛衣；上部是广告招商位。

下午确认订单丢了，谭淼淼觉得咽不下这口气。

广场绿道上的行人渐渐增多，轻度加班的白领们开始享受归家的时光。谭淼淼把裙摆提起来，侧过身，以免和相识的人打照面。

市场部今天下班肯定早，因为已经无活可忙。

“原来淼姐你在这里——不要紧的。”这会儿她不打算听见这样的话。

换作以前，上千万的生意，谁和谭淼淼说不要紧，她和谁急。也没人敢对她说不要紧。项目还在招标的时候，有一回装订文件，手下一个应届毕业生把其中两页的顺序搞反，谭淼淼直接把文件塞进了碎纸机里。

“我很少批评人，”谭淼淼抱着手，训话的时候把办公室的门敞开，她的声量不高不低，但是冷酷无情，“我希望每次批评都能为团队带来效益。”

那个小年轻后来患了严重的肺炎，两周后从公司辞职。谭淼淼对她的团队成员说：“人，只需要对自己负责。”

大学毕业以后，谭淼淼曾在外企待过七八年，其后她跳槽到现在这家名为利丰文化的民营公司。尽管公司名字土，但是所涉足的产业相当前沿。

“概括来说，是基于科技创意的理念，利用音响、灯光、视频产品的集成控制技术实现文化展示。”谭淼淼向别人介绍自己的工作内容时会遣词造句，千万别夸大了，但又要足够吊人胃口。

“北京奥运会的激光表演总看过吧？你们女儿现在的公司就干这个。嗯，负责了好几个环节。点火、地球、帆船、太极。还有上海世博会。”

但是父母对此不关心，他们只关心女儿已经在外国人的公司里被剥削了大把青春，好不容易脱离苦海，却又一头栽进了私人老板的火坑里。

“妈，你就直接说我今年已经 31 了。”每当母亲在电话那头隐晦表达，谭淼淼就不耐烦。

“也不是说急……那位小何最近怎么样？”

“那个人能怎么样，还不是听我的。”

老妈听出盼头，忍不住直问：“嘿，你们有没有计划？我看人家比你急。”

谭淼淼本想讥讽几句，但最后作罢。

“等忙完手头这个项目吧。就今年。”

今年开年不久，利丰文化接下了市政府的一个亮化工程项目，负责为河两岸包括电视塔在内的建筑物群体策划统一的亮灯方案，打造城市文化景观。谭淼淼所在的市场部全员撸起袖子，忙碌了整整半年。

可惜项目从预定交付到全面流产，时间却不过三天。先是市政府对接的干部打电话过来，说先别急，看看情况；今天下午的电话内容则相当笃定：新领导已经走马上任了。

“啧，我就举例说吧，比如第三幕的宣传片就明显超时了。很多企业投诉和原来的预算核定不符，我们的压力也很大。明白了吗？”后来那个干部在电话里已经明显不耐烦，所以开始挑刺。

谭淼淼做好电话记录，跑上顶楼向老板汇报：手头的活是不是先暂停？

老板斩钉截铁说：不，项目组就地解散。

市场部的总监也说不要紧。回到办公室，他伸手拍了两次他爱将的肩膀。但是谭淼淼咽不下这口气。

“别往心里去，事情和你无关。”总监说。

那时候，谭淼淼想大声说：有关！但是内心情绪翻滚，话到嘴边又咽了回去。宣传片一共超时了十二秒，谭淼淼在复审时没有看出来。另外报告书也有几处文不对题的地方。市政府那边没有看出来，但是她的上司能看出来。

“你最近累了，注意休息。”

谭淼淼自己咽不下这口气。她出错了。虽然人家只是把错误当借口，但对她来说，错误就是错误，没有借口。而要命的是她知道问题出在哪里。她这几天一直吃安眠药，有时因为犹豫不决而拖延到夜深人静，每天在公司的卫生间里要多补好几遍妆。谭淼淼心知肚明，她估计她的上司也心知肚明，这种恍惚的状态和工作出错不可能无关。

“有一个坐出租车的女乘客是目击者，她后来也下车了，但是什么都没做。”

谭淼淼当了一回案件的目击证人。那是一周前一个潮热的晚上发生的烦心事。那天夜里下着大雨，谭淼淼和两个朋友在海滨路打出租车，结果半路出了事故，事故本身不大不小，但莫名卷入了另一宗恶性案件。一个两岁的女孩被发现死在海边，警车呼啸而至。当晚的连场问话让谭淼淼疲惫不堪，事情自然令人痛心，但让她始料不及的是几天后在网络上张口就来的流言蜚语。有些话捕风捉影，有些话则毫无道理可言。

“如果有人热心一些，孩子可能还有救。”

“我也觉得那个女的有责任。”

事情发生后，老友们轮番来电话安慰，有些是甚至已经好几年不联系的。

“网上是胡说八道，是狗屁！认真你就输了。支持你，好姐妹！”

谭淼淼只能在电话里打哈哈：“谢谢你的关心。”

“多大的事！不要紧的。”

“还用你说，我知道。”

何轩也缠着她问，她一句不答。谭淼淼庆幸父母不懂上网，不然他们还得来添乱。

“事情和你无关。”

下午在办公室，上司把这句话重复了一遍。一语双关。对方的眼神里都是话，谭淼淼能看出来。她感到胃里一阵反酸，所以转身走了出去。

阳光很快所剩无几，轮到夜灯和电视塔发光。白领女郎失神眺望了一阵。这个项目她付出不少，包括精力和感情。酒也喝了不少。哪里都有圈子和关系，当初为了与河两岸的众多企业握手言和，而不至于陷入被拆台的困局，她连轴转和各路行业协会堆笑脸，面对不同的公关对象时，男女老少各有策略，连穿的衣服都或多或少。谭淼淼把自己打扮成无所不能的交际花。但她没想到风向的力量可以摧枯拉朽。人的努力不见得都有价值，有的人的一句话就能让它们付诸东流。

不过，谭淼淼心中困顿失落，并非只因为努力的付诸东流。

这时手机屏幕亮了，在镂空的椅子上嗡嗡发颤。谭淼淼没接，把手机丢进挎包。男朋友何轩的电话下午来过三次，谭淼淼估计他已经从哪里听说了项目停摆的消息。谭淼淼不想回答他的提问。如果他要问另一个问题，谭淼淼也不知道怎么回答。

何轩比谭淼淼小5岁，两人在喧闹的酒吧里相识，他端着酒杯走过来，问谭淼淼是不是一个人，谭淼淼仰头说我哪里像一个人，男人撇着嘴往回走，谭淼淼又叫住他，两人当晚就睡在了一起。谭淼淼原本以为就是一夜情，没想到那个比她年轻一截的男人却赖着不走了。

“我有点累，我想你也一样。”

谭淼淼不讨厌何轩，只是觉得他太小了。他越是装出老气横秋的样子说话，越是显得幼稚。但是对方不由分说的任性，有时又让谭淼淼无可奈何。

“两岸的灯光会组成一幅图画吗？那可是重大商机！”听说女朋友在负责市政府的亮化项目，何轩有点摩拳擦掌。

“你有什么打算？”

“还没想好，可以试试搞婚纱摄影。”

“婚纱摄影？”

“嗯，夜景婚纱照，这门生意能火。也可以拍成视频。你知道怎么用一根绳子实现旋转拍摄吗？”

就是这类拔地而起的打算让人啼笑皆非。自己居然会和这种类型的男人谈上恋爱，谭淼淼觉得简直算是孽报。而且那个男人的表情认真得过分。

“你能赚钱，我也能赚到钱，房子可以买大一些。”

手机在挎包里振动了足有半分钟，可能连拨了两次，最后静止不动。谭淼淼从椅子上站起身，顺手抄起咖啡杯。她忘了杯子还是满的，黄黑黏稠的液体洒了一手。穿套装的女郎厌恨地甩手，发力把咖啡杯投入绿道旁的垃圾桶。杯子没投进去，咖啡洒了一地，杯盖子立起来，骨碌碌滚出老远。有几个路人驻足望她。谭淼淼想过去捡，但一瞬间心中压抑，让她生出赌气的情绪。她挺直身和路人对望。一个清洁工慢慢走过来，弓着背把咖啡杯捡起来，投入垃圾袋。谭淼淼“咯咯”地踩着高跟鞋，头也不回地离开。

女郎在一瞬间讨厌所有道德上的谴责，害怕自己会被压垮。

走到马路口，过不去了。马路对面的一家幼儿园因为办活动推迟了放学，赶上晚高峰，密密麻麻的家长堵在门口、路口，车流一动不动。宝贝，这边！妈妈在这里！咦，衣服谁给你换了？书包装了什么这么沉？这个贴纸真好看。宝贝，我听说今天上手工课了。唉！手又脏得像只猫！天气热了，等等带你去剪头发。肚子饿不饿？

耳朵里全是这样的话。谭淼淼低下头，快步穿行。有人可能被她的尖鞋跟踩中，拉住她说：“急什么急？道歉！”谭淼淼大声地说：“走开！”

好不容易挤出人群，女郎又漫无目的地在大街上走了一段。她不想回家，这个时间点地铁里人山人海。如果转弯，可以到百货商店。上个月的时候，葆蝶家专卖店的客服给她打过电话，新货上市。谭淼淼打定主意，等不忙了去犒劳自己，另外还有其他东西想看想买。但现在不忙了，心情却变了另一个样。谭淼淼说不清用购物麻醉自己是不是一个好主意。

这份犹豫很快变得无所谓。谭淼淼站在分岔路口等红灯的时候，发现自己的挎包开了个口，手机和钱包都没了。

夜更黑了。女郎匆匆跑回原路，但幼儿园大门紧闭，片刻工夫前还菜市场一样的场面仿佛从未发生过。谭淼淼原地打转，一个学校保安从岗亭探出头说："丢东西了？早和你们说接孩子的时候要注意要注意，我们提醒一万遍都没用。不过不怪你们家长，孩子在那头一叫，你们就心都飞了。你想报警也行，报警也找不着，十有八九。算啦，总比丢孩子好。"

女郎无言以对，她没想过报警，要打电话也没有手机。无助间，她拖着步子走到路旁，几辆出租车擦身而过，有一辆已经载了客的司机探头问：走不走？这个点车少。谭淼淼莫名一阵心慌，连身体都抖了抖，禁不住后退。这时一个声音从身后幽幽地传来。

"喏，给你。"

谭淼淼被结实地吓了一跳，转身看见一个男人站在路灯后面黑漆漆的地方。她原本在向后退，幸好对方离开她有一段距离，不然得撞上。

"你是……"

无声无息出现的人向前迈步，离开阴影区：大兜帽T恤，短裤，休闲鞋，他先是低头盯着自己脚尖，然后又抬头抽鼻子，眼神忽左忽右，就是不停留在对面人的脸上。那人只前进一步——似乎为了弥补距离，他伸长手臂，手掌向上平摊：一只钱包、一部手机。

"你的，拿着。"

路灯光线昏暗，谭淼淼怀疑地把东西接过，看清果然是自己的手机和钱包，心情稍稍转霁。她再次抬眼打量眼前的人：说不清来路，打扮说像个小混混也行。

“谢谢，你是在哪里捡到的吗？”

“钱应该一分不少。”

对方答非所问，但谭淼淼反应也快。

“你是说……你把小偷抓住了？”

“没有当场抓，把人吓跑算了。我不喜欢打架。”

女郎又听得生疑，吓跑和捡漏儿差不多是一个意思。她扬起眉问：“你怎么知道钱没少？”

“我打开看过。五张一百元，三张十元，四张两元，一张一元，还有两个硬币。比例合理。你按顺序叠得很认真。那两个硬币应该是漏网之鱼，一个夹在十元之间，一个夹在百元之间。”

“哦……”

谭淼淼想起早上坐地铁超乘了，补完票乘务员找给她两枚硬币，因为时间急，她顺手投入钱包。这时候她打开钱包，钞票整整齐齐。虽然记不清原本的金额，但她认同那个男人的判断。移动支付时代，没人会在身上带过多的百元钞票。何况如果小偷急急忙忙把钱掏走，也不会保持得这样整齐。

“这个……真的谢谢你啦，你一直在原地等我回来？”

“等是等了，没有原地等。你是在广场那头被偷的。”

“呃？”

“就是你把咖啡弄洒以后的事。你心不在焉，所以那个小偷一路跟着你。后来我去追小偷，回头找不到你，就在这里等。等了——”男人抬手看表，“二十三分钟。”

“你为什么在这里等我？”

“刚才这里人多呀。人丢了东西，会习惯回人多的地方找。”

谭淼淼吃惊地望着面前的男人，但旋即又觉得不对劲。

“你……一直跟着我？”

“对啊。”

“你为什么跟着我？”

“哎……因为没想好要不要和你说话。”男人露出古怪的神情，“嗯……如果不是你丢了钱包，我也不知道怎么开口。”

谭淼淼眉头大皱，她朝四周张望了下，行人倒是不少。女郎放下心也沉下脸，她不是怕事的人，但这会儿她只感到心情烦躁。

“你是哪位？我没兴趣认识你。”

那个男人闻言局促起来，表情忸怩不安。他反而后退了一步，装模作样地仰起头。

“我也没兴趣认识你。”语气有点莫名其妙的赌气。

白领女郎把钱包打开，说：“给你五百的报酬够不够？我赶时间。”

“那最好！”

那个男人突然哈了一声，表情却轻松了。他把手伸进裤袋——“我也赶时间。我们就说几句话，抓紧时间。”

男人把证件亮出，眼睛终于向前直望，但分辨不清目光是散漫还是锐利。

“我叫杜学弧，是警察。”

一瞬间，谭淼淼心生恐惧。

2

“片警不是便衣，脱下制服就是老百姓啦。”

虽然眼前叫杜学弧的警察解释了几次自己已经下班，但谭淼淼心里的顾虑不减。警察就是警察，既然来找她问话，就一定和某个案件有关。

让谭淼淼神经解除紧张的是对方的古怪神态。

“我们要找个咖啡厅坐下来吗？”

“呃……咖啡厅人多不多？”

“找个人少的店可以吗？”

“不不，还是人多的地方吧。”

“要人来人往？”

“嗯，比较好。”

“那我们就站着说，人来人往，要谈很久吗？”

“站在路边也不好……还是坐着吧。”

后来谭淼淼带头走进一家咖啡厅、一家小酒馆，那个警察每次都跟进去了又退出来。他四处打转，沿着繁华的商业街一路前行，最后在一家奶茶店外的座位上坐下来。那个地方离人行道远，夹在两座楼宇之间，人不多不少，随走随停。

警察坐下后瞪着自己的手表，有些怄气。

“浪费了十五分钟。”

谭淼淼哑口无言。

“前面几家店有什么问题？一样有户外的椅子。”

“没什么问题……气氛不对。”

谭淼淼说不出地讨厌这个警察，他的态度拖泥带水，忸怩得让人反感。谭淼淼最讨厌犹豫不决的人。

“请问这里的气氛还可以吗？要不要再换个地方？”

“算了，已经浪费了很多时间。”

“你早点说，我们应该去麦当劳。”

“我也这么想，就是觉得不礼貌。其实去麦当劳最像谈工作的样子。”

但谭淼淼承认自己的心情放松了。她抱着手落座。她讨厌矫情的人，但又反而觉得亲近。那个叫杜学弧的警察的眼睛里有某种幼稚的赤诚。这让谭淼淼到后来察觉，对方的矫情是因为心中怀有情感。他用稚气却又通透的心境面对世界，不愿麻木不仁。就像一个孩子。而他的局促无措，仅仅发生在面对异性的时候。

“想喝点什么？”

娇俏的服务生弯下腰点餐时，片警杜学弧把头埋在菜单里，嘀嘀咕咕选了三次。

“普通的奶茶就好。”

“需要加珍珠和椰果吗？”

“是绿茶比较浓，还是红茶浓？”

“呃……我们家所有出品茶味都很浓，我们主打……”

“茶太浓睡不着啊。咖啡呢？有没有很低因的咖啡？”

“我们家主要做奶茶，一般的咖啡也有，先生您需要……”

“算了，还是喝橙汁吧。”

“一杯鲜榨橙汁吗？”

“嗯，橙汁。你要什么？”他问坐在对面的女郎。

“那……我也要一杯橙汁。”

杜学弧朝白领女郎旁边的空气发问。

“你也怕晚上睡不着吗？”

谭淼淼蓦地一怔，下意识道：“……没有……”

服务生接单走了。

“谭小姐是不是有到晚上就不喝咖啡和茶的习惯？我看见你下午买了美式咖啡。”

“嗯……太晚了喝咖啡不好……”

“可是下午也一口没喝呢。”

一度放松的神经又被捆绑起来了，谭淼淼有点心慌。她望向坐在她对面的人，那个人仍旧有意无意地躲闪她的眼睛，坐姿每隔几秒就改变一次，像初次参加相亲一般笨拙……但是谭淼淼想起来，那个人是警察。

手机振动起来，在铁桌子上嗡嗡响。谭淼淼摁掉电话，把手机翻了个面。警察望着，没说话。

白领女郎仰了仰头，这让她笔挺好看的鼻子显得更傲气。她觉得与其被动防御，还不如采取主动的姿态。

“我是最近有点失眠，因为工作上的事……”

“嗯。”杜学弧兀自点头，“我猜也是最近的事。下午你在你上班写字楼的星巴克点单的时候毫不犹豫，所以后来我询问了店员。果然你是熟客，每次下楼买咖啡都是同一款。我想你是下意识地点了单，买完以后才想起自己喝不下这么浓的咖啡。”

谭淼淼闷闷地说：“偶尔睡眠不好怎么了，你问我我也会直说。就算你是警察，可是到处查问是什么意思？”

“没别的意思，就是个坏习惯。” 警察拉长嘴角，可能是因为不擅长应对女性的气势，笑得有点尴尬，“我习惯自己验证猜想，东找西找。”

“什么猜想？”

“不是说了吗？我猜你最近可能睡得不踏实，不敢多喝咖啡或者茶，所以加以验证。”

谭淼淼一瞬间觉得无聊，眼前的警察绕了个大圈子，无非一直在旁敲侧击。这是所谓警察的习惯吗？还是只是这个人尤其讨人厌？但他老说这事有什么用——这么想着，谭淼淼心里却更加生起寒意。

“警官，你想问什么？你不是说赶时间吗？”

杜学弧拍大腿：“对，抓紧时间。我们简单聊两句。”

谭淼淼已经不相信“简单聊两句”这种鬼话了。

“你要说那个案子吗？”

“嗯，7 月 18 日晚上你作为目击人的事，可以吗？”

谭淼淼心道“来了”，她知道躲避也没有用。服务员端上来两杯橙汁。女郎用吸管默默地喝了一口，橙子太新鲜，味道偏苦。

“可以啊，但是我已经把所有情况都告诉你们了……我听说，警察问话时至少需要二人在场。” 谭淼淼觉得自己是心虚。

“你说得对。”杜学弧笑，笑得有点顽皮，他也喝了一大口橙汁，“但是我下班了。所以这不是问话，只是聊天。”

“你说。”

“还是咖啡的事情。”

“呃？”

“7 月 18 日晚上，你喝过咖啡吧？”

谭淼淼浑身起了鸡皮疙瘩。

7 月 18 日晚上是一个暴雨突袭的夜晚。谭淼淼和她的两个女伴离开美容店，乘着从云层露出面的月光嬉笑前行。谭淼淼穿着时尚的礼裙，指甲也刚刚换了新的颜色，心情很好。大家都认为雨不会再下。但不久夜风穿过茂密的棕榈林，声音像野兽的呜咽，树的巨大影子也剧烈地摇动起来。

“不要告诉警察这件事——干脆别说我们到过那边。”邝迪颐指气使地警告过谭淼淼。

谭淼淼惊愕地问：“为什么？”

“因为很丢人啊！是你惹出来的事，你别扯上我。”

叫杜学弧的警察眼睛在女郎身上短暂地停留了一秒钟。谭淼淼想问对方“你怎么知道”，但因为心里惶然，下意识地做出防御性的回答。

“没有……”

话说出口就后悔了。不该对警察说谎，一个谎话只能接着更多的谎话。女郎惴惴不安地偷看对面警察的表情，但对方已经信马由缰地把话题扯远。

“嗯，你们去喝酒了。可惜后来也没法尽情喝。”

谭淼淼抿住嘴，没有搭话。她善于分析语境，知道警察会往下说。

“你和你的朋友，是在酒吧街附近目击到犯罪嫌疑人的，对吧？”

在对方作答前，问话人又急忙补充。

“抱歉，本来说好不问问题的，但是不做设问，谈话就很难继续。”

片警杜学弧喝了一口橙汁，被酸得蹙起眉头，用指甲抠了抠下巴青色的胡茬，从相貌到动作都青涩。

这让谭淼淼没法使用“这个问题我不是早就回答过吗”一类的话进行防御。

“是这样……但是只有我是目击人，我的两个朋友没有看见。”女郎抱着手回答。

“原来如此，因为她们都忙着看手机，只有你一直注意前方。”

“嗯……”

“话说，你们几位原本是在海滨路开开心心地散步吧？因为天降大雨，所以来到匝道口拦出租车。虽然在雨中一阵好等，但最后还是幸运地拦到了车。可是没想到，车开到半路却发生了意外事件。你也因此目击到了嫌疑人。事情的经过是这样，对吧？”

“是的，有什么问题吗？”

“没什么问题。我觉得你们选择在匝道等车特别英明，扼守要道，有效地防止其他乘客捷足先登。更重要的是，那旁边有棕榈树可以挡雨，所以你们上车时没被雨淋得透湿。司机师傅也很高兴接这样的乘客。真是个正确的选择呢！我想问问是谁提议在那里等车的？”

“这……”谭淼淼迷惑着，心里隐约不安，但又把握不住警察话中的意图，“没有谁提议，我们就是一起走过去……”

“从海滨路的路口往回走，一直走到匝道吗？”片警浅笑，“但好远哦。而且一路上没遮没挡，也没有棕榈树。”

“呃？”

“其实你们根本不知道对吧？人行道的路口可不是哪哪都有。如果从海滨路出发，要走到机动车的匝道只能逆向而行，而且两个路口相距数百米。所以，在海滨路漫步而走的人，大部分都下不了冒着大雨向那个方向跑的决心。”

谭淼淼心里发凉，她知道瞒不住了。那个警察一针见血。

“你们并没有走海滨路，海滨路那边没有棕榈树。你们是从另一个方向，穿过棕榈林来到了路边。只有这样能够解释为什么你们在上车时没有全身湿透。”

谭淼淼不说话。

“对了，棕榈树这个信息是从你的一个朋友口中说出来的。叫什么名字来着？反正她笑嘻嘻地说，幸好树够多，不然我们要淋成落汤鸡。那是因为她无心隐瞒一些事情，所以随口说了。而你和你的另一位朋友只字未提。我想，那些事情只有你们两人知悉。”

谭淼淼震惊不已，眼前这个姿态忸怩的警察，原来洞若观火。她不禁想，如果当初负责问话的警察是他就好了，这样她早就把一切说出来了。

手机又响起来，谭淼淼再次摁掉。

警察问：“不接吗？”

“你要说什么事？”女郎在心里吸了口气。

“如果从穿过棕榈树林的路线考虑，那头倒是和一段观景路相连，那里比堤路高。你和你的朋友曾经离开海滨路，走楼梯到达那里。大雨降临时，你们没有返回海滨路，而是直接从观景路的坡道斜穿棕榈林，来到匝道路口拦出租车。”

对方使用了陈述句。谭淼淼说：“你已经核查过了对吗？”

“嗯。”警察点头，“我习惯自己验证猜想，东找西找。在那段观景路上，有一家咖啡厅，我问过店员了，他记得你。7 月 18 日晚上，因为天气不好，所以客人很少，而你穿得很漂亮。你一共买了三杯热咖啡。”

谭淼淼脑海里浮现那些对话。

“走上面，我要上洗手间！”张小雅蹦蹦跳跳地跑上观景路。

“我去补妆。”邝迪跟着去了。

“不着急，我去买点喝的。”

谭淼淼陪同她们，神情自若，但深知自己犹如一个小跟班。她站在观景台等候，手中端着一杯咖啡，另外两杯提在袋子里。她打开杯盖，只喝了一口，烫嘴。

“喝什么咖啡，我们去喝酒呀！”邝迪说。

张小雅奔过来说：“快跑快跑，下雨了！”

“可是……”

“那是什么？别捡了，不就是咖啡吗？”

邝迪说：“你动作快点，跟上！”

“咚”。片警杜学弧放下盛满鲜黄饮品的杯子，陶瓷杯和铁桌碰击的声音让谭淼淼回过神，又失了神。

“后来呢……”谭淼淼也不知道自己问这个问题是什么意思。

杜学弧声调平静地说：“那个死去的孩子身上，沾有咖啡。”

尽管有心理准备，胃囊还是触发一阵剧烈的抽搐，女郎几乎忍不住捂住嘴。

警察抬头望着她说：“今天下午你习惯性地买了一杯咖啡，但是直至杯沿触碰嘴唇，你才发现原来自己喝不下去。原因不仅仅是担心晚上失眠。”

一瞬间，谭淼淼觉得自己死命绑住的东西脱了缰，那些用力强装的镇定土崩瓦解，恐慌和愧疚决堤横流。她想起自己总是忍不住打开手提电脑，在闪着荧光的网络里查看连续跳动的语句，然后在每个静谧的深夜睁眼无眠。

“那个孩子被找到时还有体温啊，我亲眼看见！”

“娃没死？”

“死了，但是肯定没死多久。应该就是一会儿的事。”

“等等，那个姓段的恶魔保姆过马路时不是有人看见吗？怎么会没有人去追？”

“有一个坐出租车的女乘客是目击人，她说她看见孩子了，后来也下车了，但是什么都没做。”

“我听说不止一个人看见了，但那些人围在路边吵架，没有空理会。”

“别找借口了，事不关己而已。社会啊，冷漠无情！”

“吵什么架呢？谁家的狗被人下药了吗？”

“问题在于，那个女的明明看见保姆手里抱着孩子。”

“孩子才两岁零一个月，好可怜……”

“反正那个女乘客肯定有责任。”

“唉，如果有一个人稍微热心一些，那孩子都可能还有救。”

“要我说，那个女人肯定没有孩子，也不配有孩子！”

邝迪打电话过来。

“我有先见之明吧？幸亏我叫你什么都别说，不然更丢人。我再提醒你一下，你别乱说话。哎，网上的事，一阵就过去了。但是你别扯上我！”

张小雅打电话过来。

“嘿，淼姐，你摊上事儿了，需要我帮忙吗？不过我也觉得你做得不对。你看，坐车的时候我还一直关心着那个被偷走的婴儿对不对。而你都看见了，怎么能一声不吭呢？”

朋友们也打电话过来。

“多大的事，不要紧的。事情和你无关。”

多大的事吗？不要紧吗？谭淼淼无法认可。一个孩子死去了。事情和你无关吗？希望摆脱精神重担的那一部分自己，有时也想对着虚无的对象大声抗辩：我是真的不知道——但她做不到。

它们并非无中生有的流言蜚语，她没有资格抗辩。她和事情有关，不仅仅因为她曾在出租车的后座，看到一道带点黄色的人影一闪而过，而车外大雨滂沱。事情不仅如此，她隐瞒了事实。7 月 18 日那天晚上，她不止一次目击到那个抱着孩子的女人，是两次。

“喝什么咖啡，我们去喝酒呀！”

谭淼淼有一种感觉，自己可能这辈子都无法再喝咖啡了。

邝迪性子粗，随心所欲，动作总是没轻没重。比如后来坐上出租车，车子还没停稳的时候，她也是说开门就开门。谭淼淼还记得咖啡杯子在栏杆边缘翻滚的角度，在高高的观景平台下落半米后，杯口垂直向下，滚烫的液体像一顶反转的皇冠。

因为慌了神，提在手里的袋子也掉落在地。另外两杯咖啡在木栈道上飞溅摊开，变成一幅带有侵略意味的涂鸦。

谭淼淼向下张望，捂住嘴。那就是她的第一次目击。那个穿着灰色布衣的女人身处平台的正下方，她蹲在路边蜷缩着身体。因为距离远和光线不足，高处的抛物者看不清对方的面容，也听不清对方口中发出的呼声，但能看见对方怀中抱着孩子和露出一角的明黄色的小小衣服。

谭淼淼探出身体，想问“你没事吧”，同伴拉她的肩膀，把她扯回来。

“别让她看见啊！”

邝迪刚补了妆，紫色的嘴唇在内侧画着加深的阴影，嘟成心形。

“什么？”

“啧，很麻烦的，她如果碰瓷怎么办？看衣服就是那种人。”

张小雅从洗手间的方向蹦跳过来。

“快跑快跑，下雨了！”

“可是……”

张小雅跳跃的时候很像一只小兔子，望见她的同伴脚边连袋子带杯子湿淋淋的一坨。

“那是什么？别捡了，不就是咖啡吗？”

因为小兔子已经跳进了棕榈树林躲雨，邝迪说：“你动作快点，跟上！”

后来几个女子乘上出租车，中途遇事，连警察都来问话。邝迪告诫谭淼淼不要把这件事告诉任何人。

“因为很丢人啊！”

谭淼淼听从了。坦率地说，她也觉得丢人。无论是从高空倾倒滚烫的咖啡，然后转身逃跑，还是把杯子、袋子满地丢弃，连垃圾桶都不投，都够丢人的。警察边问边记的时候，她什么都没说；男友何轩追问的时候，她也什么都没说；网络的留言与日俱增的时候，她还是什么都没说。她一言不发，哪怕知道死去了一个孩子。

“你惹出来的事，别扯上我。你以为我不知道你想向小雅的爷爷抛媚眼？”

谭淼淼觉得真正丢人的是言听计从的自己。

7月18日晚上，谭淼淼第一次约上了邝迪和张小雅吃西餐。谭淼淼31岁，邝迪23岁，张小雅20岁，三个女子年龄有差，但是相处甚欢。邝迪见面说，你30多岁也不显老嘛。谭淼淼觉得欣慰，对方没把她当作有代沟的阿姨就好。吃完饭，谭淼淼提议去美容院，邝迪说，没搞错吧？幸好张小雅睁着好奇的眼睛，去呀去呀，我还没去过国内的美容院。谭淼淼松了口气。谭淼淼知道自己可以和任何人相处甚欢。邝迪是河南岸最高那栋写字楼所有人的女儿，张小雅是北岸联合商会秘书长的孙女，谭淼淼知道自己必须和她们相处甚欢。

为了让项目顺利落地，谭淼淼可以让自己变得更冷漠。夜不能寐不算什么，吃一片安眠药就好了。路过游乐场或者幼儿园的时候，大不了快步穿行。唯有一件事，让谭淼淼每每难以自处。随着项目以不可思议的方式无疾而终，她的心境也面临崩塌。

而现在，连做伪证的事情也被警察发现了。

毫无意义的失落和钻心的罪恶感犹如巨石，几乎压垮了谭淼淼。这次，轮到她不敢和坐在她面前的警察对视，她觉得自己罪大恶极。女郎低下头，让刘海挡住眼睛。

“我要跟你走吗？”

面前的铁桌子发出“咣咣”的响声。谭淼淼不禁抬头，却看见对面的警察一脸窘迫。他的身体向后倾，所以小腿踢到桌脚。女郎愕然。

“走去哪里？”杜学弧神情古怪地问。

女郎坐直身，吸气说：“你可以把我带回公安局，我会承担责任。”

“哦，原来你说这个……”

那个人的模样又让人放松起来，谭淼淼感到自己打起了一点精神。

“要问话问我就可以了。你们不用找邝迪，我不会再说谎。”

“邝迪？就是和你一起在观景平台上望见嫌疑人的那位吗？唉，我老是记不住女人的名字。”

谭淼淼说：“嗯，不过她没看见什么，只有我向下看了。后来我还回头望了一眼，那个穿灰衣服的女人抱着孩子，沿着海滨路向前走……”

“这些事我们知道。”

“呃？”

“有监控录像嘛，到处都是摄像头。”片警歪歪头，表情有些不以为意，仿佛一个孩子拿到了没趣味的玩具，“海滨路上也有，我们大体能掌握嫌疑人的行踪。她和那个孩子在观景平台下方被咖啡淋着的画面，我也找到了。”

谭淼淼讶然望着对方，但又觉得理所当然。

杜学弧莫名地嘻嘻笑：“你会不会觉得失望？我又不会通灵，所谓猜想和推理也不能无中生有对吧？”

谭淼淼在心里说“但是你找到我是凭借猜想和推理”，她抬起头说：“观景平台上是不是没有监控录像？那么，我仍然是目击证人……”

“目击证人多了去了。”片警耸耸肩，“沿途很多人都见过嫌疑人，有好几打。嫌疑人大晚上抱着孩子，衣服颜色也好认。所以多你一个不多，少你一个不少。话说回来，你看到的东西也没什么了不起，你看到的监控录像里都有。你以为你的目击很重要，其实不是。别人的目击比你的有价值。”

谭淼淼呆呆地问：“你……不是来找我取证的吗？”

“我不是说过我下班了吗？”片警的神情不像是装的，他扁了扁嘴，“我呢，确实要负责周边人证的采集工作，但是哪里可能全部找得完。所以说当片警也很辛苦。既然是有多少算多少，偶尔偷懒也是可以的。”

“可是，是我把咖啡……而且我逃跑了……”

“嗯，是不厚道。”

“我还做了伪证！”

“是啊，警察对案件有影响的事情盯得可紧了，还好你的证词没那么重要。有些人不想事事都说，也有自己的理由。”

“不是这样的！我没有理由……”

“毋庸置疑你做错了。”

话被打断的人望着对方。警察侧过头说：“我们每个人都会有犯错的时候。有时候只是一个脆弱的念头。”

谭淼淼感到情绪翻滚，几乎无法自已。她只能用力咬住嘴唇，盯着眼前盛放橙汁的杯子不作声。这时，放在桌子上的手机再次发出嗡鸣。女郎的身体一抖，只觉得一种无以应对的乏力，抬手把那个发光的物体丢进挎包里。

这次警察没问她为什么不接。

“既然……你为什么来找我？”女郎抿住嘴，说不清自己的心情，她想说“你是来惩罚我吗”，但她说不出口。她又忍不住问：“你为什么不去找其他人？”

“哪有这么多时间……谁让你喝不下咖啡，又失眠……”

“什么……”

女郎诧异抬头，看见对面的警察眼神飘开，用手挠着胡茬；他说后半句话时声音很小，有点像喃喃自语，但对方还是听见了。

“怎么说呢……”在异性的盯视下，那个警察不自在起来，“因为在短时间里连续两次碰见嫌疑人，未免太巧合了。”

“你说什么？”听者仍旧不懂。

“你让出租车向前开了，而且一直坐直身体注视着前方。”

“那又……怎么样……”

“你们是想到酒吧吧，所以朝西面走了。”杜学弧吸了一口橙汁，然后托着腮，“其实在海滨路上好几段都有酒吧，离你们上车不远的地方就有，不过是往东走。你的同伴就不说了，我还以为你会比较熟悉路。”

谭淼淼感觉脸和心都一阵发热，低头说：“去哪一边都可以，而且往西需要掉头……”

“可是你不是提前预订了包厢和红酒吗？最好的店和最好的酒。订金不菲呢。”杜学弧不抬头，摆弄着吸管。

谭淼淼再次惊诧地张嘴：这个警察，连这件事都去调查了吗？

“你怎么会知道……”

“你预订包厢的酒吧叫费列罗莎，在海滨路的东段，准确来说就在匝道口对面的马路上。虽说出租车要掉个头，但也费不了多大劲。”杜学弧缓缓地说，“那天晚上你把行程安排得很周全呢，我想，和你同行的两位朋友一定是贵客。”

“你怎么能找到……”

“挨家挨店问呗，片警就会干这个。不过既然是接待贵客，从档次高的店问起就好了。”

“为什么……要做到这个份儿上……”

女郎的声调微微颤抖，但对面的片警答非所问。

“是啊，我也觉得很奇怪。你明明已经预订了又好又近的酒吧，为什么坐上车却让司机朝另一个方向开呢？”杜学弧歪着圆脑袋，自问自答，“直到我查看监控录像，才明白原因。原来原因很简单嘛。汽车行驶的方向，就是那个抱孩子的女人前行的方向。”

女郎说不出话。

杜学弧看着对方：“你刚才也说了，从观景平台离开之前你回望了一眼，看见那个女人沿着海滨路向前走。所以后来你能够第二次看见她，并不是巧合。你在出租车里一直坐直身体注视前方。那个女人和她抱着的孩子被咖啡淋湿，接着又天降大雨，你想赶上前再看她们一眼，为此宁愿放弃预订的接待贵客的目的地。”

谭淼淼哽住，说：“我没有……我只是一时间心血来潮……”

“这就够了。”

“呃？”

“一时间就够了。”杜学弧平淡地说，“你在坐上出租车的时候，对司机说：向前开。你在一瞬间做出这个决定，这就够了。”

女郎呆呆地望着前方。

警察又一次侧过头：“我们犯错的时候，不也是一时间的念头吗？”

情绪再次没有预期地强烈翻滚，“可是……”女郎说，“后来我再次看见了她们，仍旧什么都没有做！”

杜学弧伸了伸手和脚，“咕咚咕咚”地喝橙汁。

“后来不算。谁能未卜先知。你们当时出了交通事故，当然需要优先处理眼前的事。谁都一样。”

警察停顿了一下，补充：“有些乱七八糟的话，你大可不必在意。”

谭淼淼想哭。在一种迷蒙的心境里，她的脑海里反复旋转着网络上的那些话：那个女的肯定没有孩子，也不配有孩子……

她带着哭腔问出来，那个问题每天晚上都萦绕在她心中。

“那个孩子能得救吗？如果当时我能够跑下去看她……如果当我又一次看见她，我能够做些什么……那个孩子能够活着吗？”

“嗯，这个问题。”似乎开关被按了下去，警察扬起眉，却又低头默默地喝橙汁，“本来在案件调查过程中，有些情况不好公开。”

谭淼淼突然明白，原来那个警察在等待一种设问的语境。他等待她自己把问题问出来。

“有人说……那孩子被发现时还有体温……”

“那些都是谣言。当然实际的情况更复杂一些。”警察淡淡地说，“但是很遗憾，其实你什么都做不了。”

谭淼淼用双手捂住嘴巴。

杜学弧挠挠胡茬，眼神游离开去。

“嗯……再告诉你一件事吧，我也做过实验。我站在海滨路，喊人在观景平台往下倒一整杯咖啡，条件一样。满身是湿了，也有点烫，但不至于烫伤，差不多就像洗了个热水澡。毕竟有八九米的高度，水花也散开了。”

警察停顿着，“当然这没什么用。我们总不能通过事后的实验来下结论，说，你看，不要紧的。”他向女郎望过来，“不过，这个实验确实没什么用。无论如何，那杯热咖啡都不会对那个孩子造成伤害了。她在此之前，在更早之前已经死去。”

原来他想告诉我这些。谭淼淼感到泪水涌出眼眶，为一切应有的悲伤，也为应该放下的一切。

女郎喃喃地问："我真的可以吗……"

警察又把头侧向一边："事情和你无关。"

谭淼淼已经不再惊讶这个叫杜学弧的警察到底认真细致地做了多少无用的事情，不再惊讶他在她身上花费了多少无用的时间，不再惊讶他到底为何而来。她知道他听明白了她的问题。这个警察来找她，是为了告诉她答案。

"婚纱照我们自己也可以拍啊。"男友何轩摩拳擦掌地说。

"自己拍？"

"等两岸统一亮灯，会组成一幅家的图画吧？我想好了，我要在那幅图画里摆上蜡烛，向你求婚——然后我们再拍婚纱照。"

"啧，哪有人把求婚提前说出来的！"

"哈哈，我忍不住。而且，说出来能给你工作加油呀，我知道这个项目挺难。"

"有什么困难是我搞不定的，我还需要你来加油？"

"也给我自己加油！你能赚钱，我也能赚到钱，房子可以买大一些。我们要生一屋子孩子！"

"我才不喜欢生孩子，麻烦死了。"

"哦……"

"问你，我真的可以吗？"

"可以什么？"

"我真的可以当孩子的妈妈吗？"

手提袋里有东西振动起来。女郎有点发怔，她默默地把袋子放在膝盖上，抱着不动。

警察杜学弧说："接吧，都响一天了。别浪费人家时间。"

"真的……可以吗？"

杜学弧歪着脑袋说："我想，不要紧的。"

谭淼淼依言把手机掏出来，她原本想走开接听，但最后决定原地坐着。

“你总算接电话了！”男友在另一头大声地抱怨，“我要等你答复呢。”

“嗯，你说……”

“养不养小猫？”

“呃？”

“我下午在宠物店看到两只很可爱的小猫，黑白配。如果你暂时不想生小孩，咱们就养两只小猫好不好？店快关门了，我从下午一直守到现在，就等你回电话。”

刚刚止住的泪水又流出来。谭淼淼用眼角的余光看坐在对面的人，那个警察见不得女人流泪，忸忸怩怩地别着身体。谭淼淼毫不怀疑他早已知悉电话的内容。

女郎不免破涕为笑，心想：什么嘛，这个男人犹犹豫豫，原来是想告诉我这些。

3

“话说，小偷抓住了吗？”杜学弧接住小店服务员递过来的鸡翅包饭，“你真的不要一份？我没安排你午饭的时间。”

罗加对“安排”这种用词感到啼笑皆非，这个人真是完全搞不清彼此的职位高低。不过，这个人倒是能让人对这些事习以为常。

“别说得事不关己似的，抓扒手是片警的工作，不是刑警的工作。”

“原来你失手了。”

“还不是因为你让我亮证！你要是直接告诉我那个人是扒手，他怎么可能跑得掉？”

罗加没好气，主要原因是心有不甘。他明明和杜学弧同一视角，但是杜学弧能看出那个人下手偷了东西，他却没看出来。

杜学弧嘻嘻笑：“但是罗警官有威势，那小偷转身就把钱包呀手机呀就地上缴了。”

“这种事你不能自己来吗？”

“因为老罗像警察，我不像。虽然你也长着一张白脸，但一声大吼时比我像样。再说我不喜欢打架，我又不能保证小偷一定会弃赃，跑跑追追这些事很麻烦。”

罗加用拇指按住太阳穴。昨天下午，罗加听说杜学弧到资料室调阅过卷宗，包括目击证人的笔录和海滨路上的监控录像，思索片刻后刑警决定去找片警一问究竟。来到广场，他看见杜学弧穿着大兜帽T恤似在蹲点，但还没搞清目标是谁，那下了班的片警已经向他招手，“老罗，你来得正好”，然后指着前方开始下任务。

“那个人，找他。”

“哪个？光着膀子套马甲那个？都走这么远了！”

“你的身手两步就到了。你喊一声警察，他就会乖乖地低头过来。”

后来罗加没抓住小偷，回过头来发现杜学弧也找不到了。

“喂，你是故意的吧？故意让我去追。”罗加抬起头。

“嗯，那兄弟手艺不错，能跑掉就放他一马好了。”

“啊？你说什么？”

杜学弧捧着纸袋，吃着冒热气的鸡翅和饭团，沿着马路牙子向前走。

“那个小偷啊，因为他也算帮了忙。没有他偷东西在前，我就没有由头和被偷的人说话。”

罗加心道你就是个怪人，口上找到揶揄的机会。

“警察问话还需要由头？哦，原来你是去搭讪。恭喜雪狐神探成功地单独地和女孩子约会一整晚，回头可以向姚盼邀功了。”

杜学弧不为所动，吧嗒嘴：“我不喜欢没有由头的问话，语境不对很浪费时间，无论对象是谁。”

罗加发现这个怪人只要不是面对女人的时候就让人无机可乘，他不入世的态度让人干着急。你要是再和他争辩，十之八九要败下阵来。或者说，当你决定用女人这个软肋攻击他的一刻，你就已经输了。但罗加不满杜学弧把他支开了。这个人哪怕后来当上警察，最大的坏习惯仍旧是喜欢单独行动，明明只是一个做辅助工作的小片警，却总是自作主张，反客为主。

“难得有交集，就让他配合你工作吧。案件没有跨区，也不需要调令。”

在这次的案件中碰上纯属偶然，失踪儿童的住所和最后找到她的地方，坐落在同一个警区，抽调派出所的人力参加搜证工作杜学弧两次都沾边。老大孙明玉拍罗加肩膀的时候神情暧昧，果不其然，到头来不知道是谁配合谁的工作。罗加对和杜学弧共事有所期待，又感无奈。作为孙明玉麾下最得力的干将之一，罗加对这个古怪的年轻片警总有竞争的心态。

“我说，那个女白领真的没问题吗？我记得她是目击证人之一。”

“她和案件无关，我说过了。”杜学弧眨眨眼睛，“因为无关所以没有由头。”

罗加想到对方的潜台词是“因为无关所以我不叫上你”，眉心就蹙起来。

“无关你跑什么劲？昨天我找到你的时候，你已经守了一个下午吧？看来你时间够多。”

“哎，他们和一宗案件无关，不代表案件和他们的人生无关。”

罗加发现这话让人失去反驳的气势。刑警沉默了一会儿再开口，声音就有些发飚。

“案子不是你负责，你当然有闲心。警察应该专注案件。”

杜学弧笑道：“你说得对。”他用门牙和一截鸡骨头较劲，“所以今天没你在可不行。”

“呵呵，是这样吗？请问今天为什么要拉上我？”

“嗯，今天专心案件调查。”片警转移话题，“而且对象不好对付，说不定要打架。你真的不吃午饭吗？”

刑警的神情严肃起来。

“是什么人？有前科？”

“嗯，赌博，伤人，盗窃。现在也做违法的勾当。”

“干什么的？”

片警和着鸡肉吞下最后一口米饭，把锡纸投入路边的垃圾筒。

“摩托车搭客。”

两个警察穿过闹市，午休时间大大小小的食店都坐满了人，有些端着板凳坐在门口。天气闷热，有些小食店为了省空调把店门关上，坐在门口吃的客人就开始吵。地铁口围了一溜男装摩托车，都灰扑扑的，褪了颜色。有些后座做了加长的软垫，有些在前杠支了风帆形状的伞。更多的就是简单的一辆车。摩的司机有的屁股靠在自己的车旁，有的跨骑着双脚立定，摩托头都挂一大瓶水，白白的，标签被撕得干净，瓶身变形，疙疙瘩瘩。司机把水摘下来，就着自带的盒饭或者馒头充饥。有些只吃饼干。

穿便衣的两个警察走上前，一个尖下巴、鼻毛长到外面的司机把水瓶挂回去，两腿蹬着车靠过来。

“去哪里？”

“找个人。”

“上哪儿找？”

“就这儿，看你们认不认识。也是搭客的。”

“搞什么，坐不坐车？”

罗加说：“警察，问事。”

周围一阵骚动，有些人急急蹬着车向外围挪。但讨生活的人都是经验丰富的，便衣警察不查无牌拉客，挪了几步就停下来。但大多都侧过头去，不管闲事。

一个国字脸的黑汉子仰了仰头。

“领导找哪个？”

“叫牛祥春，个子不高。”

周围有人说：“不是不高，是很矮。”周围的人都笑。

警察说：“认识是吧，他今天来了吗？”

周围人说：“没来，那瘪估计都不敢来了。”

“为什么？”

周围人望向那个黑脸汉子，人群感觉靠拢了。黑脸汉子感受到一种被马首是瞻的压力，但受用。他刻意干咳。

“他昨天打架了。”

“打架？和谁打？”

“我，扇了他几个大嘴巴子。”

罗加问：“干吗？”

杜学弧笑问：“干吗这么生气呢？”

黑脸汉子哼哼道：“那家伙坏了规矩，大家都生气。”

周围人说：“做烂市场，不打他才有鬼！”

又一人说：“我们也是忍他久了。跑 8 块的地方，他说 5 块就去，20 块的地方他说 10 块，缠着人不放。如果是少一两块我们也不说什么，拉客也要点面子是吧？上个星期他被人抢了一回，手头紧是手头紧，但太过分不行的。”

又有人说："关抢劫屁事，他买六合彩。"

"那瘪还吐口水。"

周围人又笑起来。

"他还嚷嚷不准打头，傻缺，谁管他啊。活该！"

两个警察听明白了，那不是一对一的架，而是围殴。司机师傅们连掩饰都懒得掩饰，只能说那个人是犯了众怒。

罗加问："他住在哪里，平时在不在家？"

黑脸汉子回答："不知道，住是住钟牌村。"

罗加向杜学弧抬抬下巴，准备走。杜学弧蹲下身，从路边捡起一块砖头，在手里掂了掂。那红砖碎了一角，边缘看上去更红一些。

片警暧昧地笑："连板砖都用上啦？"

"没打头。"黑脸汉子冷冷地说，"你能想象吗，一个男人吐口水？"

两个警察从地铁口出发，步行了二十分钟，转进城中村。二十分钟的距离，高楼大厦就变成长满肿包的黄皮房了，村口摆满小贩的摊子。两个警察有目标人的住址，对方作为目击证人问话的时候留了一个，但说不清准不准。杜学弧在一家小卖铺买了一支五羊牌的甜筒，手肘搭在玻璃柜台上，问店老板认不认识牛祥春。

"谁？"

罗加把照片给老板看。

"哦，一点都不牛那个。"

"认识吗？"

"他有时会过来买东西吧，还有几包烟没给钱呢。我说你不是一堆零钱吗，用微信也可以啊。反正他就是各种赖。"

罗加问："他是不是住在对面的二楼？"

老板说："是住对面，几楼就不知道了。"

"今天他有没有出门？"

“没看见，不过他那台摩托车还停在楼下。”

罗加对杜学弧说：“走。”

杜学弧还扒在柜台上，笑眯眯地问：“老板，他有很多零钱吗？”

老板回头朝货架里面问：“你上次说那个牛什么拿了一口袋零钱干吗来着？”

老板娘从阁楼的楼梯口探头，放下一箱方便面。

“抚养费，每个月都要给他老婆的。前妻。他说就是要让他老婆数上半天。”

老板转回头，向两个警察耸耸肩。

“这个人就这样，又犟又无聊。”

两个警察穿过灰尘很厚的路，一步一个脚印，走到对面。筒子楼，入口又矮又窄，有扇歪了的铁门，和楼梯组成三角形的阴影。墙壁到处是黑色污迹，密密麻麻，像苔藓，一摸一手渣子。警察踩着楼梯向上走，到了二楼，四周明亮起来，狭长的走廊围着天井，操场跑道一般，堆满垃圾和杂物。搞不清城中村里为什么会建个筒子楼。走廊有好几处水洼，有一件撕烂的内衣湿漉漉地躺在水里。警察一路走，屋檐滴水，十来米外“吱嘎”一声，有人推开门走出来。看样子就是他们要找的人。

“牛祥春。”罗加开口。

摩的司机转过头，只有一边眼珠转，身体定住不动。

两个警察向前走。

“是牛祥春吗？找你问点事。”

距离越来越近，警察也没走多急，摩的司机突然转身跑。刑警罗加如箭矢发动，瞬间就要近身，但是在走廊的尽头有个 90 度的急弯，警察踩中一张丢在地上的报纸，侧了侧身体。目标人向左边跑，钻进楼梯。

罗加暗骂一句，他看见牛祥春翻过楼梯，从二楼跳了下去。警察也跟着跳下来，后巷很窄，没法做翻滚动作，他被一个垃圾桶绊倒，爬起来，甩手，蹬腿，一时找不到目标的身影。后面传来摩托车发动的声音。罗加冲出小巷，摩托车和他擦身而过，罗加伸手却没抓住，又回转身跑进小巷，一脚把垃圾桶踢飞，从另一个方向冲出去，然后右转，以包围的方式拦截。这次他做了个飞扑的动作，抓住摩托车尾加长的坐垫，摩托车失控甩了出去。警察在地上打滚，摩的司机也在地上打滚，灰尘扬起，看不见人。警察跳将起来，摩的司机翻过身向前爬，也踉踉跄跄站起了身，回头看见警察近在咫尺，挥拳就打。罗加矮身躲了过去，把对方的手扭到身后，骨头发出“咯咯”的响声。

“你整死我啊！你整不死我我整死你！”牛祥春扯开嗓门，但声音又哑又小。

罗加说：“警察，你跑什么？”

“我就喜欢跑，警察打人！”

罗加心里也信，这种人是习惯了没事也跑。

杜学弧从铁门那边弯身，慢悠悠地走了过来。

罗加说：“你能不能快点，要问什么？”把摩的司机推过去。

杜学弧说：“那个孩子被找到时还有体温啊，我亲眼看见！”

摩的司机牛祥春一侧的眼睛睁圆。

片警脸上挂着似笑非笑的表情：“这句话是你发的吧？”

4

“要你造谣。”警察罗加扇了牛祥春一巴掌，手掌落在脑袋上，但拍中时减了速。牛祥春的头被甩了一下。

“没造谣！”牛祥春把头转回来，“是真的！”

“亲眼看见？你哪只眼睛看见？”

“有穿白大褂的啊，我听见有人说那孩子还有点暖，也有人跑起来。是真的！要是假的，也是你们的人造假。”

罗加心里不禁有些无奈。那个失踪、死去的两岁女孩被发现的时候，他没能在第一时间赶到现场，救护车和附近的警员先到了。即便赶到现场，他也未必能把控所有事、所有人。比如“还有点暖”这个说法，纯粹是误传。但他无法禁止所有人说话，也无法禁止有人捕风捉影。无聊的人最喜欢在网上乱写乱说，牛祥春就是这种无聊的人。

牛祥春蹲在墙角，后背毫不犹豫地抵着黑黢黢的墙壁。脑袋侧面有道新鲜的口子，他自己胡乱抹了点药，伤口和头发粘在一起，估计就是昨天被同行揍的。他又矮又瘦，缩着身体蹲下来，和一个板凳差不多，幸好矮，和瘦成了比例，不然更像瘾君子。警察没让他蹲，他习惯性就蹲了。罗加见过无数混混，混混也分三六九等，牛祥春这种是混混里混得最不好的。无聊且无能，连打架都不称手，还犟脾气。牛祥春左边的眼睛翻了白，眉角肿得鼓了起来，向下耷拉着，像沙皮狗，搞不清他是不是什么时候被人打瞎的。

罗加指了指：“你的眼睛是怎么回事？”

牛祥春瞪着剩下的一只眼睛，哑着嗓子：“干你什么事！”

“让你说你就说。”

“天生，生下来就这样！”

警察听到后沉默了一秒：“眼神不好还飙车？你出事故那天车速有60公里每小时，大雨夜，摩托车骑这么快？没撞死你算你走运。”

“还说这个？”牛祥春尖着嗓门，“我是受害者，你们警察讲不讲公平？那天也是被你们当犯人一样地审。”

罗加也不知道自己干吗说这个，本不想扯有的没的，关键这些和案件无关，他觉得自己有些没话找话。

“该赔偿的不是赔偿你了吗？那天后来问你话，是因为你是目击证人。”

罗加想起来，他们今天是为案件而来，不知道那个把他喊来“配合工作”的人在打什么算盘。

“不是告诉你们了吗，我什么都没看见。我在专心骑车，突然就被撞了，我是受害者。”

罗加无话可说。牛祥春的证词具有合理性，在漆黑的雨夜骑着一辆摩托车狂飙，人很难左顾右盼；摩托车灯远不如汽车灯明亮，牛祥春也望不见更远处的地方。这是7月18日那天晚上，他的同事简单问上几句就把摩的司机打发走的原因。人家确实是受害者，又与案件无关。

罗加朝后看，那个叫杜学弧的片警倚着干净的那面墙，话就没说几句，够悠闲的。他向对方努下巴，那家伙总算是动起来。

“牛祥春，1979年春天出生于四川省绵阳市三台县红花园村，出生不久被村卫生所的保育员掉在地上，导致左边眉骨缺损，左眼失明。父亲牛大名长年外出务工，1987年死于矿难。牛祥春14岁那年，半夜到村卫生所纵火，没有造成人员伤亡，被送进少管所执行2年刑罚。刑满后南下打工，20岁来到本市，曾5次被行政拘留。24岁的时候喉部受到严重撞击伤，软骨错位，声带永久性受损。32岁和同乡登记结婚，次年有一个儿子，去年因赌博再次被行政拘留15天，妻子向法院提起离婚诉讼，最后庭外和解，儿子改姓随母亲。”

被介绍生平的人圆睁着眼睛，一开始像一只斗犬，但对方背诵得太过流利顺畅，毫无停顿，他连打断的空隙都找不着，听着听着就泄了气，但还是瞪着眼睛。

“干你什么事！”

“一晃都四十了呢。”片警慢慢走过来，讽刺道，“真是够乏善可陈的人生。”

牛祥春的喉咙里发出咕噜噜的响声，显然恼怒异常，但又无从反驳。

罗加翘起手，附和：“所以在网上造谣的感觉很好吧？前所未有地有人关注你，赞同你说的话，称赞你。”罗加侧头问杜学弧，“这兄弟的发言得到了多少个点赞？能不能数得过来？”

杜学弧说：“18 个。”

罗加把头转回去，望向又矮又瘦的摩的司机：“前所未有吧？”

牛祥春被羞辱得脸发红，咬着牙说：“我就是没有造谣！你管我说什么！我有言论自由！”两个警察都能听出他色厉内荏，声音发虚。

“你想说明什么？”杜学弧问。

“什么说明什么？”

“那个孩子被找到时还有体温，你想说明什么？”

牛祥春愣了愣：“没想说明什么……就是说个事……”他可能想说“事实”，“实”字却被吞了回去。

“你为什么把摩托车骑这么快？”

牛祥春想脱口“要你管”，但莫名一滞，改口问：“干什么？”

“那个孩子说不定还有救哦。”杜学弧说，“如果你没有把摩托车骑得那么快，就不会撞上前面的出租车。如果没有发生交通事故，说不定会有人下车追上抱着孩子的嫌疑人。所以你有责任——你是这么想的吗？”

摩的司机的身体抖了抖，他不知道自己有没有这么想过。

“不是……我又不知道……”

“那个孩子还有体温，如果及时救援，说不定还有救，所以造成救援延误而导致那个孩子没有活下来的人，不配有孩子。你想说明这个吗？”

“我……没有……谁会想这么多……”

“我想也是。”杜学弧点点头，“怎么能把自己也弄得有责任呢？这么想太奇怪了。”

牛祥春不说话。

罗加说：“但是有人会这么想。你想想那个孩子的父母看到这样的话会怎么想？你也是有孩子的人。”

摩的司机用衣袖揉鼻子，从墙角站起来，又揉揉鼻子。

“不关我事。你们还要问什么？”

杜学弧说：“你还没回答我的问题呢。”

牛祥春皱眉：“什么问题？”

“好大的雨哦，海滨路的路灯每三个就坏一个，你也没搭上乘客，沿途看看有没有乘客不是更好吗？”片警偏着头，“你为什么把摩托车骑那么快？”

刑警罗加心跳骤然加速，他总算明白为什么刚才自己会提到牛祥春骑快车的事了。这里面事实上藏着一个疑团——为什么要骑快车。但这个疑团一闪而过，罗加没有抓住。有一种理所当然横亘在那里。这个摩的司机就是个暴脾气、神经质的人，神经质的人的行为有什么理由可言？但杜学弧认为有，他抓住了，抓住不放。所有不可理喻都有理由。

牛祥春闷闷地说：“没有理由。”

“你是在海滨路的中段开始加速的，过了路碑不远，距离事故地点两百米。在此之前，你一直骑得不快，很稳。”杜学弧使用了陈述句，“调两段监控录像就能看出来。”

罗加心里感到惭愧，自己也好，其他同事也好，即便看了监控录像，也不一定能注意到这个细节。

摩的司机说：“我就是突然想骑快点。”

片警叹气：“没什么丢人的，不就是被抢了吗？这事警察管。”

牛祥春用脚尖踢墙根，踢缺了一角泥渣。

罗加说："说！你看见了什么？说了也算你将功补过。"

摩的司机望着片警说："你不是都知道了吗？那天我被抢了钱，气不过，一路找到海滨路，然后就看见他们了，所以我就追。"

杜学弧问："看见他们在酒吧街那边吗？"

"嗯。"

"你的眼睛果然很好，比常人还要厉害！"片警由衷地表扬道。

摩的司机揉鼻子，咕囔着说："那一片灯亮，容易看见。"

刑警问："是什么样的人？"

"两个人，满身酒气，一高一矮。高的穿衬衫，戴黑框眼镜，背个土色的帆布包。矮的理平头，穿一件黑背心，鼻子很大。唉，我也是昏了头，这俩人一看就不是善茬，浑身都是汗酸臭，我没想就接了生意。那个矮的，隔着背心都能看见文身。"

杜学弧又表扬道："看人有一套嘛，特征都记住了。"

罗加问："什么样的文身？"

"狼头，胸口正中。"

刑警的眼睛猛一睁，他望向站在旁边的片警，但他的搭档眼神飘开。

罗加说："说具体点，7 月 18 日晚上，前前后后是怎么回事？"

摩的司机这会儿也干脆了，抽抽鼻子，连贯说起来。

"大约 7 点半吧，我在长顺街刚放下一个客人，那两个人走过来说坐车，去两个地方。我估摸这生意不错，就载他们去了。先到了东城货场，那边偏僻，车少，出租车更不好打，我开到那里的时候心情还有点忐忑，但他们下了车拍我肩膀，说等一会儿，等会儿还坐车。他们这么说，我又放心下来，说你们快点。结果没等多久，可能不到十分钟吧，他们大步走回来，嘴上也骂骂咧咧。我问接着去哪儿，矮的那个说，问什么问，先骑出去。我问车费怎么算，高个儿的说，给你二百。我想也行。我载着他们沿路骑，他们不说目的地，就坐在车上四面看，动来动去车也晃。我说了一句你们要找什么，两个人都不答。转了半个小时，矮的那个用力拍我背，说停车停车，不坐了！我停了车。哎，刚好停的位置是一条小路，周边没几个人。两个人跳下来，矮的说，他妈的挤死我了，又臭，刚才居然答应坐摩托车，我是傻逼吗？高个儿说，打不到车有什么办法，还不是你给耽误了。矮个儿说，放屁，咱肯定是被耍了！高个儿说，算了，回码头吧。我说，码头不远，穿过这里就到堤路。那两个人转身向前走，我叫他们，还没给钱……他们就走回来。”

摩的司机停下来。罗加问：“他们抢了你多少钱？”

牛祥春憎恨地说：“四百三，那天从早到晚本来跑了不少单生意。他们两个人都有弹簧刀，让我脱鞋。”摩的司机顿了顿，有点不忿，“我想反抗的，谁怕谁。但那高的拍了拍背包。”

“背包里有什么？”

“不知道。但他说我记住你的脸了，我可以把你全家都炸飞。”

杜学弧说：“他们还看了你的钱包吧，里面什么信息都有。”

牛祥春冷冷地哼了一声。罗加说：“你根本不知道那两个是什么人，他们没下杀手算你走运，你还敢去追？”

杜学弧说：“说不定就是牛师傅不屈的态度，让两个强盗知难而退。”

罗加望着牛祥春说：“或者是认准你这种人不会报警。你接着说吧。”

牛祥春活动了一下下巴。

“没什么好说了，我原地待了好一会儿，后来越想越不舒服，就骑车朝堤路的方向走，刚骑上海滨路就下雨了。我一路烦躁地骑车，结果看见那两个人在酒吧街走来走去，我马上拧油门向那个方向冲。我也不知道自己想干什么……”

“等等。”刑警罗加突然挥手，“你说看到那两个人在酒吧街走来走去，他们是不是还在找什么？”

“我觉得是，我视力还可以。”摩的司机说，“我想他们是在找人，从货场出来就一直找。”

杜学弧说：“你刚才说，那两个人离开货场的时候骂骂咧咧，他们说了什么？”

“没听清，反正那个高的埋怨那个矮的，说他耽误了时间……好像说那个人走了，什么都没有了……”摩的司机回想着，“对了，他是说那个女人走了。”

刹那间，两个警察不约而同地望向对方。

罗加转头瞪着目击证人，问：“你看见那两个人在酒吧街找什么人，真的没看见那个女人跑出马路吗？”

牛祥春愕然：“哪个女人？”

罗加说：“还用说吗？世界上哪有这么多巧合。”

杜学弧补充：“巧合就意味着关联，是线索。”

“线索？难道说……”摩的司机渐渐睁大眼，“但是我没注意看啊……我一眼看见那两个抢我钱的人，什么都没想就加速……”

杜学弧说：“有视线盲区是合理的，毕竟嫌疑人穿过马路的位置，离酒吧街有些距离。不过，这件事现在没那么重要。”

刑警罗加点点头：“有当务之急。”他望向摩的司机：“你带路吧。”

牛祥春问：“去哪儿？”然后他反应过来，“去东城货场！”

动身之前，摩的司机打算回家里一趟，一时间兴致很高，但接着拿出手机看时间。

“要弄多久？”

罗加皱眉道：“谁知道，你有什么事？”

牛祥春上楼回家，从上锁的抽屉里掏出一个红色塑料袋，放进小包里，斜挎在身上。两个警察看出来，塑料袋里都是面额不大的钱。

罗加说："今天该给你老婆送钱了吧？赶紧吧。"

牛祥春不答话，出门前戴了一顶橙黄色的棒球帽，把头上的伤盖住。

重新下了楼，牛祥春去发动摩托车，杜学弧说："三个人一起坐摩托车吗？我不干。你看，刚才连车头都摔歪了。"

罗加说："打车吗？我早说了从队里开车出来。"

杜学弧说："谁知道会有线索。"

罗加叫来出租车，问摩的司机他是骑摩托在前面带路，还是坐副驾。摩的司机看了一眼自己的摩托车，犹豫着。

杜学弧笑说："放心，通信发达着呢，那边也能叫到车，说不定你等等能坐上警车。"

牛祥春虎着脸，但最后选择上车。

出租车沿着环城公路向东出发，经过繁华的市中心而不入，从高速出口下来，周围的建筑物就变矮了。再侧向行驶，仿佛更换赛场，道路一条比一条窄，渐渐剩下黄色的土路。最后穿过一片无人的桉树林，进入厂区。桉树本无毒，但其释放物与二氧化碳结合，会形成对人体有害的气体，在人口聚集的地方是不被允许种植的，但正适合空旷的厂区。在这里，桉树被人为种植或天然生长着，反正不知道谁比谁的毒更多。

下午三点钟，杜学弧三人在东城货场下车。这是个小货场，往东到入海口，有运货的码头；客运码头需要朝南走到上游，穿过悠长的海滨路。北边是各种厂房，零零散散，有一些烟囱还微微冒着烟，有一些已经停产很久。鸟筑了扁圆的巢，蹲在上面看远方的海。

杜学弧说："牛师傅真辛苦，挣一趟钱不容易，这个地方没你带路真不好找。"

摩的司机翘起嘴角："我走小路，比你们快多了。"

罗加说："那两个人下车以后去了哪里？"

“他们让我原地等，然后向那边走。”牛祥春伸手指方向。百米外有一家灰色的工厂，在烈日下安安静静，楼顶蓝底白边的厂标已经掉了一半，其中一个“冷”字还焊在铁枝上，风一吹就转上半圈，像个风向标。那是一家制冷厂。

摩的司机说：“就是那家冷冻厂。开到这里的时候，我说了一句，以前这里批发雪糕，我还来按斤买过，他们就喊我停下来。”

闻言，两个警察再次对望。

摩的司机问：“我原地等吗？”

杜学弧说：“辛苦你再领一程。”

三人踏过荒地，半人高的杂草已经蔓延到工厂的铁门边。门锈迹斑斑，不像能进人的样子。两个警察停了脚步，右侧有一间孤零零的铁皮屋。

来自警察的直觉怦怦跳动。

牛祥春说：“我当时看见，那两个人是向这边转，后来也是从这边跑回来。”

铁皮屋上挂了把锁，但是打开着。警察拔出枪，谨慎地推门而入。

屋中无人。大约二十平方米，一扇门，一扇窗，没什么摆设。但窗下铺了一张凉席，角落有一口袋饭盒，饭粒已经硬得像石英，这证明好些天前有人在这里住过。朝西靠墙的地方，堆放着几个带轮的冰柜，顶面微微倾斜，像个垃圾箱，但却是透明的玻璃盖子。柜体雪白，还没有贴上色彩缤纷的装饰画，但能耗标签贴得很显眼。

雪糕展示柜。和放在小卖铺门口的那种差不多。

刑警罗加身体震动，问杜学弧：“是这个吗？”

杜学弧也抿嘴，表情严肃地说：“我不知道。”

两个警察同步走近，五六个柜子紧挨着，堆叠着，雪白，似乎因为冷而抱团在一起。警察不久后看见从其中一台后面露出来的电源线，插在墙角的电源插座上。警察戴上橡胶手套，拉开玻璃盖子。

箱内也是雪白的，所以留下的东西即便再细小，也很好找。

罗加从上衣口袋里取出镊子，把那细小的东西夹出来，放入塑料证物袋里。

摩的司机站在铁皮屋的门口，不自觉地向前迈了一步。

“那是……什么？”

刑警不回答，把口袋递给他的搭档，转身打电话。

片警回答：“黄色的线头。”

三四台警车在半个小时后到达。都是队里的人，因为主要是搜检，附近派出所也插不上手。现场拉了封条，两个警察和鉴定科的警员闷头忙碌着，等到走出铁皮屋时，已经过了四点半。两人发现摩的司机牛祥春还在，他戴着棒球帽，小挎包吊在胸前，蹲在离封条几米的荒地里发呆，搞不清他屁股下面有没有垫石头。杜学弧看了看表，撩开封条，走上前。

“上车吧。”

“啊？”摩的司机惊愕地抬起头。

“上警车，最外面那台。”

“干……干吗……做笔录吗……”

“你不是约了你前妻5点钟在喜悦广场见吗，现在坐车过去，勉强能赶得及。”

牛祥春睁大眼，也张开嘴：“你……怎么知道……”

警车已经徐徐开了过来，罗加在那边和警员打了招呼。

“抓紧啊，要迟到了。”片警说，“我很讨厌迟到。”

摩的司机从蹲的姿势站起身，挎包摇摇荡荡。他用衣袖揉鼻子，表情还是不释然。

“可是……笔录……”

“回头再说，难道还怕你跑了？”杜学弧不耐烦，拉开车门。

摩的司机走到通体黑亮的警车旁边，望向车内，又回头，欲言又止。他声音发哑。

“那个孩子……是不是……”

“有可能。”片警点点头，“那个孩子可能曾经被藏在这里。不过我们估计，那时她就已经不幸死去了。”

“哦……”

“线索是你提供的，帮大忙了，其他的事情请交给我们。”片警眨眨眼睛，“你看我没食言，我说过你能坐上警车。”

罗加也走过来，官方而冷淡地打个招呼：“谢谢你。”

摩的司机抬起一边眼睛，分别看了两个警察一眼，压住棒球帽，钻进车厢里。

警车卷起荒地的尘土扬长而去。两个警察望着烟尘，太阳已经偏西。

“雪柜的压缩机最近运转过，这一点可以确认了。”刑警一只手插进裤子口袋，“死者身穿一件黄色的薄外套，不出意外线头就是来自那件衣服，鉴定很快就能有。除此以外，雪柜内壁还找到若干毛发，这个跑不了。总之，和尸检结果能对上。”

片警点点头：“剩下的等结果啰。”

“嫌疑人把死者放在雪柜里，目的是干扰死亡时间的判断吗？检验报告说，死者生前没有明显的冻伤，是在死后被冷冻的。”

“估计是。如果仅仅是为了存放，嫌疑人也没必要喂尸体喝温开水。我想，她这么做，应该是受到了某些启发。”

“结果，最后变成，有人跑出来喊：那个孩子还有体温。”

片警笑：“可不是。”

“但手法真够粗糙的，这种伎俩，也只能在案发初期骗骗人，一旦深入检验，很快就会被识破。”

“一般人也只能做到这种程度，毕竟她只是个保姆嘛。更何况，干扰警方调查的目的达到了就行，尸体在低温环境中存放过，死亡时间就无法精准推定了。”

“嫌疑人为什么要这么做？那孩子到底是什么时候死的？”

杜学弧摇头：“不知道。”

罗加叹气：“人死后将其放入冰柜，或许也算是一种善待吧。”

“有道理。”杜学弧暧昧地笑，指指铁皮屋，“总会有意想不到的线索，就像我们意外找到了这里。我想，里面留下的杂七杂八的痕证物证应该不少。”

“嗯，看样子嫌疑人没想过清理现场，至于是不是因为她走得太匆忙，这个还需要查。”

罗加停顿一下，补了一句：“和霍鑫、姚盼他们的案子并案查。”

“你说得对。”杜学弧伸了个懒腰，“总之，今天的案件调查收获还不错，算不算不虚此行？”

“戏演得差不多就得了。”

“嗯？”

“这个地方你早就来过吧。”

杜学弧笑起来，举起手。

“但我没进去，只在窗户瞄了一眼。”

罗加冷冷地说：“就是留个尾巴让我捡漏儿的意思吗？”

杜学弧笑而不语。罗加皱起眉：“看来还轮不到我。”

杜学弧笑问：“你怎么知道我踩过点？”

刑警叹气：“得了，我又不是霍鑫那种大吉祥物，巧合还是埋伏，我还是分得清的。世界上哪有这么多巧合？哪有这么多线索从天而降，说来就来？案件调查不是撞大运。”

片警点点头：“你说得对。”

“这个地点是霍鑫告诉你的吗？还是姚盼？”

“他们倒没说，不过我问他们借了卷宗，里面有那两个嫌疑犯的行踪推断。”

罗加不禁嫉妒，这个家伙简直是特权阶级。那两个一高一矮，身负爆炸命案的要犯在本市落网，因为组别不同，罗加也不过是听霍鑫提过一嘴，但这个等同无关人员的派出所片警居然可以想看卷宗就看卷宗。但嫉妒不过一瞬，罗加心里明白，自己不是没有权限看卷宗，而是从未想过去看。

“你怎么知道这两个案件之间有关联？”罗加问，“别来直觉这一套。”

“主要是直觉。”杜学弧笑，“还有巧合。我不是闲着没事调了牛祥春骑摩托车的监控录像吗？一路调到了万方巷附近，那条靠近码头的小路没有监控，但能看出牛祥春在那里逗留了挺久。我在周边问了问，得知牛祥春那天晚上遭过劫。其他事就简单了，结合那两个爆炸犯的外形特征和活动半径，调查结果和猜想就对上了。”

罗加心想，除了你说得简单，其他一点儿都不简单。他听霍鑫说过，那两个要犯落网后口紧得很，而见过他们的目击证人又少得可怜，为了拼凑他们之前的行动轨迹，警方耗费了大量的人力物力，可想而知这个小片警独自进行了多少走访，更不要提他从一开始就盯上摩的司机牛祥春这件事了。这个片警有着几近诡异的敏锐和固执，而他查案的视角也总是让人难以理解。

“该说目的了吧？”罗加说。

“嗯？”

“今天为什么来找牛祥春。”

“不是案件调查吗？”

“少装傻。事情你早就查清楚了，根本不用再来这儿找牛祥春，更不需要他带路。”

罗加停顿，又道：“你也别用‘为了来谴责他在网上造谣’这种说辞糊弄我。”

杜学弧淡淡地笑：“为什么？”

“18 个点赞。”

“18 个点赞怎么了？”

“太少了。”刑警轻哼一声，“坦率地说，我没有关心网上那些鸡零狗碎的事，18 个点赞少得可怜，根本没有影响，也不值得大动干戈。”

片警轻轻地摇头：“你错了，我确实是为这件事而来，它并非毫无影响。”

刑警顿了顿，问：“那家伙发了很多帖子？”

“不，他没有多想，只发了一句话。不过，正是那最原生的一句话，派生出了这么多话题，无声无息地影响了其他人的人生。”

罗加说不出话。杜学弧转瞬又笑起来。

“不过你说对了一点。”

“什么？”

“18 个点赞少得可怜，但前所未有。”杜学弧笑意莫名，“那可真是个乏善可陈的人生呢。”

罗加沉默，问：“所以呢？”

“牛祥春是在 7 月 20 日晚上在网络论坛发的言，那天是星期四，距离找到那个孩子已经过去了两天。你看，他不是当晚就兴奋难当，急不可耐地发表见解的。”

“为什么？”

“我不知道，我只能猜。”

“怎么猜？”

“第二天是星期五，也就是刚好一周前。”杜学弧淡淡地说，“他每周可以见他儿子一次，每周五的晚上。”

刑警睁大眼睛，这个人的话题未免太过跳跃。

“那……又怎么样？”

“不怎么样。”片警说，“那是一个无聊的人，做着无聊的事，这一点毫不改变。只是我想，一周和儿子见一次面，总也想找些话题，讲些故事吧。爸爸这个星期做了什么，见了什么，他也希望儿子睁大眼睛，哪怕他的人生乏善可陈。”

罗加愣住说不出话。

杜学弧浅笑：“人做无聊的事，也许和无聊的心态有关。他只发了一句话，一瞬间的念头。不过，这些只是我的猜想。”

罗加深知这种猜想，建立在知微见著的观察上。他脑海里莫名地掠过牛祥春出门前戴上棒球帽、遮挡头上伤口的动作，还有用塑料口袋装满零钱的行为。

“今天除了给抚养费，他也要和儿子见面吗？”罗加想了想，有种直觉闪现，问，“零钱有什么意义吗？如果只是见前妻，无聊一下也罢了，问题是今天他儿子也在场。”直觉告诉他，那个片警不会放过这种细节。

“先说明，还是猜的，”杜学弧笑道，“我想，说不定会有时间限制。”

“时间限制？”

“比如说，见面时间只有两个小时，他前妻从把儿子交给他开始计时。那么在她点钱的时候，他可以和儿子多待一阵。”

刑警哑口无言，过了片刻，说：“你是往好的方向猜。”

片警说：“是的，我是往好的方向猜。”

两个警察都沉默。罗加望见西斜的太阳已经能够目视，垂在荒野和遥远海岸线的边缘，在烟尘里显得格外红。他又回过头，看见一众穿制服的警员仍在来回穿梭。

“所以，”罗加的视线离开那间荒草围绕的铁皮屋，投在杜学弧的身上，“今天我们走访目击证人，获得案件的线索，然后在目击者的带领下找到重要现场，这一切，只是那个人生乏善可陈的目击者为了跟儿子见面，在积累故事素材？”

罗加以为杜学弧会用“主要是为了核实案情”一类的话狡辩，没想到那个人这次却答得爽快：“嗯。他算是将功补过。”

“还能坐着警车去见前妻和儿子，够体面的。”

“警车是你安排的，我可没这个权力。”片警嘻嘻地笑，“不过是够体面的，下车的时候，我们的司机警员会说和你一样的话吧？你早就安排好了。”

“哼，什么话？”

“谢谢你。”

罗加偏过头。杜学弧笑道：“还说我演戏，你不是也一直在演。”

罗加说：“你和那个人一样无聊。”

杜学弧笑道：“对，我和他差不多。所以找到这里，我也算是将功补过。”

刑警气结，只觉得拿这个人没办法。过了片刻，他叹气：“你不怕那个家伙讲完故事，还到处乱说吗？”

片警耸耸肩：“谁知道，也许他还会在网上发言。”

“虽然说他确实是目击证人，迟些队里也会发新闻稿，但起码应该要求他注意口径吧。”

“说了呀，你说了。”

“我说什么了？”

“你不是让他想想那个孩子的父母会怎么想吗？你说，你也是有孩子的人。”杜学弧微笑，“而我，只是往好的方向猜。”

刑警皱眉。

杜学弧笑容不变，说：“譬如他曾经跑到冷冻厂按斤买雪糕，你猜他是买给谁的呢？”

刑警愕然，叹气：“好吧，希望你都能猜对。你做了足够多的调查，你了解他。”

片警摇摇头：“我从来不认为我都能猜对，其实我们一点儿都不了解他们。”

罗加望着对方，那个人因为背对夕阳，而只剩下剪影。

他的语气理所当然：“我们又不是小说家，每一次都能开启上帝视角。我们只能看到某个视角某个片段，只言片语。显然，在更多地方，都有我们看不见的人生。”

刑警沉默不语。

片警笑起来：“所以我认可你说的，警察应该专注在案件上。”

罗加哂道：“这就是你拉上我的原因吧？‘目击证人协助案件调查’的故事，最好刺激一些，有盘问，有打架。我比你更像警察。”

杜学弧狡黠地笑：“我不是一直这么说吗，所以你一直配合我，从18个点赞开始。”他的笑忽然变得诚恳，像一个恰逢知音的野孩子。毕竟知音难觅。

“谢谢你。”

罗加说：“以后这种事找霍鑫，别找我。”

杜学弧大剌剌地说：“那可不行，得看情况，负责这宗案件的是你。何况，夜枭比曼哈顿博士演技好。”

罗加说：“你就是个怪人。”

杜学弧说：“很多人都这么说。”

罗加转过身，向铁皮屋的方向走，心想，这就是这个警察拥有常人难以理解的独特视角的原因吧。

5

出租车司机邓少兵修改过自己的目击证词。

7月18日晚上，他在海滨路北段接到三个妙龄女乘客，行驶不久，到达酒吧街附近时，因为急刹车，导致了轻微的交通事故。一开始，交警询问他急停的原因，他声称有人横穿马路，但自己什么都没看清；后来，他又承认自己看见的是一个身穿灰色衣服的女人。那时候，问话的不再是交警，而是大量赶到现场的公安局干警。在马路对面靠近海边的一片杂树林里，从家中被保姆带走失踪四天的两岁徐姓女童被发现，当时女童身穿一件小熊图案的短袖T恤和一件黄色小外套，已经死去多时。

后来在警察的施压下，邓少兵终于转了口风。

7月27日傍晚，邓少兵走上昏暗的楼梯，可能步伐匆匆。那水泥楼梯老旧斑驳，从上到下没有一处贴瓷砖，每一级台阶都有龟裂纹。邻里之间，鸡犬相闻，却都不相识。步行到四楼，邓少兵将钥匙拧了三圈，打开家门。门虽然是木门，门锁也是好的，却因为老旧倾斜而难以开启。邓少兵用脚踢开门，发出低沉的“哐”的一声，门板震颤抖动，像不堪重负的骡子。邓少兵少有地戒备十足地扭头左右看了看，才进了屋，里面比外面黑，窗户和阳台朝西，窗帘只留了一条缝。他走过去，把那条缝也拉上。邓少兵在微光里收拾行囊，直至听见房间里传来“哐啷哐啷”的声响。他走进房间，黑暗中有一个形状古怪的木凳子，“哐啷哐啷”“哐啷哐啷”……

一个孩子歪着头坐在凳子上，铁链拴着的手臂瘦得几乎是皮包骨头。

罗加还记得杜学弧把邓少兵的档案资料翻出来时说的话。

“这位出租车司机的陈述前后不一，我只想到一种可能性——他认识嫌疑人段美芸。”

当然这些事都并非一目了然。后来罗加问杜学弧，既然他怀疑邓少兵和案件有关，为什么不早点说出来。

“我什么时候说过他和案件有关？”片警装傻，“认识不代表有关，哪来这么多有关。”

“这还不算有关吗？”

杜学弧笑：“按你的标准，不算。回头你又得说我时间太多。”

罗加想说，就是你把大家弄得东奔西跑，浪费警力，浪费时间，但他最终还是没说，因为每次那个片警都能让调查从无法理解之处收获新的线索。

“‘有关’是个相对概念，硬要说，全世界每个人之间都‘有关’，但邓少兵和嫌疑人之间不会只是案件层面的‘有关’。”

这个不通世故的家伙有时也会照顾同僚的心情，毕竟，在问话的当时，所有警员都没太把邓少兵证词的出入放在心上。

负责询问的警员问：“你开车不开车灯、不看路的吗？连后排的乘客都看见了，你没看见？”

出租车司机答：“发生得太快了……好像是一个穿灰色衣服的女人。”

尽管叙述吞吞吐吐，但这个理由也勉强说得过去。警员在简报上写道：出租车司机邓少兵目击情况和乘客谭淼淼一致。

罗加想把做记录的警员找来骂一通，被杜学弧摆手拦住了。

“人家已经做得够好了。”杜学弧说，“两次问话，一边是负责交通事故的交警，一边是负责儿童失踪案的刑警，本来就没有两相对照的程序。”

罗加说：“交警那边根本没有做笔录，你是不是分别找当时的警员询问了？”

“嗯，我习惯自己验证猜想，东找西找。有个小窍门你们应该比我更懂，两边分开问询，有出入的地方就是线索。”

罗加说：“可是，你是怎么想到这两者之间会有出入的？我不懂你的猜想从何而来。”说这话时，刑警多少有些沮丧，他每次都搞不懂这个片警是怎么盯上一个人的。

“主要是直觉，每个人的视角不同嘛。”杜学弧笑，“另外，记录里也有迹可循——有个顺序颠倒了。”

刑警愣住，隔一秒开口：“司机和乘客？”

“嗯，正常来说，司机理应看得更清楚，理应记录为乘客和司机的目击情况一致。但是简报上的顺序颠倒了。既然颠倒，说明司机的证词有所保留。”

事后，罗加每次回想，总会更加明白他们和这个片警的差距在哪里。

杜学弧嘻嘻笑道：“谁让你们只看简报，不过，核实细节是片警的工作嘛。”

罗加知道，差距不仅在于有的人天生敏锐如狐。那个人总有理由往别处联想，是因为他从不放过任何一个细节，他也并非选择性地盯上谁，而是一个都不落下。

“所以你自己对邓少兵做了调查。”

“嗯，这是我的工作嘛。而且我们都知道，从邓少兵当时的表现看，他和案子没什么直接关系，不然证词的疑点不会只有这么一点，但他和嫌疑人之间似乎存在着某种特别的联系，而连接点应该另有他处。”

杜学弧眨巴眼睛：“所以我先行核实了，为了不浪费大家的时间。”

罗加问杜学弧都查了什么。

“查户口，片警最擅长的。”

杜学弧没有开玩笑，他的怪习惯之一是喜欢挖掘嫌疑人的前世今生，无限向前追溯。他也确实一路追查了邓少兵的人生轨迹。

邓少兵43岁，军烈属，籍贯湘南郴州，十年前迁入本市。丧偶，有一个14岁的儿子。这是户口簿记载的信息。到本市后，他当过货运司机，后来又开了七年出租车。

“技术还不错，但说不上很勤快，跑内城为主。收入中等吧，他基本只跑夜班。没拖过份子钱。”

“那个人比较讲礼貌，没见他和谁红过脸。不良嗜好？他好像不和我们打麻将。”

“邓少兵啊，有点装，跑夜班也要把车擦得锃亮，一天洗两回。偶尔上个日班中间还要回家洗车。为什么说他好面子呢？我就举个例，哪家结婚呀生孩子呀他都随礼，你说车队这么多人，熟的不熟的，很多时候也没去吃酒，搞得我们其他人要是不跟着随份子，面子上都不好看。”

“我给他介绍过对象，他不是很积极。也可以理解，带着一个都上初中了的孩子，难找。不过他儿子挺俊的，成绩也好，他经常给我们看他们两父子的合照。”

“我和他不怎么打交道，喊过他几次喝酒，他都不来。对啊，人家要陪孩子上补习班。人家起码有过老婆，看不上我们这些一辈子打光棍的。”

“少兵不错啊，他爸可是打过仗的，看他做事情不慌不忙。人仗义，我搬家的时候他也来帮忙。老徐丢孩子那阵子啊？我不知道他有没有帮忙找，我是转了两圈。我实话实说，我们开出租是手停口停，找人也只能做做样子。再说那个老徐和我们都不熟，不过我听说他家里最近做了装修，然后又请了保姆，有些事啊也是自找，乐极生悲，引狼入室。”

“对，他和那个跑黑车的老徐是老乡，就是腿有残疾，最近又死了孩子那个。你不说我都忘了，好几年前的事，老徐挂靠过来应该是他引荐的，公司规定要有担保人。你看，申请资料里的担保人写的是他的名字。”

当的哥工友们的证词复述到这里时，罗加挺直了身体。

“这就是连接点吗？”刑警问杜学弧，“邓少兵和死者的父亲有关系？”

“当然有关系，工友嘛。”杜学弧笑道，“这不是早知道的事吗？”

“一家出租车公司有几千名司机，挂靠更说不清，谁能想到这两个人原来这么熟。”

“谁说过他们很熟了？”

“呃？邓少兵不是死者父亲老徐的担保人吗？”

“罗警官把‘挂人头’这种事想得太规范了。”片警狡黠地笑，“填担保人只是个形式，不代表他们关系真的有多铁。你看，那个孩子失踪时，邓少兵也没去帮忙找。不过，他们是湖南老乡没错，我想相互认识也没错。”

罗加说：“别卖关子，你肯定已经核实过这件事。”

杜学弧摇摇头：“我是问了不少人，但没发现他们来往密切的证明，起码这两年没有。几年前邓少兵可能热心过一把，借名字给残疾老乡做担保人，但之后就没什么交集了。或许这中间有些情况变了，但我们不得而知。”

“你想说明什么？”

“也许有关，也许无关。”杜学弧神情暧昧起来，但随即摆正颜色，“不过，这不是我想说的邓少兵和嫌疑人之间的连接点。”

“那连接点是什么？”

“坐标。”杜学弧回答，“地理位置。”

后来罗加才知道，所谓坐标，指的是邓少兵家住的位置。

“邓什么兵？不知道。给我看照片也没用，没见过。”

“住几楼的？四楼的没什么印象，我认识二楼和五楼的。这是老楼，除了几户老住户，其他租客都一阵来一阵走。我记得四楼好像就一边有人吧。”

“我是外地人，上个月才临时搬来的。我爸在对面医院动手术，我租在这里方便照顾。太旧了，很潮湿，但为了省钱也没办法。”

“哦，开出租车的啊！不认识。开车的肯定早出晚归，没见过有什么奇怪？”

“喀喀，我记得这个小伙子。他来找过我一次，问我的房子能不能租给他。当然不行嘛，我和老伴两个人住，都住二十年了。我们老人家腿脚不好，所以住在一楼，那小伙子有点懒啊。就见过那一次，平时我们很少出门。他现在住四楼吗？对嘛，年轻人多走走楼梯有好处。一楼方便是方便，但黑，空气也不好。”

“那个师傅我见过，我见过他在楼下洗车，是住我们楼的。他应该是上夜班，白天睡大觉拉窗帘，有时中午见过他买菜。本来说有个当司机的邻居，有什么急事能找他帮个忙，后来也没打上招呼。我是主动打招呼了，他就不咸不淡地点个头。他家有孩子吗？没见过啊，他老婆也没见过。单亲的？哎呀，有困难更应该互相帮助嘛。”

“对，就住我楼上，是和他老婆一起住吧。老婆不在？那就是带过其他女人回来。正常。有那么几次吧，我在他家阳台上见过晾着的女人的衣服，晚上也有女人唱歌。”

刑警罗加后来皱着眉头责怪杜学弧，既然已经把左邻右舍都问了个遍，为什么不直接上门找邓少兵。

“别又说什么没有问话的理由。我知道你喜欢自己东找西找，胸有成竹了才去见人，但不用每一次都这么迂回吧？你看，这回耽误事了！”

杜学弧等对方发完脾气，然后平静地说：“我敲过门的。”

“呃？”

“昨天我已经登门造访过一次，但是没有人应门。”

“没有人在？”

“我不知道。我问过出租车公司，他昨天不上日班。”

“你是说他故意不开门？”

“我可能做错了。”那个片警苦笑了一下。这一次，他的神情有些无奈，并且罕见地呈现出一种歉疚，“我到出租车公司左问右问的时候就做错了。”

“做错什么？”

“我表明身份，说自己是警察。”

刑警沉闷地说：“这没错，我们是在调查案件。”

“是啊，有时不表明身份，事情就问不清。”

罗加说：“那个人知道警察在调查他，所以跑了，这更证明他心里有鬼。”

杜学弧点点头：“大体是这样。”

罗加认真地说：“你做得没错，错在你和我们说晚了。”

那个片警退让的神态转瞬即逝，恢复了嘻嘻笑的可恨模样。

“人家不开门你要怎么办？申请搜查令需要证据吧，所以不算晚。”

罗加无法反驳，如果不是这个片警自己左找右找发现线索，又领着他们来到距离的哥邓少兵的住处一公里外的公园，锁定了具体坐标，刑警队也没有申请搜查令的根据。这些事花了一整天，罗加后来明白了，那个任性的片警是在人情和职责之间，履行他所坚持的信念。

7月28日下午，警队雇请的开锁师傅把邓少兵家的门锁撬开，搜证的警员一拥而进，但那个房子已经被清空了。罗加看见杜学弧的脸上，无奈和歉疚又是一闪而过。

不久有警员跑过来报告，在洗手间的水盆下面，找到一小片睫毛贴。

刑警罗加蹙起眉头：“这间屋里果然还住过女人！”

杜学弧耸耸肩：“我不知道。”

众人在最靠里的房间里看见一个形状古怪的木凳，木凳上捆绑着绳子，墙角拴着一条细长的铁链。

一个敏锐的警员指着房间的横梁，叫道："装了监控摄像头！"

罗加跳脚问："人去哪里了，还没查到吗？"

有警员举起电话："铁路系统反馈了，邓少兵买了 7 月 27 日晚上 10 点到郴州的火车票。两张票，他和他的儿子。"

罗加盯着杜学弧："晚了整整一天！霍鑫那边也急！"

杜学弧说："看来是这样的。"

"这个人到底干了什么？他是段美芸的同伙吗？你还有什么没有告诉我？"

"你们有查到他儿子在哪儿上学吗？"

"什么？"

"我什么都没查到，我想他的孩子从来没有上过学。"

刑警惊愕而严肃地瞪着对方，但那个片警的神情反而轻松起来。

"我又不是无所不知的神仙，剩下的，我们一起去湘南问吧，他们的老家。"

6

清晨有些雾，带坡的石板路像一道桥，拱起的那一头如同伸入青褐色的纱帐里，但留在面前的这一头仍然轮廓清晰，一板一块，沟壑分明。邓少兵轻轻拉起闸门，卷轴还是卡，只能先抬到半腰，再往上举，铁皮"哗啦啦"作响。抖落的灰尘已经比两天前少了许多，上面黄黄绿绿的小广告还没来得及撕掉。他从屋里走出来，踱步到雾气袅袅的街上，不远处有人在用长柄的木勺洒水。路还是从前那样，一点儿没变。

虽然在邓少兵的心里，前店后家的方式毫无疑问是最适合他的，但他还没拿定主意经营什么。开一间杂货店如何？虽然没有进货的渠道和经验，但自己毕竟开了小十年的车，载过货也载过人，总会找到路子。他早早起来，就是想看看周遭，学习、借鉴一些经验。路没变，但人都变了。或者他像以前一样当个掌勺的？他有手艺，旧日开的小饭馆提供早中晚三餐，一天有一百来个客人，生意虽然说不上红火，但一家人温饱不愁。手艺可以重新捡起来，如果一个人忙不过来，他就只做早餐和午餐好了。但邓少兵仍犹豫不决，毕竟往事刺痛人心。

思量间，从石板路的尽头走出两个人影，他们从晨雾里现身，一个身材健硕秀颀，脸庞棱角分明，走路也带风；另一个显得瘦弱许多，四肢细长，小腹窄扁，好在步履轻盈，像个未长熟的少年，又像是某种犬科动物。邓少兵眯起眼睛望了一阵，心里就凛凛地抽紧，那两个人径直向他走来。邓少兵想过转身躲开，但最终留在原地没动，他站在街心挺直身体，用坚定的目光迎上两个不速之客。

“邓师傅好。”身材瘦小的那个男人先开口，举起手，寻常得仿佛邻里之间打个照面。身材高的男人落在后面一点。

尽管此刻见到他，邓少兵仍觉得他不像警察，但几天前，透过家门上的猫眼，那个人曾出示过证件。

“是……警察吗？”邓少兵问。

“我叫杜学弧，是片警，这位是罗加警官。”

“找我吗？什么事……”

“简单问点事，但比较重要，我们只有两个人。”

三个人站在湘南小镇铺着老石板的街边，薄雾霭霭的青色街道上几乎没有行人。邓少兵突然有了实话实说的勇气，他血统里的尊严告诉他应当如此，也早该如此。警察不是也没有成群结队地来吗？所以他望向那个叫杜学弧的片警。

“我见过你……你又来了。你一路跟着我找到这里吗？”

杜学弧浅笑着说：“我知道你在老家登记的户籍地址是在村小组。不过你别担心，我们没有在村里四处打听，你又不难找。”

邓少兵想说我没担心，但话到嘴边没说出来。他隐约明白那个警察这么说这么做，是出于善意。

“那……你们怎么找到我的？”

片警笑嘻嘻地说：“我们是警察呀，查查微信支付记录什么的很简单。”他停顿了一下，“主要是，你又没有隐藏行踪，不过是回家而已。”

对方看着他，片刻说不出话。

杜学弧问：“邓师傅，今天可以聊几句吗？”

出租车司机点点头：“进来说吧。”

“到屋里吗？”

“嗯。”

邓少兵领了路，三人弯身钻进卷帘门，穿过黑乎乎的店面。两个警察看见四处灰蒙蒙的，铺满灰尘和蛛网，木凳子都摞着。墙上有尚未剥落的宣传画和菜牌，零零散散，像一幅不完整的地图，正中贴着小店的名字：兵冰美食。

刑警罗加走在后面，开口问：“门要不要关上？”

出租车司机摇摇头。

店后面是里屋，因为已经打扫过，比外面整洁许多。墙纸斑斑驳驳，但花色仍然温馨。三人一路走，主人把客人径直领进靠里的卧室，房间里拉着窗帘，昏暗无光。

邓少兵回头说：“你们是来问话的吧？能说的我都说，也没什么好瞒的。”

幽暗的房间里，有一个男孩躺在床上，呼吸均匀，正在酣睡。男孩合着眼，睫毛很长，有一张俊俏而瘦削的脸，天气虽热，但头上戴着一顶针织的毛线帽。男孩的身上盖着薄毯，一只脚伸到毯外，瘦骨嶙峋，只有皮包骨头，脚趾弯曲内缩，像蜷着的小拳头。

邓少兵走过去，把被子盖好。

杜学弧问："他叫邓洋洋对不对？"

邓少兵点点头："是我儿子。"久远的美好记忆不期然地浮现，那位父亲笑了笑，絮絮叨叨，"他妈叫童小冰，原来我们说好了，孩子生出来，是男孩叫邓兵兵，女孩叫邓冰冰，结果他妈后来又反悔了，非要在名字里加上两点水。我们两个都没什么文化，没找着两点水的好字，最后只是简简单单给孩子取名洋洋，希望他长得健壮些。"

罗加问："是脑瘫吗？"

"嗯，不到半岁就确诊了。但这孩子笑起来一点都不像。"

杜学弧说："对，我看过照片，你们两父子的自拍合影，你们脸上挂着同样的笑容。"

邓少兵愕然地望着他。

"抱歉，我向你的工友要过照片。"那个片警合了个掌，"都怪我太好奇，怎么说呢，父亲和儿子比较少用自拍的方式合影。"

出租车司机低下头："是我自己的问题，我还把照片发到工友群……"

罗加也看过那张照片，上面的小男孩可能比现在小几岁，父亲和他头碰着头，以稍显倾斜的角度拍下合照。小男孩头上戴着和现在一样的毛线帽，笑得比同龄的孩子更灿烂。

杜学弧每次都能在不经意的细节里找到真相。

"为什么不发那个孩子的单人照呢？我想是因为那个孩子一个人坐不直。从手机上能看到，照片摄于两年前的 9 月，虽然只有两个大脑袋，没把衣服拍进去，但那个孩子大夏天戴冷帽，无论如何都显得异常。"

罗加说："所以你去查了邓洋洋就读的学校，结果发现那个孩子没有学籍记录。"

"嗯，再往前的信息就是顺藤摸瓜了。这件事的收获，在于我们多少了解到那个人的处世方式。"

罗加深以为然，人的内心和行为逻辑总是复杂却又统一的。杜学弧时常把一句话挂在口边：因由总是坐落在这一切的初始之处，世事的所有连锁反应都有其原生的答案。

罗加又望了一眼熟睡在床上的男孩，他裹着毛毯，露着小脑袋，嘴角弯弯，和天下所有的孩子一样乖巧。

孩子的父亲笑道："幸好这孩子能睡，天没黑就睡，一直睡到早上七八点。不然我都没法上班。"

刑警说："我们到外面说话吧。"

出租车司机点点头。三人走出房间，移步到旁边的客厅，外面有一个小阳台。布局和他在外地租住的房子很像，只是一个朝东，一个朝西。清晨的阳光已经爬上窗帘。邓少兵把窗户和窗帘都拉开半边，找来三张折叠凳，支开，拍掉上面的灰尘，大家靠在阳台旁边坐下。

司机说："没准备茶水，不好意思了。"

罗加问："抽烟吗？"

邓少兵接过烟，说："谢谢。其实也很多年不抽了。"

杜学弧说："担心影响洋洋吗？"

邓少兵平淡地说："也不算吧。"

烟点燃，那父亲又把窗户开得大一些，朝阳台的方向挪了挪身子。

罗加陪着抽，烟雾吐出一轮后，他开口："这么多年，你都没有告诉过周围的人你孩子生病的事吗？"

邓少兵苦笑："我是个没出息的人，有时别人问，听说你自己一个人带孩子，我都答，是啊，儿子，挺大了，听话，好带……我是一个恶劣的父亲。”

“不告诉不相干的人也对，那些人只会多嘴。”

那父亲摇头：“不，我只是好面子而已。你们也知道我逃跑了，对不起……”

刑警摆摆手，打断他：“你一个人照顾孩子也不容易，这孩子平时不出门吗？”

“孩子畏光，也怕吵闹。”那父亲浅笑着，搓搓手，“我想这样也好，白天我在家可以陪陪他，等他睡下，我再去交班。他一般都睡得安静，我也放心。孩子戴了监测手环，房间里也有监控，他要是醒了不舒服，我能赶回来。”

杜学弧说：“听说你基本只在内城跑，以家为圆心十公里的范围。”

出租车司机平淡地说：“上夜班就这点好，路上跑得快些，也没人注意。白天没办法，只好绑着他。”停顿了一下，“有时我也会请个假，如果那孩子精神好，晚上我会带他到外面走走。”

罗加问：“坐轮椅吗？”

“外面卖的轮椅太重太大了，折叠的又不够结实，我自己给他做了张凳子，吃饭也在上面，出门时可以装轮子。”那父亲的表情有点苦涩，眼角的皱纹里堆着歉疚，“每次都是等到夜深人静的时候，我才背着他和凳子下楼。”

两个警察都沉默。那对父子租住的房子在四楼。

隔了一会儿，出租车司机抽了口烟，又自嘲地笑笑：“有一两次，我也试着开车带他兜风，但那孩子在副驾驶座上绑不住，坐不起来……嗯，也有点打眼……”

“所以，你一般是带洋洋到公园吧。走路十五分钟能到的那个。”

邓少兵望向说话的片警，对方虽然用了问句，但语气却是陈述。他心里不由得抽动一下，话题总算到这里了。他微微低头：“是的……”

他本来以为警察会继续问下去，但那个片警又换了话题。

“对了，洋洋能说话吗？”

“呃……会一点点……”

“他是不是只会叫妈妈？”

邓少兵惊愕地抬头：“你……怎么知道……”

杜学弧笑嘻嘻道：“猜的。”

出租车司机哽咽不语，心中的情绪莫名翻滚，几乎要落泪。他有一种强烈的直觉，这个警察一定什么都知道，不过是在给予他可下的台阶，维护他的脸面。

刑警罗加在一旁观察着。他想起搜查邓少兵租住的房子时，那个家已经被匆匆收拾过，那个自制的绑住布绳的木凳子还留在那儿，估计是他们想带却带不走。衣服也留下了一些，但只有男装。

罗加想，相比于独自抚养一个残疾的儿子，这个男人更不愿意被别人知晓的，是他的另一个秘密。

杜学弧微笑着问：“洋洋看见你穿上他妈妈的衣服，是不是比平时笑得更开心？”

罗加望着邓少兵，见他喉咙上下滚动，慢慢吞咽了三次。那个父亲转头望向阳台，因为迎着旭日，他发红的眼眶变得不那么明显。过了片刻，他把烟捻灭，重新转回头，脸上也挂上笑容。

“是啊。那孩子长得像他妈，漂亮，长睫毛。我第一次在他面前穿上裙子，贴上长长的睫毛的时候，他咧着嘴笑，开口叫妈妈。他已经很久没有说过话了。那以后他总管我叫妈妈，真气人，我都不敢带他见人。不过没办法，谁让他爸爸是这么恶劣的一个人。”

罗加淡淡地说：“你也是为了孩子。”

“不是的。”邓少兵摇头，他鼓起勇气，“把儿子逗得开心只是碰巧，哄儿子也只是我的借口。是我自己喜欢穿女装，穿裙子，戴假发，涂口红，从小就喜欢。小时候，我爸在世的时候，他把木棍都揍断了。长大以后我又偷偷穿过几次，甚至跑到歌舞厅，混在人堆里偷着乐。”

两个警察沉默，出租车司机笑笑：“我想有些事情你们也查过，不必给我找借口。”

杜学弧说：“你妻子一定能歌善舞，我想，你很想念你的妻子。”

邓少兵失笑：“是不是有人说听见我半夜在阳台唱歌了？那两次我是喝多了，也想唱给儿子听……唉，你还在为我找借口，这样我觉得更丢人。”

那个失意的人静下来，过了片刻又打开了话匣子。

“不过你说得对，我时不时想我老婆。我第一次遇见她就在歌舞厅，她是其中一场的领舞，后来我被人揪住一顿打，她把我拖出重围。我老婆也是个怪人，对我这种人本该一脚踢开，但她却拉了我的手。她说，你跳舞还凑合，但歌唱得比我差一些，至于衣服的品位就不提了。她说，你看，我叫童小冰，你叫邓少兵，我们的名字一样，睫毛也一样，多好的缘分。后来我们结了婚，一起开了饭店，然后有了洋洋。他是我们的孩子，虽然那孩子只会叫妈妈，但我听着一样的高兴。我们花了几年时间接受那个孩子终生都无法被治愈的事实，一家人仍旧过着平静的生活。小饭店也一直开着，洋洋有时会坐在小店的门口。直至传出流言。你们应该打听过后来的事情。我已经记不清流言最早是关于我还是我老婆了，总之应该是当年去过歌舞厅的某个人，认出了我老婆，或者认出了我。流言不胫而走，他们说我是个变态，娶个小姐当老婆，而我们的儿子之所以天生残疾，是因为他的父母有性病。当时这事儿在小镇上闹得挺大，甚至有人到店里砸东西，说吃了好几年有病毒的饭。这事对我们家打击很大，你们都知道吧？我爸打过越战，死在战场上，我们家是烈属，大家都来看热闹。我妈很快一病不起，后来我老婆也跳河自杀了。她怀上洋洋以后，确实得过一次妇科病，轻症，和性病不沾边。我老婆说对不住我，哪来的事，其实所有的错都在我。”

两个警察静静地听完这个男人的故事。罗加又递了一根烟，邓少兵摆摆手。

罗加说：“所以，十年前你搬走了，带着儿子来到我们城市。”

出租车司机苦笑：“对啊，饭店开不下去了，没人上门吃饭，总得另谋生路。有人来店里闹事的时候，那孩子受到了惊吓，从那以后就变得怕光和怕人。其实我就是逃跑了，从家乡逃出来。这次也一样。”

顿了顿，目击证人邓少兵主动把之前没说的话都说了出来。

“抱歉，给你们添麻烦了。你们是来问那个偷孩子的保姆的事情吧？我是隐瞒了一些事，对不起。其实我以前见过那个女人。你们应该都查到了，其中一次就是在那个公园里。”

罗加心想，其实他们没查到，靠的只是那个叫杜学弧的片警神乎其技的推理。

“应该就是这个公园。”来找邓少兵之前，杜学弧领着一众警员寻找着他口中的坐标，他们在公园门口停下。“步行能到的距离，而且晚上不关门，附近独此一家。”那是一个占地二十亩的社区公园，杜学弧在那公园里蹿来蹿去，然后停在一片小树林里，“应该就是这里。树多，也在视野范围内。”

那时罗加也好，其他警员也好，没有一个人明白这个片警到底在说什么。

此刻，刑警罗加向出租车司机问道：“有一天深夜，你带着你儿子到家附近的公园散步，然后遇见了段美芸吗？”

目击证人说：“我不认识她，后来看新闻才知道她的名字。但我是在公园里见过她……”

“什么时候的事？”

“大约 2 月份。那时天气还凉，但那天有点回暖，所以我带儿子出门走走。”

罗加不由得用力地望了一眼杜学弧，然后又转回头问：“是在靠东边围墙的树林里吗？”

“嗯，我们时常到那片树林里休息，靠着树干看月亮。我就是在那里看见了她……或者说，是她看见了我。”

“当时……你是穿着女人的服装？”

“是。”出租车司机的语气已经比之前笃定了，他笑了笑，“我还跳了舞。那孩子坐在一旁，他喜欢看，每次都笑得咯咯的。”他停了停，声调变化着，“那天晚上，当我转完圈，就在月光下看见了那个女人。她站在树丛后面，一直在盯着我们看。那个女人的神情有种说不出的阴沉……我不知道她是第一次看见我们，还是已经看过好几次……其实有几次，我都听见附近有声音，但回头却没看见人。”

杜学弧问：“你是不是不止一次见过她？”

出租车司机点头：“是的。我记得她之前就坐过几次我的车，目的地也是那个公园。我们在车上聊过一两句，所以我对她有些印象，那天晚上一眼就认出来了……那天的月光很亮，我和她对望了两秒钟，我想她也一眼把我认出来了。虽然我戴着假发，穿着裙子……”

罗加问：“后来呢？”

“她转身就走了。我戳在原地很久，心里很慌张，但又安慰自己，反正是不认识的人，应该不要紧。后来，过了太久，我几乎都快忘了这件事，直到大概一周前的那天晚上……”

罗加说：“7 月 18 日晚上，你在开车途中紧急刹车，那时候，其实你已经认出了段美芸，对吧？”

出租车司机低下头：“是的，那时候虽然下着大雨，但是我开了强光灯，灯光有一瞬就照在她的脸上。那个女人的样子有些阴森……当然可能是因为灯光，还有我之前的先入为主……总之我能记住她的脸。我不免有些慌神，赶紧踩了刹车，在原地呆了几秒。我想如果不是这样，后排的乘客也不会说开门就开门，后面的摩托车也就不会撞上来了吧……”

罗加不禁想起杜学弧口中所谓的世事的连锁反应。

“所以后来警察到场，你隐瞒了认出嫌疑人的事。”

“是，我不敢多说话……”出租车司机又抬起头，“那时候，我真的不知道那个女人就是在老徐家偷孩子的保姆！我和老徐不熟，好多年都没联系过。所以一开始交警问情况，我只当作一般的交通事故，干脆说没看清是什么人，免得多事。后来来了更多的警车和救护车，我才知道那个女人是嫌疑犯。警察再找我问话时，我怕什么都不说引起警方怀疑，只说确实是看见了一个女人……”

罗加说：“那晚以后，你也过得不安心吧。加上又有警察在到处调查你。”

邓少兵苦笑：“我不过是自私，只想着自己的事。因为心虚，我一直关注着案件的调查情况，前几天，新闻里说警方发现了嫌疑人曾经逗留过的地方，不日将把嫌疑人缉捕归案，我心里就又开始慌。我想，你们在审问嫌疑人的时候，她会不会把见过我的事情也说出来，毕竟那天晚上，如果我没有开车差点撞倒她，或许她后来就不会把老徐的孩子丢弃在海边……那个孩子最后还死了。只要她说一句‘她认得我’，你们肯定会发现我在证词里有所隐瞒……我翻来覆去地想，越想越怕……”

出租车司机把目光投向跷腿坐着的片警。

“然后27日那天，这位杜警官就上门了。我知道你已经来过几次，到处询问我的情况。公司也告诉我有警察来过，问我是怎么回事。”

杜学弧说：“抱歉，希望你多理解。”

“不不，我不是这个意思……要道歉的是我。我明明知道自己多少能为案件提供一些线索，早就应该到公安局把事情说出来，但我始终鼓不起勇气。”出租车司机抹了一把脸，“你敲门的时候，我就躲在门后，你大声说你是警察，我实在不敢打开那扇门。那时候，洋洋也醒着，静静坐在屋里，我不知道打开那扇门意味着什么。我用手抓住门把，不知道自己是想把门打开，还是紧紧堵住……你走了以后，我心态就崩了。我到出租车公司办了长期交接，说有事，然后回家收拾东西……我又一次选择了逃跑，对不起……”

刑警罗加说：“算了，你作为父亲的心情我们可以理解。”

“不是的……”

“人生很多事情无法避免，人心刹那的软弱也无法避免，这可以原谅。”

那个父亲呆呆地说不出话。杜学弧暧昧地望了罗加一眼，那刑警把视线移开，抬手看看手表，站起了身。

“走吧，孩子也差不多醒了。”

目击证人愣了愣，也从凳子上站起：“你们……没有其他事情要问了吗？”

“差不多了。”

邓少兵想了想，说：“你们还没有抓住那个段美芸吧？她搭过我的车，和我聊过几句，我不知道算不算线索，虽然事情过去有点久……”

罗加说：“你说。”

“我刚才也说了，我在公园碰见她是半年前的事，载她的那几次也是差不多的时间。我曾经问过她住在哪儿，为什么常来这个公园，我记得她当时咧嘴笑了笑，脸色却很阴沉，我也说不清那表情是哭还是笑。”

杜学弧问：“她说了什么？”

“她说，这里就是我的家。”

罗加点头："知道了。有的人早知道了。"

目击证人低下头："对不起，我是不是让你们白跑了？我耽误了你们很多时间……"

罗加望向杜学弧，那个片警若无其事地侧转脸。刑警重新望向那个他们长途跋涉找到的目击证人。

"不，我们没白跑。你为我们提供了意想不到又足够多的线索，谢谢你。"

另一个警察眨眨眼睛，冲目击证人笑："是真的。你刚才说的就是最重要的线索。"

邓少兵发着呆，但莫名又感到安心。两个警察已经向外走去，他急忙赶上前领路，一直送到店面的闸门旁。那个片警停住脚步，转头看他。

"对了，邓师傅的饭店什么时候重开？"警察指了指仍旧贴在墙上的菜式图片，"我对你们家的土鸡煲比较感兴趣，别的一般。"

"这个……我没定……"

"是吗？"杜学弧耸耸肩，"我还说等下次来，顺便过来尝一尝。"

"下次……"

"你没有逃跑，你只是回家而已。"罗加说道。

邓少兵张张嘴，定定地望着对方。

杜学弧笑道："我们只是猜。"

罗加说："事情瞒不下去了，你也没想继续瞒。但是与其在异乡被人看笑话，那还不如回家来。"那刑警停了停，心里有些别扭，总觉得自己说这种话无论如何都没有那个片警像样，但他还是继续往下说，"不，我想你考虑的是，与其在事情曝光后再离开，还是应该自己主动走。既然你选择了回家，就不该以逃跑的方式回。"

邓少兵低头说："这仍然是逃跑……"

"但是这次，你把门打开了。"

“呃？”邓少兵愕然转头，看着插话的杜学弧。

“这个啊，”杜学弧笑着，指了指那家小饭店的闸门，“你把这扇门打开了。你告诉家乡的人们，你已经回家了。”

邓少兵嘴唇颤抖。

罗加拍拍他的肩膀：“加油干。人生哪里都是战场，你没有逃跑。”

两个警察说完话，弯腰钻过闸门。

“他和我说过最多的话，是不要当逃兵。”

两个警察回头，看见那个父亲眼睛湿润。

“每次他把木棍打断以后，会静静和我说，人生有很多选择，但不要当逃兵。我没有活成他希望的模样，但以后，我想和他一样勇敢。”

警察笑笑说：“我们相信你。”

7

早晨的湘南小镇渐渐苏醒，两边的店铺纷纷开张。两个警察并肩走在老旧的路上，脚下的青石板泛着粼粼的光。

看到袅袅炊烟的时候，杜学弧问：“要不要吃早餐？”

罗加哂道：“有这个时间吗？我们今天还要去多少个地方？”

杜学弧耸肩：“我怎么知道。”

“打道回府？喊上早上被你撇下的其他兄弟？”

那个片警笑嘻嘻道：“你也知道，人多不好办事。”

“这次你又是故意的吧？”

“嗯？你指哪件事？”

“所有事。你到处调查邓少兵，还在他家门外大声说自己是警察，这可不是你的风格。你这是要故意把邓少兵放走，让大伙儿长途跋涉白跑一趟。”

杜学弧踢踢小石头：“我不是承认我做错了吗？我说了，有时不表明警察的身份，事情就问不清。”

“少来，我们都知道你的手段，哪怕不专程往这儿跑，你也早已搞清楚邓少兵的生平。你这么做，只是想逼着他早早回家。”

那个片警摇摇头：“你高看我了。哪来这么多未卜先知，我也无法知道邓少兵会做什么选择。就算我们能了解一个人的全部生平，也无法了解他真实的为人。我说我可能做错了，是真心话，说到底，我们还是因为案件的调查，对别人的人生造成了巨大的影响，哪怕他们和案件本无关系。”

刑警呆了呆，心里不舒服，莫名感到对方话中有话。但那个片警又笑起来：“不过幸好邓少兵和本案也不是毫无关联，不然害得大家长途跋涉白跑一趟，我更加罪大恶极。”

罗加讪讪地说：“我不否认跑这一趟的收获。”

杜学弧笑而不语。罗加走向一家卖扁粉的早餐店，门外面就摆了桌子椅子，他拿起菜单回头：“你吃什么？”

“你也不问问我要不要到这家吃。”

罗加不理他，点了两碗粉，端了凳子到街边，杜学弧也坐下，户外好说话。两个警察望着街上湘南小镇的风景，罗加说：“掌握了嫌疑人段美芸以前在郴州的二三事，也够回去找孙局和老霍报销火车票了。尽管还是没找到她的行踪。”

罗加以为杜学弧会调侃“这算不算将功补过”一类的话，但这次那个片警没搭话，一只手支着下巴望着街面。时间还早，店里人少，米粉片刻就被端上来。罗加掰开筷子。

“不过我们查了一下，邓少兵和死者一家其实算不上是地道的同乡，邓少兵出生在广西，她老婆则是贵州人，但邓少兵从小跟他爸的部队转驻郴州，也算是本地人。”

“嗯。”杜学弧已经开始闷头吃粉。

“总体看，邓少兵还是和案件没有直接的关系。他帮忙给老徐当担保人，是见别人身体残疾，心肠还是热的。对了，老徐还当过货运司机，也是邓少兵指的路。”

杜学弧没抬头，说：“他俩是地道的同乡，也可能是别人传的。”

罗加侧过头看他：“你到底还知道什么？”

那个片警笑笑：“目前为止，我知道的都告诉你了。对了，关于热心肠，和你说个小事。”

“邓少兵和老徐的事？”

“嗯。你不是一直怀疑邓少兵和这宗案件的连接点，在于他和死者一家认识吗？这种联想很正常，我一开始也这么想，但后来问了一圈，他和老徐确实没打过什么交道，我才转而考虑其他的连接点。”

罗加听得认真，对这个片警的思路兴趣颇深。

“这里面有什么问题吗？”

“先说明，我只是猜想。最初他们起码有点头之交，好歹是半个老乡嘛，但后来变得更为疏远，我想是两年前的事。”

“为什么是两年前？他们发生过矛盾？”

“应该算不上是矛盾。我问过出租车公司的人，邓少兵把自己和儿子的合照发到工友群里是在两年前，从时间上看，那时候徐家女儿应该刚出生不久。”

“啊！你在说什么？”

那个片警笑：“别紧张，我没说这事和案件有关。总之，我把人家的手机借过来，翻看了那个群的聊天记录，果然，老徐也在群里发过他女儿的照片。老徐先发的，有些司机跟着发自己的孩子，后来邓少兵也发了。两年前的 9 月 11 日，父子合照也是当天拍的。”

“这……算什么事？”

“不算什么事。有些司机称赞邓少兵的儿子长得帅，大伙儿起哄，老邓老徐两家结娃娃亲好了。女孩的父亲回了一句，照片不可信，还得先看看真人。”

罗加愣住，隔了好半晌。

“所以，这就是因由吗？邓少兵和儿子拍合照，并且发在群里，后来又总是在别人面前表扬自己的孩子，和老徐则断了联系，在老徐的孩子失踪时，也显得漠不关心……都是因为这一句话吗？邓少兵看不惯老徐一个残疾人还这么趾高气扬？”

杜学弧问：“你可以理解吗？”

罗加叹气：“可以理解，也不太理解。不过，这确实符合邓少兵好面子的性格。人的内心和行为逻辑之间有着复杂的联系，但总是统一的。他只是个普通人。”

片警不说话，低头吃粉。刑警想了想，又说：“这也说得通，邓少兵说他对段美芸的相貌印象很深，一眼就能认出来，我还有些疑惑，保姆的照片早在新闻媒体上反复出现，如果他之前看到了报道，就会知道段美芸就是偷孩子的保姆，或许那天晚上他就能开车追上去了。你说得对，世事总是环环相扣……”

罗加突然停住，心里莫名一寒。他猛然望向坐在一边闷头吃粉的人。

“有没有可能他在说谎？”

杜学弧没答。

“他真的完全没看过报道吗？这件事在网上广泛传播，我想出租车公司的司机之间也会讨论，他就一点没关心？他对老徐心里有芥蒂，就连报道都不打开看一眼吗？从心态上说其实恰恰相反吧？7 月 18 日晚上，他为什么吞吞吐吐地做伪证，后来又躲着警察，甚至带着孩子匆匆搬走，心虚害怕到这个程度？除了他自己说的那些事，更有可能是因为他从一开始就知情不报吧？他早就认出了段美芸，但他没有向警方提供线索；7 月 18 日晚上，他在停车时也看见了段美芸手里抱着孩子，但是他根本没有想过去追，而是发动汽车打算离开……他心里有怨气、妒忌，觉得老徐一个残疾人却生出一个健康漂亮的孩子，是这样吗？”

刑警的情绪不禁激动，一种对人的判断的骤然颠覆，让他感到焦虑和惶急。原本温情的气氛荡然无存。片刻，他平静了许多。

“如果邓少兵早就认出嫌疑人，却故意见死不救，那性质就变了。现在想想，那个人做事说话，一字一句都显得讲究过头。这有多少是伪装？”罗加望着杜学弧，问，“他有没有说谎？”

那个片警放下碗筷，淡淡地说：“我不知道。我说过了，哪怕我们能了解一个人的全部生平，也无法了解他真实的为人。我们只是猜，就连他对老徐心存芥蒂也是猜，就看是往好的方向还是坏的方向猜而已。”

刑警说：“我们再回去找他问话！”

杜学弧摇摇头：“我们没有证据说人家一定看过报道，看过也不能说人家一定能把嫌疑人认出来。何况，现在纠结这件事已经没有意义，说到底，没有证据，邓少兵就是和案件无关的人，没有重大的过错，只是个普通人。”

罗加抿嘴不语。杜学弧说：“即便他犯了错，也已经付出了代价不是吗？”那个片警突然笑起来，“对了，你不是还盗用了我的台词吗？”

“呃？”

“人生很多事情无法避免，人心刹那的软弱也无法避免，这可以原谅。这是你对邓少兵说的。”

罗加呆了呆。

杜学弧说："你擅自用了我的话，没给版权费。"

罗加说："放屁，这是严初冬警官书里的原话，姚盼非要推荐给我看……不过，那主要是你的话。"

那个片警笑嘻嘻地说："原来你看过老严的书。"

刑警苦笑了一下："刚才临走的时候，我还煞有介事地对人家说我们知道，其实我什么都不知道，以后我还是不抢台词的好。"

杜学弧说："我也一样不知道，我们都是普通人。"

刑警沉默了一会儿，笑："邓少兵说，他在新闻中看到警队发公告，不日将把嫌疑人缉捕归案。"

片警也笑："话说，这个新闻通稿是谁写的？上周六播的吧？"

"谁知道，安抚民众呗，谁知道我们离破案还差得老远。"

"是啊，谁知道我们还在焦头烂额。"

"其实你已经胸有成竹吧，孙局对你信心满满。"

"哪里的事，还差很远。你不吃粉吗？我都吃完了。"

"没心情。"

杜学弧哈哈笑："你也开始和我一样孩子气了。"

刑警罗加说："说案子吧，一个热心肠的小事说到现在，你已经故意扯得太远了。"

"嗯。"

"邓少兵到底和这宗案件有没有关？"

杜学弧点点头："有关。"

"你说的还是坐标的事吗？我们在公园树林附近的清洁工临时屋里，找到段美芸的生活痕迹，证明她确实在大半年前曾用假身份应聘清洁工，从 1 月到 6 月一直住在公园里——直至 6 月初成为徐家的住家保姆。"罗加停了停，"邓少兵说段美芸曾告诉他，自己的家就在公园里，倒也不假。你说这是个重要线索，也没错。"

杜学弧模棱两可地点点头。罗加侧眼看他，见他不作声，又道：

"我想到个事。我想邓少兵忍不住搬家的原因，你调查他是一个方面，我们发布的那则新闻也是重要原因。"

"哦？"

"距离7月18日已经过去两周，我相信你早就开始调查他了，而他是上周六看到那个新闻以后，才开始考虑搬家的。"

"因为我们说很快会抓住嫌疑人？"

"不仅仅这一点，他可能对内容也有误解。他误解了'嫌疑人曾经逗留过的地方'是哪里。"

"以为指的是那个社区公园吗？"

"嗯。警队的通稿里没有披露东城货场这个地点，我在网上也没有看到这样的说法。"

杜学弧笑："原来你一直盯着，你担心那个叫牛祥春的摩的司机又在网上发言吗？"

罗加没理他，接着说："邓少兵误以为我们已经知道段美芸就住在公园里，所以他才开口说我们查到了那个公园，后来又主动提供线索，说段美芸告诉过他这件事。说到底，是因为他知道嫌疑人就住在公园里，又得知警察已经掌握了嫌疑人的住址，抓到嫌犯指日可待这件事，一旦审问，嫌疑人很可能会说出在树林里见过他穿女装跳舞的事，所以他之前才担惊受怕，想跑。后来见我们找上门来，躲不过了，才主动交代。"

刑警停了停，又道："还有一件事。在他家里，邓少兵说到为什么担心嫌疑人把他的秘密说出来时，最直接的原因，当然是段美芸就住在那个公园，看到过他穿女装跳舞，但他却绕到那晚撞人那一茬事上，这很不合理。现在回头想想，或许他其实更紧张7月18日晚上的事，他真正害怕的，不是秘密被公之于众，而是警方怀疑他故意放走段美芸。如果是这样，他一定当时就知道段美芸就是偷孩子的保姆，他们之间一定还有别的事儿。他心虚了，才刻意掩饰。"

罗加望向杜学弧："我想这些事你早就知道。"

杜学弧笑道："罗警官，和你合作真好。"

罗加心想，夜枭罗加也不是吃素的，但随即又感到沮丧，他知道自己能一念及此，全是因为那个叫杜学弧的家伙的引导。

"但我不明白你为什么连地点和时间都知道。"刑警说。

"哪个地点和时间？"

"你通过推测邓少兵带着儿子外出的活动范围一定离他自己的住处比较近，从而找到了邓少兵看见段美芸时的地址——公园，这不算太难，但是你竟然连那片树林都锁定了，而且，你连他们碰见的时间都知道，2 月份，半年前。"

那个片警笑："我哪里知道了，我只是猜说不定是半年前的事。"

"你为什么会知道半年前这个时间点？那时候有什么事？"

杜学弧静了一下，说："看来有件事你们确实没发现，或者忽视了。其实笔录里有。"

"什么事？"

"老徐家最近做过一次装修。"

"装修？"

罗加努力回想各种证词笔录，可能在和死者家人谈话，或者周边问询时有这么一说，但印象模糊。他旋即放弃，承认自己从来没关注过这看似毫无关联的一件事。

"装修是怎么回事，是半年前的事？"他问。

杜学弧点头："笔录上说房子是最近刚装修好的，但我查了一下，老徐家是在半年前开始装修，只是最近才重新住回去。"

罗加蓦然张了张嘴："住回去？"

"是的。大装修，开工时没法住人，所以他们一家临时搬出去，在外面租房子。而且考虑到女儿年纪小，装修结束后又晾了几个月味儿，直到 6 月初他们才住回去。而他们搬出去住的时间，就是今年 1 月。”

刑警睁大眼睛：“这期间他们住在哪里？”

“北佩路的一个小区。单说路名你可能对不上，我直说吧，那个小区也挺大，有一段就挨着社区公园的围墙，公园在西边，徐家住在小区西侧外围，从公园东侧围墙的树林里，可以清楚地看见他们家的阳台、客厅、卧室。总之是在视线范围内。”那片警笑了笑，“房子朝向不好，不过临时的家也不讲究。”

刑警罗加面色铁青，一种阴森的联想让他不寒而栗。他想起杜学弧在公园东找西找时，就用过“视线范围”这个词。

“这就是你说的……坐标？”

杜学弧点点头：“我说的坐标是家的所在。段美芸说自己的家在公园里，也是一样。这个坐标对应的家，是指老徐一家。”

“段美芸在进入徐家当保姆之前，其实就一直在……监视？”

“嗯。段美芸住在公园里，不止一次在深夜看见邓少兵带着他儿子来到树林里歇息、歌舞。邓少兵说那个女人一直在看他们，其实段美芸一直在看的不是他们，而是老徐一家，不分昼夜。”

刑警舒了口气，整理思路，渐渐又有更强烈的寒意。

“段美芸在公园干活时盯上了老徐一家，所以……不，时间太凑巧了！”

杜学弧说：“是的，时间太凑巧了。徐家从 1 月 17 日开始租住在那个小区，段美芸则是在 1 月 25 日应聘成为公园清洁工，住进公园里。两者几乎是前后脚，关键是，是徐家先搬到了那里。然后，6 月 3 日徐家装修完毕，举家重新住回原址；两周后的 6 月 15 日，段美芸通过中介机构的介绍，来到徐家成为住家保姆。时间无缝对接。”

片警停顿了一下，望向和他搭档的刑警。

“段美芸不是在公园里当清洁工时，偶然看见老徐一家，因为被温馨场面或者别的什么吸引，所以后来去当他们家的保姆的。事实上，在更早之前，她就已经对死者一家紧跟不放了。”

那片警突然笑起来。

“对了，你看我这个小片警是怎么参与到这宗大案要案里来的？我可没主动申请，也没多管闲事，我做的都是分内事。我先是参加了死者一家最外围的走访问话，后来死者在海边树林被发现，需要沿途搜证，我又被抓了壮丁。因为有这些由头，孙局才会让我跟着罗警官学习。”

“你在说什么？”

“段美芸的行踪始终没有跨几个警区呀，否则我哪里有机会参加最早的走访？”杜学弧道，“无论是案件发生前，还是案件发生后，嫌疑人从来没有走远过。”

刑警愣了一会儿，只觉得后背冷汗涔涔。他沉声问：“段美芸为什么盯上死者一家，到底是从什么时候开始的？”

“不知道，也许是一开始。”

“什么叫一开始？果然是和另一边的案件有关吗？”

那个片警暧昧地笑了笑：“你不奇怪为什么邓少兵能好几次载上段美芸这个乘客吗？作为满街跑的出租车，重复拉到一个乘客的概率有多高？”

罗加说：“我也怀疑过这一点。如果采信邓少兵的话，他不认识段美芸，那就只有一个可能性——段美芸认识邓少兵。她在他习惯行车的地方等待，故意坐上他的车。”

杜学弧点头：“我也认为只有这个可能性。”

“原因是什么？除了徐家，她也盯上了邓少兵？”

“不，我想她关注的还是徐家。”杜学弧想了想，“也不排除她先是在公园树林里见过邓少兵穿着女装，所以故意坐他的车，为的是品格检验。”

“品格检验？”

“因为他是担保人啊。邓少兵是老徐的担保人。”

罗加愕然无言，心中有一种怪异的联想，却无法成形。他直觉那个片警又把话题岔开了。

杜学弧又道：“不过，段美芸并不清楚邓少兵和老徐一家的真实关系，她也没有检验出邓少兵的真实品格。譬如把死去的孩子丢下这件事。”

刑警转头：“你说什么？”

“嫌疑人最后为什么会把那个孩子丢弃在海边的树林里，我一直在思考这个问题。”

小镇街上的行人已经多起来，人来人往。两个警察坐在街边小店的角落，一束阳光照在脚下，形成明与暗的分界，他们两人似乎在超然地观察着世界的面貌，随时提醒自己，其实所有人，无一例外都身在其中。

“不是因为她被爆炸案的那两个嫌疑人在后面追赶吗？”罗加问。

“段美芸横穿马路应该是为了逃避那两个人，但穿过马路以后不是。那两个要犯没有看见段美芸，向酒吧街另一个方向走了。”

“那……是因为邓少兵？”

杜学弧望了望街，又把目光收回来。

“有一个关键点，其实我们都能看出来。邓少兵之所以害怕段美芸会把他的事情说出来，是基于一个判断，那就是在7月18日的那个雨夜，两人在出租车灯光里的那一瞬间对视，邓少兵认出了段美芸，而段美芸也认出了他。”

罗加说：“是这样。现在来看也变得合理。邓少兵对段美芸印象深，是因为他穿女装跳舞曾被对方撞见，心里一直紧张惦记。而段美芸则是本身就认识邓少兵，故意好几次坐过他的出租车。所以仅仅一眼，两个人都能认出对方。”

罗加停顿一下，说："我明白你的意思了。段美芸认出了邓少兵，因为怕被对方开车追赶，所以穿过马路后，随即把已经死去的孩子丢弃在海边。邓少兵也是事后联想到这一点，所以对 7 月 18 日晚上的事情特别心虚。"

杜学弧说："也对也不对。"

罗加望着对方。那个片警分析起来。

"我想嫌疑人不是怕被追赶。她从东城货场的铁皮屋离开后，抱着那个死去的孩子走了不少路，根据沿途的目击证人叙述，段美芸曾在察觉自己被别人注意到后，匆匆躲开。但她始终没有把孩子丢下。我想，她应该是没想好。毕竟就地一丢，自己可能逃不掉，而丢在别人看不见的地方，又不保险。"

"不保险？"

"是的，直至看见邓少兵。她不是怕被邓少兵追赶，正相反，她希望邓少兵能追过来。横穿马路后，是漆黑的海边树林，躲藏和逃逸的方法都很多。邓少兵当时开着车，无论开车还是步行，追过去都需要时间。所以她不是怕被追赶，她是主动把孩子丢弃在那里。"

刑警直起身体："嫌疑人希望那个孩子被尽快找到？"

"我想是的。段美芸以为邓少兵会追过来，她把孩子放在树林里，因为她见过那个人穿着女人的衣服，在树林里，月光下，为身患残疾的儿子起舞。可惜她还是判断错了。邓少兵也许是一个好父亲，但他对自己的孩子用心，并不代表也会对别人的孩子用心。"

罗加沉默了一秒，说："结果邓少兵根本没去追。要不是牛祥春的摩托和出租车相撞，引来了警察，死者不知道要多久之后才会被发现。"

"别忘了，还有后排的乘客呢。"

"你是说那个叫谭淼淼的女白领？"

"我老是记不住女人的名字。"那个片警笑，"因为那位女乘客一直注视着车外，所以也看见了匆匆跑过的段美芸。正是因为她向警察如实陈述自己看见一个女人手里抱着孩子，才让死者被更快地发现。挎在那个女孩身上的小水壶，甚至还有点暖。”

刑警说：“现场不知哪个警员多嘴说了一句，结果民众以讹传讹，在网络上传成死者被发现时还有体温。真是世事如棋。”

“可不是。”杜学弧淡淡地说，“女乘客，摩的司机，还有邓少兵，他们三个不仅仅是目击证人，其实都直接推动了案情的发展，同时也身陷其中，他们都和案件有关。”

刑警罗加呆了半晌，心里隐隐激动。好一会儿，他哂道：“行了，我承认邓少兵和案件关系匪浅，但谭淼淼和牛祥春够牵强的。你也不用给自己那些多管闲事找借口。”

杜学弧嘻嘻地笑：“被你识破了。”

早餐店的服务员见两个顾客一直久坐，占着桌子，走出来指着罗加的那碗已经变成糨糊的米粉，问还要不要。罗加摆手让他收走。杜学弧对服务员笑：“我们马上走。”对方皱着鼻子走开。

罗加盯着杜学弧：“还没说完！”

“没说完吗？”

“嫌疑人为什么希望死者被尽快找到？这件事你还没说。”

“我也不知道，得查。”

“别给我装，你肯定心里有数。”

那个片警笑了笑，这次的笑容尤其地淡。

“我还是只能猜。也许和东城货场铁皮屋里雪柜中的线索同理。还有嫌疑人喂那个死去的女孩喝温开水也是一样。”

刑警皱眉：“你是说掩盖死亡时间？就这么简单？”

“不，不是这件事。我说的是在雪柜里找到的黄色线头。”

“有线头不是很正常吗？死者失踪前身穿黄色的外套，和被发现时的穿着一样。”

“但是，死者失踪的时候，周边却没有找到目击证人呢——没有一个人曾看到一个中年女人拉着一个穿黄外套的小女孩走在路上，监控中也没有。”

“这个容易理解，嫌疑人把孩子带离家以后，很可能马上给她换了衣服，这也算拐卖孩子的基本操作了。虽然那几天下雨降了温，但 7 月份披个小外套还是有些热，刚好直接脱下来……”

刑警没说下去，他已经意识到自相矛盾的地方。

那个片警淡淡地说：“既然把外套脱下来了，为什么嫌疑人把孩子放进雪柜时，又要穿回去呢？那个时候，她明明已经死了。”

罗加心里“咚咚”地跳，他想抗辩说，也许还有些未知的中间环节，那孩子在遇害前又重新穿上了外套，但一种强烈的直觉告诉他并非如此。

杜学弧说：“其实你也心里有数。”

罗加沉声问：“那个女孩到底是什么时候死的？”

“不知道，现阶段我们只能猜。嫌疑人把死者放进雪柜，又给她穿上衣服，抱出来之后，途中喂她喝温开水，最后把她搁在海边树林，希望她尽快被发现，我猜想都是基于同一个因由。”

那个片警转头望着小镇老街，说道：“而这是全部事情的原生答案。”

第二章　2 个嫌疑人

1

刑警霍鑫怒不可遏。

“监控。”女警姚盼翘着手靠在墙侧，提醒道。

坐在铁桌对面的那个男人抬手，用手指推了推软胶材质的眼镜。因为两只手拉开了距离，镣铐“哐啷”作响。

“那个警察死了没？我下刀很准的，插心脏和左肺交界的位置，最痛。”戴眼镜的男人咧开嘴笑，眼眶一圈泛着白光，“我兄弟全部死光了。不用客气。”

姚盼说：“休息一下。”

霍鑫虎着脸坐着不动，光光的头顶冒着热烟，两个拳头也捏得嘎嘣响。姚盼从墙角弹直身体，瞪着他，转身开门出去。刑警霍鑫的身材魁梧如铁塔一般，他重哼一声，过了一会儿起身跟随，把审讯室的门摔得震天响。

“要不要让湖南那边这会儿接手？”在走廊里，女警明知故问。

“想都别想！小林还躺在监护室呢！”

“孙局说再给我们四十八小时……最多三天，各方的压力都大。”

“那是那两个家伙提的要求，我不知道那小子顶个屁用。”

“但是到时湖南那边接手，肯定会提减刑交易，对他们来说，隐患大过天。”

刑警霍鑫停下脚步，身体僵硬，心里又悲又怒。

两周前的7月18日，城南的派出所接到群众报案，有两个外省口音的男人在码头附近的大排档吃霸王餐，用啤酒瓶敲了店老板的头。这两个男人一高一矮，矮的那人的胸口还有文身。但民警赶到现场后，两个外地男子已经没了踪影。其后有巡逻警员通报，先是在长顺街，后在海滨路东端的酒吧街附近见过形象相近的两个人。酒吧街距离码头不算远，那两个外地男子形迹可疑，兜了一圈又回到海边。城南公安分局的老大留了心眼，怀疑这俩人身上有案子，当夜联合海关，派了一个小队到那一片码头巡查，专盯走私偷渡多发的区域。那夜大雨，船只稀少，凌晨时分从港外“嗒嗒嗒”开来一艘柴油船，等船靠岸上人时，警察亮起手电，船上和船下的人一时间四散跑路。雨太大，那晚警方把船扣了，逮住几个打算偷渡去香港的罪犯，但有几人趁乱逃走了。抓逃的过程中，有警员在手电的强光里看到了一个穿黑背心、胸口带文身的男人，文身是一个狼头，可惜让他逃了。

市刑侦支队谨慎起见，向湖南方面征询通缉胸口带狼头文身的在逃嫌犯。一开始，对方说没查着，档案系统里没有。隔了不到一周，又来消息说，好几年前，湘南和黔东南地区，有几宗恶性抢劫案，警方怀疑和本次的案件是同一个团伙所为，其中一人上身正面有动物一类的文身，但目击者当时没太看清，证词模糊，档案也记得不全。由于线索不明朗，当年的案件又跨了省，湖南的警队没有当机立断，虽答应会派人过来，但迟迟不见行动。市刑侦支队没敢放松，在不声张的前提下继续搜查嫌疑人行踪。7月24日，警队接到线报，有疑似人员投宿在城郊的旅馆。一队大队长霍鑫领了任务带队去查，由于情况不明，身上只带了三四支枪。结果，一打照面，那两个嫌疑人就亮了炸药包。几个警察投鼠忌器，一边急着疏散旅馆里的民众，一边窥准机会开了枪。胸口带狼头文身的矮个子男子被当场击毙，另一个高个儿的嫌疑人的眼镜掉落在地上，他眯着眼睛举手喊投降，把放炸药的背包也丢到一边。警察们见炸弹已经缴了，一时松懈，上前给犯人上手铐时，那眯着眼睛的人原本蜷缩在地上，突然就抽出了弹簧刀。刀刃自下而上斜斜刺入一个警员的胸口，又被抽出。血溅了一面墙。犯人被捕以后，湖南警方紧急核查了几次，才支支吾吾把案情信息说全。原来这两名男子在当年所做的那几宗抢劫案里，都用上了工业炸药，背了好几条人命，死罪难逃，难怪犯人凶悍如斯。

人抓到后，湖南郴州派了人火急火燎地赶过来，伸手就要把案子接过去，霍鑫坚决不给。遇刺的警员叫林钧，左心室破裂，失血 2000 多毫升，一直没醒过来。那年轻人事事冲在最前面，在狼头文身的悍匪失手将雷管掉在地上时，毫不犹豫开了一枪，命中悍匪的眉心。医生说，哪怕林钧侥幸能醒，以后也拿不稳枪了，脑子因为缺氧萎缩得厉害，将来可能连自己吃饭都困难。林钧跟了霍鑫八年，是霍鑫手下最猛的兵，两年前结婚时，霍鑫是他的证婚人。

这时候，上级对林钧没有等增援就开枪有些微词，毕竟有警员受重伤，更重要的是能开口说话的要犯少了一个，领导丢下了一句保留问责的话。湖南方面想抢人借题发挥，后来贵州那边也想伸手。霍鑫怒火冲天，说枪是我叫小林开的，有事儿冲我来。市公安局局长孙明玉指着霍鑫说你出什么头，这件事他会想办法的。

案子一压就是一周，形势却已经到了刻不容缓的地步。

问题在于，唯一一个活口不开口。

霍鑫和姚盼穿过走廊，走到市公安局的前厅，两人到饮水机前接水的时候，洪长安端着纸杯走了过来。

“你们也用纸杯吗，不环保哦。”

那个从郴州来的警察很瘦，两边脸颊向内凹，像个泄了气的人形气球；眼眶也深陷，鼻子尖，嘴唇凉薄，神态总介乎游离和专注之间。他说话有时候很谦和，有时候又话中带刺。姚盼第一次看见他就知道是个难缠的主，这个刑警资历深，城府更深。

光头刑警霍鑫哼了一声，转身不理他。

“洪警官早。”女警姚盼用手掌托住杯底，平静地打招呼，“后勤科连保温杯都没给你准备吗？接待不周，抱歉了。”

洪长安像个老干部般摆摆手，动作自然，但并不让人厌恶。

“开玩笑的，现在谁有心情坐在办公室泡茶。你们昨天又审了一宿吗？”

他说话很慢，咬字清晰，没有一点儿口音。

霍鑫干脆地走开。姚盼看着她的搭档拂袖而去，没拦。霍鑫头上不长毛，但身体却强壮如棕熊，打架没人打得过他，整个刑侦支队只有罗加勉强能和他过招，到后面绝对力量还是要压倒技术。但霍鑫是个蛮汉子，不会耍嘴，他心里愤懑，但有自知之明，走开是因为懒得吵吵不赢的架。

洪长安对留在原地的女警姚盼说：“抽得开空儿的话，聊两句？”

姚盼握着杯子，点点头。不论她对洪长安这个人反感与否，她都懂得审时度势，这种时候，她不想给老大孙明玉添乱。

来自两地的两个警察走出公安局，踱步到院子外。阳光从树梢直插而下，虽然方才几人打招呼说的是早上好，其实已经快到晌午。姚盼心里想，洪长安没有带着他的人，踩着上班的点到局里晃荡，也算讲究。

“林警官情况稳定些了。”湖南警察站在树荫下开口。

对方居然拿这一点当开场白，姚盼心里骤然有些火大，瞪着对方：

“你说什么？”

“早上我去看了他。这点事我还能做。”

“你想干什么？”

“别误会，你们都忙得分不了身，我们这些闲杂人员就想看看能不能帮点忙，可惜医院不让带花或者水果，我只能空手去。”

姚盼心道一点儿误会都没有，这种行为让人倒胃口。她说：“谢谢你了，我很好奇我们的伙计居然让闲杂人员入内。”

洪长安恻恻地笑：“我也怕他们瞪眼，溜去看的。”

姚盼心里生厌，但又突然发不出火来。她莫名觉得，这个烟鬼样的人的做派和杜学弧有些像，就是气质阴沉得多。

女警不想在这种事情上纠缠，冷冷地说：“小林的情况我们比你清楚。”

洪长安点点头：“稳定的意思，就是十之八九醒不过来。”

女警愠怒地瞪着对方。她又有点愕然，对方出言不逊，这并非好策略。

那个外地警察用毫无起伏的声调说：“我说过了，你别误会。我也想自己用眼睛确认，和那个杀人犯做交易的代价是什么。”

姚盼心里凛然。这是个善于攻心的危险分子。他把话说得诚恳漂亮，然后重新掌握主动权，兜了一圈还是紧盯“交易”二字不放。

“还是别假惺惺了。”

洪长安说：“林警官的事，我们道歉。你也知道这里面有些隐情，不太光彩。”

“没事，洪警官也是看人脸色办事。”

那个外地刑警情绪不露波澜，他用细长的手指剥着一块将落的树皮，难辨真假地笑。

“说真的，我个人反对和犯人做交易。”

“但是大局为重对吗？”

“不，因为价值寥寥。”

姚盼望向对方。那警察眯眯眼睛，因为眼窝深，看起来目中只露一点精光。

“就算给犯人减刑，他也不见得会开口。”他声调冰冷，已经换了语气，但笑还留在脸上，“你们不是比我更清楚吗？”

姚盼后悔刚才将这个人和自己认可的人做类比。杜学弧是感情泛滥，这个人刚好相反。但女警又感无言反驳。

被逮捕的活口叫薄一山，40 岁，黔东南州施秉人。被击毙的叫薄重峰，38 岁，两人不是兄弟，但从小以兄弟互称。他们是同一个村里没爹没娘的孤儿，在一个外国人建的教堂里长大。据说那外国人的父辈出生在山东，所以他有中文名，姓厚，叫厚伯明。教堂里的十来个孩子都跟他姓厚，彼此之间都是兄弟。后来那外国人闹了丑闻，教堂半夜被烧个精光，警方把孩子们领出来，唯独薄一山和薄重峰两人逃跑了。村里人传，火就是那两兄弟联手放的。过了五年，那两个刚成年的男孩才跑回县城办了户口，名字没改，给自己改了姓，都姓薄，还是兄弟。薄重峰一直没念书，17 岁开始就帮别人在河道里挖沙；薄一山念过短期培训班，会用机床，薄重峰给的学费。上完培训班后，薄一山进了工厂打工，一年后下岗。23 岁那年，薄一山和他兄弟薄重峰两人一同离开老家到了湖南，从那之后营生不明。

“那几宗抢劫案确定是这两个人干的吧？”姚盼问局长孙明玉。

“嗯，四年前发的通缉令。他们在湘南犯过三案，后来又在湘黔交界的公路上犯了一案。都是炸车，一共 7 条人命，其中包括一个 7 岁的小孩。”

“现在的问题是什么？”

“硝酸铵和雷管的来路有迹可循，估计和第一宗案件有关，被炸死的是郴州的一个煤矿老板，矿上有这些玩意儿。但也比较可疑。”

“怎么个可疑法？”

“找不到犯人和那个煤矿有任何的连接点。”

“所以说……还有同伙？”

“而且可能是主犯。”公安局局长孙明玉肃容看着他的下属，“然后就是剩余爆炸物下落的问题。”

薄一山否认自己还有其他同伙，对以往案件的作案过程及相关细节也拒绝供述。湖南方面为此心急如焚。

“老孙，让我们来，你们搞不定！”

郴州市公安局局长全于剑第一时间给孙明玉打电话，省对省也有沟通。其实孙明玉这边多少理亏，毕竟是外地的案子。但孙明玉善于“打太极”。

“全局，情况特殊，那两个嫌疑人在我们这边也犯了事。”

“犯什么事？死人了吗？”

“暂时不方便透露，就像你们当初不方便把全部案情透露给我们一样，结果导致我们一个优秀干警至今生死未卜。”

“你……是你们不等增援就行动！”

“全局，你要这么说咱们就一拍两散了。”孙明玉冷冷地明说，“现在就把人给你，我们这儿的兄弟不干，我这局长也不用干了。”

那边不说话。孙明玉道：“一周时间，一周以后并案。当然在此之前，也辛苦贵局的精英多多协助。”

对方退让了，大家都知道维护好双方的关系比其他事更重要。何况孙明玉声名在外。

“你们还有什么招？那家伙身上可有好几条人命。”那边停了停，说，“不行就提减刑，只要他能把主犯供出来。”

“估计做交易也没用。”

那边又急：“还不是因为你们把人家比亲生还亲的兄弟当场毙了……”话说到一半，没继续说下去，“总之，不试试怎么知道有没有用。你们不提我们提。”

“到时再看，没有急着和犯人做交易的道理。”

全于剑也算个明白人，叹了口气。

“抓紧吧，你也知道我们压力大。老孙，我知道你是护犊子，但也要以大局为重。”

“就一周，我担责。”

孙明玉甘愿拿乌纱帽当抵押，不仅仅是为赌一口气。“别的怎么都行，小林得立功！”霍鑫和他说这话时，几欲哽咽。

刑警林钧在案情不明、未完成人群疏散且增援未至的情况下，急于开枪射杀携带炸药的嫌疑人，多少有违规章。上面真要审查，处分轻不了，不在一线的人永远不知道一线的凶险。如果没这些违规操作，英勇的年轻警员因公负重伤，本可以浓墨重彩地对其进行表彰，但现在情况十分暧昧。嫌疑人身负多条人命，又暴力袭警至其濒死，一旦公开一定民怨沸腾，死罪难逃。但嫌疑人咬死不供，警方不得不考虑给他抛减刑的橄榄枝，这样一来，是否能大大宣传因公负伤的警员，就不好说了。再加上，负伤的刚好就是违规开枪的警员，射杀的又是犯人的同胞手足，说不定在法庭上辩方还会以此说事。所以综合考量，如果给予嫌疑人减刑条件，不排除上级会把林钧的行为定性模糊化，届时别说表彰，可能连领队霍鑫都要跟着受处分，刑侦支队也将声誉大损。而案子是别人的案子，功劳也是别人的，一旦他们把案件全盘移交给别人，事情将陷入难以把控的被动境地。

不用霍鑫多说，孙明玉也不会同意。

现在一周七天已过去五天。

姚盼望着洪长安。

“你放心，我们会以大局为重，我们每个人都会。”

郴州来的刑警意味不明地笑了一下。

“你刚才看了手机信息呢。”

女警瞥对方一眼：“那又怎么样？”

对方笑："看来你们还有王牌部队。"

姚盼心中猛地一惊。

"那人现在在郴州吧？"

"无可奉告。"郴州是人家的地盘，而洪长安又显然精于情报。

"做个交易怎么样？"

女警看着这个外地警察，他的脸上有种既熟悉又陌生的嘻笑表情。

"你们的人在我的地盘，我睁一只眼闭一只眼。我在你们的地盘，你也睁一只眼闭一只眼如何？"

"你想怎么样？"

"我不提过分的要求。你们审问犯人的时候，我旁听。"那外地刑警眼睛里精光闪闪，"别忘了，你们老大指示我们协助调查。"

姚盼蹙眉，沉默。

洪长安用指甲抠了抠下巴上的青色胡茬。姚盼觉得那动作似曾相识，对方脸上又露出狡黠的笑。

"我保证没有你们的同意，我绝不提减刑的事。"

回到局里，霍鑫在审讯室门口捋着光头，已经等待良久，看见姚盼立刻大踏步迎过来。

"差不多了？"

"嗯，有新消息。"

"他们还在湖南吗？"

"说是早上坐高铁回来了。"

"啊？怎么又回来……"

霍鑫合上嘴。他看见走廊那头，郴州刑警洪长安也迤迤然跟了过来。

姚盼说："接下来的问话，他也参加。"

霍鑫瞪着他的搭档，姚盼回瞪："老大之前点过头。"光头刑警鼓了鼓脸，又把气呼出来，掉头推门，走进审讯室。

姚盼和洪长安也跟进去。霍鑫搬凳子，和姚盼坐在犯人正对面。洪长安面无表情，自己端个凳子坐在一角。

嫌疑人打哈欠，推眼镜，抬头。

“刚补了一觉，你们送午饭来了吗？”

女警姚盼把一张照片推到薄一山面前。那张照片已经被出示过很多次了。

嫌疑人看也不看：“说一万遍了，不认识。”

姚盼说：“你看清楚一点，这个人你不仅仅去东城货场找过。这是七年前的照片。”

“说一万遍了，我到那个货场是去拉屎。”

姚盼把另一张照片放在嫌疑人面前。那是一张翻拍的旧照片，几个年轻女子在一家小店里的合照，每个人身上都穿着粗质地的浅蓝色制服，虽然都在笑，但表情都带着职业化的生硬。那店里有粉红色的躺椅，有水盆和台灯形状的设备。

照片的角落里，有一个人弯着身，拿着扫把，看起来似乎是偶然入镜的。

薄一山瞄了一眼照片：“这是什么鬼？要我挑一个头牌吗？”

女警说：“这个地方你可能不记得了，毕竟这家店在七年前已经倒闭，而你们也只是在它空置以后短暂逗留。”

“呃？”嫌疑人故意把嘴角咧到耳根，眼神游移。

“否认也没有用。那家店虽然已经倒闭很久，也换过手，但我们还是在地砖和墙角的缝隙里，提取到薄重峰的血迹。”

女警丢出另一张照片。

“看店名想起来了吗？你们逗留的时候，这家店刚关门不久，招牌还没拆。”

还是刚才合照中的地方，不过是从另一个角度拍摄的，店门口扎了一些气球，竖了一个水牌：甜美美容五折大酬宾。

嫌疑人的眼神再次游移。

“你的兄弟可能确实全死光了。”

开口说话的是坐在一角的外地警察，他跷着长腿，神情自若。霍鑫和姚盼都扭头看他，霍鑫的眼睛瞪得和他的脑袋一样圆。

洪长安耸耸肩，表情仿佛在说：没有说过不准我插话吧？

姚盼想起刚才在办公室打印照片时，洪长安只瞥了一眼。

“美容店。”

他没有用疑问句，而是陈述句。姚盼从洪长安此时插话的行为判断出以下信息：第一，此人反应奇快；第二，他可能早已掌握了未知的线索；第三，他会寻找一切机会掌握主动权。

薄一山也从眼镜后面盯着洪长安，目光阴沉，闪烁着不易察觉的光芒。

那个外地刑警望向本地警察，把话语权抛回来。

霍鑫冲嫌疑人喝了一声：“看这边，问你话呢！”薄一山收回视线，双手压在铁桌上：“对，我兄弟已经死了！”

“看来得提示你一下，你可能没看清，”姚盼指着那张合照，“后面拿扫把的女人看见了吗？她和另一张照片上的是同一个人，当时在这家美容店当清洁工，有后门的钥匙。七年前，她的名字叫陈美荷。”

嫌疑人一言不发，两只戴镣铐的手合拢着。

女刑警望着对方：“你的兄弟都死了，但你还有女同伴活着。”

2

徐盛起了个早。

他小心侧转身体，轻轻下床。身边还传来平静的呼吸声，节奏缓和，有时深有时浅，像一首抒情而微弱的钢琴曲。妻子睡眠浅，但起码最近能睡着了。

徐盛坐在床沿套上假肢的接受腔，吊着两只脚寻找拖鞋，找准后伸进去，然后踮步走到窗边。窗帘被风吹得鼓胀，微光从接缝之间透进来，边缘特别白，织布的线头仿佛被光芒消融。徐盛原地站立了片刻，想象那窗帘背后的刺目明亮，这种隔断有时会让他生出被守护的错觉。以前的每天早晨，徐盛在拉开窗帘前都会犹豫。

“打开吧！我不睡了。”

“太亮了，嘉嘉还在睡。”

“她睡得可沉了，才不像我！”

以前的每天早晨，徐盛会调一个7点半的闹钟，戴在手腕上振动，有时振两次。自从7月14日女儿失踪那天起，他在微光中就会醒，然后再也睡不着。

反而是长期受失眠困扰的妻子比以前睡得长久了些。

“为什么！为什么我该睡的时候不睡，该醒的时候却不醒！”

后来，女儿在海边的树林里被发现时已经长睡不醒，妻子当晚吞服了30颗安眠药。洗胃以后的日子，她的睡眠就比以前好了一些，白天和夜晚都能入睡。徐盛有时想，这是老天爷在讽刺人，还是还回来的小小甜头?

徐盛第一眼看到的是妻子陈晓青，第二眼看到的是女儿徐嘉。

徐盛想，这里面不存在差距，只是角度问题。7月14日早晨，那最后的一面是如此清晰，定格如画。

7点半准点，徐盛伴随闹钟醒来。女儿近在咫尺。她安静地窝在他的怀里吃手。因为角度的问题，他第一眼先看见妻子，低头才看见女儿。徐嘉的脸蛋粉扑扑，口水流到她爸的睡衣领子上。可惜陈晓青脸色不好，嘴唇干，估计又是一夜无眠。

徐盛回家晚，每天晚上陈晓青先哄女儿入睡，睡到半夜，徐嘉会不自觉地滚到她老爸旁边。徐盛想这和亲子感情的厚薄无关，而是因为他这边更舒适一些。徐嘉可以紧挨着他，而不会被手肘硌着。

“很多人研究两夫妻用哪种睡姿舒服，我没有这种困扰。”

在女儿出生之前，这种好待遇是陈晓青的。她躺在徐盛胸前，让丈夫用唯一的手臂环抱自己。女儿出生以后，两夫妻说情话的机会少了。

徐盛还记得出门前，他把女儿正吸吮的拇指从她嘴里抽出来，那小家伙吧嗒嘴，在梦话里说小灰熊再见。妻子也睁开眼，她伸过手，撩拨开搭在女儿眼睛上的头发。徐嘉从出生起头发就茂盛而柔软，睡得酣畅时满头是汗，她妈花了很长的时间，一根一根地帮她把头发从额前撩到耳后。

“你没休息好，下午补一觉。”徐盛说，“我叫了段姐早点回来。”

“不用，没请保姆之前还不是靠我自己。”

“晚上见。”徐盛亲吻妻子和女儿。

那个当爸爸的人没想到，在阴暗的天色里回到家时，女儿已经再也见不着。

徐盛穿戴整齐，推开家门。他下了楼，漫无目的地在小区里转圈。几个中年妇女提着菜篮子走过，望着他看。不认识。但当徐盛也望向她们时，那几个女人不约而同朝他点了个下巴。他一直走出小区的东门，保安亭的老头从椅子上“嗖”地坐直身，整整帽子，探出惺忪的眼睛。

“徐先生，早啊！”

徐盛没回答，拖着脚走出小区。在他女儿失踪之前，从没有人和他打过招呼，现在却似每个人都默默关心了他们一家很久。

当警察上门告知他们在小区里没有找到目击证人时，陈晓青情绪崩溃，把茶几上的一次性杯子打翻在地。

“不可能！你们根本没在找！很多人都认识我们家里人，他们见过那个保姆！她以前就偷偷带过嘉嘉下楼！”

“你提到的相识的几户人我们都问了，当天确实没有看见她。坦白地说，能刚好碰见也是概率事件。”

徐盛把杯子捡起，道歉，但也眉头深锁无法接受。

“辛苦你们……但也不可能没有一个人看见吧？”

“不排除嫌疑人在离开小区时会进行一定程度的乔装。而且，她在你们家只当了一个月保姆，认得她的人本来就有限。再加上是雨天……”

“但是她还拉着一个孩子啊！嘉嘉穿着一件黄色外套。”

“从目前的情况看，孩子可能也被换了衣服。小区里孩子多，天黑，这些也是客观情况。”

“那监控呢？小区和街道的监控全部坏光了吗？”

其实在女儿失踪当晚，徐盛夫妇就跑到管理处要了监控。小区已经老旧了，只有三分之二的摄像头是好的。而能够离开小区的三个门，其中东门的多组摄像头也有一个出了故障，只能拍到车辆进出的视角，旁边人行的侧门看不清。后来警方把小区附近街道的监控录像都调了一遍，也给徐盛夫妇一一看了。到最后，徐盛只能摇头。7 月 14 日，从午后 2 点开始下雨，其后下下停停，直至入夜。即便雨停的时候天色也阴沉，因为没亮路灯，甚至比夜晚更黑。警方把监控录像一直从下午 2 点调到晚上 9 点，从小区附近街道走过的，有打着大伞的人，有周身穿雨衣的人，也有开电瓶车或者蹬着三轮车的人……不一而足，无法辨认。

街是老街，社区也是老社区。案件查到这份儿上已是极限。

“这里教育水平好，幼儿园、小学、中学，都好。嘉嘉的一辈子不能像我们，要比我们好。”

每当想起妻子决定在这里置家时说的话，徐盛的心里就一阵苦涩。

徐盛沿着清早阳光初照的街道走，但不知道应该面朝哪个方向，最近他总在熟悉又陌生的城市里原地转圈。他心里悲怒而无望，只剩下一个寻找的目标。女儿已经找到了，也走了，她已经没有一辈子了。他要找到那个把她带走的人！

他一直走到8点多。也许妻子已经醒了。有时徐盛想走得更远，但妻子状态很糟，他不敢走远。他自己残缺的身体也觉得疲倦。当他往家走的时候，心里突然生出一种预感，让他停下来。就是这个时候电话响起来。

“老徐问个事，半年前你们家是不是在北佩路住过一阵？”

“是啊，因为家里搞装修……”徐盛心头一阵颤，“是……有线索吗？”

“嗯。方便的话，等会儿我们碰个面？在北佩路找个地方。”

“我现在过去。”

“不急。三个小时后可以吗？”

放下电话，徐盛走到路边拦了一辆出租车，往北佩路赶。原本他想回家去开车，后来还是决定打车，他心里急，连手脚都有些抖。跨上车的时候，左脚的假肢剐了一下，差点摔跤。电话那边说的事让他产生一种极其不祥的预感。他又莫名觉得有什么在等待他。

但到了之后，徐盛又迷失了方向。他围着半年前他们一家住过的社区转圈，从楼下仰望曾经居住的位置。阳台上挂满衣服，已经有了新的住户。没有孩子的衣服。徐盛心里失落，不知道自己在找什么。离开小区，他莫名又迈步走向附近的社区公园。休息日的时候，他们一家有时会到公园逛逛，在树林里支起帐篷，摆上水果。他手脚不灵光，妻子给他帮忙。女儿从帐篷里进进出出，给她的小灰熊玩偶布置床铺。

徐盛在公园门口停下脚步。

左侧有一家提供家政服务的中介门店。两个月前徐盛一家逛完公园，曾经来过这里。那时候，徐盛走进去询问，要了名片。

“家里请个保姆吧。”他对妻子说，“你一直都累。”

“不要。嘉嘉小的时候最累，我还不是一个人带。”

“嘉嘉小时是我们不放心，现在她也大了，能说会道，谁也欺负不了她。我想请保姆的时间正合适。多个人帮忙，你转得过身，白天也能补个觉。”

徐盛很早就和妻子陈晓青提过请保姆的事，陈晓青一直没同意。

“我照顾不过来吗？我讨厌家里有个陌生人，白天黑夜都看着我们一家！嘉嘉这么小，怎么能交给陌生人照顾？”

陈晓青在产后抑郁过一段时间，情绪暴躁，彻夜难眠，精神状态到了崩溃的边缘，有时半夜抱着徐盛哭，说害怕自己会用枕头把女儿闷死。徐盛有一阵停了工作在家里陪伴，夫妻两人协力把那段艰难时期熬了过来。随着女儿长大，陈晓青的情况渐渐平稳，但失眠的问题仍然让人困扰。那时候，徐盛再次建议家里请个保姆，陈晓青最终同意。

“先说明，哪怕家里有保姆，我也不会转过身。嘉嘉还小，我不会让她和陌生人单独在一起。”

“嗯，保姆就是搭把手。你要不放心，我在家里装个监控。”

陈晓青说：“要找保姆也等把家搬回去再找吧。”

徐盛说：“就是拿张名片，这家中介看着还不错。”

徐嘉在一旁拍着小手：“以后是不是有阿姨来陪我玩？”

半个月后，徐盛给中介公司打电话，段美芸就来了。

后来徐盛查看家中的监控录像，某个半夜，段美芸穿过客厅，倚在主人卧室的门口，静静向里看。7月14日下午2点48分，段美芸牵着身穿黄色外套的徐嘉的手，走出家门。

她是谁？我到底把一个什么人带回了家？那位父亲既悲痛又困惑。

残疾的人走不了太久路，徐盛在北佩路找了一家咖啡厅坐下等候。将近 11 点半，有两个人风尘仆仆地钻进来，走在前面的小个子说：“如果坐地铁加骑自行车，可以节省七分钟。”后面的人不理他。小个子转过身打招呼：“老徐，让你久等了。”

“抱歉，徐先生。”另一个人略略点头。

“没事，叫老徐吧。”

徐盛欠身请两人坐下。那两个人都是警察。

徐盛和他妻子陈晓青一样讨厌警察，不仅仅是因为失望。女儿徐嘉失踪以后，因为情况不明，警方等待了一天的时间才将案件定性为儿童诱拐，启动搜查和边控措施，但仍旧没什么成效。直至四天后徐嘉的尸体在海边的树林被发现，公安局才成立谋杀案的专案组。徐盛第一次见到专案组的负责人——刑警罗加，对方微微躬身，说，徐先生照顾好太太，那时徐盛就知道这个警察和之前的是两个梯队。后来，罗加又领了一个年轻警察和徐盛见面。那个叫杜学弧的警察上来就套近乎。

“我是你们片区的民警，就是专门为附近居民提供服务的。警民一家亲，以后彼此常来常往，我就喊你老徐了。”

徐盛说不清这算不算生硬。那个警察言行幼稚，像个小孩，却又能让人在瞬间放下戒备。与此同时，一种类似希望的东西从心底浮起。

徐盛在心里忍不住想依赖这两个警察。

“我们刚从郴州回来，所以迟到了。”刑警罗加在卡座就座，开门见山。

徐盛睁大眼睛：“郴州？你们去湖南了？”

刑警点头：“嫌疑人段美芸一直在用假的身份证明。目前追查到的情况显示，她用过多个假名，其中一个叫陈美荷，七年前她用这个名字在郴州打过工，但真实出生地应该不是郴州。”

徐盛有些惊讶，说：“她一直告诉我们她是郴州人，和我们是半个老乡。”

杜学弧开口问：“老徐一家的祖籍是郴州吗？”

徐盛道：“我是娄底人，我老婆是怀化人。不过我和她都在郴州上的初中，我高中毕业后又回到郴州，然后在那里生活了十年，五年前才搬到这里。”

罗加说：“在郴州生活这么多年，难怪你说和邓少兵是同乡。”

徐盛疑惑地望着他：“你说兵哥？是啊，前几年受他照顾不少，怎么了？”

刑警摆摆手：“先不说这个。”

杜学弧问：“这家咖啡厅东西好吃吗？老徐以前有没有来过？”

徐盛说：“来过一次，我们家在这附近住了小半年……”那位父亲停了一下，抬头看着两个警察，“两位叫我来这边，是调查有进展了吗？”

罗加点点头：“有些情况想告诉你。第一件事和半年前你们一家住在这里有关。”

“是不是段美芸之前就见过我们？”

“你想到了什么吗？”

“两个月前我们还住在这边的时候，到过附近的中介公司询问请保姆的事，后来我们也是通过这家中介公司找到保姆……段美芸是不是当时看见了我们家，所以故意应聘……”

两个警察对望了一下，似乎在商定由谁来说比较好。最后罗加叹了一声。

“我们也是这样认为的。不过，情况可能更严重一些。”

“严重？”

“我们发现段美芸在到你们家当保姆之前，就住在社区公园里面，她是公园的清洁工。你应该知道，那个公园东边的围墙就紧挨着你们租的房子。另外，段美芸应聘公园清洁工的时间，不早不晚，和你们一家搬到北佩路的时间几乎一样。”

“这是……什么意思……”

“我们判断，段美芸可能从很早以前，就开始偷偷窥视你们一家。”

徐盛后背起了鸡皮疙瘩。他感到思路纷乱，只能想到什么说什么。

“很早以前……是什么时候？”

“目前我们还没有查清。”

“……她是清洁工吗……中介公司说她之前当过很久的保姆……”

“身份是伪造的，履历也是伪造的，中介公司压根没有审核。”警察沉闷而正式地陈述，“说起中介，再补充个事，段美芸在很多家家政中心都登记了，除了北佩路这家，你们一家搬回原址后，她也在那周边的各家中介做了登记。你们雇请她之前，中介公司也安排她参加过十多次其他的面试，她要么借故推掉，要么故意表现得很糟糕——直到你们家坐在中介公司的面试室里。总之，她一心要当上你们家的保姆。”

徐盛手足冰冷，想开口说些什么，却觉得艰难无语。

“你们家和这位段阿姨是真的有缘分。她带孩子的经验很丰富，档期也满，你们是一次就对了眼缘，你们觉得她不错，她也说喜欢你们家。”

中介公司的经理送徐盛一家出门时一脸欣慰。他欣慰的只是入袋的佣金。

不过，徐盛自己也承认对段美芸的第一印象不错。她话很少。

“我不大喜欢，这个人感觉很阴郁。”陈晓青一开始不喜欢，话说回来，无论面对哪种类型的保姆，她都不见得喜欢。

“你不是说不喜欢嘴吵的吗？家里有嘉嘉一个聒噪就够了。我觉得这个阿姨挺踏实，又是湖南老乡，同声共气，做菜肯定没问题。”

“我觉得这是唯一的好处。”

段美芸上岗一段时间后，陈晓青的微词也少了。段美芸勤快，把家务事料理得很好。按照合同约定，她一周上六天班，周日休息一天，即便是休息日那天，她也会早早给主人家准备好早餐，然后临近傍晚就回来。

“我还不想让她周日一早起来做早餐呢。一想到她站在那里，看见我们一家三口还在睡的样子，我就感觉讨厌……”

尽管陈晓青口上这么说，但还是没有把卧室的门紧紧关上，到后来也不再把惹人厌的话挂在嘴边。徐盛觉得妻子其实在心里也感谢段美芸，家里请了这个同乡保姆以后，她的状态比往日改善不少。唯有一次，陈晓青不大高兴。有一天她午后犯困，小睡了一会儿，醒来发现女儿和保姆都不在家。她急忙打电话，一会儿工夫，段美芸牵着蹦蹦跳跳的徐嘉的手回了家。

“我和段姐说过，不能单独带嘉嘉出门！”晚上陈晓青向丈夫抱怨。

“就在楼下玩而已。嘉嘉闹脾气，段姐也是担心会把你吵醒。我和她说了下不为例。”

“以后白天我不睡了！”

徐盛一家没想到，事情还是有了下一次，陈晓青也再次在午后睡过去。而这一次，段美芸再没有把徐家的女儿带回家。

专案组内部讨论的时候，认为段美芸前一次擅自把徐嘉带出门，不排除是一种试探。她要看看多久会被主人家发现，女主人睡多久会醒。

“不可能！我不可能会睡得这么沉！”陈晓青先是歇斯底里，然后掩面而哭。

7 月 14 日是个周日。徐盛白天出门办事，午后陈晓青陪女儿午睡。本是小憩，没想到却是丈夫把她摇醒，睁眼时房间乌黑，看不见一丝阳光，竟然已过了晚上 8 点。

后来警方在水杯和厨房的水壶里，发现残留有氯硝西泮。中午陈晓青从水壶里倒水，喝了一杯。陈晓青长期失眠，家里药柜放着安眠药，嫌疑人可以方便地就地取材。

女儿失踪后，徐盛夫妇手忙脚乱地回放置于客厅的监控录像，快 3 点钟的时候，段美芸拉着徐嘉的手从家里离开。两人给段美芸打了无数个电话，开始电话能接通，后来关了机。晚上 10 点，徐盛拨打了报警电话。

“之前你们会常常查看监控吗？”罗加问过徐盛。

那个父亲苦笑摇头：“保姆刚来时装的，只看过一两次，后来我也好，我老婆也好都几乎忘了有这个东西。毕竟我老婆在家，大家都大意了，直到嘉嘉不见了才想起来。”

“段美芸知道客厅有监控吗？”

“她一来我们就告诉过她，这种事瞒着不好……可能她也忘了……”

后来罗加和杜学弧讨论这件事，杜学弧说，段美芸确实是忘了，因为对她那种人来说无所谓。她也不懂什么高科技。

“别忘了，她偷偷窥视这一家子不是一天两天的事情，她已经习惯成自然了。”

死者的父亲已经沉默良久。

咖啡厅的女服务员端上来两杯白开水，问需不需要点些什么。罗加示意对方等一会儿。

徐盛抬头，望向两个警察。

“我想到个事情。几年前，我在东城货场运过货……”

“我们也想到了这件事。”刑警说，“你在想，段美芸是那时候认识你的吗？”

徐盛点点头。回想这件事让他并不好受。

警察告诉过徐盛一家，在东城货场的一间荒废铁皮屋里，发现了他们失踪女儿的生物痕迹。警方把这事告知死者家属时深感难以启齿，得知女儿曾经被嫌疑人放进废旧雪柜里，那个父亲脸色煞白，而他的妻子几乎晕厥。

“嘉嘉……是冻死的吗？”

“不，那孩子身上没有明显的冻伤，我们判断应该是死后才放进去的，只是存放。”

当时说明情况的人是罗加，最后补充了一句：或许这也算是一种善待吧。罗加不知道这样说能否起安慰作用，但死者的父亲平静下来了。片刻后，他告诉警方他曾经在东城货场开过小货车，给那家制冷设备工厂送过几次货，对那片地方有些印象。那是五年前他刚到本市时的事情。

那时候，大家在心里埋了希望的种子，仍旧期盼这或许只是巧合，毕竟是几年前的事情，货场的工厂区说大也大。但现在事情已经愈加清晰。

“段美芸是不是也在东城货场干过活？所以她在那里见过我？”死者父亲问。

罗加答道：“目前我们没有找到嫌疑人在东城货场工作过或者在附近居住过的证明，但她确实很可能在东城货场见过你，所以知道工厂旁边有些堆存残旧货品的铁皮屋。”

杜学弧在一旁插嘴：“因果关系得倒过来。”

徐盛问：“因果关系？”

罗加说：“和段美芸当公园清洁工的情况一样。我们认为她不是因为在货场干活，所以偶然碰见你；而是因为一直跟踪你，才会到了那个地方。”

徐盛张张嘴：“你是说……她五年前就在跟踪我……”

“也许更早。”

“但是更早的时候，我们还没搬来这个城市……”

死者的父亲望着面前的两个警察，罗加平淡地说：“所以我们才会去湖南。”

徐盛并非没有预感，只是无法置信。

“她……在郴州就认识我吗？”

隔了一秒，那父亲犹豫道：“其实……我从一开始就觉得她有点眼熟。”

两个警察对望，刑警问：“你觉得以前见过嫌疑人？”

“我不知道。第一次和她见面，面试保姆的时候，我有一刹那感觉在哪里见过她，但是想不起来，很模糊的感觉，后来也没有在意。她也在郴州生活过，在哪里碰见我们也不是不可能……”

罗加看了一眼杜学弧，后者微微颔首。刑警掏出手机，打开一张照片，递给徐盛。

那是四五个身穿浅蓝色制服的女员工在一家店里的合照。

“这是哪里？”徐盛一脸疑惑。

“前后有几张照片，你都看看，你对这个地方有没有印象？”

徐盛滑着手机屏幕，端在眼前细看：“没印象……”忽然，视线停在其中一张照片上。甜美美容。

“等等，我好像记得这个名字……这是什么时候的照片？”

“大约七年前。”

“这是不是裕湘路？”

“对，郴州北湖区的裕湘路。”

“我想起来了，我见过这家美容店！”徐盛把手机递回来，“七年前的事了。那时候我在一家药品公司当销售员，门店就在裕湘路。这家美容店应该是在我们公司斜对面，我记得还上门发过产品宣传单……”徐盛说到后面表情变得困惑，心里生出不祥的预感，“这家店有什么问题？”

“问题不在这家美容店。”刑警接过手机，把合照那张照片放大一些，指着角落一个模糊的人影，那个人拿着扫帚，“问题是她。”

“她是……段美芸？”

“嗯，不过那时候她的化名是陈美荷。她在这家美容院当过几个月的清洁工，就在你上班的公司对面。七年前，这个人就已经出现在你身边。你是在那时候见过她吗？”

“我想不起来……”徐盛惊骇，“她……到底是什么人？”

刑警摇摇头：“目前还没有头绪，事情说不定还得向前追溯。”

“向前？怎么追溯？”

杜学弧举起手：“12 点多了，咱们先吃饱饭吧，再不点东西，人家要赶人了。老徐你吃什么？”

“我不用了，我等等回家吃，我老婆还……”徐盛停住，他反应过来对方话里的暗示，又生出某种类似希望的预感，“你们两位，是不是还要到湖南……”

片警杜学弧说：“嗯，还是到你老家，吃饱就走。”

刑警罗加把双手合拢，放在光滑如镜的桌子上，表情稍显严肃，望着死者父亲。

“我们今天赶回来约你见面，除了说明刚才的情况，还有一个不情之请。虽然你身体不方便，但还是想辛苦你跑一趟——我们一起去湖南。希望一切的原点在那里。”

3

嫌疑人薄一山只说了一句：随便你们怎么想。

姚盼在霍鑫暴跳之前暂停了审问。本来审问这种技术活在于攻心，抛一个炸子停上一停，一波一波地瓦解对方的抵抗，效果比疲劳作战好。最忌讳被案犯看穿你已经用光了底牌。所以姚盼的做法也符合策略。

问题在于，时间紧迫。

从审讯室出来，已经过了午后 2 点。人是铁饭是钢，姚盼和霍鑫从前一天晚上就开始连轴转，早上到现在颗粒未进，都有点撑不住，打消耗战不能把自己先消耗完。支队饭堂已经关了，姚盼招呼他们到外面吃饭，霍鑫闷闷地不想动。洪长安笑道:“急也要有急的节奏。”

“我一点儿不急，是你急！”霍鑫朝外地来的警察搾了一句，但水平不高。

姚盼说：“洪警官一起吧。”

洪长安背着手，搞不清是装腔作势还是有自知之明:“不打扰了，我已经吃过了。”

姚盼和霍鑫并肩走出刑侦支队的大门，转过弯，霍鑫说：“干吗要喊那个吊靴鬼？”

姚盼分辨着搭档的语气，判断它不是气话，而是问句。她知道这位铁塔般的刑警从来不是有勇无谋，而是心里有大局。既然如此，问句也没必要作答了。两个警察心里都清楚，他们手头只有那几宗外地抢劫案的基本档案和个别小道消息，那边来的人显然还留着一手，分享情报对双方都有利。

湖南方面一开始对案件遮遮掩掩，行动迟缓，导致刑侦支队对潜伏本市的嫌疑人的真实情况判断失准，而在嫌疑人落网后又急匆匆要求移交，其中别有内情。

根据已知证据，薄一山、薄重峰两人，在 2011 年到 2014 年间，分别在郴州、衡阳、永州、怀化等地犯下四宗爆炸抢劫案。第一宗发生在郴州，2011 年初秋，受害人是当地一个矿山主，在回矿上给工人发工资的途中汽车爆炸，当场身亡。第二宗在衡阳，2011年深秋，一个有黑道背景的放债人和他的情妇在车内被炸死。第三宗在永州，2012年冬，一个养猪场的老板驾车出门采购猪饲料，爆炸导致车轮轴变形，失控冲下山坡，人被困车中活活烧死。同车的还有受害人的妹夫和其7岁的儿子，一车三命。最后一宗发生在靖州通往黎平的公路上，2014年夏，一个据称是苗族土司后人的古玩商被炸至重伤，送到医院后抢救无效。四起抢劫案，都是受害人驾驶或乘坐的车辆，被人提前在分动箱位置放置了成捆儿的炸药筒，案犯待汽车驶至人际罕至的路段时以遥控方式将其引爆。案件中，受害人身上都携带有大量现金，除了第三宗案件汽车撞上山石而起火，案犯放弃了搜劫，其他三案受害人的财物被悉数掠走，价值合计80余万元。

在最初几宗案件里，因为受害人均命丧当场，而且没有目击证人，警方始终找不到凶手的身份线索。直至第四宗案件，受害人在临死前大致描述了两个案犯的外形，提到一个矮个儿犯人的胸前有文身。加上第四宗案件的死者在少数民族地区小有声望，湘黔两地警方都加大侦查力度，经过反复排查，发现贵州籍的薄一山和薄重峰的相貌特征和近几年的行动踪迹，与嫌疑人画像有高度重合，而这两人在警察搜查前逃匿无踪，警方遂在四年前的2014年10月发出通缉令，但案件一直没有新的进展。

线索不清，怕闹乌龙，只是湖南方面一开始含糊其词的借口之一。

湖南郴州以矿产资源丰富著称，但也久受管理不善的骂名，尤其三十六湾地区从20世纪八九十年代开始被野蛮经营，有多少座矿井，就有多少股黑势力。山头地下埋满了雷，各种意外的恶性爆炸命案层出不穷，民间传言连地震都引发过。同时，无序的开采，尾矿、矿渣和重金属废水在河道里积了几米厚，造成严重的环境破坏，当地一度寸草不生。经过多年壮士断腕式的整治，上下合力，事情基本翻了篇。由于大片土地不再适合农业生产和工业建设，近年来，市里号召各相关县大力开发污染治理生态旅游项目，定位为“一号工程”，工作成效显著，昔日的危险固废堆填埋场变成了网红花海。若干区域的头脑精明者抓住商机，开始研究引入房地产投资。没想到却出了风波。

三个月前，甘溪河下游的一座废旧黏土矿在进行改造施工时发生爆炸。原因是矿洞里存放了上百公斤的乳化炸药，爆炸后产生大量有毒气体，死了两个工人。那些炸药来路不明，搞不清是矿井废弃时遗留下的，还是有人私藏在此。这场意外事故的发生地距离甘溪河上游一处生态开发区十公里，本来两者毫无关联，但却发生了连锁反应。那个生态开发区即将启动一片别墅用地的竞拍，也不知是网络上没根据的猜测，还是竞争对手暗中出招，一时间谣言四起，说规划地内的河沿岸，还有诸多未清理干净的废矿旧井，天晓得地下还埋了多少炸药，开工的时候可以省了整平的钱，别墅建起来，业主也可以免费赏烟花。不久，又传出更言之凿凿的消息，说好几年前有一个大型抢劫团伙在湘赣黔多省连续犯下十多宗爆炸大案，警方至今未能缉捕一人，大家没听说是因为事都被压了下来。这个团伙近年来销声匿迹，已经逃到国外，但这班人出逃前，留下了数以吨计的硝酸铵炸药，根据可靠消息，这批炸药就藏在甘溪河沿岸的某个地方。

土地招标项目延期。

“这都什么跟什么！都是些屁关系没有的事！”

霍鑫在街边的小食店吃着猪头皮饭，因为塞牙，恨恨地丢下筷子。

姚盼不紧不慢地喝了口白开水：“但世事就是连在一起的。”

放下茶杯，她继续说。

“而且，事情并非空穴来风。孙局说湖南那边交过底，确实有线报说嫌疑人曾对外声称，他们在甘溪河一带藏了大量的硝酸铵，估计那些半真半假的说法就是这样传出来的，所以郴州才会成了热锅上的蚂蚁。”

她又停了停，声调平缓地说：“据说，向别人透露信息的人，就是已经毙命的薄重峰。”

霍鑫重重地哼了一声，过了一会儿说：“他就是放大炮。硝酸铵这种东西，哪怕手头真的藏了一批，存放几年也要过期。他们已经有四年没犯案了吧。”

姚盼说：“谁知道呢？正是因为事实不确定，才是隐患。说不定哪一天那片地真要开工。”

“说来说去还是为了卖房子！连那种鬼地方都要搞房地产，真是疯了！”

“你觉得利益太小吗？还牵扯到当地的政治呢。”

姚盼静默了一会儿，把话接上。

“但是人命比别的东西更重要。”

霍鑫抿住嘴，久久不语，片刻后从裤兜里掏出五十块钱丢在桌子上，站起身。

姚盼调侃道：“大哥你要与时俱进。”霍鑫不搭话，迈着大步向小食店门外走。姚盼没问目的地，两人搭档久了，彼此都心意相通。

两个警察打出租车来到医院。他们没回局里开车，多少是因为不愿张扬。姚盼明白霍鑫的心思，窗口时间越来越少，假如要做出一些妥协，在此之前他们都希望看一眼仍然挣扎在生死线上的伙伴。

走入医院大楼时，姚盼想起洪长安，这个人早上也做了与他们一样的事。姚盼对这个外地警察的感觉很复杂，他让人捉摸不透，但思路和行为又准又快，似乎每次都能猜中对手的心态，然后占领先机。这一点也像极了杜学弧。

很快姚盼又打消了自己心里那一丝好感。重症监护病房前，她发现洪长安也守在那里。

刑警林钧平躺在病床上，脸上戴着呼吸机，身上插满电线和管子，头顶和身旁有三台大仪器，荧光屏上跳动的数字，就代表着他此刻的生命。他闭着眼睛，身上盖一床蓝色的被子，一只脚露在被子外面，霍鑫走过去，给他盖好被子。霍鑫和林钧的血型相同，O型Rh阴，无抗原，脾气都不好。送医那天霍鑫献了800毫升血，给他拔针时，他还老虎一样咆哮，被姚盼一把按住了肩膀。

两个警察离开监护室，轻轻拉上门，洪长安就从走廊另一头走过来。

姚盼皱眉，压低声音："你怎么又来了！"

那个外地警察耸耸肩："我说了我是闲人。"

姚盼立刻反应过来，洪长安其实是在等他们。他故意上午来看林钧，是因为猜到姚盼和霍鑫一定也会忍不住过来探望，仿佛自投罗网。更重要的是，他猜到他们想和他交换情报。这种策略精准有效，占领先机，但是让人厌恶。

洪长安声调没有起伏地说："另外，林警官这边，我想到些事。"

姚盼觉得霍鑫说得对，这个人像个吊靴鬼。

然而霍鑫却转变了态度，走上前："我们吃过午饭了。"姚盼知道她的搭档探望完昏迷不醒的人后变得淡漠冷静，其实是有些灰心。

三个警察离开住院楼，沿着医院后面的人工湖走，在湖边的凉亭坐下。

洪长安掏出一小袋饼干，捏碎后朝湖里投，一群鲤鱼翻出水面，张着嘴抢食。

"虽然只代表个人观点，但我认为，林警官开枪是对的。"

姚盼和霍鑫不作声，心里不屑，这不用你说。

洪长安说道："那两个犯人是自毁型人格，从他们在贵市藏匿时就能看出端倪。"

姚盼说："你是说他们身为命案通缉犯，但做事情不管不顾。"

"可不是。大快朵颐吃海鲜霸王餐，光膀子露着文身在街头走，拿出刀子抢个几百块钱，都是些情绪化的行为。"

那个脸颊凹陷的警察语调低沉，有一种讲解的风范。但姚盼更在意他提到的"持刀抢劫"这一点。薄一山和薄重峰两人在 7 月 18 日晚上，曾经手持弹簧刀对一个摩托车司机实施抢劫，抢去受害人四百多元现金。这件事警方最近才偶然发现，没有写进简报里。姚盼知道洪长安故意说出来，是在告诉他们，他也有途径掌握第一手情报。

霍鑫闷声说："所以这种人才叫亡命之徒。他们不把人命放在眼里，自己也不怕死。"

"你说得对，他们不怕死。"洪长安慢慢地投着饼干碎，鱼群在水里抵死抢夺，它们只有求生的本能，"因为他们比别人更清楚，自己所犯下的罪有多重。他们也渴望解脱。"

虽然那个警察脸上的表情冰冷，但口中说出的话却让另外两个警察感到莫名心颤。

在姚盼和霍鑫发愣的时候，洪长安又暧昧地笑起来。他把剩下的饼干悉数投入湖中，转过身拍拍手掌。

"有些嫌疑人就是这样。他们本身就有坦白的愿望，我们要做的只是帮他们一把。"

姚盼想问怎么帮，但没有开口。霍鑫冷哼道："这谁都知道，不用你来教。"

洪长安的脸上还挂着暧昧的笑容。

"我想说的是，薄一山和薄重峰就是这种类型的罪犯。他们情绪化，而且有自毁型人格的行为体现，林警官正是准确捕捉到了这一点，才果断开了枪。"

那个外地警察又把话兜回来了。他的眼中闪烁着精光，望向对面的两人。

“如果有必要，郴州这边也会为林钧警官说话。”

姚盼和霍鑫心里了然，对方又开始诚恳地做交易了。姚盼知道湖南方面也有考量，对薄一山两人的逮捕行动出了差池，又导致一名警员重伤，这与湖南方面没有提供足够的情报不无关系，在这件事上，他们也有责任。正如洪长安自己所说，理由不光彩，事情都摆不上台面，更不好甩锅。全于剑那边也心虚，怕把孙明玉惹毛了，双方一拍两散，所以才会点头给时间。双方都在博弈。

姚盼问：“怎么说？”

洪长安狡猾道：“霍警官能不能把当时的情况详细说说，说不定里面就能找到对林警官有利的线索。”

刑警霍鑫沉吟了一下，脸色虽然不好看，但开始陈述。

7月24日午后，市刑警队接到线报，局长孙明玉指派市刑侦大队一队队长霍鑫带队跑一趟。湖南方面有些吞吐，总说先排查一下，摸清对方的身份，以孙明玉谨慎的性子，他当时已经多少预感到了什么，叮嘱霍鑫要稳。后来他们才明白，湖南那边是不想在谣言满天的当口儿挑起旧案子，没想到还一挑一个准。霍鑫选了四个最精干的兵，低调到达现场。当时房间内部情况不明，旅馆外没拉警戒线，也没有疏散群众，霍鑫和旅馆老板说查个房，拿了房卡来到门外敲门，说打扫卫生，里面的人让他过会儿再来。霍鑫听到房间里一阵杂乱，当机立断用房卡开门，门被从里面挂了链子，透过门缝，他们看见房间里有两个男人，一个站着，一个坐在床沿，都赤裸着上身，坐着的那个，胸口就带文身。几个刑警都经验丰富，那廉价旅店的门板只有薄薄一层，挂链也就是个摆设，他们正要撞，站着的那个高个子反应极快，不知从哪儿抽出刀就向门的方向掷去。警察本能回身躲，刀插进门里。后来林钧疏于防范，就是没料到那个没穿上衣的男人，身上居然有不止一把刀。

门外的人就慢了这一两秒钟，再把门撞开时，带文身的薄重峰已经举起一枚雷管，还是连着导线和起爆器的电雷管。戴眼镜的薄一山站在一旁，把一个帆布背包拉开，敞着口给警察看，里面是捆在一起的炸药筒。嫌疑人命令警察全部退出去。警员举着枪，退出房间。霍鑫指示两个警员去疏散旅馆住客。两个嫌疑人并肩移动出房间，霍鑫知道只有三把枪守不住，打出手势，让警员往后退。嫌疑人进入走廊，薄重峰说，把背包给我，你站远点。薄一山说，别他妈老废话，站哪儿不是一块死，倒是你拿稳点，别又掉了。两人的眼睛紧盯着警察，贴着墙一步步向后退，到一个转角的位置，忽然，高个儿的薄一山被一个凸出来的旧电箱盒剐了一下脸，眼镜掉落地上。两个嫌疑人顺势向左转，却没想到偏偏走进了死胡同，走廊尽头有个防火门，但是推不开，没路了。罪犯和警察对峙，拿雷管的人在前，拿炸药的人在后。霍鑫说，别着急，要不换条路给你们走，谈谈条件呗。薄重峰一手持雷管，一手持引爆器，双手都捏得紧紧的。薄一山比他放松，说你净手抖，给我吧。薄重峰开始不肯，后来一边戒备警察，一边把雷管向后递，可能是太紧张的缘故，雷管的导线在他自己的皮带扣上钩了一下，他顿时一个激灵，本能地做出向前抛的动作，雷管脱了手。林钧在一瞬间开枪……

“可以了。听霍警官绘声绘色地讲述，果然比看简报生动得多。”

霍鑫鼓着腮瞪了那人一眼，但下一秒又泄了气，他犹豫了一会儿，还是开口：“情势凶险，那两个嫌疑人将雷管换手的动作也让人捏把汗，不过我确实没想到林钧会突然开枪……他不是沉不住气的人……”

“不是凶险，是极其凶险。”

姚盼和霍鑫都侧过头，看着洪长安，对方的脸上有种让人捉摸不透的笑。

“林警官比你们多看见了一些东西。”

姚盼问："是什么？"

"薄重峰被击毙以后，雷管就掉在距离不远的地上吧？薄一山有扑上前抢夺的动作吗？"

霍鑫回想了一下，说："应该身体动了动。但我们都在大喊不准动，枪口一致对准他，所以他动作就停了。他举手投降，还主动把塞满炸药的背包丢到地上……没想到那家伙来阴的……"

"你觉得合理吗？他又不怕死。"

"什么？"

"既然他已经下定决心刺杀警察，更合理的选择不是去拼死抢雷管吗？哪怕中枪，只要还有可能按下引爆器，就可以拉上一大群人垫背。"

霍鑫说："这……谁知道他是怎么想的，人都怕死……"

姚盼问："你觉得是什么原因？"

"不是显而易见吗？薄一山的眼镜掉了。"洪长安笑，"他不是不敢动，而是因为看不清，所以放弃了抢夺雷管，而选择了更保险的近身刺杀。起码干掉一个算一个。正好，他干掉的就是击毙他好弟弟的那个人。"

洪长安的用词让人反感，但两个警察却说不出话。正如对方所说，原因很浅显，但他们却从未深究……

"直到今天，你们都没有让医生检查过薄一山的近视度数有多深吧？"洪长安干干地笑，"因为你们不关心。一个杀人犯，管他近不近视呢。"

他停了停："当然，这情有可原，毕竟薄一山眼镜掉了的时候，他也没想去捡，所以你们主观上认为他近视不严重。"

对面两个警察无言以对，心里都不太舒服。姚盼本想反驳洪长安马后炮，他知悉此事，是因为他手头有更完整的嫌疑人资料，而当时霍鑫他们却没有掌握全部信息，可又觉无颜反驳。事实上，洪长安和他们一样，手头最初只有蛛丝马迹，只是他对此更深入地追究了。而他们则陷入主观。姚盼心里知道，洪长安说这些只是引子。

霍鑫开了口：“小……林钧是看出薄一山近视很深吗？所以怕他……”刑警没有说下去，他的搭档微微摇头，他自己也感到说不大通……

这时候，一个大胆的猜想让姚盼浑身顿生寒意。

“薄一山为什么不捡眼镜？”

外地警察说：“是的，掉了眼镜为什么不捡。虽说和端着枪的警察对峙的场面比较刺激，但一个600度的近视眼，少了眼镜，逃跑也很不方便吧？换我肯定捡，我身上有炸药包，我兄弟手持雷管，谅那些警察也不敢随便开枪。”

对面两个警察默然无声，内心的情绪都在翻滚。

“还有一件事。”洪长安道，“薄一山选择了向左转。虽然向右转也还有很长的路才能逃出去，但起码还有路。通缉犯再怎么不谨慎，也应该了解藏身处的地形。当然这一点我只是猜。”

女警低头，问：“你是说……他放弃了？”

“嗯。当他眼镜掉落的一刻，薄一山就已经放弃了，而他的兄弟也瞬间察觉到了这一点。”洪长安的语气比平常淡，“我说过了，他们是自毁型人格。”

霍鑫用力搓着额头，沉声说：“所以……后来薄一山让薄重峰把雷管交给他，其实是想引爆……”

“我猜是这样。”洪长安说，“哥哥知道弟弟下不了手。果不其然，那个弟弟最后还是没听话，他装模作样，把雷管丢开了。”

两个警察惊愕，但又觉合理。

霍鑫说：“……他手里拿着雷管怎么突然会掉，当时我也觉得怪……”

姚盼说：“薄重峰心里也有觉悟吧？在警察全部瞄准他的节骨

眼上让爆炸物离手。”

洪长安慢悠悠地点头：“说是弟弟自我牺牲，给哥哥续了命也可以。”

姚盼说：“林钧就是看出了这件事吗？”

“可不是，两个大男人要生死与共的，林警官立刻看出了其中的反常。他能够比你们更快更准确地捕捉到危险信号，很敏感嘛。我听说有些人天生就自带天线。”

姚盼和霍鑫坐在凉亭里一阵发愣。霍鑫突然领悟过来，暴怒而起，一把揪住洪长安的衣领，几乎把对方逼到亭柱上。

“你这话是什么意思！”

洪长安不在意地笑：“我只是说林警官开枪的判断是正确的，基于某种特殊的直觉。以上都是猜想，没有证据。”

姚盼只能劝架，把两人分开。本地和外地警察重新落座，霍鑫呼呼喘气。姚盼知道刚才的对话，他们又是占了下风。说到底，他们还是难以用这件事来证明林钧擅自开枪行为的正当性，哪怕这名优秀刑警的判断正确无误，抛开“名声”，问题是这些都是猜测，他们没有证据。洪长安兜着圈子，其实还是在攻心。他这个人出招狠，心机莫测，姚盼也恨得牙痒，但拿他毫无办法。

“好吧，其实我作弊了。”

姚盼和霍鑫闻声抬头，坐在对面的外地警察表情似笑非笑，深藏不露。

“我比你们多一些小抄。薄一山以前也差点自杀过。”

两个警察接着听下去。

洪长安说道：“那是薄一山和薄重峰刚从贵州到湖南时，十多年前的事了。那时候，他们两人可能想做点小生意，向地下钱庄借了一笔钱，后来还不上，追债的上门把他们打了个半死，要砍下他们一人一只手抵债。薄一山说，砍我两只手行不行，对方不答应，他说那就拿我一条命抵，说完拿起桌上的刀捅进自己肚子。”

霍鑫等了一会儿，见洪长安不再说话：“说完了？”

“说完了。薄一山有自杀倾向。”

霍鑫怒：“这算什么事！屁关系没有！”

“等等。”坐在旁边的女警摆了摆手，望向洪长安，“你说的这件事和第二宗抢劫案有关系吧？第二宗抢劫案的受害者是一个黑帮头目，薄氏兄弟两人选这个人当目标，是因为以前被这个人追过债。”

“姚警官看卷宗看得很仔细。”洪长安嘴角弯了弯，“你看我也不比你们知道得更多，不过有些细节确实没法一字不落地记录。薄一山两人确实是出于这个原因，才会盯上那个地下钱庄的人。不过，那都是陈年旧事了，说到底他们还是为财，不是报复。”

姚盼问：“那么，其他没记录的细节呢？”

洪长安嘴角上翘。

“说回薄一山两人被追债的事。薄一山捅了自己一刀以后，那些追债的人就一个不剩地跑了。当时，薄重峰被人绑起来，脑袋被酒瓶敲开了花，而薄一山失血过多陷入昏迷。后来，一个女人报了警，并且及时到他们家里抢救，薄一山才捡回一条命。”

“女人？”对面两个警察坐直身体。

“可惜了，不是你们心目中的那个。”洪长安干笑，“报警的是一个住在隔壁楼的护士，有个楼道清洁工敲她的门，说看见对面楼有人受伤了。那个护士热心，跑过去发现门锁被人破坏，推门进去就看见了倒地的薄一山两人。”

姚盼和霍鑫对望，姚盼问：“那个楼道清洁工是谁？”

洪长安摇摇头：“十多年前的事，那个护士说已经不记得名字，连居委会都查不到。这些事是四年前警方将薄一山两人列为重要嫌疑人以后，才回溯调查的。陈年旧事，卷宗里面没记。”

姚盼肯定洪长安还有下文，说：“那就是记在洪警官的小抄本里了。”

洪长安狡黠一笑：“只有一丁点。结束问话前，那个护士提了一嘴，说几年前曾经在我们那儿的北湖区看见过那个清洁工一次，好像是在一家美容店里，但具体地址不记得了。”

霍鑫不由得“啊”了一声。事情接上了。

姚盼想起之前审问薄一山，拿出甜美美容院的旧照片时洪长安的淡定反应。她望向洪长安，知道对方把这个情报说出来，条件是投桃报李。

洪长安说：“至于这个人和你们照片里的是不是同一个人，那就得继续查了。”

姚盼沉默了一下，霍鑫那边点了点头。

女警道：“我们在追查的那个女人有好几个化名，陈美荷是其中一个，她最近用的名字叫段美芸，但案子是另外一宗。”

那个外地警察稍稍低头，似乎在脑海里检索信息。

“是贵市最近发生的儿童诱拐案吗？”

姚盼点头，把徐嘉的命案删删减减说了一遍，个中关键信息隐而不提，最后道：“目前我们能发现的连接点，是段美芸和薄一山两人都曾去过东城货场。由此看，薄一山两人要找的人可能就是段美芸。”

那个脸庞瘦削的警察挠挠下巴的青色胡茬。

“连环爆炸抢劫案和儿童诱拐谋杀案有关吗？挺有意思。”

姚盼说：“或许两个案子毫无关联。”

“所以无须并案？”

“目前看是这样。”女警笃定，“涉案人之间有关联，但案子之间没有关联。”

外地警察定神望过来，分辨着这是官话，还是一种切实的表达。他的脸上浮现出笑容。

“这是你们那位王牌部队说的话吧？”

姚盼心中凛然，藏藏掖掖显得他们小家子气，平淡道：“为什么这么说？”

“因为传闻他最爱管闲事，有关没关都管。”

“你认识他吗？”

“可惜还无缘一见，或许以后有机会。”

霍鑫气哼哼地插口：“见了有你好看！”

洪长安不再接话，信马由缰地把话题扯开。

“话说，霍警官刚才介绍逮捕嫌疑人的过程，还有一个信息呢。”

姚盼觉得这几乎和杜学弧是一样的路数。

霍鑫气闷，但仍旧问：“什么？”

“你们没注意吗？薄一山说了一句：别又掉了。”

霍鑫和姚盼都愣了愣，各自思索几秒，才想起这句话出现在薄一山叫薄重峰把雷管拿稳的时候。霍鑫因为当时人在现场，所以感受更准。

“你是说……他们以前也发生过类似的事？”

“不妨这么猜想，我想场景是类似的，某种和其他人对峙的场景。薄重峰最后把雷管丢下，说不定也是因为想起这句话，心里受了启发。”

姚盼说：“他们以前没有遭遇过警方的围捕吧？”

“没有，贵局是一举成擒。”

姚盼心想，这也是对方希望抢功的原因之一，将功补过，但她已经明白那个人的话中所指。

“那么，要么就是和其他团伙火并，要么就是内部矛盾。”

洪长安点头：“还有一件事，我想应该告诉你们，也是我本身的义务。”

姚盼哂道：“只有一件事是本身义务吗？”

“对。我们判断嫌疑人可能真的藏有一批炸药，而不仅仅是谣言。”

姚盼和霍鑫都变了脸色，霍鑫问：“怎么说？”

“一个事实是犯人每次作案使用的炸药越来越少。”外地警察道，“从四宗爆炸抢劫案的特征看，犯人的手段统一而干脆，目的都是炸得车毁人亡，没想过留活口。第一宗案件用的炸药最狠，车厢炸裂，死者肢体不全。第二宗炸药少了一些，车里焚烧痕迹不多，死了两个人，都是刚断气的状态。第三宗炸药当量少了一半，只把车的悬挂炸变形，致其失控冲下山坡。第四宗炸药量更少，被炸的车是小型轿车，受害者本身伤势不重，但因为救援太晚，后来受感染而死。前两宗炸药量的减少，可以解释为犯人在调整更合适的炸药用量，比如避免把车里放的钱也给全炸没了。但后两宗案炸药量未免减少得过多，尤其是第四宗。所以我们估计，犯人手头的炸药可能不够用了。”

霍鑫不解：“炸药不够用和储藏很多炸药不是矛盾吗？”

洪长安说：“也有另一种可能。比如说犯人在某个地方储存了一批炸药，但不像ATM机那般可以随意提取，所以随身携带了一部分。这具有合理性，毕竟犯人在多地流窜，不可能背着几百公斤化学品到处跑。”

姚盼问：“嫌疑人一直用同一来源的爆炸物对吧？”

洪长安说：“姚警官说到关键点。犯人用的是乳化炸药，抗水性好，同时使用铜壳的电雷管引爆，行头不错。但是我们没有查到任何第三方的供货来路，炸药大概率是从某个矿出来的，而且缺乏稳定供应，很可能是一次性弄出来的一批。”

霍鑫说：“从矿山里搞了一整批，大头藏在某个地方，随身带出来一些，等全用完了再回去取，是这个意思吗？”

“推测是这样。关键证据还是线人提供的。”

姚盼问："有人听到薄重峰嚷嚷他们藏了大批硝酸铵吗？"

"嗯。网上的传言出来以后，我们顺藤摸瓜查了。大概两个月前，有个小混混在一个窝点见过类似薄重峰相貌的人，酒喝多了开始吹牛，说自己从前大案加身，现在歇够了，迟些把家伙起了，还要再干一票更大的。那混混撑他，你哪来的家伙，他就漏了甘溪两个字。另外嫌疑人还说了一嘴，要到香港去干一票。"

这个情报和薄一山两人打算坐船去香港相符。姚盼心里说，你们明知道嫌疑人可能去香港，搜查时居然还含糊其词！但想想作罢，现在说这些也无济于事。

女刑警想了想，问："他们最近几年都没有犯案吧？"

外地刑警道："是的。你们将嫌疑人擒获时也看到了，他们身上只带了一个小书包的炸药，另加五枚雷管，去香港干大案子有些捉襟见肘呢。你们怎么看？"

霍鑫和姚盼心里突然涌出一阵凉意。

霍鑫说："他们这几年是不是没有得到炸药补充？因为……内部闹翻了？"

姚盼接口道："负责储藏炸药的是薄一山、薄重峰以外的另一个同伙，因为闹翻了，所以薄一山两人后来找不到藏炸药的确切地点。"

洪长安压低下巴，双手垂放两膝之间，嘴角的笑容阴冷。

"那两个人在去香港之前，先到贵市，很可能是来找他们的同伙，或者说——就是来找那批炸药的下落。"

霍鑫和姚盼心里飞速盘算，沉默不语。

那个外地警察突然又"哈"了一声，脖子像装了弹簧，向上仰了仰。

"所以说，哪怕把嫌疑人的嘴撬开了，说不定也没有用。"

姚盼明白过来，这就是洪长安突然积极和他们交换情报的原因，尤其在谈到“王牌部队”之后。他考虑把宝押在另一边，不惜收起争胜之心。这个人能屈能伸，只讲求达成目标。姚盼觉得他更加不容小觑。

洪长安面向姚盼微笑：“对了，你们看要不要记一记。嫌疑人 2011 年曾经在永州偷过一辆旧货车，车牌是湘 M9K46。另外，刚才说到那位报警和施救的护士叫胡安华，现在住在临武县。她在十五年前就见过另一个嫌疑人。”

姚盼心想，果然没猜错。

“好。”女警说，“还有其他吗？”

“如果方便，帮我再带一句话，他说的那句话也可以反过来说。”

“哪句话？”

“涉案人之间有关联，但案子和案子无关。”外地警察冷冷地笑，“也可以反过来说：案子无关，但人有关。”

4

火车快进站的时候，徐盛给妻子陈晓青打了个电话，报平安。杜学弧怪模怪样地问，结了婚是不是得随时报告个人行踪。

“你对结婚有兴趣吗？”刑警罗加抓住机会调侃，那个片警做了个鬼脸。罗加转向徐盛，致歉道：“抱歉了，急急忙忙叫走你。”

徐盛淡笑，摇摇头：“不，我谢谢你们，其实我也想回去看看，就是有点不放心我老婆，你们也知道……”

两个警察想起死者的妈妈之前曾吞服过大量安眠药的事，感觉心里一阵堵。罗加说：“我们安排了同事帮忙照顾，放心。”

“唉，费心了，其实也不用，她能照顾好自己……就是需要时间……”

大家都沉默。列车员广播站名，请乘客稍等。罗加道：“老徐和爱人有很多年的感情吧？”

“嗯，我们是初中同学。”孩子她爸有些缅怀地笑，“高中我在老家娄底念，高中毕业后又回到郴州……哎，也不怕说，我选择回郴州，心里也有想法。”

杜学弧眨眨眼：“原来你们是青梅竹马。”

罗加说：“原来你还懂青梅竹马这个词。”杜学弧若无其事，说：“我还知道两小无猜呢。”

三个人都笑了，徐盛不禁感到和这两个警察在一起舒心。列车缓缓停稳。

罗加主动帮徐盛拿行李，徐盛摆了手。他用右手从架子上拉背囊，把背带压在手肘上，然后扭动腰身帮助发力，背囊就从其他行李下面被抽了出来。他动作熟练地把背囊挎在肩上，跨下站台时步履也平稳，让人几乎看不出他的左手和左腿都套了假肢。三个人行李都少，各自背着背囊沿月台前行，徐盛见两个警察多少放慢了脚步，说道：“跑步我不行，走路没问题。”

“你用的是 C5 驾驶证吧？”罗加道。

徐盛点头：“我左腿天生比别人短一截，不过从小走路习惯了。我是高中学历，也没什么技能，后来考了个 C5 牌，起码能开车拉点货，收入也稳定些。”

那位残疾人停了停：“手是几年前断的。还好驾驶证考得早，偷偷继续用了。”

刑警道：“没别的意思，交通部明年也可能考虑进一步放开残疾人开车的限制。”

徐盛苦笑说：“谢了。如果以后不能开车，不好向老婆交代。”

“听说是出了车祸？在永州到郴州的公路上。”

“嗯，六年前的事了，我拉完货回郴州的半途，车明明停在路边，一辆货车却撞过来。也怪我自己，把手搁在车窗外面……”

两个警察看出对方不想再多说，也不再追问。

三人走出火车站大堂，身后“郴州站”几个大字被斜阳照着。已经过了下午4点。

片警杜学弧道：“老徐累不累，今天先休息，还是我们再坐一程车？就是有点远。”

残疾司机摆手：“抓紧时间好了。是不是去裕湘路那家美容店？”

刑警摇摇头：“去那里没什么用，几年前已经改成别的店了。能问的情况我们已经问过，当务之急是找到段美芸七年前的照片。”

“那我们现在去哪里？”

“去临武县。有个证人在十五年前见过段美芸。”

徐盛愕然道：“我就是在临武县上的初中。”

为节省时间，三人在火车站门口包了一辆面包车，告诉司机去临武县。徐盛当过几年黑车司机，熟门熟路，要了个便宜价。汽车启程，沿着许广高速接上临武。

“现在路好多了，一个半小时就能到。”徐盛指着窗外，“那条就是甘溪河。”

两个警察探头看，深远的河峡前面，有一片海洋般繁茂的格桑花。徐盛没多说明，但两个警察都知悉，直至几年前，那里还是河床干涸的漫漫淤沙。

这几年，各级都得到表扬，所以成绩里可不能带污点。

杜学弧问：“老徐上学的时候换过几次地方吧？”

“嗯，家里条件不好。”徐盛道，“我上小学的时候爸妈到外地打工，结果工棚失火一起烧死了。我大伯在郴州，初中就寄住在他家里。初中念完，高中要交学费，人家也没打算让我继续念，我就自己回了老家。幸好小学时的班主任的老公是高中老师，帮我申请了学费补助，我才把高中念了。其实如果能上技校，出来以后，工作好找些，但没条件也没办法。”

那个残疾人说得平淡，两个警察心里都恻然。罗加问：“你老家现在还有人吗？”

“没人了，我上高中时祖母就去世了。”徐盛停下笑了笑，“所以没了牵挂，我就跑回郴州去了。”

“你和你爱人结婚以后，就搬到了我们这边吧？”

“嗯，我出车祸以后工作更不好找，我老婆建议到南边来，机会多些。反正我们都是无根的人。”

汽车驶进县城，警察让司机按照地址一直开到一个小小的社区卫生站。他们要找的人当了一辈子的护士。

下车的时候天色暗了，罗加看表已经 6 点，不免有些急：“不会下班了吧？会不会又耽误一天？”

杜学弧耸肩笑：“谁知道，或许我们运气好。”

三人走进卫生所，罗加站在服务台问：“我们找一下胡安华。”

服务台的小伙子在收拾东西，没抬头：“不是急症就明天来，晚上没有医生，也输不了液。”

罗加想说是找人，杜学弧已经抢先道：“就打一针，我们自己带了针剂。”又指指一脸沧桑、腿脚蹒跚的徐盛。

小伙瞥了一眼，说：“你们进去看看胡姐还在不在吧，她走得晚。”

三人沿着走廊走到护士室，就一个中年护士戴着口罩坐着，看见有人在门口，站起身。

“需要打什么针？”

罗加问：“请问是胡安华吗？”

对方摘下口罩，打量几个来客：“什么事？你们好像不是住附近吧？”

罗加说："我们从外地来，打扰问点事，现在方便吗？"

护士胡安华说也没有不方便，把来客领进房间，多看了跟在后面的徐盛两眼。坐下前，徐盛突然"哦"了一声。

"你是不是胡医生？"

护士回头，困惑道："胡医生？"她定神打量徐盛，神情又豁然开朗。

"你……在金江中学上过学吧？"

"对，我金江上的初中，我叫徐盛，是（3）班的学生。"

中年女人慈祥地笑道："名字肯定不记得了，但看你样子是有点印象。也只有那时候的学生会叫我医生，一九九几年的事了。"她又想了想，"对了，你摔伤过一次吧，我给你做的包扎。你是那个腿有残疾的孩子。"

"是，初二的时候……"

刑警罗加听明白了。那位护士多年前曾在临武县的乡镇中学当过校医工，所在学校刚好就是徐盛上学的那家。罗加心里既感意外又感在理。胡安华这条线索来得急，而且对方提供的信息显然不够完整。罗加望了一眼杜学弧，后者也是一脸诧异，但罗加知道那是装的，那家伙肯定早有预期。那个片警比他有路子更迅速地核查一个人的履历。

护士室没其他人，众人端椅子坐下，胡安华笑着对来客致歉，说茶水没有，药水倒是很多。她用纸杯给大家接了水。那位当了一辈子医护人员的中年女人态度热情，又得知来客里有旧识，变得更加亲近。

"你们需要问什么事？"护士问。徐盛也疑惑地望向两个警察。

罗加还在想怎么称呼更礼貌，杜学弧在一旁微笑："胡医生认识一个叫陈美荷的人吗？"罗加无语，那个怪人貌似在面对 50 岁以上的女人时又能行动自如了。

看到对方一副想不起来的样子，罗加将手机里的照片递过去，胡安华就“哦”了一声。

“我记得以前也有市里的警察来找过我，问的也是她，但我记不起她的名字了。”

刑警点点头：“听说你见过这个人几次。”

“嗯。最后一次碰见她大概是七年前。我到市里办些事，然后在北湖区的哪条路看见了她，她在一家美容院里当清洁阿姨，可能也有给附近的商店扫地。我和她打了个招呼，但是她没理我，转过头去，我也不大确定有没有认对人。”

片警杜学弧切入问:“再往前就是你还在郴州城区住的时候吧?”

“是啊，那就是十几年前了。”老护士边回忆边说，“那时候我到市里的医院挂职学习，单位没给解决住宿，我自己找了个民房暂时过渡一下。棚户房，特别旧的楼，就是离上班的地方近一些，加上租金便宜，就住了小半年。”

老护士停了停，抿了口水，又继续。

“就是住在那个城中村的时候，我又遇到那个清洁阿姨，她负责那一片的垃圾清理,有一次我下楼丢垃圾刚好碰见她,就聊了几句。后来就是发生那件有人受伤的事了。”

罗加问：“是不是有两个贵州人被刀刺伤了。”

“是啊，他们是对面楼的租客，那栋楼比我住的地方还要破旧，平时也不知道住些什么人，明明出了很大声响，也没人去看一眼。那两个小伙子都伤得重，一个被人绑起来拳打脚踢，另一个好像是自己把刀刺进了自己肚子里。幸好那个清洁阿姨看到有纠纷，所以赶紧过来敲我的门，毕竟我还是懂急救嘛。”

“后来呢？”

“当然是赶紧叫了救护车，幸好第一人民医院就是过个马路，很快我就把他们送了过去。不过因为我不在急诊科，后来听说那两个伤者很快就自己出院了，我也没有再见过。总之没有危及生命就好……”

“等一下……”

众人停下来，都望向突然说话的徐盛。后者被望得有些犹豫，过一会儿说：“胡医生你是住在三里田的城中村吗？离国华医院近。”

胡安华道：“对，我记得是叫三里田村，挺大的，我是住在六角村还是什么的那一边。”

“六角坝。”

“对对，叫六角坝。小徐对那边很熟吧？”

徐盛用门牙咬了咬嘴唇，望向两个警察：“我以前也在三里田的六角坝住过。”

刑警罗加张口：“是什么时候的事？胡医生，你在那边租房子，也就是碰见陈美荷的时候，是十五年前吧？”

胡安华道：“十四五年前吧，对，2003 年的事。”

两个警察望向另一人，徐盛点头：“我 2003 年回到郴州，也是住在那里，住了一年多。”

胡安华微笑着说：“原来我们还当过邻居。”然后她又侧头，“怎么了？”

徐盛吸气说：“难道十五年前……她就已经跟着我……”

胡安华问：“谁？什么跟着？”

片警杜学弧笑说：“胡医生，你记忆力真好。”

老护士说：“嗯？因为我是 2003 年去第一人民医院交流，而且送那两个伤者到我们医院的印象也深嘛。”

“不，我是说你在十五年前见过那位清洁阿姨，八年后居然还能认出她来，记忆力真好。不过也对，你刚才说的是‘我又遇到那个清洁阿姨’。”

刑警罗加反应过来，愕然地问：“胡医生，十五年前你不是第一次见到陈美荷？”

“不是啊。”老护士回答，“我不记得她名字，不过我认得她，很早就认识的，所以在三里田住的时候又遇见她，才会聊两句。她也是 2003 年刚到那里干活，挺巧。”

“你是什么时候认识她的呢？”

胡安华的眼光平移到徐盛身上。

“就是我在金江中学当医护的时候，那个清洁阿姨也在学校当保洁员。我想想啊，就是小徐上学那会儿，1997 年或 1998 年吧，二十年前了。”

徐盛呆若木鸡。

老护士笑着说：“小徐肯定不记得，她就是学校的一个清洁工。”

“不，我记得她……”

众人都望向神情发怔的曾经的金江中学学生。

“难怪我总觉得在哪里见过她……原来就是她吗？”

刑警罗加问：“那时候发生过什么事情？”

“那个人……害过我。”

众人都愣了，警察相互对望，罗加问：“怎么回事？”

残疾人的脸上掠过一种对久远往事的尴尬，然后又浮现出一种怨愤。他望向胡安华。

“胡医生你也记得吧，我初二的时候有一次摔伤的事情。”

胡安华点头：“嗯，你好像是摔在地上，手脚和脸都擦破了，被老师送到医护室，我给上的药。对了，我记得你是在厕所里摔倒的。”

徐盛苦笑道：“嗯，是女厕所。”

在众人的愕然中，当年的初中生继续陈述。

“我还记得那时是夏天，我身上穿一件体育背心，袖子和裤子都短，小腿的假肢也露着。那天上活动课，我也没机会打球，就在乒乓球台旁边看别人打。有一个球打飞了，很高，飞过了围墙。同学们都哇哇叫，但没人去捡，一个家里条件比较好的同学从裤袋里掏出了另一个乒乓球，比赛继续。我想，那时候哪怕是一个乒乓球，在我眼里和其他同学眼里的价值也不一样吧。我觉得我应该帮大家捡回来，很自信地摊开手递给他们。所以我一个人走到操场后面，绕过围墙，开始找那个乒乓球。当我找了一会儿没找着，就意识到球是掉进围墙后面的女厕所了。”

他停顿了一会儿，又继续。

“周围没有人注意，我拖着脚溜了进去。厕所里也没有人，我急急走到靠近围墙的那一端，弯下身到处找。就是这个时候，身后传来脚步声，我还没来得及转身，就被人猛推了一把，摔倒在地……那时候，我离很高的粪坑只有一步之遥。”

警察吃惊道：“推你的人是陈美荷？”

徐盛点点头：“我没有掉下粪坑，摔倒以后就看见她了。我根本不认识她，后来才知道她是学校的清洁工，打扫厕所也是她负责。”

老护士捂了捂嘴，道：“我也想起来了，后来听一些老师说过这件事，但好像不了了之了。”

徐盛苦笑着说：“是啊，我和老师说我是被那个清洁工推倒的，但是对方拒不承认，说我是偷偷跑进女厕所自己摔倒的。我只是皮外伤，我大伯来了学校一次，对我说你少惹点事。学校后来也懒得管了。”

罗加问：“后来呢？”

徐盛道：“那时候我小，也没骨气，比别人都怕事。我没见过那个清洁工几次，看见就绕开走好了，惹不起只能躲着。再后来就没见过她了，可能辞职走了吧。”那受害者又苦笑一下，“不过，这件事让我被同学取笑了两年，直到初中毕业，也没几个女同学和我说话，谁让我是在女厕所摔跤的呢……”

“那个人为什么要针对你？”

“我不知道。坦率地说，小时候我对受欺负也习以为常了，但是一个扫地阿姨这样做，还是让人觉得又阴险又可怕……不过那是很久以前的事了，如果不是现在的事情，我根本想不起来。”残疾人用力抹了一把脸，又憔悴又悲伤，“相比于现在的事情，那根本……”

胡安华不解地左右看几个来客，问：“什么现在的事？怎么回事？”她蓦然想起之前的对话，惊诧道，“小徐刚才说那个人一直跟着你……难道是说从你小时候一直到现在？她是什么人？罪犯？”

没有人给答案。

老护士追问：“那个人是不是心理有什么问题？这样的行为很典型。”

片警杜学弧道：“是的，这一点毋庸置疑。”

刑警罗加询问老护士：“关于陈美荷这个人，胡医生还有什么信息能提供吗？”

老护士感到略微为难：“唉，想不起什么了，二十年前也就是打个照面的关系，我连她名字都叫不完整，姓陈是姓陈，但名字好像不对，印象中是个地名还是什么的……”

来客准备起身告辞时，老护士补充了一句。

“对了，她说话有侗语的方音。我外婆是贵州凯里人，我觉得口音有些像。”

离开小小的卫生站，夜色早已降临，但空气干净，天幕呈深蓝色。县城的土路有些下沉，像一条船，电动三轮车的“嗒嗒”声在爬坡的时候尤其响。

两个警察和死者父亲背着背囊，站在有些腥味的路边，避让一辆运石的开斗货车，铁皮壳，锈迹斑斑。在大家商量下一个目的地之前，片警杜学弧淡淡地开了口。

“老徐，有件事还是想先告诉你。”

死者父亲听到自己“咚咚”的心跳，定神望向对方。

“你记得段美芸曾经到过东城货场吧？她在一间荒废的铁皮屋里逗留过，把你死去的女儿放进陈列的雪柜里。”

死者父亲沉沉地点头。

“其实到过那里的不止段美芸一人。”片警道，“我们找到一位目击证人，他见过另外两个人也到过那个地方，是两个贵州籍的人。”

死者父亲张开嘴，惊愕地问：“是什么人？”

罗加答道：“两个身负恶性命案的通缉犯。”

徐盛的瞳孔因为骇然而扩大，半晌问：“他们是……他们和段美芸……”

杜学弧掏出手机，打开一张照片递过去：“你对这辆车有印象吗？”

那是一台破旧的货车，车头有个凹坑，车灯也碎了。车牌是湘M9K46。

徐盛摇头。

片警道：“也难怪，货车样子都差不多。但这辆车曾经在永州失窃，后来被遗弃在贵州一处山林的河边，用水冲洗过。偷车的就是那两个贵州人，我建议你再仔细看看。”

徐盛已经瞪大了眼睛，接过手机，盯着照片看了一会儿，唯一的手轻微地颤抖。

“就是……这辆肇事车吗……”

“车祸发生的那段公路没有监控摄像头，但是往贵州方向的后一段路，监控拍到一辆车头变形、带着血迹的货车驶过。虽然车子套了牌，但我对照过录像和照片，和那辆失窃的永州车型号样式一样。六年前那宗交通事故逃逸案一直没有抓到人，你不要见怪，毕竟那两个人是后来才被警方定为通缉犯的，那时候，也没有人能把两个案件联系起来。”

徐盛脸上褪去血色，说不出话。

罗加问："事故发生时，你的车就停在永州往郴州的公路边吧？靠近河道，你停车歇息，然后一辆货车从对面直撞过来，把你的车撞下河坡。"

残疾人艰难地点头。

"根据我们判断，"片警轻叹，"六年前把你的车撞下河，把你的手臂撞断的，就是那两个来自贵州的嫌疑人。"

5

连夜审讯嫌疑人薄一山。

"周龙文，湖南郴州临武县人，48岁，右腿炸断，多处脏器破裂，心脏骤停。申大河，湖南常德桃源县人，34岁，体表三级烧伤，心肺功能衰竭。汤梅，福建龙岩上杭县人，23岁，体表三级烧伤，中控台撞断胸骨。邓庆旺，湖南永州双牌县人，37岁，焚烧，吸入有毒气体窒息致死。刘建双，湖南永州双牌县人，31岁，焚烧，吸入有毒气体窒息致死。邓宇阳，湖南永州双牌县人，7岁，焚烧，吸入有毒气体窒息致死。龙宝田，贵州黔东南凯里县人，52岁，吸入性损伤，全身性炎性反应，休克死亡。"

姚盼把一盒子卷宗搁在铁桌上，盒子有八斤重，一页一页翻着念。这种做法通常能给嫌疑人制造心理上的压力。但几个警察都怀疑用在当前嫌疑人身上的效果。

下午已经审过一场。用过晚饭，两地的警察把资料又碰了一遍，商议策略，然后继续。

郴州刑警洪长安仍旧坐在审讯室的角落，姚盼转头望了他一眼，后者像只啄木鸟，收了收下巴。

“你们两兄弟肚子上的伤疤还挺配对的。”

每当洪长安开口，嫌疑人的反应就会被激活。薄一山抬头说：“你是不是也想留一个？”

刑警霍鑫道：“不，他兄弟额头比他多一个疤。”

嫌疑人眼镜反射出白光，手上的镣铐“哐啷”作响。

女警姚盼道：“我们聊聊第二案吧。薄重峰右肋下方的伤，就是那个时候来的吧？”

已被击毙的嫌疑犯薄重峰上身文有一个侧面的狼头。狼头并非文在胸口正中，而是45度倾斜，咧开森森白牙的狼嘴靠近左胸，而鬃毛则延伸至右侧小腹。狼耳耳郭有个深色阴影，就在肋骨往下3厘米的位置，尸检的时候发现那里有一个旧伤疤。根据调查，这个文身是薄重峰近几年才找人文上去的，在他和他兄弟薄一山的通缉令里，并不包括文身这个信息，所以刚开始发现嫌疑人行迹时，尽管文身的特征相当突出，湖南方面也没认领。

很显然，嫌疑人给自己文上一个狼头的动因，包括遮挡自己的伤疤。在肚子上文一只野兽显得奇怪，所以选择了仰天嚎啸的狼头，角度自然跨过胸腹，边缘刚好盖住疤痕。那伤疤呈圆形，直径大约1厘米。检验显示，那是由高速发射的钢珠击中所留下。

第二宗爆炸案的车厢里，遗留有一把已经炸膛的自制火药手枪，以钢珠为子弹。枪掉在死者申大河脚边，死者右手掌有爆破伤，食指和中指将断未断。警方推断，那把仿制枪的持有人正是混黑道的申大河。枪在炸弹爆炸中受损变形，因此在击发的瞬间炸膛。一个合理的现场还原是，申大河在遭遇炸弹袭击后还剩下一口气，当抢劫犯靠近搜掠财物时——包括装了一铁箱的现金和戴在脖子上的大金链子——遇劫者举枪还击。尽管此举毁掉了他的手掌，可能也在同一时间让他咽气，但是一颗大口径的钢珠还是疾飞了出去。

“虽然是一把坏了的火药枪，但钢珠打进肚子里也要血流成河呢。”郴州警察在旁再煽了一把火，“何况是能握手的距离。”

命案现场留有不属于两个死者的血迹，包括车厢里和公路旁的草丛。后来警方锁定薄一山和薄重峰是案件嫌疑犯，顺藤摸瓜搜查到两人的生物痕迹，然后发出了通缉令。

外地警察补充道：“话说，钢珠没有从肠子后面穿堂过屋吧，后来你们是用刀子挖出来的吗？”

嫌疑人有点神经质地甩甩头，然后用手推鼻梁上的眼镜。那是他忍不住想说话的表现。

女警姚盼陈述道：“2011 年 11 月 17 日下午，申大河和他的情妇汤梅遇袭于安仁县以北山区通往衡阳的公路上，而你的兄弟薄重峰也在抢劫过程中中枪负伤。因为找不到适合疗伤的地方，你们一路驱车返回郴州，当夜躲藏在一家已经停业的美容院里。”

姚盼为着重强调而停顿：“就是早上我们给你看的照片中的那个地方。你的同伙在那里接应你们。”

嫌疑人吊着下巴，但一度拔起的情绪似乎又降了下去，他冷冷地哼了一声：“我说过了，随便你们怎么想。”

姚盼说：“第二宗案子我们聊到这里。薄重峰那次受伤伤得不轻，所以你们其后有一段时间没有再犯案。第三宗抢劫案发生在 2012 年 12 月 22 日，时隔一年。不过，第三宗案件却是最恶劣的，三条人命，包括一个 7 岁的孩子。”

嫌疑人的眼镜稍微下滑，因为他的嘴角抽动了一下。

洪长安道：“是整整一年没杀人所以要补回来吗？”

姚盼道：“我们相信你们不是杀人取乐，只是为财。可惜在那宗案子里，你们也颗粒无收。本来死者邓庆旺除了现金，身上还带了一些首饰，但你们站在咫尺之外，看着车厢里的财物和求救的人一同燃烧。”

第三宗抢劫案的三个死者，各自以挣扎的姿势变成焦尸。根据现场的痕证，汽车冲下一个不深但陡峭的山坡，撞在山林边缘，那时候，车里的人仍有知觉。死者曾经尝试打开车门，而抢劫犯就站在汽车旁边，他们没有打开车门搜掠财物，眼睁睁看着火焰逐渐烧旺，然后转身离开。为了灭口，他们没有让车里的任何一个人逃离。

“十年前，邓庆旺对你们很刻薄吧。”女警继续道，“你和你喂养的猪患了病，他让你们卷铺盖走人，并且还克扣工资。”

2005年至2009年间，在躲掉地下钱庄的债务后，薄一山和薄重峰来到永州，在邓庆旺经营的养猪场打了几年工。2009年，那年入冬急，薄一山染上急性肺炎，而他负责照看的一栏能繁母猪也有两头患了子宫炎，一生就是死胎，老板邓庆旺就把两个打工仔的行李从宿舍拉出来，丢到马路边上。工钱也以赔偿损失为由，少给了三个月。身患重疾的薄一山和他的兄弟，在寒冬腊月里流落街头，几乎又是走了一趟鬼门关。

刑警霍鑫抱起双手，补充道：“有件事可以告诉你，虽然没什么用。你们以为邓庆旺的猪场生意红火，其实在你们抢劫他的那一年，他已经还不上银行贷款了。所以邓庆旺带了他老婆压箱底的首饰去典当，怀着补偿的心情，想带儿子到城里的游乐园玩一趟。”刑警停了停，“那家猪场现在已经没了，邓庆旺的老婆三年前也病死了。知道这件事，你会觉得解恨吗？”

嫌疑人薄一山冷冷地说：“我们早就知道。”

姚盼说：“但有人是无辜的，起码孩子是无辜的。我听说你和薄重峰年少时，在把那家你们从小生活的教堂一把火烧掉之前，好歹提前把里面的孩子带了出来。”

薄一山身体微微摇晃，说：“没有什么无辜，死了就死了，又能怎么样。”

“我想，这宗案件对你们还是造成了某种重要的影响。到你们第四次作案，又整整过去了一年多，这段时间发生了什么事呢？”

嫌疑人不说话。有时不说话也代表一种回答。

郴州警察道：“实话实说，你们最后办的那一单，办得最难看。炸弹虽然绑在车底差不多的位置，但是居然没有绑结实。而且是不是遥控器也失灵了一下？如果不是受害人鬼迷眼，也不至于送命。一年多不操练，手艺都生疏了吧？”

第四宗抢劫案，发生在 2014 年 8 月 17 日，距离第三案过去一年零八个月，是间隔时间最久的一案。劫案发生在从靖州至黎平的公路上，已经隶属贵州地界。劫匪将三枚乳化炸药管捆绑在汽车分动箱旁边，相比前三宗劫案，炸弹放置的方式相似，但是角度的选择和捆绑的手法粗糙了一个档次。而且，不知道是遥控装置不好使，还是因为部分炸药过期，首次引爆没有完全成功。一枚炸弹发生轻微爆破，在车底发出“咯隆”一声。受害人龙宝田刹车停下，下车绕着车子走了一圈，然后蹲下身，探头望车底。那时候，事实上已经掉落在地的炸弹轰然炸了开来。古玩商人龙宝田被炸伤头面，呼吸道吸入性灼伤，气浪也把他掀翻到路边的水田里。田里刚施过肥，受害人在水里躺了小半天才被救起，最后因严重感染而药石无效。

郴州警察双眸精光闪闪，嫌疑人不自觉地被吸引，朝他望去，视线又不自然地躲开。

“第四起案子，你们的技术指导辞职了吧？”

这是两地刑警对各起案件进行比对后得出的推论。前三宗案件的作案手法相对严谨，而最后一宗案件则退步明显。结合薄一山和薄重峰前来找储备炸药等迹象，一个可能的情况是，那个抢劫团伙中承担指导角色的成员，在第三案以后离队了。

嫌疑人薄一山把眼镜又抬起来，道：“指导个屁！我们两兄弟从来都是靠自己。”

女警淡淡地说：“龙宝田不是也帮助过你们两兄弟吗？”

“你说什么？”

“那个贵州商人时不时会带着吃的穿的玩的造访教堂吧，在你们小的时候？”

嫌疑人眼中凶光闪动，像一盏整流器损坏的灯。

姚盼已经转了语境：“你们就是那时候认识他的，也知道他有钱。”

霍鑫补充道：“你们在龙宝田的那宗抢劫案里收获不少吧？那个人的车里有一皮箱和田玉，本来足够你们退休挥霍了，可惜十件里有九件是假货。”

郴州警察洪长安道：“不退休也不行呢，没多久通缉令就出来了。”

龙宝田案是最后一案。2014 年 10 月，郴州刑警支队报请湖南刑警总队，发出对薄一山和薄重峰两人的 A 级通缉令。从那以后两人销声匿迹，没有再犯过案。

除了躲避追捕，警方判断两个嫌疑人手头缺枪少炮，也是偃旗息鼓的重要原因。

嫌疑人双手放到脑袋后面枕着，身体靠在椅背上。

“说完了吗？今天的夜宵有什么可以选？”

姚盼说：“我们倒回来聊聊第一案吧。”

“没什么好说的。你们肚子不饿吗？”

“我们也觉得没什么好说的，你们两兄弟和那个叫周龙文的煤矿老板毫无交集。”

嫌疑人轻蔑地扯了一下嘴角，侧过头。

四起爆炸抢劫案，嫌疑人和后三案的目标对象都认识。第二案的目标人申大河，是地下钱庄的头目，薄一山两人曾被这个地下钱庄暴力追债，差点被打死。第二案的目标人邓庆旺是养猪场的老板，薄一山两人曾在养猪场打工，后来被凄凉地扫地出门。第三案的目标人龙宝田是一个冒牌富商，二十年前就经常招摇过市，是薄一山两人从小生活的教堂的座上客。

唯有第一案中的受害者和凶手之间缺乏干系。

而薄一山两人作案所用的爆炸管制物资，很可能源于第一案。那一案是关键。

嫌疑人露出残忍的笑容："在郴州待过的人，谁不认识三十六湾姓周的。"

周龙文是郴州市临武县万水乡人，该地方圆几里都是荒山带，几乎都由有色金属矿物质聚集而成，矿井林立，其中周氏家族的人手段最狠，占的山头最多，稳坐龙头地位。幸好那些同姓假兄弟之间也是矛盾不断，在弹丸之地的矿产利益斗争中，动刀动枪是家常便饭，相互制约下才没有形成地方一霸垄断的局势。周龙文经营一家名为盈富选矿的公司，旗下有大矿一座，小矿三座，属于中流实力。

2011 年 9 月 21 日，周龙文在临武县提取了六十余万元现金，放进一只厚实的黑皮箱里，驱车返回一个矿山准备给工人发国庆节前的工资。行至乡间小路，他所驾驶的揽胜越野车突然被引爆，前轮和车头盖都被炸得没了影。周龙文肢体残缺，当场身亡。放在副驾驶座上的皮箱也被炸开了口，红彤彤的人民币撒了半个车厢。最后案犯劫走约四十万元。

案件发生后，郴州市刑侦支队迅速成立专案组开展调查。首先排查死者生前的各路竞争对手。有几个山头的老大望风而逃，警方花费了大量人力追捕，顺便把那一片的黑恶势力拔除了一批。但一圈下来，命案调查本身却没有寸进。死者人际关系复杂，仇家众多，让专案组难以找准方向。就在警方准备扩大第二圈的调查半径时，在郴州和衡阳的交界地，发生了第二宗汽车爆炸抢劫案。时隔不足两月，手法一致，大概率是同一团伙所为，于是调查又向两宗案件被劫对象的交集方向转移。结果仍然是死胡同。

直至第三、第四案在往后几年陆续发生，警方最终锁定贵州籍无业人员薄一山和薄重峰存在重大嫌疑，专案组才明白问题出在哪里：那两个嫌疑人恰恰和第一案的死者，没有显性的交集。

“认识这个人吗？”女警姚盼再次将一张照片放在嫌疑人面前。

“又玩扑克牌吗？这次是大王还是小王？”薄一山口上轻慢，但把照片举了起来。

照片上是一个脸上有明显皱纹的男人，眼袋浮肿，能装下两个白酒杯。

“他叫苏本利，是死者周龙文的远房亲戚。”

“不认识。”嫌疑人把照片丢回来。

“这个人管仓库。”苏本利这个名字，是下午时分，郴州刑警在一座巨大的高架桥下迤迤然分享出来的情报。

下午从医院离开后，姚盼和霍鑫领着洪长安走了一趟东城货场。

“打不到车有什么办法，还不是你耽误了。”洪长安绕着货场的荒地走了一周后道，“薄一山两人没有找到目标对象，是不是说了这么一句话？”

姚盼调取了一部分档案给洪长安看，发现这个警察和杜学弧一样，喜欢在字里行间找线索。

“是的。他们坐着摩托车兜了一圈，最后又回了码头。”

“他们是在长顺街搭的摩托车吧？既然打出租车没打着，看到摩的就一冲而上，说明他们火急火燎。而且刚刚才慢条斯理地在别处吃完霸王餐。”

“你想说明什么？”

“说明他们是突然得到了某种消息，说不定还约定了时间。”

三个警察从东城货场，重走两个嫌疑人曾走的路线，抵达长顺街。那是一条旧式的商业街，大白天也人潮涌动。外地警察问：“听说在这一片巡逻的警员，也报告见过形迹相似的人？”

霍鑫道："对，有行人告诉我们伙计，有两个满身酒气的人在人群里蹿来撞去。"

"原来如此。"洪长安背着手向前走。

"原来什么？"

"刚喝完大酒，不是着急解手就是吐呗。"

三个警察往公共厕所的方向行进，但洪长安却突然折进一条小巷。姚盼和霍鑫急急跟过去，后者想大声问又去哪儿呀，但话没说出口就吞了回去。穿过小巷，在他们面前呈现出半片荒地，不远处是巨大的水泥柱子，抬头则是遮天蔽日的路桥。

那个干瘦刑警笑嘻嘻道："这里有捷径。"

很快，三人发现在最近的水泥柱上面，有人用炭笔画了个符号。一个火柴小人，头顶有三根线，中间一根竖直，旁边两根弯。在符号的下方，潦草地写着：8 点半东城货场。

后来三个警察在附近两个公共厕所的外面，也发现了一样的炭笔标记和留言。显然，留言人四处匆匆留字，是防止薄一山两人错过了。

外地警察站在灰色的高架桥下，静默了大约五秒钟，开口道："这个符号我见过。"

姚盼问："是什么符号？"

"药功。"洪长安道，"我在一个叫苏本利的人的情妇家里见过。"

苏本利是周龙文的远房表哥，投奔当大老板的表弟后被安排当了一个矿的仓管员，手头那把钥匙，能打开装满炸药和雷管的仓库的门。当连环爆炸案重新开始往回查时，郴州警方才偶然留意到这个人。因为此人虽然曾经做过特殊职务，但事实上在爆炸案发生之前小半年，他就已经得病死了。而回查的时候，因为老板被人炸死，矿山兵荒马乱，早已被各个利益方肢解得不成样子，整家选矿公司也易主更名。不得不说，由洪长安挑大梁的专案组人马也有韧劲，坚持深查，不久发现苏本利曾在距离选矿公司不远的镇郊买了一栋房子，里面养了一个名叫朱杨莲的情妇。洪长安带队登门走访，朱杨莲吞吞吐吐才告诉警察，苏本利生前曾让她保管一把黄铜钥匙，但她不知道用途为何。警察们顺着这个线索追查，不久在附近山边找到一个小仓库，上面挂着的大锁和钥匙匹配上了。仓库打开，里面装着简易的储存设备，但空空如也。

尽管线索到此为止，但一种可能性埋了下来。苏本利生前很可能从矿上偷过不少炸药，私藏在此处，而有人黄雀在后，又把他的私货给盗了。

苏本利死于急性肺炎并发的中毒性脑水肿，没两天就断了气。虽然死的时间不前不后，但在矿上干活得肺病的人比比皆是，也谈不上有什么疑点。警方严查严审了朱杨莲，也没有发现她和薄一山等两个嫌疑人有任何关联，这条线的调查只能告结。

“要说疑点只有一处。”郴州刑警洪长安道，“在苏本利藏娇的‘小金屋’里，我们找到一个巴掌大的人形木偶。制作很简易，就是一个小木墩，手脚用竹签代替。另外，在厨房靠近冰箱的墙角，有一个用炭笔画的小人。”

姚盼问：“和这个符号一样？”

“嗯，如果我的记性靠得住的话。”

“你说的药功是所谓的巫术？”

“嗯。”郴州刑警回答道，“把药水涂在人偶上，发气功，杀人于无形。说句丢人的，这玩意儿在我们那边还挺流行。我们找到那个木人偶后也审了朱杨莲，但对方坚持说不知道这是什么东西，也不知道从何而来。”

霍鑫光头发亮，嘲笑道：“所以这就不了了之了？”

洪长安也笑：“对啊，党章规定不准信怪力乱神嘛。”

姚盼说：“也搞不清攻击对象是谁，对吧？”

“你说得对。”洪长安点头，“或许是朱杨莲盼着她的姘头早点归西，也有可能那玩意儿是苏本利自己搞回来的。不瞒你们说，周龙文的命案调查是流言满天，一地鸡毛，早就有人想用药功整死他这类说法也是东边一茬西边一茬。”

这番示弱的话似乎拉近了两地警察的距离。

女警姚盼问：“画在墙角的小人符号也是巫术的一部分吗？”

洪长安略略沉思，说：“这一点我也不确定，大体是类似的东西。我查了一下，和苗蛊那类巫术黑符也有点像，反正都神神怪怪。”他停了停，“当然也可能实际上代表其他事物。但有一点可以确定，这个符号让嫌疑人之间产生了交集。”

姚盼向薄一山出示高架桥柱子的照片。

“这个符号总认得吧？这是你们的联络暗号。”

薄一山用眼睛瞟了瞟，然后嘴角扯动了一下。他的犬齿白而尖利，从嘴唇里露出来，说不清是不是一种凶相。

刑警霍鑫哼了一声：“你想抵赖也没用。明着告诉你，这个标记我们在其他地方也发现了，包括在这个叫苏本利的人的家里。而这个人是死者周龙文矿上的仓管员，手头管着堆成小山的炸药炸弹，你们的家伙就是从这里来的吧？”

在听着这番诘问的过程里，嫌疑人玻璃镜片后面的眼神发生了数次变化。他先是瞳孔微张，然后再张，最后那似乎已经呵气吹着的草尖的火星，却又重新熄弱了。

“说完了吗？今天的夜宵什么时候来？我肚子饿了。”

他又一次把脑袋枕在戴着镣铐的手腕上，但用来岔开话题的语句却了无新意。

“快了。还有一案。”女刑警倾斜身体，双肘朝向铁桌的前方。

“啥？”

“你们不只犯了四宗凶杀案，还有一案。”女刑警说，“伪造的交通肇事，只是人没死。”

眼镜反射出白光，镜片后的那双眼睛阴冷地半眯着。

姚盼平静地说：“你们是受了指使。”

6

太阳一出来，三十六湾就光影重叠。甘溪河在重山里弯了不止三十六道。水体的反光让管风琴般的峡谷变成镶满镜子的迷宫，光芒从很远的地方反射，从左到右，从右又到左，最后被一节节带入湾地。从某些角度看，那山水宛如奶油蛋糕的花纹，而留在山崖上密密如蜂窝的矿洞，如果不是让人看起来满目疮痍，也多少能像蛋糕上的榛子粒。

这个地方最鼎盛的时候，曾聚集九省十万掏矿大军。梯级选矿工厂占满山头，鳞次栉比的工棚有多少就意味着拳头有多大。索道和斗车将座座山头串联。白天尘土飞扬、机器轰鸣，晚上则灯火繁华，发廊夜市一应俱全。人们把这里称为“小香港”。

望见镇郊山脚的房子时，刑警罗加回身向死者父亲徐盛致歉，说昨天折腾了一天，今天又是起个大早。

“跟着那位民警同志，就得习惯他的各种怪作息。”刑警挑着眉毛。

徐盛摇头说不要紧，问：“杜警官不和我们一起去吗？”

罗加哧哧地笑道：“那家伙怕生。”

晨光里，一个女人在门前浇水。那里有一片开阔的荒地，种满红色、粉色和白色的大波斯菊。还开垦了几垄田地，种着生姜一类的作物。那个女人提着大水壶，慢慢地来回灌溉，低效但用心。

罗加二人走上前，女人抬起头。那女人看上去40岁不到，眉眼漂亮，下巴有一颗美人痣，身上有一种既风尘又淳朴的矛盾气质。

“请问是朱杨莲吗？”

女人放下水壶，用略微蒙灰的眼睛打量访客。

“警察吗？”

“是的，”刑警答道，“你怎么知道？”

朱杨莲妩媚一笑，放下农具，就华丽地变了个样貌。

“因为你长得帅。会来找我的这么帅的男人，就只有警察了。到屋里来吧。”

三人进屋。

“随便坐。”主人脱下农服，走进厨房洗手。来客环视房屋，这是一栋两层的小楼，外观有些土味，但里面的装潢还算精美，看得出花了成本。正面墙上，挂着一幅侗族的刺绣画，画上几个小孩子牵手在草地上跳舞。

片刻，朱杨莲从厨房端出两碗茶，来客称谢后接过。那碗中的茶色泽深浓，里面还有米花和炒花生，香气四溢。罗加抿了一口。

“这是油茶吗？”

主人家落座，微笑：“自己打的，不知你们吃不吃得惯？”

罗加问：“你是侗族人吧？”

“我家在凯里。”女主人道，“当然这里也算我家。”

“这栋房子的所有人很早就已经将房子转到你的名下了吧？”

朱杨莲把脚跷起来，虽然换上了普通的家居服，但身段修长，举手投足都有风情。

“多少年了，你们警察还要盯着这事不放吗？我和你们说过很多次，苏本利没娶老婆，所以他死了以后，也没有人来找我麻烦。”

刑警罗加道：“我要说的不是苏本利的家属，而是周龙文的家属。”

朱杨莲脸色剧变。

刑警平淡道："我们核查了一些资金记录，这座房子其实不是苏本利买的，而是他的表弟兼老板掏的钱，苏本利只是挂个名，当个看门的。"他停了停，继续道，"最早包养你的人是周龙文吧，苏本利只是后来接手的人。在一件事结束以后。"

追查发现苏本利是个接盘侠时，罗加问杜学弧，这件事郴州警方之前有没有查到。

"听姚盼说，和他们打对手的是个难缠的家伙，提供的情报也是有一茬没一茬。"

杜学弧嘻嘻笑："我们这边也一样呀，大家各有保留。"

罗加说："还不是因为惯着你的任性。"他本来还想说"起码人家是为公，你是为私"，但想想此话也不对，就换了话题，"不过，我想他们可能没有你想得远，没有发现那个线索。"

杜学弧摇摇头："他们可能确实没能把段美芸这头的事联系起来，所以没法继续推进调查，但是你说的那个小小线索，我相信那个主办的刑警一眼就能看穿。"

"你认识那个人吗？"罗加问。

杜学弧笑道："不认识，我知道的只有姚盼向我们发的牢骚。"

"但是如果那个人早就知道，之前为什么没有向朱杨莲摊牌？"

"因为和案情无关啊。"片警微笑，"他是那种不多管闲事的人。"

镇郊小屋的女主人静默了一阵，放下腿，干笑了一声。

"我还以为周家的人不会把这件事说出来呢。"

"他们没说，但是我们发现了一个小小线索。"

"是吧……反正你们知道就是了。"

刑警罗加点点头："你给周龙文生了一个儿子，这个孩子出生不久就让给了周家。周龙文的老婆很多年都生不出孩子，默默认下来这个孩子，所以，虽然后来苏本利和周龙文先后死去，周家的遗属也没有要求把这座房子收回去。”

朱杨莲从茶几上拿起烟盒，抽出一根点了，然后重新把腿跷起。

“对，那个人说好了房子归我，钱也给了一笔。”她吐着烟圈，“他的女人多得很，这座房子也不止我一个人住过，但就我给他生了儿子。他老婆也不敢闹，最怕我把孩子认回去。”

“你！你把自己的孩子卖了……”

一直在旁沉默无言的徐盛出了声，语调满含愤怒。他是一个失去孩子的父亲。

朱杨莲用眼角余光瞥向对方，停留不过一秒，道：“不可以吗？反正我也养不起。还是说你们建议我去和有钱人抢家产？”

徐盛喘着粗气，但片刻后只能低头，将脸转向一边。

气氛稍霁，警察道：“孩子出生以后，周龙文还来过这里吗？”

朱杨莲回答：“想来的时候就偶而过来。那个人妒忌心很重，他玩过的女人可不会轻易放走。他把我让给苏本利，是做给他老婆看的幌子。他也知道苏本利会监守自盗，所以觉得没意思了。或者说，生完孩子的女人本身就没意思。后来苏本利死了，他也玩腻了，就把房子转到了我名下。”

“你很恨周龙文和苏本利吧？”

当情妇的人冷冷地笑：“我们这种女人说不上恨不恨的，但他们早点死了我当然要自在些。你们警察是打算这辈子都盯着我吗？”

罗加说：“不，我们来是说另一件事。”

朱杨莲望过来。

“在你待产的时候，请过保姆吗？”

对方的眼神躲闪了一下：“也有……请过一阵……”

刑警从口袋里掏出一张照片，递过去。那是七年前化名陈美荷的女人的照片，虽然时间要更早，但相貌还是那个相貌。

“会不会刚好就是这个人？”

朱杨莲接过照片，这次连手腕也微微发抖了。她仰起头，似乎想将表情掩盖，但很快明白到警察能拿出照片，隐瞒已无用，叹了口气。

“对，我请过这个阿姨一段时间。她姓陈。我怀孕的时候，她帮忙做饭和搞卫生，照顾我的起居。晚上家里多个人在，我也心安些。”

“孩子出生以后，她也留了一段时间吧？就是屋主人变成苏本利的时候。”

“嗯，她在我家待了前前后后有一年多。孩子刚出生时她也帮了忙照顾，直到孩子送走了，我也慢慢恢复……”

“看来你们相处得不错。”

朱杨莲平淡地说：“我们都是贵州人，算老乡，有时能聊上两句。”

刑警向厨房的方向指了指：“我听说有人曾经在你家墙角用炭笔画了一个小人的符号，现在应该已经擦掉了吧？”

朱杨莲镇定地说：“是有这么一回事，但那是很久以前的事情，我早就擦掉了。”

“那个符号会不会是出自那个保姆之手呢？她画了符，借此帮助你对周龙文和苏本利进行诅咒。”

朱杨莲阴沉了脸：“没有证据就不要信口开河！警察全都一个样！”

刑警道：“别激动，我们没有说这些事和你有关。我们还知道一件事，那个住在你家里的保姆，曾经偷走并复制了苏本利交给你保管的一把黄铜钥匙，那把钥匙对应一个曾经存放爆炸物资的仓库，就在附近的山边。我们也没有怀疑，这件事你是睁一只眼闭一只眼的。”

那个性子倔强的女人绷直身体，怒视着对面的警察，但只坚持了一会儿，气势最终弱下来：“我不知道你在说什么……这些事和我无关。”

刑警问："这个人是什么时候离开的？"

"大概是 2011 年的夏天……我是 2010 年秋末生的孩子。"

"就是在周龙文被炸死之前不久吧？那时候，苏本利也刚死去不久。"

"时间差不多吧……"

"你知道她现在的去向吗？"

"我不知道。"

"你们后来没有联系过吗？一次都没有？"

"没有。"

刑警点头，没有再追逼："我们今天就问这些，谢谢。"他把一碗油茶喝下去，连茶料也没有剩下。

"味道真好。我想，朱小姐一定想念家乡的味道。"

喝完茶，来客们站起了身。屋主人反而有些无措，抿着两片淡红色的嘴唇，将客人送到门外。

走到田边，朱杨莲停了脚步，用手指向一小片长叶茎的作物，茎冠有一圈绿色的叶片朝上展开，像一只高脚酒杯，但看不见花，这种植物极难开花。

"我种了一些魔芋，可惜还没收成，不然给你们送一些。"

来客也停下脚步。刑警罗加望向那一排绿色的茎叶，道："是不是根部像个大马蹄，磨成粉后能制成食物的那种？口感和凉粉差不多。"罗加觉得自己在学杜学弧说话的语气。

女主人笑了笑："那不是根，是块茎，只不过自愿和根一起藏在地下不见天日而已。听说老家那边最近刚开始种植，我就托朋友带了些种子来试种。"

"好种吗？"

"还行，我个人觉得挺粗生的，追肥、中耕、除草、施药都不用多，就是对气候有些要求，还是在家乡种更适合些。"

罗加点点头，道："朱小姐真用心，那一大片波斯菊也种得很美。"

朱杨莲呆了呆，两片嘴唇张开来，却没有发出声响。

"我记得你的儿子是在秋天出生的吧？所以取名叫周秋英，周家的人也同意。"

警察停了停，把话说完："如果我们没有记错，波斯菊的别名就叫秋英——这是一个小小线索。"

那两片嘴唇微微颤抖。

一直沉默的徐盛抬起头，问那位母亲："你一直住在这里，把这里当作家，是因为你的孩子出生在这里，对吗？"

朱杨莲在阳光里摆摆头，发鬓已有银白。

"才没有这样的事。我啊，是怕靠得太近会更想念。"

那位父亲道："远离和靠近都一样，无论哪种都是……守望。"

朱杨莲望着脚下的地面笑笑，片刻又扬起下巴，看向垂手的警察。

"对了，还一直没问你们，那个保姆阿姨真名叫什么？"

刑警道："很遗憾，我们也不知道。她没有告诉你她的名字吗？"

"她告诉我她的名字叫陈甘溪，我想那只是以家为名。"

罗加和徐盛沿着山脚前行，走到一个岔路口，看见杜学弧已经坐在路边的大石头上。石头平滑如玉，等待的人坐得悠然。

"这么早就从学校回来了？"刑警瞥着对方，抱手问，"查到段美芸的入职记录了吗？"

那个片警若无其事地笑："我忘了今天是周末，学校没开门。"

徐盛好奇道："杜警官早上去金江中学了？"

罗加说："老徐你别听他的。二十年前一个清洁工的资料学校哪里会保存，他才不会花这种时间，就是找个开溜的借口而已。"

徐盛似懂非懂地颔首，脸上也有了笑容。一天多的相处拉近了彼此的距离，大家说话都变得随意起来。

杜学弧蹬脚站起身，拍拍屁股上的灰尘："你们这边有收获就够了。”

刑警道：“你怎么知道一定有收获？朱杨莲配合程度可不高，她也没说太多。”

“罗警官出马肯定手到擒来。何况线索这种东西，管够就行。”

罗加心想，你不是对我有信心，你是对你自己有信心。这个人胸有成竹过头，所以大剌剌地躲在幕后。而事实和他的所料几无偏差。

“山上去过了吗？”刑警朝山腹方向努努下巴。一条羊肠小道伸延出去，如果不是两旁的杂草刚被踩开，路径也不分明。

“嗯，没什么看头，那个小仓库几年前就改建了，现在就剩个框架。路不好走，我拍了照片。”

刑警点头：“那个仓库在苏本利名下，后来也一并转给朱杨莲了，朱杨莲应该是把它卖掉了。她和案件可能没有多少实质性的关系，但她多少有些心虚。”

徐盛向山上张望了一眼，问：“那是什么仓库？”

“我们怀疑段美芸和她的同伙，曾经在那里碰过头。就是开车把你撞伤的那两个贵州嫌疑犯。”

“他们……来这里干什么？”

“那两个贵州人犯过好几起恶性案件，包括在公路上把你的车撞下河。我们怀疑这些事段美芸都参与其中，起码是提供了一些助力。如果我们没有找错地方，这里应该曾经是那几个人的接头点。”

徐盛茫然地点点头。

“可能不只是曾经。”杜学弧开口。

另外两人望向他。杜学弧把手机打开，翻出照片。在一个涂了蓝色油漆的钢框上，有人用炭笔画了一个小人的符号，小人头顶还有三根线。

刑警睁大眼睛：“最近出现的？”

“从油漆附着的情况来判断是的。”片警点头答，“不会超过三天。”

死者父亲迷惘地问：“这是什么……”

“估计是暗号。”刑警罗加解释道，“我们刚发现一个新线索，段美芸和另两个嫌疑犯都曾经出现在东城货场，是通过一个暗号联系。这个暗号就是与此类似的小人图案。”

罗加转头问杜学弧：“你说，段美芸会不会不知道她的两个同伙已经落网？我们对这件事封锁得很紧，只发布了简短的通讯稿。”

杜学弧说：“不排除这种可能性，段美芸应该是不怎么看新闻的人。”

“朱杨莲没直说，但是暗示的情报挺明显了。”

“她怎么说？”

“段美芸用过另一个假名，叫陈甘溪。朱杨莲说这是以家为名。”刑警停下看表，站在岔路中间眺望，“如果地图没错，这条路一直向东，就能到达甘溪河。”

片警道：“我已经约车了，郊外地方偏，等一会儿吧。”

“话说回来，甘溪河很长啊，我们要一路沿着河岸找？”

“也只能这样，边走边看。”

“哎，已经快9点了。”

“急也急不来嘛。”

“我……想到个事……”

两个警察转过头，望向开口打断的死者父亲。后者露出迟疑和思索的神情，举起左边的义肢，用另一只手掌摩挲了一下。

“我在想，那个名字不一定是代表甘溪河……”

罗加问：“不是代表地名吗？但是按朱杨莲的说法，段美芸的家在那里。”

“是地名，但可能指另一个地方，你们可能对贵州的地名不太熟悉，那个人祖籍贵州不是吗？”

“你是说在贵州？”

死者的父亲点点头：“黔东南的施秉县有一个村庄，叫甘溪乡。”

两个警察瞪眼对望。

岔路口上尘土飞扬，当两辆运矿石的斗车串联而过，一辆网约的面包车“吱”地刹住，停在路边等待的几人旁边。

“是不是你们叫的车？去哪儿？”

杜学弧问：“师傅，跑不跑外省的长途？好几百公里。”

“跑，给你包两天，三千。”

片警回头向刑警耸肩：“管报销吗？”

罗加叹道：“不管也得管，谁让我们搞错了。原来原点还不在这里。”

三个风尘仆仆的乘客鱼贯上车，杜学弧拍拍司机的肩膀。

“师傅麻烦掉个头，向西开。”

7

“可惜你们还缺一份地图。”

早上的审讯以此作结。

嫌疑人薄一山睡到10点才起床，问话延续到11点。姚盼和霍鑫本来想抓紧时间一早开审，但早上回到局里，却接到省里下达的指导意见——注意不得侵犯嫌疑人的基本人权。

一打听才知道，省里国土厅正在接受全国的交叉巡视，带队的巡视组组长刚好来自湖南。土地领域藏的事最多，招呼一打一个准。姚盼和霍鑫一分析，觉得对方无外乎两个意图：一是考虑改变对嫌疑人的态度策略，为后面和嫌疑人谈条件留余地，毕竟天天把犯人折腾过头难免会有反效果；二是消耗掉本市刑警队之前争取回来的时间。

约定将案子移交湖南方面的期限，还有一天。

其实连续作战之下，大伙儿本身也疲倦，姚霍两人虽然心里不痛快，也没有硬上弓。他们和郴州警察洪长安一道，坐在办公室边讨论边休息，直等到嫌疑人睡到自然醒。

这一等也好，在湖南的那支部队送来了新情报。

“原来如此，所以说，我们可以无事一身轻了？”

洪长安真的自带回来一只不锈钢的保温杯，早上给自己沏一壶茶，这会儿边吹热气边笑：“此甘溪非彼甘溪。”

姚盼说：“只是猜测而已。”

霍鑫哼笑着说：“你们也有先入为主的时候呢，其实早该往这个方向查，薄一山两人本来就是贵州人，回老家藏东西肯定更熟门路。”

姚盼说：“也不能这么说，案件的发生地集中在湖南，嫌疑人把作案物资就近存放，更为可行和合理。”

霍鑫道：“总之，现在我们终于搞清段美芸和薄一山两人原来来自同一个地方。果不其然，所有嫌疑人原本就在一窝！”

郴州警察喝茶，干笑道：“可不是。这下子可以把贵州的人也扯下水，反正我们不急了。”

女警冷冷地望着他道：“现阶段只是内部讨论。”

贵州方面在诸宗案件里完全无责，但如果在最后阶段插一手捞个功劳，绝对是不亏本的买卖。如果把这样的博弈优势方吸引过来，那局面将更难把控。姚盼知道洪长安是故意以言语相激，对他们来说也不是讨便宜的事。

洪长安耸肩笑，把保温杯放在桌上，杯口白气缭绕。

“你们有没有想过薄一山两人，到贵市来是找什么？”

姚盼道：“我们谁都不会猜爆炸物资就藏在这里。”

洪长安笑道：“那当然，这种猜测离题万里。”

霍鑫说：“他们两个人准备去香港干一票，可能是想拉离队的同伴重新入伙吧。何况那是掌握剩余爆炸品下落的人。”

外地警察点头：“你说的有可能。不过，从他们已经早早做好去香港的准备看，他们应该没有大把握能重新招人入伙。也就是说，他们打定了这样的主意，如果事情不顺利，他们就背着剩下的家伙自己去单干了。”

姚盼道：“所以他们到这里来，抱着的打算主要是找人一问，要个情报。”

洪长安点头：“本来我想是一问就知的事，但现在来看不一定。”

两个本地警察滞了一下，女刑警很快跟上了对方的思路。

“你是说，那不是说一两个地名就能说清的事？”

洪长安端杯喝水，他屁股坐在桌角上，伸展了一下大长腿。

“在薄一山和薄重峰的档案资料里，记载这两个人户口在贵州黔东南自治州的施秉县。是他们在十八九岁的时候才重办的，我们确实是疏忽了他们原籍地有甘溪这个名字。怎么都好，那个村子是他们出生成长的地方，理应十分熟悉。假如他们真的在那里藏匿了物资，但是却一时半会找不着，说明那不是一个三言两语可以指明的位置。”

姚盼接着道：“所以，他们来这里找人，如果不能把对方重新拉入伙，那也不是只问一两句话就能完成的任务……理应有一些更详细的记载。”

刑警霍鑫轻拍了桌子：“有地图！他们是来索要地图的！”

外地警察点头：“你们还记得你们的目击证人，陈述薄一山两人到东城货场的情形吧？他们在那间荒废的铁皮屋里逗留了一阵。

如果只是去见人，人没在，他们自然没什么好逗留，既然逗留，说明他们是在屋里寻找了一番。”

结论一针见血。

上场审讯的时候，警察们将这一点抛出来，向嫌疑人施压。

“我们的人，已经到了甘溪乡。”

听到这句话，嫌疑人的眼神慌乱了，但随即又“咯咯”地以笑掩饰。

“欢迎到我老家喝油茶。”

“你们在那里藏了家伙吧？还是说，你们的同伙也藏身在那里？”

“我家里还晾了几条内裤，顺便帮我收一下。”

洪长安道：“你的家不是早就烧成灰了吗？”

薄一山目光里仿佛燃起火星。

“你们也找不到想找的东西吧？可惜了——”女警定神盯着嫌疑人的眼睛，希望捕捉到一闪而过的情绪，“可惜你们还缺一份地图。”

嫌疑人摘下眼镜哈哈大笑，几乎笑出眼泪。

审讯结束。

午休的时候，洪长安独自踱步离开了公安局。从湖南方面支援过来的还有几个警员，都在临时办公室里开闭关会议。姚盼发现那个郴州刑警和某人一样，特立独行，离群索居。

姚盼和霍鑫路过局长办公室，在门口略微停步，他们的老大孙明玉在房间里戴着眼镜，安静地看文件。姚盼想起好多年前，年轻的孙明玉还和他们一起任性地干一些傻事。然后他们认识了比他们更年轻更任性，像个野生孩子般的杜学弧。转眼已过去小十年，杜学弧仍旧年轻而任性，或许终生不变。但老大孙明玉从前年开始戴上眼镜，鬓角也已苍苍，到了不饶人的年岁。姚盼心想，自己还不是也一样已经老了。

霍鑫想迈步进去打招呼，姚盼扯住他。霍鑫立刻明白了搭档的意思，今天是期限的最后一天，孙明玉从不主动向他们问进展，是不想给下属增添压力。

回到办公室，有警员来报告，说之前城南公安分局和海关联合逮捕的那几个准备往香港偷渡的人里，有个搞过电话诈骗的家伙在看守所里和别人摆龙门阵，漏出一个情报——原来在上船前，他曾经和嫌疑人薄重峰起过争执。

“薄重峰说了一句，想去太平山看夜景。”警员说明，“那个诈骗犯取笑他，两人差点动了手。后来海关亮手电，那个人被当场抓住，薄重峰和薄一山则逃脱了。”

霍鑫问：“确定是薄重峰吗？那一船人都是去香港。”

“那人记得薄重峰有文身，照片也让他指认了，应该没有错。他说这年头，居然还有土包子嚷嚷要去香港看夜景，看守所里的人笑得欢，这事才漏出来。”

霍鑫说：“香港现在是掉价钱了。”停了停，又哼笑，“我听说郴州的三十六湾，以前就被称为‘小香港’，回头可以拿这件事捋那个姓洪的，他那儿的犯人也看不上他那块地儿，还是要到真香港干大事。”

霍鑫转头见姚盼不说话，问道：“怎么了？”

姚盼想了想，道：“这件事能不能也和香港的警队说一声，让他们留意一下？”

“留意什么？”

“太平山那边毕竟是富人区。”

“你怀疑薄一山他们，原本打算去那一片找目标？”

“我也说不清，也不能排除这种可能性。”

刑警用拇指的关节敲额头，皱眉道：“再搭上一方，还嫌事情不够乱吗？”

女警道：“只是尽责通报一声，有备无患。”

霍鑫望了搭档一眼，耸耸肩，朝警员点头，后者照办去了。

下午两点一过，姚盼和霍鑫打算再去审讯，洪长安迤迤然飘了回来。

“不等等我吗？”他喝了一口茶，发现冷了，慢悠悠地走到水桶旁，连茶带渣倒掉，然后又接了一壶热水。

光头刑警冷哼：“你慢慢喝你的茶，我们的审讯室不准带铿铿哐哐的保温杯。”

“抱歉，就喝一口，吃完饭忘记喝水了。我发现你们这里的菜很有特色，没别的，只有咸味。”

在霍鑫瞪眼之前，姚盼问：“你有新情报吗？”

洪长安耸肩：“或许有。”

姚盼有种直觉：根本不是那么一回事。

三人走进审讯室，过了好一会儿，戴着手铐的嫌疑人才被带进来，押在铁凳上。薄一山打了个长长的哈欠，扶住眼镜。

“困死我了，你们睡过午觉了吗？”

三个警察都看出嫌疑人不是假装，他其实早已到了疲劳的极限。这种时候，说不定就有突破。

但姚盼和霍鑫却有一阵子不知道问什么好。女警不期然望向外地警察。一天多的磨合拉近了距离，他的座位已经从角落，变成和本地警察并排。

洪长安眼眶里的精光一闪而过。

“我们就问一件事，你们两兄弟加上同伙一名，是把一批爆炸物藏在湖南还是贵州？”

姚盼和霍鑫心里都觉得不妥，但这样问也算直奔主题。

薄一山趋前身体，冷笑：“偷偷告诉你，藏在你二嫂的床底下了。”

“原来如此，本来还想和你交换个地图的。”

“你尿床的地图吗？”

“找一个人的地图。”

“没兴趣。”

“别回答这么快，我还没说找谁。”

“谁也没兴趣。”

“厚伯明也没兴趣吗？”

这个人名似乎在哪里听过，姚盼心里突然涌起极度不祥的预感。

镣铐声响起，对面的嫌疑人死死地盯着洪长安。

“你在说什么？”

姚盼大惊失色，她已经想起厚伯明是谁了，想开口阻止，但慢了一步。那个外地警察一旦丢出撒手锏，就再也无法阻止它的引爆。

“我听说那个小时候欺负过你们两兄弟的外国人，已经回中国了，现在就在青岛定居。据说他自称山东是他老家，话说你知道青岛在山东吧？”

姚盼侧低着头，小声喝道：“你想干什么？”

嫌疑人吼：“说！”

洪长安对突然提高的音量置若罔闻，微笑望着对面的人。

“青岛是个好地方，姑娘和小伙子都漂亮，生活平静而舒适。你不想有一天，再去看望你和你兄弟的养父一眼吗？起码代表你兄弟去看看。”

接着那个警察又补了一句：“还是说，你希望刊有你兄弟被击毙，而你被判处死刑的新闻的报纸，放在那个人的案头上。”

后来这场审讯结束，姚盼在走廊里再次怒问洪长安想干什么，霍鑫揪着后者的衣领，拳头已经贴上了对方的脸，而洪长安笑意不改。

“让一个想死的人开口，当然要激发他活下去的理由。”

那时候，姚盼明白，他们一度以为和那位外地的同行拉近了距离，配合渐渐默契，完全是天真的错觉。那个人的冷酷无情和为达目的的固执，远超他们的想象。他手里所持的，也许根本不是新的情报，他只是一直在考虑使用它的最佳时机。

如果嫌疑人本身对藏匿爆炸物资的具体位置并不知晓，那么即便他坦白招供，上级下达的任务也不算完成。这就是那个人之前挂在嘴边的真心话：“我个人也反对交易，因为价值寥寥。”

但现在情况已变，那些要命的东西很可能不在湖南，而在别处。事情就好办了。

只要嫌疑人今天明白承认这一点，明天甘溪河畔的土地招标就能重启，其他事慢慢来不着急。任务大功告成。

嫌疑人呼呼地喘了一阵粗气，然后从眼镜后面抬起头，眼圈一阵青一阵红。

“我要交换。想让我都说出来，就给我减刑！”

8

“我查了一下，甘溪乡在半年前引进了一个经济作物种植项目，种的就是魔芋。”在摇晃的车厢里，罗加举着手机说道，“朱杨莲用了‘最近有老家的朋友给她寄来种子’的说法，背后的意思已经很明确了。”

杜学弧一个人坐在最后排，一路闭着眼，也不知睡着没有，这时闻声打了个哈欠，开口时语气就正经了。

“你们对魔芋这种东西熟悉吗？”

徐盛从前排探头，点了点：“我家乡有很多用魔芋做的菜，剁椒魔芋豆腐，魔芋炒腊肉，魔芋炖鸭，打火锅也会放魔芋粉丝。”

“听着就觉得香，有机会得尝尝。”

“嗯，样子不好看，但是营养和味道都很好，我老婆很喜欢吃。”

“不过我听说魔芋全株都有毒，尤其是埋在地里的块茎毒性最强。”

“对，必须经过特殊的加工处理才能吃。听说要放很多石灰，还要煮很久。”

“原来如此，哪怕是出身丑陋和剧毒的事物，有一天也能为别人提供美好和养分呢。”

刑警罗加若有所思，过一会儿道：“而且这植物很难开花，花开了也会散发诡异的气味。”

片警嘻嘻地笑：“原来罗警官也很熟悉嘛。”

罗加说：“就是刚才在网上查的。那花的样子很邪门，长得巨大，颜色和腐肉差不多，像个烂掉的菜包，中间还有根通红的肉穗。看到照片我就想，原来异形的蛋就是以此为原型嘛。对了，而且开花的时候叶子还要掉光，你想想，在荒山走着，突然碰见一大朵没有叶子的花独立在那里，够吓人够魔性的吧。”

“而且味道也吓人。”

“对，腐臭的味道。”

徐盛低头：“老家的人说，魔芋开花是凶兆，会给全村人带来灾难。”

罗加接话：“对，刚看到一句农村的谚语：魔芋开花，不死也搬家。”

杜学弧脑袋枕着手臂，靠在坐垫上。

“看来，是一种很孤独的花呢。”

开车的是个老司机，车开得飞快，乘客也时时催促，但崇山峻岭间的羊肠窄道无有穷尽。乘客们望着窗外宏伟而贫瘠的大自然，有时心惊肉跳，有时又深深失落。当太阳西沉，大家看见了霞光映照的舞阳河、气势巍峨的佛顶山，以及群峰围绕中的一片灰蒙而安静的村庄。养在深闺人未识。长征时期，这里曾发生过惨烈的遭遇战，遍地鲜血，但知道的人不多。

入村时天已半黑。下了车，罗加让司机师傅到施秉县城住店，明天看好时间再来接人，又加了五百元当食宿费用，道声辛苦了。老司机不动声色，但看得出内心是欢喜的，让罗加随时给他打电话，开着喷黑烟的面包车走了。

乡村已经萤火点点，四下炊烟袅袅。三人在泥石路上前行，碎石尖尖角角，残疾人脚下有些蹒跚。两个警察几次放慢脚步，对方都摆手，在前面领路。

杜学弧问："老徐以前来过甘溪吗？"

徐盛道："我来过施秉旅游，去过舞阳河的高碑湖和诸葛洞，所以知道这里乡名甘溪。这里的方言和我老家话像，我多少能听懂一些。"

经过几架摇摇晃晃的大水车，就看到了人居。警察敲门入内，拿出嫌疑人的照片开门见山问话。

乡里人淳朴，忽然见到三个外人都警惕，警察塞了五十块钱要买他们自家种的生姜后，乡民的态度就亲热起来。照片看了三张，都不认识，屋主人把长烟斗在木桌上敲了敲，用侗话喊他老婆把邻里都叫来。访客们才发现，误打误撞选到了一户有头有脸的人家。

很快，门前的小院挤来了十来户人，不少挑了担子，里面有生姜、红薯干、蜂蜜，还有塑料瓶装的茶籽油。片警杜学弧撸起袖子，煞有介事地开始挑着买，有些农人口音浓重，双方都指手画脚，杜学弧还是搞不懂，转头向徐盛讨教。刑警罗加举着照片挨个问情况。

后来，一个戴草笠上了年纪的农妇用指尖连连戳照片。

"哎呀，不就是那个苗婆的女儿嘛！"

农妇摘下草笠，脸上的皱纹在昏暗的光线里发亮。她用侗话向四周吆喝，好几个年纪相仿的人围过来，端着照片指点。

“对对，就是这个女人，你看面相还是一样阴。看看，鼻子多叼人，眼睛也毒。”

异乡客和当地人停止了买卖交易。警察换上严肃的目光。

“她是什么人？”

“一个苗婆的女儿，苗婆的女儿也是苗婆，很多很多年前在我们这里落过脚。”

“什么苗婆？说清楚。”

一个老者从人群中走出来，留着白须，拄着拐杖，神色比其他人庄重，但口气同样带着憎愤。

“这个女人住在我们村里，已经是三四十年前的事了，现在也有几个人能记得清。”

老人口音浓重，但说话算清晰，看上去是村里有学识的人。

刑警罗加道：“您记得的事，能告诉我们吗？”

“我是记得清的，我还记得那时候村里刚要把写得好好的字啊画啊涂掉或者摘下来。”老者捋捋胡子，“总之，有一天那对母女跑进了我们村，苗族人，应该是从其他地方的哪个苗寨被赶出来的。我们村历来都讲破除封建迷信，虽然那对母女神神怪怪，但看她们可怜，还是把她们收留了下来。没想到，那两个人真的会下蛊。”

“下蛊？苗蛊？”

“我们村是不懂这个的，但那个母亲经常焚火，跳傩舞，在周围的农房用木炭画各种古怪的符号。”老人的脸色和天色一起阴沉下来，埋入黑暗，“然后很多人莫名其妙就死了。”

“就是巫术！”一个农妇大声插嘴，“她把村里的很多男人都勾了魂……然后，他们就接连死了，有些一家人都跟着没了命。”

农妇的神情愤恨交加，访客们想，或许她的男人也是其中之一。

罗加问：“他们是怎么死的？”

老人说：“各种死法都有，吐血，全身发红，手脚的骨头说断就断，下巴肿着大疱，人瘦得像干尸。”

“那就是病死的。”

农妇叫道：“病死也是她下的巫术。”

杜学弧平淡地说：“我听说跳傩舞是为了乞求驱走疾病。侗族不也有吗？”

村里的老者顿了顿拐杖：“我们不搞这个！确实有很多人死了！全村死了十几人！”

刑警摆了摆手：“您说下去吧，后来呢？”

“后来那个女人就死了，她自己上吊死的。我们……做了火化。”

“那她的女儿呢？那时候有多大？”

老人脸上掠过一丝愧色，但转瞬就没有了。他们有自己认定的公正。

“已经十三四岁了，完全可以照顾自己。我们也没有把她赶走，但是她却恩将仇报。”

“她做了什么？”

一个老农户答道：“放火烧谷子，用铁丝把羊崽勒死，还有，她在村里家家户户的门上，用木炭画上黑符！”

戴草笠的农妇帮腔：“她想让我们全村都死光！”

杜学弧道：“和她妈使用一样的巫术符号吗？后来也有人死了？”

“有，我爸那几年就病死了！”

开口插话的是最早接待访客的屋主人，他望向几个异乡人。他四十出头的样子，从屋里走出来时，显得健壮而精干。

“刚才你们给我看照片，我确实认不出来，那时我还小，那个女人长期都蓬头垢面。但那些事情我也知道，我们也不怕说出来。你们是什么人？干吗来挑事？”

罗加亮出证件，说：“我们是警察，来询问些情况。”

院子里的人一时噤声。屋主人镇定地说：“也能猜到。警察同志你们大可直接问，我们父辈没有做错什么。你们是质疑那个女人画黑符的动机吗？我可以明确地说，那就是诅咒人要人死的东西。”

刑警问：“是个什么样的符号？”

“一个人，头顶插一根针。我知道湖南那边也有差不多的黑符。”

两个警察对望。刑警问：“你们后来怎么对她？”

一个农户冷冷地说：“我们什么都没做，让她一直住在村里，住了很多年。”

另一个农户说：“她经常到谷仓偷东西，我们也是睁一只眼闭一只眼，不然你以为她怎么活下来的？是我们养大了她。”

屋主人说：“我承认我小时候向她丢过石头，周边的孩子都这么做，大家都很讨厌她。我们还在她住的房子上画了相同的符，她画了上百个，我们画回去十个，这不算过分吧？”

白须老者再次顿顿拐杖，大家都停下来，望向他。老人重重地咳了一声。

“警察同志，你们是不了解，有些人身上流着恶魔的血。我们村都是讲道理的人，如果不是因为她后来做了更恶毒的事，我们也不会把她赶出去。”

罗加心头莫名一震，问：“她做了什么？”

戴草笠的农妇答道：“偷小孩！”

死者父亲失声重复：“偷小孩？”

院子里接连有人点头，大家都记得。一瞬间，来访者们都感到毛发直竖。一种关于恶的由头和惯习连绵而来，呈在眼前。

“村里人发现在她的屋里有一个两三岁的小女孩。”老人陈说着数十年前的旧事，“那孩子被她用铁链锁在屋里，身上都是伤。发现这件事的人，当时听见孩子的哭声，凑近一看，就看见她正在用木棍虐打那个孩子。”

警察皱眉问：“那是谁的孩子？村里有人丢了孩子吗？”

白须老人细细回想，回答："我们当日就把孩子救了出来，周边的村都问了一圈，我们甘溪的几个村组没有孩子丢失，几里外的扶堰村有消息说最近有孩子失踪，但后来又说搞错了，人对不上，人家丢的是男孩。"

农妇补充道："我们也质问了那个女人，她狡辩说是从很远的地方捡回来的，因为看见那孩子无家可归，可怜她，所以带到家里来。这话谁会信？她把那个孩子关起来，用铁链锁着！哪里是捡，根本就是偷。"

徐盛问："后来呢？那孩子后来怎么样？"那父亲的牙关咬得紧紧，连身体都发抖。

农妇摆手："孩子没事，虽然饿得面黄肌瘦，又挨过打，但幸好有厚神父收养了她。"

"厚神父？"警察的心脏窒了一秒，反应过来，"你说的是那个叫厚伯明的外国传教士？这个人曾经在你们这里建教堂，收养了一些孤儿，对吧？"

院子里好些人点头。

白须老者说："教堂在隔壁辅溪村，但我们几个村都受他的照顾，还有其他一些善长也常常来。可惜后来教堂被烧毁了，是住在那里的两个顽劣的孩子放的火。"

屋主人说："我也知道这件事，二十多年前，政府来人把那里取缔了。"

有农妇站出来，提高声量道："厚神父是好人，那些乱七八糟的说法，我是不信的。"

有农户说："厚神父为我们带来了很多，让我们的生活和精神都富足，反而是政府没做什么，所以他们故意把厚神父挤走。"

白须老人摆手："大家也不能这么说，我们要相信政府。他们都对，我们都信。"他转而望向外地来的人，"警察同志，我们村一直以来都明辨事理。”

刑警罗加冷冷道：“包括发现一个找不到爹娘的孩子后，你们选择把她交给上帝，而不是报警。”

院子里的人拉下脸，不作声。

年富力强的屋主人，也许是个村委会的干部，闷闷地开口：“警察同志，虽然是父辈的事情，但我还是要说，你们知道三十年前这里的路是什么样子吗？我们是村民自治，不依赖别人，如果不是后来教堂失火，来了记者，县里也不会有人上门。”

徐盛大声问：“那些孩子在那个教堂生活得好吗？是你们把他们送过去的！”

戴草笠的农妇大声反驳：“就是我们送过去的，我们又没有做错！在厚神父那儿，那些孩子都生活得很好。”

罗加面无表情道：“把那座教堂烧成灰烬的，就是在那里长大的孩子。”

有农户叫嚷：“那是造谣！有人污蔑我们村！”

“甭管发生了什么事！”白须老者顿拐杖，“养育之恩是大恩，忘恩负义就是大恶。厚神父曾经给了他们一个家，就和我们当初也给了那个苗女一个家一样，但他们都忘恩负义。这些事我很失望，我们全村都很失望！”

“也对，无论是怎么样的家，总是家。”另一个警察平淡地开口。

院子里的人都转头看他，他补充：“包括那个苗女在内，他们都这么想。”

村里人的脸色有阴有晴，总体不好看，但没人再做反驳。他们以为那是各打五十大板，其实谁也没听懂那句话的意思。

一个农妇嘀嘀咕咕：“他们能这么想就行。”

气氛缓和下来，原本农户们有围成圆圈的趋势。村干部理性，压低下巴，望向几个不速之客：“警察同志，这都是二十多年前的事了。”

刑警罗加道：“我们来找那个苗女的下落，她后来被你们赶走了吗？”

有农妇回答：“我们没赶她，她自己待不下去了。”

“她去了什么地方？”

“好像在山里住了几年。”

“山里？”

“嗯，可能是哪个矿洞或者溶洞吧。”

另一个农户道：“有那么几年，还偶尔能看到她跑出来，在村子附近转，现在肯定找不到人了。”

警察问：“知道具体的位置吗？”

屋主人兼村干部道：“这里都是山，不好找。如果不急，明天白天我陪你们走一走。”

来客们不置可否。刑警罗加问：“她在村里住过的房子还在吗？”

“这个好找，就在村尾的滩地。”村干部的手臂划过院落，指向暮色和荒野的远端。

片警杜学弧问：“她叫什么名字？”

村干部和村民们面面相觑，都没说话。

最后白须老者轻咳一声，垂手而立：“她没有名字。”

这个回答让来访者明白，那个女人当年过着的是什么样的生活。

从异乡来的三个人准备向院子外走，村干部问了一句：“警察同志，这个女人是不是又犯了恶事，所以你们在抓她？”

刑警没想作答，但片警平静地说：“她是一宗案件的嫌疑人，在逃。”

村民们身体都舒展了，能看得出他们都松了一口气，那口气仿佛是从他们的毛孔里升腾出来的。

屋主人道：“所以不是我们说，有些人的身上真的流着恶魔的血，带着与生俱来的恶意。”

异乡人离开灯火点点的村组，天已黑透。

他们穿越布满碎石的滩地，空气湿润，那湿气从脚底的石头穿过鞋袜，透过衣衫，渗入骨头里。不冷，但湿意把人绑得更紧。

外来访客们的心中，都生出郁结而又恍然的情绪。这个深山环绕的小村有着各样的矛盾，他们既愚蒙又入世，既亲善又残忍。他们信上帝，信恶魔，也信其他。

在村庄的尽头，河水倒映着白月光。在一片受了虫害而腐朽的草木边缘，孤零零地立着一栋泥屋，已经塌得只剩矮矮的一圈土堆，像个猪圈。一根木梁抵着最后半面围墙，墙上看不到门，只有一个木框钉住的窗户。

警察备了警用电筒，三根白柱在残墙断壁里滑行。一只壁虎见光，钻进泥和砖的缝隙里，泥沙簌簌落下。落下的区域，白光中有一个清楚的黑色的符号。其他地方也有，有的淡若无色，有的只有残缺的一半，唯剩下一个完整。

一个火柴小人，头上有三根线，中间一根竖直，两边两根歪歪斜斜。

搜寻的人想起那位村干部说过，小时候孩子们以眼还眼，在这座房子上画满了符。

这就是唯一剩下的事物了。由此确认，这里是化名段美芸的嫌疑人和她母亲曾经的家。

“什么都没有了。”

三人转了几圈，刑警罗加叹了口气。

死者父亲踩着地上的砖石，不甘地问：“有人来过的痕迹吗？”

“看不大出来。”

杜学弧问：“我们到山边看一眼，还是等明早再来？”

徐盛道：“我还是想看一眼。”

三人离开那个家的遗址，打着手电，沿着浅浅的溪河向前走，月光也跟随他们。

走了半里地，崇山已经近在身边，但四下黑如深渊，人造光和月光相加，也只看到巨大的岩石和密密的林。举头看，有薄薄散散的乌云，勉强能望见树冠的边缘，但山的顶峰遥不可及。哪里都找不到路。

起了一阵风，月光在潺潺的溪水里碎开，过了一阵又变得静谧无声。几个步行人的鞋子都已被打湿，气温也在下降。

杜学弧缩缩肩膀，连他也叹了气："太黑了，瞎找是浪费时间，老徐也太累了。"

死者父亲跟了这一路，沮丧超过疲惫，低头不吭声。罗加拍拍他的肩膀："我们明天一早再来。"徐盛默默点头，伸脚踢一块小石头，溪边泥路松软，他的支撑腿是义肢，身子一沉失了重心，"啪"的一声滑倒在地。两个警察急忙去扶，架着失足人坐在山边一块石头上。因为摔倒时本能用手撑地，那位残疾人左手的义肢也松了。两个警察打着手电帮他纠正，但几次都没装稳。残疾人吼了一声："别管我了！"

那吼声在夜和山林里久久回荡，三人都一阵沉默。

良久，徐盛道歉："对不起，我没事了。"他自己把义肢装好。

罗加说："先回去吧。"伸手扶起残疾人。当两人站定，准备迈步时，另一个警察叫了一声："等等！"

两人望向那个片警电筒照着的方向，几乎触手可及的位置——一块人膝高的石头立在山边，之前没发现，这时在光亮中一看就像个路碑。石头光滑的一面，被用炭笔画了一个图案。火柴人，三根直线，三根直线都倾斜，指着旁边。

"这是——！"

徐盛和罗加都睁大眼睛，下一秒钟，因为意识到什么而振奋起来。

杜学弧说："我猜，这不仅是暗号，还是路标。"

三根直线指着的方向，他们拨开杂草，就望见一条可行的路径。徐盛说："小心点，这是麻葛蔓，又叫黑草，能把人割出血。"

"有手套。"罗加备了工具，掏出三双手套给大家戴上。徐盛说："给我一只就行。"

三人鱼贯上山，路蹚开后比想象中好走，山势比较平缓，那路通向山腹。两个警察在前面开路，徐盛用一只手攀扶，勉强能跟上步子。树林时而疏，时而密，月光反而亮了。

走了百来步，就找到下一个路标。

刑警罗加说："我们三个人适当散开，谁找到路标喊一声。"这是搜山的阵形。

黑暗的山林犹如一座巨大迷宫，三个搜寻人来来回回，通过手电和呼喊互通信息，仿佛玩游戏的孩子。路标因此被逐个找了出来，有时隔了十来米就有一个，有时则相隔百米。小人图案头顶的三根直线或向东，或向西，正如杜学弧所言，那是一张迷宫地图上用作指示的路标。

一个半小时后，终点在一株树旁。先是死者父亲停下脚步，然后两个警察聚拢过来。三只手电投射在同一个地方——最后一个路标的形状发生了变化。

路标被用刀刻在树干上，还是一个火柴小人，但头顶的线更多，也更长，弯弯斜斜沿着树干向上延伸。三根、四根、五根、六根……再往上开始分叉，分叉又分叉。后来线条和树的纹径融为一体，底下的小人变成了树。那树并不大，但枝枝叶叶，蔓蔓而生。

树旁，有一个山洞。三个搜寻人并排而入。

那是一个滴水穿石的溶洞，形状诡谲的钟乳石在电筒的照射下发出惨白的光芒。三人越走越深，溶洞有的地方通顶，迷蒙的月光透进来，在黑暗中显得特别明亮。穿过一个突然宽敞的"厅堂"，环境却骤然黑暗，电筒光所到之处，面前出现三条路。三人停下脚步，四下探了一阵。

徐盛问：“我们一人走一条吗？”

罗加摇头道：“情况不明，太危险了，我们最好待在一起。”

杜学弧笑道：“我提议走右边这条。”

“为什么？”罗加虎着脸瞪他的搭档。

“猜的。”

杜学弧的电筒光照着一处岩壁，地上有一小摊湿。

“是什么？”罗加走上前，伸手摸了摸，又把手指放在鼻子下面。

“煤油，看痕迹不会超过半天。”杜学弧抬头望向另外两个搜寻的同伴，“房子里总要照明吧？”

徐盛睁大眼睛：“你是说……”

刑警罗加目中精光闪闪：“嫌疑人很可能就在附近。”

三人走入右边的路，片刻看见一个倒塌了一半的木方，地上都是碎石。三人穿过去，看见后面有工字钢棚，路一下子变直了，原来连着一个矿井。三人用电筒四处照，那矿洞年代不明，说不定已经荒废了几十年。当初人员撤走时封闭了井口，但因为地质变化，井内有一处发生小塌方，使得溶洞这边多了一个进出口。

矿井里四通八达。

三人在矿井里走了一刻钟，每一个方向都深长弯曲，这是一个真正的黑暗的迷宫。

杜学弧道：“这次真的只能靠猜了，要么今天先打道回府？”

罗加说：“白天来还不是一样一团漆黑？”

徐盛垂下头，罗加想了想，走过去拍他的肩膀：“老徐，你来选路吧。”

“我选路？”

“嗯，有时候我也想相信直觉。”

徐盛咬咬嘴唇沉思，道："那就一直向前走吧！"

三人选择直行，三只电筒的光在空旷无声的矿道里交叉，脚边不知从什么时候开始，出现了生锈的矿车路轨。突然，罗加停住脚步。

"怎么了？"徐盛惊道。

"气味有点不对，像苹果……"

杜学弧静了一阵，道："是瓦斯。"

"瓦斯？"徐盛用力向前嗅，脸色也沉了下来。

杜学弧镇定道："这座应该是煤矿，时间久了有瓦斯泄漏也正常。这种浓度问题不大，就怕有半封闭的空间会导致气体聚积。"他向左右两人望去，"譬如临时住所。"

罗加断然道："再向前走一段，情况不对就撤。"

徐盛道："气味在前面，左边。"

因为心急，死者父亲领了路。三人循着气味加快脚步，转过两个弯，瓦斯的味道更加浓郁起来。就在刑警准备喊停时，电筒光的白圈围住了一道横木。眼前出现一扇木门。那是以前矿井办公留下的旧房子。

三个搜寻人抢到门前，沉腐的木味和芳香的毒气交缠在一起。刑警发力推门，但那旧门比想象中结实得多，灰土飞扬，却纹丝不动。门锁上了。

杜学弧蹲下身检查锁，突然回头看另两人："门锁上灰尘比较少——最近有人进去过。"

瓦斯的致命味道更浓了。

罗加瞠目道："人不会还在里面吧！"

杜学弧问："带枪了吗？把这锁崩了。"

"你疯了？有瓦斯！"

"但是这门这么重，连你都撞不开啊！"

"我又不是霍鑫……"

“走开！”

死者父亲猛然把两个警察推开，力气不知从何而来，从裤兜里掏出钥匙，插入那扇门的锁孔。

那门“咯吱”一声荡开来，轻飘飘，和警察方才的描述完全不符。

残疾人拖着脚扑进房间，电筒无序地向四方探照。那矿井深处的房间四面白墙，举目望去只有一张桌，一把椅，没有人。瓦斯的气味不翼而飞。

“看来连爆炸物也没有了呢，郴州的人又该跳脚了。”刑警罗加的声音从后面传来，“话说回来，你知道这件事吗？”

徐盛转回头，在警用电筒的白光里龇着牙齿，凶相毕露。

刑警道:“不过，我想总能检验出残留的化学成分，比如硝酸铵。”

“这全是你们设的局吗……一路把我引到这里！”

房间骤然亮起来。

片警杜学弧将点着的煤油灯放在一张满是灰尘的桌子上，慢慢开口：“不，一路领着我们到这里的是你，不然我们哪里有迷宫的地图。”片警摊开两只手掌，“我们只是加了些情绪催化剂。”

杜学弧的左手上是一小瓶煤油，还剩一半，右手上是一个香水瓶，轻轻一按，满屋苹果香味。在黑暗中，那个片警的小动作微不可察。

看见徐盛狠狠地盯视他手中的东西，杜学弧嘻嘻地笑：“不入流的小动作对吧？不过，你不是也一路有小动作吗？你的白手套上，应该全是炭灰。”

徐盛不作声。

“如果我没数错，刚才爬山的时候，你一共帮我们画了16个路标，为了让我们发现入山的路标，甚至不惜让自己重重摔了一跤。”

“咚”，徐盛一屁股坐在地上，那个人早已疲惫不堪。他哈哈大笑起来，笑到后面，声音只剩苦涩。

“原来你们根本不是在调查我女儿死亡的案件。”

“原本是。但这一刻，我们调查的是 2011 年到 2014 年间，在湖南和贵州等地发生的四起连环爆炸抢劫案，嫌疑人之一薄一山正在同步接受审讯，”刑警罗加停顿，“而另一个嫌疑人，是作为同伙的你。”

“那我女儿的案子不查了？”

“那宗案件已经侦破了。”片警杜学弧在凄黄的灯火里淡淡地回答，“你家的监控录像，已经修复了视频文件的日期信息，包括段美芸带走你女儿徐嘉的视频，还有另外一段曾被删除的视频。”

嫌疑人露出阴森的笑容：“你们看见了什么？”

刑警望着死者父亲，回答：“看见你把死者压在地上，掐住她的脖子。”

嫌疑人哧哧地冷笑，但神情反倒平静了：“你们知道她和我没有血缘关系吧？”

罗加在阴暗里沉默不语。

“我们现在倒是知道了另一件事。”徐盛闻声转过头，看见杜学弧提着煤油灯，映照墙上的一张照片，“段美芸一直在跟踪的人不是你，而是你的妻子陈晓青。”

徐盛的脸色蓦然青白。

第三章　1个跟踪人

1

“我们都没有家，也可以没有家。”

徐盛用手掐住自己女儿徐嘉的脖子的时候，心情里包含着二十年前他妻子陈晓青给他写的信。

* * *

徐盛本来以为自己有家，只是幻灭于 9 岁那年。

他的父亲和母亲在他记事前就在外省打工，他跟着祖母在老家留守。后来听说工棚失火，他的父母双双葬身火海，一同烧死的还有村子里好几个一道去打工的壮劳力。有一阵子，村里一致认定失火是包工头捣的鬼，联合了半村人到外地哭闹，巴望着赔偿款。两年过去后，警方和法院都终审结案，一锤定音。失火的原因，是徐盛的父母闹了矛盾，两人打翻油灯，死的时候还紧抱在一起，不知道是相拥还是相搏。那以后，每天都有村民往徐盛家丢石头，祖母对徐盛说，你走吧，我也不想再看见你。11 岁的徐盛离开家乡，到郴州投奔他大伯。大伯和父亲同父异母，早不在一家。大伯把院子外的一个猪圈改了，让徐盛独自住着。初中入学的时候，他伸手向大伯要书报费，大伯用藤条把他抽倒在地，大声骂：你以为你是谁！那天大伯喝多了，告诉徐盛真相——他不过是个野种。徐盛的父亲不育，迫于传宗的压力，祖母托人到邻村找了个汉子，夜里偷偷翻墙，爬上儿媳妇的床。结果孩子生出来，却是个少了一截腿的残疾人。那根又羞又恨的刺让夫妻之间的感情每况愈下，两人谁都不想每天看见那个不会走的儿子。徐盛不到 3 岁，父亲就要出门打工，母亲说，你到哪里我就跟到哪里，我知道你想甩下我，在外面再找一个女人，找也没用，是你生不出来。

到那天徐盛才明白，原来他从出生起就已经没有家。

初中毕业后，他自己回到娄底老家上高中，伺候了已经精神痴癫的祖母两年，然后把她的骨灰撒进涟水，流出湘江，从此和自己虚幻的家作别。

上初中一年级的时候，他每周都能收到一封信。

值日的同学会在课室里扬着信封喊，徐盛，你的青梅竹马又给你来信了。徐盛会尽量用别人看不出破绽的稳当的脚步，慢慢走过去，把信接过来。

信拆开，第一句总是天气。今天我这儿下雨了，你那边还好吗？

同学问他，听说你父母都死了吧？徐盛点头说，是，还好老家还有一位童年玩伴，彼此惦念。

后来有同学偶然翻到报纸，发现信上说的那天，整个湖南都没下雨。然后大家下一次再先拿到信，留心一看，信封上的邮戳，压根不是娄底，而是和学校隔了两条街的邮筒。

那以后就笑声不绝了。徐盛穿过课桌之间的走道时，有同学把脚伸出来，把他绊倒。徐盛摔跟头摔得比别人重，有时回过头来，还要四处找自己的一截假腿，大伙儿都喜欢看他出洋相。遇到这种事情，女班长会大声呵斥大家，同学之间应该团结友爱，尤其是要爱护身体不方便的同学。大伙儿就会止住笑，在位子上端正地坐好。后来事情发生的次数多了，徐盛才发现动员大家这么干的人正是那个女班长。

到了初中二年级，有一阵很流行交笔友，把邀请信寄到别的学校，有时就会有陌生的同龄人给你回信，联系就能建立起来。有一天，徐盛收到了信，信封上写着：金江中学初二（3）班 32 号同学收。徐盛的学号刚好就是 32。

值日生拿到信，问谁是 32 号。同学们又一次扬着信在班上喊，32 号，你的青梅竹马又给你来信了。尽管身处一片嘘声中，徐盛还是抬起头，说：我是 32 号。那信就丢到了他面前。

徐盛拆开信，信里写着："我是女生，上初二，没有家。如果你和我一样，请给我回信。"

徐盛回信："我也上初二，也没有家，但我是男生，不知道可不可以给你回信？"

信中的女生来自临武县一中，两人的书信写到第十三封，女生问他想不想到她的学校参观一下。徐盛说好，听说一中很漂亮，我一直想去看看。

徐盛逃了课，背着书包坐上公交车，在那所省重点中学的门口等了整整一天。太阳西沉的时候，徐盛望见临武县第一中学扇形的带玻璃幕墙的教学楼发着光，学生们穿着蓝色的校服和五颜六色的运动鞋走出来，在校道上嬉笑而行。当他们经过他的身边，眼神都飘过来，徐盛有生以来第一次切肤地体会到什么叫相形见绌。

第二天走进教室，全班热烈鼓掌，哄堂大笑。

"32 号，你的青梅竹马在这里呢！"

班长、值日生和另外几个同学，簇拥着一个女生。那个女生就是徐盛后来的妻子陈晓青。

陈晓青从初二开始转学，来到徐盛的班。两人刚结识的时候，陈晓青对徐盛表现友善，徐盛摔倒的时候，她会伸手搀扶，被丢落在地上的文具，她会帮忙捡起……

后来，她假装成他的笔友，在他沉溺其中时给予致命一击。

时至今日，徐盛始终不知道陈晓青当初是受了其他同学的威迫，还是她自发的行为。陈晓青一开始对他好的时候，徐盛见过有同学把她的书本和笔盒倒进垃圾桶里，上体育课的时候，也有不少人对着她过早发育的身体指指点点，还有人会在她的座椅上涂上红药水。但是在全班同学吹着口哨，而她被好些同学簇拥的时候，她又主动走到徐盛的面前，脸上挂着意味不明的盈盈笑容。

“我和你一样哦，我们都没有家。”

陈晓青的父亲和母亲都在市里当公务员，她有家。她和他不一样。后来，徐盛知道她是为了自我证明，她和他不一样。

* * *

徐盛在女厕所摔倒以后，学校里就几乎没有人和他说话了。但后来也再没有人在他走路的时候伸脚把他绊倒。

徐盛在书包里装了一块板砖，有同学在学校后山发现一窝野狗的尸体，大大小小，每一只的脑袋都被砸开了花。在那些野狗被砸死的前一天，徐盛守在放学的路口，当那个最喜欢在体育课上推他后背的男生出现的时候，他也把板砖拿出来过。

而据说在女厕所里推倒徐盛的那个校清洁工，不知从什么时候起，头上也围了一圈纱布。尽管那件事不了了之，但大家从此都不敢再把徐盛当成一个好欺负的残疾人。

当徐盛在学校后山拿着板砖，准备要砸碎一只狗崽的头时，陈晓青曾出现在他身后。那个女生以不屑的口吻开口："杀小的值得炫耀吗？要吓唬人，就杀大的。"

那时候，太阳已经下了山，寂静暗黑的山林里只有凉飕飕的风。

徐盛丢开砖头，问："你在跟踪我吗？"

"是你先跟踪我的，你一直都在跟踪我。你是不是看见廖子雄摸我的胸了？我告诉你，我乐意。"

徐盛说："我知道。你对廖子雄说，推那个残废的有什么意思，来推我有意思多了。"

陈晓青说："你以为我在保护你？少自作多情了！你知道你在女厕所的时候，想要把你推倒的人是我吗？钟敏她们看见你走进女厕所了，打算在厕所门口把你拦住，我说，这多没意思，我进去把那个人推进粪坑里好了。如果不是那个清洁工多管闲事，下手的就是我！"

徐盛说："我知道。有很多人讨厌我，你也很讨厌我。"

陈晓青说："对，我非常讨厌你。我又骗你又害你，为什么你还要跟着我不放？"

徐盛有时会看见陈晓青趴在学校音乐室的窗口。在那间教室里，有整个乡村中学里最整洁的墙纸和唯一的一架钢琴。除了教音乐的老师，整个中学还有一个学生会弹那架钢琴。那个学生叫钟敏，从初一开始就担任（3）班的班长。她会弹《穿过树林》和《划呀划》，新生入学的时候，她在学校操场的水泥舞台上表演。因为曲子不长，她每次都是两首连着弹。

陈晓青由衷地对钟敏说："你弹得真好，钢琴真好听。"

钟敏说："我上小学的时候就天天练了，我爸爸专门给我买了电子琴。你也可以让你爸爸妈妈给你买一台呀，我听说你家里的条件也不错。"

陈晓青说："嗯，下次回家我和他们说。"

徐嘉出生以后，陈晓青对徐盛说：“我想让她学钢琴。”

徐盛说：“当然。”

从金江中学冰凉无人的后山离开的时候，陈晓青将掉在地上，已经开裂的红色黏土砖捡起来，久久望着，自言自语。

“要杀还是杀一窝吧，大狗死了，小狗也活不下去。”

* * *

徐盛还是时常跟着陈晓青。

有一次，他在学校的后山看到陈晓青衣衫不整，内裤褪到脚踝。三个高年级的男学生看到有人爬上山，匆匆提着裤子跑走。

陈晓青若无其事地转身走，徐盛拉住她。陈晓青不耐烦地说：“我告诉过你，我乐意，何况能赚钱。”

徐盛后来知道，其中一个男生是同班同学廖子雄的表哥。徐盛捡了一块更结实的红砖，放在书包里。放学后，他背着书包沿途等，但没等到人。当往回走，徐盛猛然觉得不对，他打开书包，发现里面的砖头已经不翼而飞，只剩下一沓用塑料袋包着的旧书。那些旧书原本放在班级阅读室里。

第二天早上，他听说那个高年级男生在一条小巷里被人用泥砖砸破后脑，已经送进了医院。徐盛在课间偷偷打开陈晓青的书包，果真摸出碎碎红红的砖渣。

在很多年以后，两人只有一次重提旧事。

初中毕业前，带有生之原罪的少年静坐在山间，16 岁的徐盛问 15 岁的陈晓青：“你为什么讨厌我？因为我是个残疾的野种吗？”

“如果我阻止不了伤害你的事情，我宁愿自己来做。起码伤害你的人是我，而不是别人。”

“你没回答我的问题。”

“我在一开始写给你的信里就已经说过了。”

“是什么？”

“我们都没有家，也可以没有家。”15岁的女孩、徐盛后来的妻子说道，“我一个人就能过好，我讨厌你和我一样。我看见你，就会想到没有家的人走在一起，会心心念念想组成家。”

2

“我的兄弟全部死光了。”

20世纪60年代初，英国人厚伯明跟随当自由记者的父亲坐船从山东烟台上岸，来到中国。几年后，社会动荡，他父亲又带着他连夜返回英国。此后十多年，在厚伯明从躁热的青春期成长得心智成熟的过程中，他时常喜欢翻出当年父亲在那个东方异国拍下的一筒筒黑白胶卷。有时冲晒出来挂在墙上，有时直接把底片像古卷一样拉开，靠在椅子上对着窗户的光看。因为反像的缘故，画面黑白颠倒。厚伯明对那些定格在银盐和脑海里的画面记忆犹新，每次重温都既感震撼又感想念。

厚伯明的父亲带着他走过各种荒凉的城或村，有些地方已了无人烟；有些地方的人们叫他们拉蒙，亲吻他们的脚趾；更多的地方，你送出一块巧克力或者一袋饼干，可以让那些饥肠辘辘的人光着腚跳舞，做所有你要求他们做的事情。

厚伯明的父亲喜欢在民居里过夜，带着儿子坐船走人的前一天，他还是赤着膀子溜回外宾招待所的。厚伯明总怀疑自己在那异国他乡，有为数不少的黄皮肤的兄弟姐妹，能组个大家庭，所以他后来时常和别人介绍，自己的家就在中国。

当改革开放重新打开那个国家的门，厚伯明收拾行囊回家，早已迫不及待。最后他选择在黔贵的山区安营扎寨。十几年前，他和他父亲就是在这片信仰复杂的土地上被尊称为拉蒙的，这让他尤其印象深刻。厚伯明有种强烈的直觉，也许在这里他本来就有家人，这里最适合组建他心中的大家庭。

厚伯明修建的教堂前前后后收养了三十多个孩子，直到 1992 年一个秋高气爽的夜里被大火烧塌，那里还住着十几个孩子。

最早住进教堂的那批孩子都有些年纪，他们的父母大多死在动荡年代。那批孩子住不了几年就长大成人，走了。但口碑有了以后，渐渐就有年纪更小的孩子住进来，他们大多身患残疾，还有就是女婴。那位传教士心里又会嫌那些孩子年幼过了头，无趣过了头。有一段时间，厚伯明差点想把教堂关掉，但这时，年纪恰好的漂亮孩子终于开始出现了。在大山深处，孩子们的父母开始整装出发到外地务工，然后有一些出于这样或那样的原因，从此一去不复返。热心而感恩的村民陆续把孩子送到教堂的门口，里面甚至有漂漂亮亮的小男孩。

薄一山和薄重峰就在其中之列。

那时候，薄一山 6 岁，薄重峰 4 岁，他们两人在同一天牵着手走进教堂，直至他们在夜里放火和出逃，一共在彩色的玻璃窗下生活了八年。

村里的孩子有时会和教堂里的孩子起冲突，讥笑他们没爹没娘，只有上帝。薄一山和薄重峰带领着姓厚的兄弟们打架，打赢了架，为了宣示主权，他们会把拇指朝自己胸口一弯，说："以后我们才是甘溪帮！"

毋庸置疑，那个地方也曾是他们的家。

离家以后，那两个同姓的兄弟干过所有能干的活，包括抢劫和谋杀。在颠沛流离直至其中一人命丧黄泉的二十多年里，他们俩唯有一次重温了类似于家的温暖。

那是 2003 年，大树吐芽，长出新枝的季节的事情。

* * *

薄一山和薄重峰离开老家后，在湖南的几个城市打过转，后来一度落脚在郴州。那一阵子，相貌堂堂的大哥在一间的士高酒吧里当服务生，身材彪悍的二弟则在那里看场子。一天晚上，酒吧里发生了斗殴事件。

酒吧的一个常客看中了一个新来的伴舞女郎，让人叫那女郎坐在他的大腿上陪他喝酒。女郎过来坐了，直至下一场表演开始。那常客叼着雪茄烟，把烟雾吹到女郎脸上，捏着她的屁股说，我今天等你下班，不准跑。女郎重新上台的时候，那常客咬着烟，腆着肚腩走进洗手间，解手到一半的时候，有人朝他后脑砸了一酒瓶。

那袭击者穿着老土的衬衫和运动裤，得手后本来想溜，但在洗手间门口被那常客的两个跟班截住。打斗就开始了，一路从洗手间打进舞池。那袭击者几次摔倒，又几次爬起来，撞得舞池里劲舞的人群四散逃开。身穿黑背心的薄重峰挤上前，一记勾拳把那袭击者打翻在地，这回他再也爬不起来。薄重峰把闹事的人拎起来，丢到酒吧的后巷。两个跟班跟出来，继续拳打脚踢。穿着服务生制服的薄一山也走出后巷，说，够了。两个跟班说，够个屁，往死里打。薄一山推了推近视眼镜，那后面就出现一道寒光，两个跟班不自主地停了手。薄一山说，我们会看着他，你们赶紧先送大河哥去医院缝针。两个跟班啐了一口，急忙走回酒吧里。

薄重峰往趴在污水里的人的腰间补了一脚，薄一山吼道，都说够了！薄重峰停下来，薄一山伸手指了指，说：你看看他的腿。薄重峰看见那倒地不起的人的左腿已经变了形，从裤脚下面伸出长长的一截，吓了一跳。再仔细一看，原来那是一条假腿。

薄一山说：“他是个残疾。”

后巷的门被大风推开，身穿短裙和皮袜的伴舞女郎跑出来，只望了一眼。

“徐盛！”

薄一山对兄弟薄重峰说：“扛着他，赶紧走。”

后来在郊外的小木屋里，薄重峰对一脸瘀青的徐盛说：“你小子骨头够硬的，缺一条腿还敢一挑三，有种。我们或许能当个兄弟。”

* * *

在2003年那年，薄一山、薄重峰和徐盛三人有大约半年的相逢、相识和分离。在那半年里发生了若干事。

20岁的徐盛初到郴州市区，连落脚的地方都没找好，薄一山建议他到三里田租房子，租金比较便宜。薄一山和薄重峰也在那片狭长的城中村住，两人住在李家湾，另一人住在六角坝。相邻而又不紧靠的距离，最让人安心。

在酒吧斗殴事件结束以后，徐盛因缘际会，在一个地下钱庄当了放债人。被他用酒瓶子砸了脑袋的申大河，是那个地下钱庄的一个头目，因为看上徐盛的狠劲，前事一笔勾销，扬手把他招进了组织。

盛夏结束不久，徐盛来找薄家兄弟，问薄一山是不是会用机床。

“我搞到一些小生意，说不定以后能做大。如果两位大哥有兴趣，我们就一块干。”

徐盛从家里拿出几个手提的铁箱子，递给薄家兄弟看。箱子上印着“作业箱”几个红色字。

“这是……？”

“放炸药的。”徐盛用超越他年纪的成熟语气说，“给申大河干活的这阵子，我也认识了一些人。这里矿山多，矿上有些人经常会偷些物资出来变卖。最近我找到一条线，能搞到不少这种便携式雷管爆破作业箱。”

“我们拿去卖吗？”

“嗯，不过最好改造一下，改造成适合存放其他物品。譬如放钱、放珠宝首饰，或者放其他违禁品。”

“卖给谁？”

“就是地下钱庄的人。这种箱子结实，而且防爆认证又有范儿，很多人喜欢用，一个能卖几百块。”

徐盛在桌子上摊开卷起来的白纸。

“我自己画了些改造的图纸，有不同的款式，可以拆装和调换储存的格子，可以满足不同的需求。”

薄一山戴着眼镜，看了图纸，说：“画得很好，看来你的手比我巧。”

徐盛说：“我就会画点图，机床用得不好，所以技术和生产想请一山哥帮忙。”

薄重峰说：“交给我们！我兄弟的手艺可好了，我可以找到一些有机器的作坊。”

徐盛高兴地说：“别的东西我暂时不敢碰，卖卖箱子没风险。不过如果路子通，以后我们可以卖别的，能赚更多钱！”

薄一山问：“你打算花多少钱？”

徐盛说：“我想刚开始有几万块就够了。钱我来出，两位大哥是技术入股。”

“你哪里有钱？”

徐盛笑道：“你忘了，我可是放贷的，自己给自己放一笔，有业绩，还能赚点佣金。然后再把成品卖给钱庄，怎么都不亏。”

薄一山说：“这生意可以做，但你不要出面，我们来负责卖，不能让申大河知道你参与其中。”

薄重峰也道：“小子你太嫩了，左手借黑社会的钱，右手又赚他们的钱，那些人不把你黑了才怪。”

年轻的徐盛张张嘴，一会儿说：“那我负责钱的事，赔了都算我的。”

薄一山摇摇头：“钱的事你也别管。你自己放债，自己借钱，以后有事脱不了身。”那个当大哥的人拍拍初识的弟弟的肩膀，“你带我们去找申大河借钱，业绩算你的，就说我们是你老乡。”

徐盛大胆敢干，而薄一山和薄重峰有江湖经验，但他们还是低估了世道的险恶。徐盛负责上游货源和设计，薄一山负责生产加工，薄重峰负责运输。三人各负其责，行事低调。成品也没有卖给申大河所在的钱庄，薄家兄弟另外找了销路。前几道货都顺利，钱也还上了。申大河对徐盛说：“你那两个老乡生意搞得不错呀，要不要再扩大点生产？”

徐盛回来没忍住，和薄家兄弟说了。薄重峰说：“借，我们搞得定。”薄一山沉思了一会儿，说：“我们再借10万。”薄重峰说：“对，借10万，一次性搞定。”

这一次，他们拉了一批大货，除了炸药箱，还有其他一些半管制物品，装了一货车，分批拿到作坊加工，改了标签和样式，然后运到个小仓库存着，准备近期出货。一天晚上，仓库里的货物就被人偷空了。

那时候薄一山等人才明白，他们早就被申大河盯上了。申大河口上说一笔勾销，其实一直还对半年前在酒吧被砸了脑袋的事怀恨在心，他们去找申大河借钱的时候，申大河就没打算让他们能还得起。

申大河要收账的时候，徐盛让薄家兄弟赶紧逃，薄重峰说：“一起逃。”徐盛摇头：“我不用的，借条上没有我的画押。”薄重峰说：“你犯什么浑，不管申大河知不知道你和我们的关系，债算是你放的，收不回来申大河肯定要你背锅。”徐盛说：“我不走，债我来还。”薄一山说：“我们都不走，这事不了结就没个头。”他看着徐盛，说：“你去带他们上门收账，无论如何要装出你就是骗老乡的样子，道上有规矩，申大河没由头不能硬整你。”

徐盛告诉申大河薄一山两人的住处，申大河说你也一起来，你下手够狠。申大河又多带了一大群打手上门，进门先把薄重峰绑了，桌上有个剩一半的酒瓶，申大河递给徐盛，徐盛拎起来，反手砸了薄重峰脑袋。薄重峰血流满脸，晕了过去。

薄一山说：“大河哥，打你也打了，货你也拿了，你人这么多，做事情敢做就要敢认。”

申大河说：“得，别说我人多欺负人，货是我拿的，我替你收了，本来想帮你卖个好价钱，可惜残次品多了点。”

薄一山说：“差多少？”

申大河说：“差个利息，你和你的兄弟一人还一只手就够。你们俩的手都是巧手。”

一个打手把砍刀插在桌子上。

薄一山伸出双手，说：“砍我两只手。”

申大河说：“不够，我听你们的生意伙伴说，你们有兄弟三人，我要三只手。”他说着眼睛瞥向站在一旁的徐盛。

薄一山推推眼镜，说：“行，那就拿我一条命抵。”

说完抽出桌子上的刀，捅进自己肚子。捅完把刀拔出来，举着刀指向屋里的每个人，说：“够不够，不够我再来两刀。”一地都是血。屋里十个拿刀的人都面如土色，那些人都狠，但也都怕比他们更狠的人。徐盛忍住没大叫出来，薄一山叮嘱他，事情要有个头，就不能给那些人抓住把柄。

申大河左右招呼，说：“走！”

那个黑头目押着徐盛走出门，可能还不够解气，故意把徐盛押了一路。徐盛不回头，不说话。直到街角传来警笛声，那伙人四散，徐盛才瘸着腿往回跑。那时候，薄一山和薄重峰已经被送进了医院。

徐盛在薄家兄弟床侧守了一夜，他城府深，性格也要强，但眼泪还是忍不住流。

“我欠你们。”徐盛对躺在病床上的人说。

“以后别说这个字。”薄一山闭着眼说，“我们知道半年前你去找申大河跪着磕头，是因为知道那个人不会善罢甘休。你是初来的人，跑了就跑了，但有的人在这个城市走不了。你帮我们把这件事顶了，我们也知道价码是什么，你立了状，半年内给申大河拉够一百万的债，完成不了还一只手。现在已经够数了。”

“是我把你们拖下了水，到头来挨刀子的还是你们！”

薄重峰伤势不重，只头上围了一圈纱布，已经坐了起来。

“你小子不错啦，有好生意也惦记我们，我们好歹一起赚过痛快钱嘛。”

他的兄长说：“路是我们自己选的，也一起走。”

薄重峰说：“就是你用酒瓶敲我那一下真够狠的，现在头还晕，你是报复我之前打你那一拳吗？”

“不是……我……”

“我是说你干得好啦——要不是你一瓶子把我敲晕过去，那班人还不知道要怎么整我。你小子不错，果断。”

徐盛张张嘴，却发不出声音。

“如果我阻止不了伤害你的事情，我宁愿自己来做。”

徐盛惊诧望向躺在病床上的人，那位兄长闭着眼睛，脸色惨白如纸，但眼角却有些泛红。

徐盛低声问：“你也知道……”

“什么叫你也知道？”坐着的弟弟哼哼道，“你不想想这话是从哪里来的，她是我们的妹妹。”

* * *

在肮脏的酒吧后巷里，陈晓青只望了一眼。

“徐盛！”

她又望了另外两个人一眼，然后扑上去搂住他们的脖子：“山峰哥哥！”

徐盛、薄一山、薄重峰，他们三人都早在那之前就看见陈晓青，都不敢相认，但陈晓青只望了他们一眼，就抱住他们。

妹妹很快推开她的兄长，转而抱住躺在地上的人，叫喊：“徐盛你怎么样？”

薄重峰问：“他是谁？”

“青梅竹马。”

薄一山对他的兄弟薄重峰说：“扛着他，赶紧走。”

陈晓青带路：“跟我走！”

在郊外处处破洞的荒废小屋里，薄重峰哼哼：“他算哪门子青梅竹马，我们才是青梅竹马。”

陈晓青说：“你们是我哥，比亲生的还亲。”

薄重峰难掩欣喜，在徐盛醒过来后对他说：“你顶多是青梅竹马，我是哥。”

陈晓青从身后拿出一只塑料袋，说：“看我机灵的，刚才趁乱还顺走了大半瓶芝华士。咱们多少年没见了，没酒怎么行？”

喝了酒，酒量最差的薄重峰就搂住徐盛的脖子说：“叫哥。”

薄一山坐在中间，环顾着处处漏风的墙壁。他的妹妹望向他，平静地说：“这间屋是我偶然发现的，可以当个落脚地，没什么特别。”

那夜月色明亮，冷白的光从破旧小屋那扇只有空空木框的窗户透进来，一面算白的墙角，用炭笔画了几个小人，火柴棍似的，头上有指向不同方向的线，手牵着手。

但那几个小人又被杂乱的横线重重划掉。

薄一山看了一眼，说：“那时候我们玩得很开心。”

陈晓青低下头，语音略显冷淡：“我已经忘记了。”

酒醉的薄重峰和徐盛已经发出了均匀的鼻鼾声。薄一山望着墙角的黑黑的小人，一连排，手牵手，共有四个。他不期然伸手摸了摸。

似乎为了收回刚才的话，陈晓青“哈”了一声，说：“真巧，今天这屋子里刚好也是四个人。”

薄一山沉默不语，踱步走出小屋，站在树林的月光下。过了片刻，他听见陈晓青也走了出来，就站在他的身后。妹妹的声音再次变得有些冰冷。

“哥，我先说清楚，我从来没有把徐盛当成小安！”

白月光下，薄一山看着脚下漆黑的泥土，又抬头望望身旁的树。3 月，枝叶已经吐出新芽。尽管环境乌黑，也能隐约看出嫩绿的颜色。

那个兄长挤出笑容，转身对他妹妹说：“傻，我知道。”

* * *

薄一山和薄重峰身受重伤的第二天，徐盛再到医院探看，被告知伤者已经自行出了院。徐盛跑到出租屋里，看见薄一山躺在床上休息，头上还包着白纱布的薄重峰则在收拾东西。出租屋已经空了。

“你们要走？”徐盛讶然。

薄重峰回答：“还是走了稳妥，说到底我们欠着钱，保不准姓申的以后还要找由头来整事。你不走就不走吧，自己好自为之。”

薄一山在床上清醒地睁着眼，对徐盛说：“你念书比我们多，脑子也好使，谨慎些没有问题。晓青你就替我们照顾了。当然她也不见得需要我们和你的照顾。”

徐盛说：“你们不走不行吗？我们四个人在一起。”

薄一山平淡地说：“不走不好，而且没有什么在一起的理由。”

2003年3月初，朗月悬空的夜晚，在那荒郊外，树林边的破旧小屋里，穿着布衬衫运动裤的20岁的徐盛，穿着黑色背心的23岁的薄重峰，穿着服务生制服的25岁的薄一山，穿着短裙皮袜的19岁的陈晓青，在一起喝酒。因为没有杯子，四人轮流就着芝华士的酒瓶子喝，一人一口。

薄重峰先是嚷嚷：“等等，这鬼子酒不会是英国的吧？”

陈晓青呆了呆，低头说：“好像是苏格兰的……”

“那我不喝！”

大哥薄一山说：“喝！无论是怎样的家，总是家。”

薄重峰后来每一口都喝得最多、最凶，醉得也最快。

那个夜晚，是他们四人唯此一次的聚会，他们在心里，都各自重温了某种类似家的暖。那晚以后，四人仍旧各自过着自己的生活，不再相聚。直到后来徐盛找薄家兄弟一起合伙做生意，后者思量后没有拒绝。但这些事，三人都从未告诉小妹妹陈晓青。

薄家兄弟离开郴州后，徐盛给陈晓青打电话说了，陈晓青只在电话里“嗯”了一声，说：“哥哥们肯定会过得好的。”

薄一山不确定妹妹陈晓青对徐盛的感情，也许她会想靠近，也想隔离，如果这对年轻男女相互被对方吸引，今后说不定能走到一起，听凭天意。但薄一山知道妹妹对他们四个人常常相聚并不感到舒适。尽管绝口不说，但他知道妹妹心里有怨恨，而那怨恨永远不会消失。

他还记得住在教堂里的时候，八九岁的陈晓青最喜欢拉着八九岁的厚小安的手，爬到屋顶上数星星。厚小安对广袤天幕里的星座如数家珍，画画也画得好。后来他送给陈晓青一幅手绘的星空图，把陈晓青的名字写在天狼星的旁边。

上山玩寻宝游戏的时候，陈晓青非要拉上厚小安一起，薄一山和薄重峰两个当哥的面有难色。陈晓青皱着鼻子叉着腰说："你们别小看人，小安连屋顶都能爬上去，自然也能爬山。甘溪帮的第一四人小分队任何时候都共同行动！"薄一山无奈地说："你还说，上次你们就差点从屋顶滚下来。"后来的每一次，都是薄一山和薄重峰轮流把厚小安背下山。

薄一山还记得趴在镶了彩色玻璃的窗台上，看见那个名叫龙宝田的苗族富商的轿车常常冒着白烟而来，停在教堂的门口。在他们的神父和养父厚伯明的办公室里，他能听见那些不掩藏的对话。

"听说你这儿还有一个漂亮的小男孩，而且少一条腿，他踢脚时应该更有意思。"

1992 年深秋，夜里教堂起火，火光最早来自教堂尽头的杂物房。薄一山在大通铺的男生卧室里半夜惊醒，发现厚小安的小床上空无一人，急急叫起薄重峰。教堂夜里从不开灯，两人端着私藏的蜡烛一路寻找，当在杂物房找到厚小安时，那 9 岁孩子的身体已经冰凉如夜。在半空摇晃的腿一边长一边短，像一件晾歪了的衣服。

14 岁的薄一山从杂物房里倒出煤油，手持蜡烛点燃。

薄重峰惊道："你干什么！"

薄一山说："你去叫醒其他人，我要把这里烧了。"

薄重峰咬牙，说："对，把这里烧了，给小安报仇！"

薄一山摇摇头，说："不，我不要大家知道小安自杀。小安死在火海里了。如果我们阻止不了他受伤害，那我宁愿自己来做。"

那晚以后，那个镶满彩色窗户的曾被称为家的地方就没了。薄一山和薄重峰远远逃跑。人们在废墟里找到已经炭化的瘦弱的躯体，惋惜地说："这孩子是个残疾，难怪没来得及跑。"9 岁的陈晓青哭啊哭，直到眼泪都干了，然后和其他幸存的孩子一道，被城里来的人带走、领养，从此离开那个名为甘溪的乡村。

2003 年春天，三人加一人聚首，酒酣耳热的时候，薄重峰搂着徐盛的脖子说："叫哥。"徐盛也快醉倒，问："我……可以加入甘溪帮吗？"薄重峰说："一边去。"

后来薄重峰被击毙，薄一山被逮捕，警方追问他们同伙的下落，那个悍匪眼镜边缘泛着白光说："我兄弟全部死光了。"

2003年冬天，徐盛和薄家兄弟一度分开，直到八年后三人合伙用炸弹炸死盈富选矿的董事长周龙文，其后又继续合伙作案。三人在临别之时就留了话，薄重峰说："有什么搞不定的事，就喊我们回来，兄弟就是这样用的。"

徐盛从小无家，问："是不是从今天开始，我们算是兄弟……是一家人？"

作为兄长的薄一山低头，眼镜反出白光，说："你早就是了。"

3

陈晓青给周龙文当情妇是2007年左右的事，当了三年。怀孕以后，她住在镇郊山脚的别墅里。因为胎位不太正，照B超看不出是男孩女孩，周龙文提出过羊水刺穿检验，陈晓青不同意。她心里有预感自己会生一个女儿，但好歹先生下来再说。

徐盛问陈晓青为了什么。

"当然是为了钱。"陈晓青自然地回答。

* * *

我想我应当适时提醒大家，生活从来都不是童话故事。

高中毕业以后，徐盛从娄底回到郴州找陈晓青，是因为他也无处可去。后来他在那个城市时常满身是伤，浑身是血，能够在他跌跌撞撞的时候开门，然后给他抹上药水、包扎伤口的也只有陈晓青。而同为某个固化阶层的人，徐盛在心底里知道许多事情无法改变。从年幼到年长，陈晓青有太多时期依靠容颜和身体赚取生存的所需，徐盛甚至无法生出“我要拯救她”一类的不自量力的幻觉。在郴州重逢以后，他们有时也见面，也做爱。在一些冰冷的寒夜里，他们会裹着毯子依偎在一起，两人手里都夹着烟，或者端着酒杯。陈晓青枕着徐盛的肩膀，说：“我们一起过吧，起码是青梅竹马。”徐盛说：“好。”陈晓青说：“得了，这话，你从来不主动自己说。”

更多的时候，徐盛深感被拯救的人是他自己。所谓拯救其实不需很复杂。有时是一次伤害又治愈的冲击，有时是一次分离又相聚的温暖，有时是一句亦真亦假的青梅竹马。陈晓青说：“我看见你，就会想到没有家的人走在一起，会心心念念想组成家。”

何况陈晓青还为他带来其他家人。

所以后来在那些各自分开的审讯室里，徐盛对刑警们摇头作答：“不对，其实一直以来受着保护的那个人是我。”

* * *

在那些廉价的旅馆里，徐盛和陈晓青偶尔相拥一夜，然后生活继续向前。

怀孕到六个月的时候，胎儿停止了生长。医生也说不清原因，问陈晓青有没有接触过辐射或者化学制剂，有没有服用过什么不当的药物，陈晓青说没有。医生说只能解释为基因原因，属于生理性淘汰。后来陈晓青对徐盛说，其实她就是突然感到害怕了。

“我想我这样的人，没有资格生孩子。”

但事后她又感后悔。她搬出了郊外的漂亮别墅，住回小小的公寓。那以后，周龙文也懒得到她家里，想要她的时候，就到酒店开个钟点房间。那栋漂亮别墅里，又住进了另一个怀了周龙文骨肉的女人。

陈晓青穿着高跟鞋，在半夜的街头买醉，摇摇晃晃地沿着路边走。她和徐盛抱怨说不公平，那个代替她位置的女人年纪比她大一截，也没有她漂亮。

“说不定我生的也是男孩呢。”

把死胎引产出来后，陈晓青采取鸵鸟策略，绝口不问医生那夭折的孩子是男是女，是好是歹。和徐盛结婚以后，徐盛问她：我们要不要孩子?

陈晓青思量许久，最后说：“想要的，有孩子家才完整嘛。”

“比较喜欢男孩对不对？”

“嗯，比较喜欢男孩。女孩命不好。”她想想又改口，“其实都一样。”

* * *

陈晓青换过好几个家。建在甘溪乡的上帝之家化为灰烬后，陈晓青曾被一对体面的夫妇领走，有了新家。养父姓陈，籍贯湖南怀化，在郴州任公职，后被组织派到黔东南当支援干部，在任期届满前把那个曾受过创伤的漂亮的 9 岁小姑娘领养走，一是展现风格，二是因为喜欢。用他临别表态的昂扬话说：“我在这片爱得深沉的土地上栽了苗，今后离开了，也要护育她一辈子。”陈晓青从此姓陈，跟着新的父母亲来到郴州的新家。再后来，出于保护，陈家夫妇干脆给陈晓青改了户籍，隐去领养关系。

陈晓青的养父养育了她，也给她洗澡，从 9 岁洗到 12 岁。开始公开，后来是偷偷洗。有一回养母提前回家，听见浴室里传来两父女的笑声，冲进去就给了陈晓青一个耳光。养母也是公职人员，理性而冷静，遇事不吵不闹。先问陈晓青这事有没有说出去过，陈晓青说没有。过了些日子，养母就在她的户籍上去掉了“领养”二字。养母对养父说：“你想要的仕途上的加分有了，闲言碎语的隐患也一并堵了。”养父连连答应，称赞不已。养母叹道：“我是为了保护你，保护这个家。”又过了一年，养母给了乡下远房亲戚一笔钱，打发陈晓青到农村寄住，并且转学到了乡镇中学。养母说：“这事要搁在领养的范围对你影响不好，但有亲生的名义，说照顾不过来也没人多话，这就叫先见之明。”

那时候，陈晓青的养母已经怀了孕。她是湘西的土家族，生育符合政策，在特定时期还要受鼓励。孩子生下来，是个男孩，一家人都乐坏了。原本养父养母打算在陈晓青成年以后给她办脱籍手续，既然自己家已经有亲生的继承人，这事不妨免提。18 岁那年，陈晓青自己主动提出来，和养父养母签了一份协议，放弃一切财产继承权。养父养母说：“我们也没这个意思，你不会对外说吧？”陈晓青说：“对外，你们永远都是我的爸爸妈妈。”

在陈晓青的户籍资料上，始终有爸，有妈，还有一个弟弟。她在初二转学到金江中学后，给残疾的滑稽的同班同学徐盛写信交笔友，欺骗他说，自己和他一样没有家。高中毕业以后，陈晓青和她的养父母基本断了联系。徐盛知道，陈晓青后来选择和自己结婚，除了复杂强烈的情感，还有一个既简单又真实的理由：无须向婆家人解释为什么娘家人不来参加自己的婚礼。

陈晓青说：“想来想去，没家的人还是适合和没家的人凑一起。”

徐盛说：“所谓家，原本就是这样来的。”

* * *

“帮我杀了她。”

徐盛愕然望着醉酒后坐在路边的陈晓青，问：“你在说谁？”

“当然是那个取代我的叫朱杨莲的女人。她现在也住在别墅里了，你知道那里有多荒凉，所以帮我去杀了她吧。”

“你是开玩笑的吧？”

陈晓青靠着路灯的杆，叉开双腿坐在黄光下面，抽着烟。

“我搬走之前，在那间屋的墙角画了个小人。”

“小人？类似你在以前常去的那间小屋里画的那种吗，四个小人连成一排？”

“你还记得啊。”陈晓青打着酒嗝，“咯咯”地笑，“那是小孩子的游戏，这次我画的是真家伙，蛊符。”

“蛊符？类似湖南药功的东西？”

“大概吧。你看，你们家乡有，我们家乡也有。”

“你打算用这种东西咒死朱杨莲？”

“对。”

“你说谎。我问过一山哥，那个小人符号的意义是生育和家庭。”

陈晓青憋住不说话，半晌说：“你不懂，蛊符千变万化，多一笔少一笔意思都不一样。”

徐盛靠在路灯柱子的另一侧，边抽烟边说：“原来你也不懂，你只是因为见过，所以照葫芦画瓢而已。”

陈晓青不说话。两个年轻男女守着一道昏黄的光，在寂静无人的街头无言以对。

“你就不能离开那个男人吗？”

“哪有这么容易，他有我的照片、视频。那个人从不会放走他的女人。”陈晓青仰头望着路灯的光，上面萦绕着许多失了方向打转的渺小虫子，仿佛飞蛾扑火。那个曾被反复抛弃的女孩仰头吐着烟，烟雾在光芒里萦绕，说：“他比任何人，都把我抓得牢。”

徐盛把烟蒂丢在地上，用脚踩灭。

* * *

“那我就杀了他。”

这句话徐盛没有对陈晓青说，他告诉了从永州回来的薄一山和薄重峰。

“你确定吗？”在街边的大排档坐下后，薄一山问他。

徐盛摆开三双筷子，点头：“我有办法搞到炸药。以前的路子还在，我打听到上游有个货主，就在周龙文的矿上管仓库。”

“我是问你确定要做这件事吗？”

“确定。”徐盛给两个大哥倒上酒，“国庆节前，周龙文要到县城提现金给工人发过节费，少说有几十万。”

“我们要抢劫吗？”

“抢！”

徐盛从来不主动和陈晓青说“我们一起过吧”，只有在陈晓青问他的时候说“好”，除了复杂强烈的情感，还有一个原因是没钱。既简单又真实。

从地下钱庄脱离后，徐盛考了一个残疾人驾证，给别人拉了三年货。因为身体上的缺陷，拉一样的货，只能拿一半的钱。货场的人说，不是我克扣你，是要预留风险保证金。后来真的出了不大不小的事故。在一条乡间小路会车的时候，徐盛的车被对面的车别了一下，方向盘打得急了，车子就滑下斜坡，半边车厢插进河里。汽车发动机进水，得修，车上装了一柜快消商品，被水泡过也报了销。货场把风险保证金花了，和徐盛两清。

在车祸里，徐盛左手粉碎性骨折，在医院打了两颗钢钉。拆线以后徐盛回到货场，老板说：“你还来啊？”徐盛勉强活动手指，说：“我的手没事，上次的事故也和我的脚无关。”老板说：“少一只脚又少一只手，敢要你的人肯定有病。”徐盛说：“我就是少一只手一只脚，也活得下去。”晚上徐盛和陈晓青在旅馆相拥过夜，陈晓青给徐盛护理伤口，徐盛问：“我少一只脚，如果再少一只手，变成怪物，你还要和我一起吗？”陈晓青说：“有什么所谓。”她试着躺在徐盛胸前，说没有手肘硌着也挺好。

“很多人研究两夫妻用哪种睡姿舒服，我没有这种困扰。”

片刻她又翻身站起，淡淡地说：“只要抓得牢，一只脚一只手就够了。”

薄一山和薄重峰离开郴州四年，而在徐盛因为丢了工作沮丧不振的一年后，陈晓青成为周龙文的情妇。

* * *

在郴州谋生的几年里，徐盛还打过一些零工，譬如在游乐场穿着狗熊或者鸭子的玩偶服摆造型和发气球，他摇摇摆摆走路的样子特别自然，孩子们都喜欢围在他屁股后面转，顽皮的会踢上两脚。后来他又到了一家和旅行社挂点的保健品公司当销售员，卖各种半真半假的药，有时站在街边发宣传单，有时以自己萎缩不全的小腿为例子，在一车车游客面前现身说法。

2011年，八年后的另一个春天的末尾，徐盛给薄一山两人打去电话，电话里就说了一句话：“哥，咱们再合伙做生意吧。”

当天傍晚，薄一山和薄重峰开着一辆面包车从永州回到郴州。三兄弟分别多年后重聚，在大排档喝酒吃肉。

徐盛问：“两位大哥这些年过得怎么样？一直都在永州做养猪生意吗？”

薄重峰说：“我们不问你过得怎么样，你也不要问我们。”

薄一山说："以后我们都这样，家人不必追问过得怎么样。"

"好。"徐盛重重点头，片刻又低语，"起码两位大哥有车……"

"偷的。"薄重峰说，"回来之前刚偷的。山哥改装过，没首尾。你看有没有用吧。"

徐盛愣住不说话，薄一山说："想着你可能会有用。"

徐盛沉默良久。后来他就把烟蒂丢在地上，用脚踩灭。

酒到中巡薄一山点头。薄重峰把酒杯喝干，说："那就干！"

三个抢劫杀人犯把杯子在地上摔碎，从此走上不归路。

薄重峰问徐盛："晓青知道我们回来吗？"

徐盛摇头："我没有告诉她。"

薄一山说："你做得对。和以前一样，你一点都不要出面。"

2011 年 9 月，薄一山和薄重峰在郴州临武县的乡间小路按下电子雷管的引爆器，把盈富选矿的董事长周龙文当场炸死在越野车内，其后劫走散落车厢里的约 40 万元现金。2011 年 11 月，他们在安仁县以北通往衡阳的公路上，炸死地下钱庄的头目申大河和与他同车的情妇汤梅，劫走放在防爆作业箱里的 20 万元现金、一条 50 克的金项链、一块价值 3 万元的腕表和一枚钻石戒指。

在不足两个月的时间里连续作案后，那个抢劫团伙稍事休整，有整整一年不再动手。

"暂时够了。"薄一山握住失血过多陷入昏迷的薄重峰的手，望向他的另一个兄弟，"既然是连续抢劫，警察的注意力会从周龙文身上转移，这样晓青和你都安全。"

2013 年 4 月，徐盛带着陈晓青离开郴州，移居外地。一年多后的 2014 年 8 月，薄一山和薄重峰犯下最后一案，在湘黔边界将苗族古玩商人龙宝田炸伤，抢走一箱真假参半的和田玉，伤者后来因感染致死。当年的 10 月，湖南警方发出对薄一山和薄重峰的 A 级通缉令。

徐盛不知道陈晓青有没有看见过薄一山两人的通缉令，在嫌疑犯落网官方可以邀功之前，新闻报道从来都没有想象中的多。在2003年的那次相聚又分离之后，陈晓青很少提起她的两个哥哥。薄一山和薄重峰回到郴州的那几年，徐盛对陈晓青也缄口隐瞒。徐盛明白，因为回忆里的那些惨淡和悔意，他们相互在心里都希望淡出彼此的生活。

何况，后来他们犯下的那些杀人越货的重罪，又如何能让那个小妹妹知悉?

薄一山和薄重峰先后劫杀矿山老板周龙文、黑道头目申大河、猪场老板邓庆旺、古玩商贾龙宝田，后三个被害对象都和嫌疑犯关系密切，唯有第一案缺乏直接干系，是因为那份干系被刻意隐瞒。直到后来人们才知道，原来第一案才是原生；而后几案，劫犯的目的是金钱和复仇，也是隐瞒。向警方隐瞒，也向他们有意保护的人隐瞒。

直至徐盛回家向陈晓青告假，告诉她他将会和警察一同回湖南老家的时候，他的妻子静静地躺在床上，只说了一句：“我一直都知道。”

* * *

在跟随两个警察上路之前，杀人犯徐盛就已经下了决心。

2011年11月，在衡阳路段劫杀申大河的过程中，薄重峰瞥见垂死的申大河抬起枪扣动扳机，他推开薄一山，为他的兄弟挡了一枪。土制手枪炸膛，申大河命丧当场，但一颗直径1厘米的钢珠还是击穿了薄重峰的腹腔，出血止不住。薄一山无计可施下给徐盛打了电话。徐盛喊道：“回郴州，我来找地方。”薄一山带着重伤的薄重峰驱车赶返郴州，当夜，徐盛把两个哥哥安顿在一家已经空置的美容院里。

薄重峰说：“帮我把那个破珠子挖出来，用刀。”

薄一山说：“你忍得住吗？”

薄重峰哈哈笑道：“废话，你扎过自己一刀，现在我也扎自己一刀，扯平了。”

挖出钢珠，浇了烧酒，打了包扎，薄重峰就在满布灰尘而冰凉的地板上睡了过去。薄一山回过头对徐盛说：“抱歉了，我说过这次你无论如何不要出面，没想到却出了意外。”

“不，是我抱歉，我只能找到这样的地方……”

“这里就很好，急急忙忙的为难你了，你住在公司宿舍也没办法。”薄一山环顾四周，说，“这里是不是离你上班的地方不远，你赶紧走。”

“我什么都没做过。”

“已经做得够多了。你快走，我和重峰明早走。他没事的。”

“你们都为对方受过伤，拼过命，我什么都没做过。”

薄一山愣了一下，他意识到那位半路相认的兄弟的心情。于是收起客气的语句，换上亲近的口吻。

“想什么呢，你应该知道，我和重峰的感情不一样。”

后来薄重峰伤愈，嚷嚷说伤疤难看，于是找人给他在胸腹上文了一个狼头。那狼仰望天空，虽然龇牙咧嘴，但没有想象中的凶猛。徐盛问他为什么文这样的狼头。

“早就想文了。”薄重峰笑嘻嘻地说，“这是天狼星，在夜空里最亮，代表晓青。”

他又转向他的兄弟眨眼睛：“你们别妒忌，我是替小安文的……”

薄重峰没再往下说，薄一山没说话。徐盛也没说话。他自始至终都明白，他永远不可能拥有和他们一样深的羁绊。

“那我就杀了他。”

徐盛从藏在心头到亲口说出，花了数年时间，从此他拉上自己和别人一起走上不归路。

我们始终难以了解一个人的全部生平，无法了解他做出一种选择的全部动因，尤其是那些无法回头的选择。其中有多少是为爱，有多少是为财，有多少是为妒忌和自卑……还有多少仅仅是为了一种与他人更紧密地联结的愿望。

* * *

在提出杀死周龙文的计划后，徐盛坚持自己要参与其中。

“我知道自己是个残疾，抢劫的时候就是个负累，但我熟悉炸药，安装炸药的事情由我来负责。”

薄一山摇头说：“你教我，我来动手。”

徐盛摇头说：“事情是我提出的，要干一起干，我不要像八年前一样置身事外。炸药我来负责。”

薄一山沉默。徐盛说：“炸药的来源我来负责，你们才能撇清和周龙文的干系。”

薄重峰皱眉嚷嚷：“但是你撇不清关系有什么用！你不是要找周龙文矿上的人买炸药吗？”

徐盛弯起嘴角：“不买。坦白地说，要买我们手头也没钱。”

“那……”

“偷。”徐盛从口袋里掏出一把长柄的黄铜钥匙，“周龙文有个叫苏本利的表亲把一批炸药私藏在郊外的仓库里，虽然用了霸王锁，但我很早就溜进过他情妇的家里，把钥匙复制好了。”他舔舔嘴唇，语气一往无前，“当年我们被人偷空了仓库，这次我们偷别人。”

这句话打动了其他曾受屈辱的人。薄重峰捏了拳头。薄一山沉吟，问：“安全吗？”

徐盛答：“安全。苏本利昨天刚刚病死，所以我才决定干这件事。我缺一辆安全的车，而两位大哥已经带来了，这就是天意。我们今晚下手！”

薄重峰热血上涌，说：“那我们就一起干！”

薄一山说：“就此一次。”

抢劫谋杀案的策划人说：“我知道两位大哥是保护我，但我不需要。我们每个人都不需要。”

后来他们在存放杀人凶器的仓库门外，看见了另一把用作保护的锁。

薄一山问过徐盛，为什么会知道苏本利把仓库钥匙放在那栋郊外别墅里。

“我有时会到那附近转转，晓青在那里住过一段时间。”

“晓青离开以后呢？为什么你还要继续监视住在里面的女人？”

徐盛不答。薄一山眉目低沉，问：“是不是晓青说了什么？”

“不，是我自己去的。”徐盛摇头否认，“大哥放心，我什么都没做。这把钥匙也是早在半年前就偷出来了，没有首尾。那时候要溜进别墅还方便，后来我就没去了。”

“还方便？”

“原本就朱杨莲一个人住在别墅里，真要动手也简单。当然我也没这么想，只是逮着她出门的机会把钥匙偷了。”

“后来呢？”

“后来来了一个住家保姆天天守着门。我也不傻，之后再没有接近过那里。所以不会有首尾。我也好，晓青也好，什么都没做。我们都不傻。”

私藏炸药的仓库使用了一扇甲级的防爆钢门，5 毫米的门框，5 毫米的门板和 80 毫米的门扇，坚固而沉重如磐石。门锁是超 B 级的霸王锁，用一把粗大的黄铜钥匙开启。钥匙插进去，旋转如三幅式方向盘一般的手轮，满满转上一圈，门就能开。

当在漆黑的深夜里，徐盛等人站在那门之前，只见童臂粗的钢手轮上缠绕着一段细铁链，铁链上挂着一把小小的锁。

三个强盗愕然立定。

“这是什么锁？”徐盛走上前，把那锁攥在手里。

那锁一拳可握，上面镶着粗糙的花纹，锁孔的形状参差不齐，锁把一扭也松松垮垮。仿佛是一把在风景旅游区出售的装饰锁，粗制滥造，弱不禁风。

但那锁造型独特，花纹伴随造型从中心向外延伸，像火焰般展开成五个尖尖的裂瓣。形如一片枫叶。

“这算什么锁？”徐盛转过身，在周围找，“这铁链比橡皮筋还细，就是没带老虎钳，不然一剪就断。”他从地上捡起一块石头，“我们把锁砸了。”他举起石头。

薄重峰抓住徐盛的手。

“怎么了？”

“等一下。”

“等什么？这样的锁，一砸就开。”

“我们再想想……”

“想什么？因为这个就回去？没时间了，趁着苏本利刚死这当子，我们要尽快把炸药运走，迟了肯定什么都没了！”

薄重峰犹豫说：“就是再想一下……”

薄一山走过来，夺过徐盛手中的石头，向前挥击。只一下，那枫叶状的锁就掉落在地。

薄重峰呆望着他的兄弟。

“小盛说得对，我们不回去。”薄一山蹲下身把锁捡起。那小锁从锁孔中间断裂，展开的叶片已经支离破碎。捡它的人把它揣进裤袋：“我们没时间，也没理由回去找钥匙。”

徐盛问他：“这是什么？”

动手把锁砸碎的人不回头：“什么都不是，只是有点像。”

当夜，三个强盗最终打开那扇门，把存放在仓库里的爆炸物偷窃一空。徐盛亲手把 3 枚电子雷管和 20 根乳化炸药筒捆绑在一起，安置在车底的分动箱，轰然一声把矿老板周龙文炸得身首异处。三个强盗把抢劫得来的带着焦味的钱财平均分赃，后来又连犯数案，他们都杀红了眼。

案就这样犯下去了。

三个强盗在名为“甜美美容”的旧商铺里负伤匿藏的那天夜里，薄一山问徐盛：你怎么找到这个地方的?

“我卖药的店就在对面，知道这一片商铺有不少倒闭关门。”徐盛倚在墙角抽烟，双手还湿淋淋的，“你们给我打完电话，我急着找地方，跑过来也是碰个运气。刚好这家店从后门能进，也刚好还有水可以清洗。”

“没锁吗？”

“挂着一个锁头，没锁上。”

薄一山站起身，打着手电，绕过发霉的纸箱和残破的洗手台，走到店铺的后面。一把 U 形的保险锁挂在门把上。薄一山把锁摘下来，光滑的不锈钢锁头上印着一个商标，尖尖五瓣展开。但那看上去是一朵花的形状，而不是一片叶。

徐盛静静坐在原地，远远地发问：“像吗？”

薄一山推推眼镜：“一点都不像。”

徐盛仰头吐出烟雾，残疾的一条腿向前伸直，黑暗里只有烟头的一点红光。

“是吧？我也这么觉得，名字也无关。”

空空的房间里，只有洗手台的水珠滴滴作声。

满手鲜血的杀人犯把锁挂回原位，最后望了一眼商标的名字：美荷牌。

4

薄一山不后悔和徐盛相识。尽管他知道那位半路相认的兄弟，比谁都敢铤而走险，比谁都敢下狠手，心机也比谁都重。

“那个人是不是一直都在惺惺作态？”薄重峰就着酒瓶子问过薄一山，“从一开始，他考虑的就是拖我们下水。”

“可不是。”

徐盛最早来找他们合伙做作业箱生意的时候，薄一山就深明这一点。那时候，三人的交情不过一面之缘，而从黑道手里借钱做灰色买卖，风险可想而知。尽管徐盛一再强调风险由他个人承担，但到最后，被他拉扯住的人都毫无悬念地身陷其中，无法回头。一如后来他提出抢劫和杀人。

“他想把我们拖下水，好和我们绑在一起。”薄一山会枕着手臂躺在床上，对薄重峰说所有的话，“那个人，遇上了、抓住了就不放手。他比我们更渴望家。”

“对，那个人最爱玩过家家。”那时候，薄重峰赤裸上身，跨坐在窗台上一口接一口喝啤酒，“那个小子表面上恭恭敬敬地左一声哥右一声哥，其实是心里渴得很。而他看穿我们无法拒绝。”

“路都是自己选的，只是一起走的人多一个还是少一个而已。”

房间里的两个人一个靠里，一个靠外，有一会儿都沉默不语。薄重峰拎着酒瓶，在锈迹斑斑的窗框上轻轻敲击。

“那个人很危险啊，比我，比你还要危险。你看他往我头上砸酒瓶那一下多干脆。”

“你可真记仇。”

“他要往自己脑袋砸也是一样干脆。剩下的半截酒瓶，他一直攥在手里呢。申大河其实当时就怯了，所以才会承认自己偷了货，好找个台阶。我和你说，你后来捅自己那一刀就是白捅。”

薄一山笑了笑：“别坐在窗台上喝了，就你的量，等一下连瓶带人一起翻下去。”

“要你管。”

“你很讨厌他吧。”

“是，很讨厌。他和小安一点都不像。”薄重峰把酒瓶悬在窗外，然后放手，看玻璃瓶的闪闪的光转瞬消失在黑夜里，“如果小安和他一样狠，一样顽强，一样死死抓住一切能抓住的东西，无论如何都不放手，也许就能活下来。”

薄一山枕着手臂沉默不语，有些锥心的回忆从臂弯的空隙钻进脑海。

“小安——”甘溪帮的大哥喊着他的小弟弟的名字，“我们已经准备好了食物，还有钱；我们一起跑吧，我们四个人一起跑。”

厚小安静静地摸着自己短了一截的腿，说：“哥，你们走吧。我跑不快，也跑不动，你们带着我就走不成了。”

陈晓青说：“胡说，我会一直拉着你的手跑的，你不放手，就不会走丢。”

厚小安摇头说：“我抓不住的，你们知道我的手也没力气。你们和我一起，走不远。”

后来薄一山说：“那我们先走一步，等安顿好，就回来接你。”

陈晓青说：“厚小安，是你自己说抓不住我的手的！再见！”

厚小安温和地拉住陈晓青的手，又松开，笑了笑：“别哭，我等你们回来。”

那天夜晚，那个残疾的孩子就把自己的人生悬挂在了上帝之家的尽头。薄一山和薄重峰放完火逃出教堂，薄重峰说：我们不带上晓青吗？薄一山摇头说，已经带不上了。

那之后的很多年里，外表冷静沉着的薄一山总会在噩梦里惊醒，汗如浆出。薄重峰在黑暗里静静地看他。薄一山问：“我说了什么？”薄重峰说：“你说：我们都不走，好吗？”喝了酒或者病倒在地时，薄一山会哭出声说：“晓青一定很恨我们。”薄重峰告诉他不只，晓青恨的人还有小安，还有她自己。

他们都没有抓牢对方，他们都放了手。

“但是徐盛是另一种人。无论是晓青，还是我们，他都紧紧抓住不放。”薄重峰吊着脚坐在窗台上，摇摇晃晃；铁框上的玻璃窗有模糊的倒影，“所以我讨厌他，也感谢他。”

那汉子的目光又从夜色里平移到屋内，投在他的兄弟的身上。

“起码这几年你不发开口梦了。”

薄一山从床上坐起，两只手腕搭在膝盖上，淡淡地笑：“可不是。”

后来，在甘溪乡深山矿洞的那间小屋里，薄一山和薄重峰把炸药、破裂的枫叶锁和照片放下，又把那间小屋的钥匙交给徐盛。

“由你来保管，你也是这里的一分子。”

直到三人在生死对峙后分开，那把钥匙仍旧留在徐盛手上。

聊到生存方式的问题，薄一山和薄重峰会再次提及徐盛深入骨子里的危险。对别人危险，也对自己危险。

“他也许有很多私心，但他只想我们欠他。”薄一山望着灰白的天花板，有几处地方批荡层层剥落，像树木的年轮，“对他来说，这是把别人绑住的唯一办法。”

“你还不是一样。你们两个人，都一样危险。”

薄一山望着薄重峰笑：“你生气了。”

那个终生和他结伴同行的人冷冷地别过头，沉默片刻后把话说完。

“我知道你在想什么。徐盛拿酒瓶把我砸晕的时候，就已经做好玩命的准备了。那个人，一个对十个都敢动手，他就是在等申大河真要砍我们的手的时候。结果你先捅了自己一刀。你如愿以偿了。

最后换成那小子在病床旁边，一把鼻涕一把眼泪说：我欠你们。”

“是啊，总不能让他赢了。”薄一山苦笑说，“还债的人，又怎么能再欠债呢。”

后来，徐盛被雷管炸掉半截手臂，然后让薄一山两人开车把他撞下河，嘴角则挂着笑容。

“哥，我是不是不欠你们了？”

* * *

薄一山、薄重峰和徐盛三人，一共从苏本利的私人仓库盗走了一箱铜壳电雷管 300 枚，两袋乳化炸药筒 200 根，以及一包 40 公斤的硝酸铵。合重不过 100 多斤。

仓库的门打开以后，三人搜遍了各个角落。

薄重峰双手叉腰，说：“就只有这么多啊？”

徐盛脸上难掩难堪和失望：“对不起，我以为会有更多……”

薄一山说：“也正常，都是苏本利从矿上监守自盗的货，顺多了肯定罩不住。而且，说不定之前就已经出过货，这些是剩下的。”

那做大哥的转身拍拍徐盛的肩膀：“你做得对，幸好你坚持早动手，再晚就是一场空。”他停了停，“有这些就够了，太多危险。”

“对，挺好。”薄重峰拍拍手掌，看上去松了口气，“我一个人两下子就搬完了。”

为掩人耳目，薄一山坚持让徐盛保留药品推销员的职业身份，住在公司安排的集体宿舍里。薄一山和薄重峰回到郴州后也居无定所。一开始，三个盗匪把偷来的 100 多斤爆炸物搁在偷来的面包车的后排，直至犯完第一案，目睹矿山主周龙文连车带人被不过 20 筒乳化炸药炸得稀巴烂。薄一山沉吟说，我们手头的家伙说多不多，说少不少，还是得找个地方存放。

此前在本地租仓库，但转眼被人偷个精光的经历让三人好生踌躇，这时候，徐盛就举起了一根手指。

“我想到一个地方——两位大哥应该也知道。”

三人开了一天的车，从甘溪河开到甘溪乡。他们绕过村庄而不入，从舞阳河的另一面靠近佛顶群山。徐盛说：“两位大哥对路真熟，这些年常回来吗？”

薄重峰抱着手冷冷地说：“没有，十几年都没回来过。”

“嗯。”徐盛低头，浅笑着说，“但故乡的路总会记得。”

薄一山问徐盛为什么会知道那个地方。

“几年前，晓青带我来过。”徐盛答道，“就是和两位大哥相聚以后的事。也是心血来潮，晓青说想回来看看，我就陪她来了。”

薄一山和薄重峰在心里想，那趟回乡之旅，可能是陈晓青提出的，也可能是徐盛提出的。2003 年的春天，他们和陈晓青重逢，又和徐盛相逢，其后又不辞而别。无论对于陈晓青还是对于徐盛来说，也许都会激起不同的心绪，激起不同的心血来潮。

徐盛坐在汽车后排，眼睛里闪动着昂然而愉悦的光。

“那个矿洞隐蔽又安全，用来储藏炸药再合适不过了。刚好两位大哥手头又留着钥匙。”

坐在前排的薄一山和薄重峰默然不语。

三个抢劫犯留下了 50 枚雷管和 50 筒炸药。老大薄一山对他的兄弟们说：“这些随身带吧。这些就够了，够用好几次。”

剩下的，三人分开装进登山背囊。徐盛背雷管，薄一山背炸药筒；薄重峰一个人背一包 40 公斤的硝酸铵。徐盛说，峰哥背得太重了，可以分给他一些。薄重峰哂道，他当年可是挑河沙的，哪里要一个腿脚不灵的帮忙？

薄一山对徐盛说：“粗活交给我们，你负责找路标。”

在溪水旁的入山路口，徐盛高兴地手指石头上的路标：“太好了，还在！”

上山前，薄一山不动声色地瞥了一眼。那指引方向的小人图案漆黑如炭，深厚而清晰，似乎能和所有的矿石一样存续千万年。无论多久的风吹雨打都不褪色。

薄一山猜想，也许那是因为有人曾在上面画了一遍又一遍。

山上的路标也都在。每隔百步就有一个，或在石上，或在树上。小人头顶的三根直线指向东南西北，每一个方向。

下山以后，擅长画画的徐盛趴在旅馆的桌子上，把台灯拉过来，拿着尺子和笔标标画画。薄一山问他在画什么。

“地图。”徐盛在灯下抬头，“哪怕以后路标没了，我们也不会找不着路。”

这仿佛一句预言。后来路标就消失了。

而当路标还在的时候，搬运爆炸物资的人一路长驱直入。和命运中后至的两个警察加一个嫌疑人的场景似是对应——那三个人打着手电，穿过溶洞，又穿过矿洞，最后停在那间曾用作矿井办公的荒废小屋前。毫无装饰的旧木门像用灰尘做的画板，一触碰一个手掌印。

徐盛说：“我和晓青只来到这里，我们没有开门的钥匙。”

薄一山从口袋里掏出一把带着铁锈的小钥匙，插入门锁旋转，门“咔嗒”一声就开启了。

薄重峰低声地喃喃说：“没想到这么多年了，还能开。”

徐盛注意看那镶嵌在木门上的锁，那锁面一直都有着好看的花纹。五瓣尖尖的叶片，一片枫叶。

“那，后来钥匙是哪里来的？”

“捡的。”

上山前，徐盛询问他的兄长们的童年往事。尽管陈晓青以前也告诉过他，但徐盛对于那几个紧紧相连的人的往事，总希望一听再听。

“所以，这就是一个寻宝游戏？”

“嗯。”薄重峰回答，“我们几个人经常上山找路标。小时候，这是我们最喜欢玩的游戏。”

“那些小人图案是偶然发现的吗？”

“嗯，首先发现的是晓青。她兴致勃勃地说不止找到一个。后来我们发现原来山上有不少这样的图标，全部都指着方向。一个接一个连起来，终点就是那间小屋。每次我们都玩得很开心。”

徐盛浅笑说：“真好。”

“和你说，那些路标的位置都会变呢，每次我们都要找新的路标和路线，所以才叫寻宝游戏。那个画路标的人，希望我们每次都能玩得开心。”

“所以……那间小屋住了人？”

“或许吧。但门一直都锁着，我们也没法进去偷看。”

“那，后来钥匙是哪里来的？”

“捡的。”薄一山淡淡地把这个问题回答了，“那把钥匙就掉在离门不远的地方。那是我们最后一次寻宝到那间小屋前的时候。”

薄重峰说：“我们试着偷偷开门，门就开了。”

徐盛问：“那里面有什么？有人吗？”

“和那时候一样。”

当十多年后，三人用钥匙重新开启那间小屋的门，薄重峰把装满炸药的沉重的背包往地上一放，蹲坐着环顾四面，如是说。

那房间里有简单的桌、椅、床，以及灰尘。

“煤油灯还在。”

薄一山提起那证明曾有人居住过的事物，吹了一口气。在电筒的光柱里，蒙眼的灰尘飞舞着，玻璃罩子上缠着蜘蛛网，和腐旧的木桌丝丝连在一起。薄一山用袖子擦拭灯，灌进煤油点燃。小屋里亮起昏黄又柔和的光。

薄重峰问："没有人回来过对吧？"

"也许从来就没有人。"

薄一山提着煤油灯，走近一个储物的小柜子，蹲下身。柜子上有个打开了的锁扣。薄一山撩开锁扣上的蛛丝，从口袋里掏出一把从中间开裂的锁，把锁钩挂在锁扣上。那是一把枫叶形状的装饰锁，就是不久前被他亲手用石头砸开的那把。

薄重峰问："是那把锁吗？"

薄一山把锁又摘下来，说："不知道，锁孔已经坏了。算了，只是像而已……"

他的兄弟冷冷地说："你是故意砸坏的，你就是不想搞清楚。"

徐盛问："当年，你们在这里找到了什么？"

薄一山答道："需要的东西。"

1992 年秋天，薄一山和薄重峰曾经瞒着陈晓青和厚小安偷偷上山。两个孩子身上背着布袋，还带了一把铁丝和几个发夹。

"我们试试到那里看看吧。"

那时候，他们已经试过很多，但教堂里存放着他们所需要的东西的仓库门，打不开。

"这些玩意儿真的能开锁吗？教堂储物仓库的门我们就打不开。"12 岁的薄重峰问 14 岁的薄一山。

"不一样，那间屋的门看上去要好开很多。"薄一山沉默停顿，"不过只是碰运气，那里，可能根本就没住人。"

两个孩子提着自己的小小煤油灯摸到小屋前，然后在门外捡到那把小小的钥匙。他们试着开门，门就开了。两个孩子蹑手蹑脚地闯进那间无人的屋，点燃那盏大的煤油灯，最后在储物柜里，找到一袋米、一袋土豆、一袋罐头和三百块钱。

孩子们的寻宝游戏，最后真的寻到了宝物。

薄一山和薄重峰把需要的东西背回来，然后对陈晓青和厚小安说：“我们已经准备好了食物，还有钱；我们一起跑吧，我们四个人一起跑。”

徐盛问：“这把钥匙——能开两把锁吗？”

薄重峰“嗯”了一声：“那两把锁看上去很像，一把弹舌锁，一把挂锁。我们碰运气试用钥匙，发现都能开。都是枫叶的造型，看来就是一套。”

薄一山微微颔首：“这叫母子锁。”

后来薄重峰在小屋里又找到旧照片，改了主意，和徐盛争吵，徐盛就禁不住发狠丢话：“原来你们不是为了藏炸药；你们回来这里，只是为了看一眼这把锁。”

* * *

抵达目的地后，薄重峰累得气喘吁吁，把登山背囊往地上重重一放，背囊开了个口，那袋用复合塑料袋包装的硝酸铵也露出个头，一些白色晶莹的粉末就撒落在地，和灰尘、蛛丝、昏黄的灯光混迹在一起。后来这些粉末成了警方化验的证物。而在最初的时候，抢劫犯们负履奔走、跋山涉水，尽管心里也犹豫，但没有人真的想过要放弃来此地的目的。

直至薄重峰在储物柜翻出一张合照。

1992年的时候，还是孩子的薄一山和薄重峰最后一次因为寻宝游戏而来到这个小屋时，心情慌张、匆匆忙忙，他们把他们需要的东西塞进布袋，三步并作两步背下山。他们没有时间和心情到处翻看，所以当十多年后薄重峰把手探进储物柜深处，摸出那张照片，首先讶然晃头，以为是当年看漏了眼。

“呀！原来这里还有一张我们甘溪帮的照片！”

照片残破发黄，画面模糊，像一幅褪了色彩的铅笔画。但里面十来个孩子的面容都能分辨。薄一山、薄重峰、陈晓青和厚小安四人在最前面一排，相互搭着肩膀，蹲着。背景是山林和小溪。众人站在溪水旁，脸上都有童真的笑容。

孩子们已经不记得拍照的原因是什么了。也许是他们的养父和朋友某天心血来潮，也许是某个路过的登山客怀着好奇心按下快门。教堂后来给每个孩子都发了一张，但薄一山和薄重峰在离开那个家时干脆地没有带走。

徐盛探头说："这照片我好像见过，晓青也有一张。"

薄一山和薄重峰互望，心里明白他们的妹妹留着照片，是比他们更眷恋那个家。

薄重峰扁着嘴，语气嘀嘀咕咕："我们的照片为什么会在这里，那个人怎么会有……"

薄一山提着煤油灯，用手指顶住眼镜，突然身体就抖了抖。

"这张照片，也许不是一开始就在，而是后来才放进来……"

"后来？你是说我们离开以后的后来？"

薄一山指了指照片的边角，在灯光的细照下，有些位置有黑黄的弥散圈，照片的一个角缺了，卷起来。薄一山把照片翻转过来，这下更明显了，相纸的背面一片焦黄，像一块烤过了头的面包。

薄重峰双目圆睁。

"这……像是被烧过……"

他的兄弟点点头："所以可能是后来，在我们把教堂烧了以后……也许那个人在废墟里碰巧捡到我们谁留下的照片，所以放在这里。"

"这张不会是小安的照片吧！"

薄一山说："没这么巧，我想我们都想多了……不过，是谁的照片又有什么区别呢？"

"那，有人回来过这里吧？那个人把照片放在这里，是留给我们吗？”

薄一山说：“我不知道，我们都只是猜。”

徐盛说：“对，都只是猜。时间不早了，我们把东西放好就走吧。”

薄重峰良久不作声，当他把那张照片重新放回原位，就改变了主意。

“这些东西不能放在这里。”

徐盛说：“什么？为什么？”

薄重峰说：“不为什么，我不想把炸药放在这间屋里……这间屋说不定还有人住……”

“有人也是十几年前的事了，现在哪里还会有人回来？你看灰尘这么厚，蜘蛛网这么多——对了，不放心的话我们就加个锁。”

“不加。我们把东西运回去。”

“运回去？这么辛苦运到这里来，现在又运回去吗？哥，别开玩笑了。我们要运到哪里去？要把炸药藏在哪里？”

“藏在哪里都行，就是这里不行。”

“没有比这里更适合的地方啊！这里够干燥，最适合长期保存硝酸铵。哥，我们把东西找个角落放起来就可以了。”

“我说不行就是不行！”

薄重峰犟脾气上来，生硬拒绝。那矮壮的汉子走到一旁，把装满炸药的背囊一手提一手背。

“走吧。”薄重峰转身对薄一山说。想了想，他又从他兄弟手中拿过那把破裂的枫叶状的锁，慢慢走过去弯身，重新挂在储物柜的锁扣上。

“锁留下，其他的带走。”

徐盛冷冷地说：“原来你们不是为了藏炸药；你们回来这里，只是为了看一眼这把锁。”

薄重峰说：“是又怎么样？你欠我们，就得听我们的。”

徐盛干干地说："好。"

薄一山走过来，拍那位半路相认的兄弟的肩膀。

"我们的一些事，你很难全部都懂。"

徐盛低头说："对，我不在那里。"

三人默然重新背起沉重的行囊，离开那间小屋，原路返回。一路走，薄一山一路说："这些炸药如果不好找地方储存，我们可以卖掉。"徐盛摇摇头，说："算了。"

那时候，他们刚走出山洞，而徐盛停下了脚步。

"这一点货也卖不了多少钱，而且风险太高，留下首尾得不偿失。"

薄一山环顾四面荒山，说："那我们还是找个地方藏起来，再运回去确实太折腾。"

"不。"徐盛仍摇头，"硝酸铵炸药怕潮，保存不了多久。哪怕存放在那间屋里。"

薄重峰怒道："你是在说赌气话吗？"

"不，哥，我说的是真心话。我知道你们的想法。"徐盛浅浅笑，望着他的两个兄长，"你们一直不想留太多炸药。我都明白。我们留下的就够了；其他的，就丢了吧。"

在那广袤无边的山里，距离溶洞不远的地方有个飞瀑，飞瀑旁有个深潭，三个抢劫犯站在水边，看着塞了石头、紧紧绑缚的背囊沉入冰凉深邃的水中。

薄重峰说："这里也是甘溪。"

他们先是在潭水里沉入雷管和炸药筒，当准备把最后一包硝酸铵也倾倒进去时，薄一山说："等一下。"

三人又回到山洞之前，薄一山伸手摸山洞入口旁边的一棵树。树干上用刀深刻着最后的犹如门牌般的路标。火柴小人的头顶有延展的线条，和树融为一体，枝枝叶叶，蔓蔓而生。那是一棵枫树。

薄一山说："剩下的，埋在这里吧。"

徐盛问："可以吗？"

他的兄长笑了笑："你忘了，这些东西既可以是炸弹，也可以是肥料。"

抢劫犯们声称以甘溪为坐标，一直埋藏着的数以吨计的致命爆炸物，原来早已不复存在。

下山以后，徐盛在夜里画下一张地图，递给他的两个兄长。

"这是寻宝的地图。哪怕以后路标没了，我们也不会找不着路。"徐盛说，"我知道那里是宝藏。你们把那里，当作另一个家。"

薄一山把地图叠好，在上面放着那间小屋的钥匙，推回到徐盛面前。

"由你来保管，你也是这里的一分子。"

徐盛抬头说："那，我们抓紧再办几单，一起办。把剩下的炸药，都变成钱。"

* * *

还在做爆炸物品作业箱生意的那阵子，薄一山、薄重峰和徐盛三人，有时会站在甘溪河畔，眺望灯火渐渐黯淡的三十六湾。他们都穿着脏乎乎的牛仔裤和皱巴巴的衬衫，在疾风劲草中各自望着相近而又尽量远的地方。

薄重峰蹲在崖口，迎着风"呸"了一口。

"这狗屎样的地方也能叫小香港？"

薄一山说："你以为香港就一定繁华很多吗？"

薄重峰哂道："说得就好像你去过似的。"

徐盛说："两位大哥想去香港吗？我也没去过，找个时间我们一起去吧。我知道现在去，不难。"

薄重峰说："不去，英国人养过的地方，有什么好去的。"

薄一山说："有机会再说吧。"

薄重峰说："等有钱再说。"

徐盛说："对，等我们有很多钱再说。"

身处底层的人向往灯火更亮的地方，就像徐盛和陈晓青坐在深夜街头的时候，抬头望着路灯下面使劲追光的飞虫。那些追逐，有时难辨卑微和愚蠢。后来，徐盛对两个兄长说"我们把那个小香港的老板劫了吧"，三个人浑身发烫，手掌和脸颊都仿佛红得滴出血来。

徐盛问薄一山和薄重峰："哥哥们有什么人生目标，想去哪里，想赚多少钱？"

薄重峰吐着烟圈："没想过。我们，能活下去就行。"

徐盛笑笑点头："嗯，能一起生活就好。"

薄一山问徐盛："你呢？小盛想要什么？"

薄重峰说："别告诉我就是把晓青娶了，老婆孩子热炕头。"

徐盛笑容很浅，说："也算是目标嘛。"

薄一山问："你想等赚够多少钱？"

徐盛想都没想："起码三十万吧。"

* * *

要赚多少钱，要犯多少罪，要杀多少人，对于穷凶极恶、鲜血满手的人来说都是未知数。

徐盛没有履行对薄一山的承诺，前三宗案件他都亲手把炸药绑在车底。后来薄一山也不再坚持，路已经一起走下去了。

把周龙文和他的越野车炸得四分五裂以后，薄一山在吃一顿酒饭的时候突然脸色青白，离席了好一阵才回来。薄重峰没理他。回席后，薄一山平静地说："下一单，炸药的分量是不是应该适当减少？"

徐盛敲了敲碗："对，不然连钱都炸没了。而且，我们剩下的炸药不多，得省着用。"

薄一山颔首。

徐盛弯弯嘴角："那下一单还是我负责来装置，毕竟炸药的分量只有我在行。"

所以在徐盛退出那个抢劫团伙后，最后一案由薄重峰接手工作，不免就办得粗糙。

第二案炸死申大河后，三人藏匿在废弃的美容店里，为薄一山挡了一枪的薄重峰沉沉睡去，在安静的黑暗里，有一会儿薄一山安静地开口。

"这次……炸药是不是还是多了？"

徐盛一下子有点急眼："哥，哪里多了？是少了！如果不是申大河还有一口气，峰哥也不至于挨一枪，受这么重的伤。这都怪我！"

"不关你的事……"

薄一山不作声片刻，再开口时略略犹豫。

"除了申大河，还死了一个人……"

"这也是没办法的事，谁让那个女的刚好和申大河同车。我知道她是无关的人，但这和炸药的多少也无关。"

"我明白……"薄一山在黑暗中仰起头，靠着墙，"如果能不死人，最好。"

徐盛在小店的另一头静默一会儿，说："好，哥，我听你的。"

一年后，为了保证案件的连续性，也为了钱，三人再次犯案，徐盛听从他兄长的话，只在猪场老板邓庆旺驾驶的农用车的前悬挂上绑了 5 筒乳化炸药。

"其实那个人没什么钱……我看他的猪场已经关了一半……"

当徐盛提议把邓庆旺作为第三个抢劫目标时，薄一山平静而断续地说道。

徐盛朗声说："那个人对两位大哥冷酷无情，我觉得没有理由放过他！"

徐盛又说："虽然都是为了钱，但我们找目标，也有原则对不对？两位大哥还有其他怨恨的人吗？有的话，我们就换一个，我听你们的。"

薄重峰望了薄一山一眼，后者微微摇头。他们心里都有更仇恨的人，但在一种复杂难言的情绪里，薄一山内心犹豫，也更不希望徐盛参与其中。所以直到后来和徐盛分开，他们才最后动了手。

徐盛见两个大哥久久沉默，想了想说："或者，这次的目标我来选。我呀，心里想杀的人很多。"

薄一山摇头："不，只能选与我和重峰有瓜葛的人，你要撇清干系。前一次选申大河，其实风险已经很高。"

从一开始，薄一山和薄重峰就已经做好有一天被追捕的心理准备。而从薄重峰在罪案现场留下血迹的时候起，连徐盛也在心里知道这一天总会到来。

薄一山决绝地说："就劫邓庆旺吧。"

徐盛说："好，那我试试能不能不炸死他，算是小惩大戒。"

三个抢劫犯控制了装置炸药的分量和位置，成功让汽车的轮轴断裂，抛锚；他们手持利器，准备等汽车在无人的公路上停下，然后实施抢劫。但他们没想到汽车会猛打方向盘而坠落山坡；也没想到猪场老板在出门采购的那一程，还会带上自己的孩子。

那时候，邓庆旺的猪场已经面临破产，他打算到市里变卖自己老婆的嫁妆首饰；而在一种沉重的心情里，他突然决定和 7 岁的儿子同行。

"让那个好动成性的家伙到游乐场玩一天吧。"出门前，那个父亲如是告诉孩子的母亲，"以后日子就难了，不知道什么时候还有机会再带他去玩一次。"

薄一山和薄重峰沿着陡峭的山坡往下爬，汽车倒插在山林的边缘燃烧起来。通红的火光就在他们面前，他们看见一只小手扒在后座的车窗上，拍打几下，然后又滑落视线之外。薄一山倒转身体往下爬，薄重峰说："下不去了，也来不及！"薄一山说："下得去！来得及！"

徐盛从山崖边缘探头，喊："怎么样，我也下来帮忙！"

唯有那一回，因为考虑到可能要在受害人还有意识的情况下实施抢劫，徐盛坚持同来当接应。

薄重峰朝上喊："你不准下来！"又朝下喊："走！"

薄一山的眼镜掉落了山崖。

* * *

我无意为人的罪恶辩护，但每当平白的卷宗不足以记录所有选择的原生之处，我总忍不住多写一些其他。以填充空白，避免杀人诛心。尽管如此，有些人的人生和他们的内心一样，本身就有着巨大的空白和空洞，并非叙之纸上所能填充。譬如我们始终无法知道，那些对别人，也对自己极端危险的人，每日支持他们呼吸的所需，以及这些所需是如何的细若游丝。

薄一山连续做着噩梦的那些日子，薄重峰会藏起家里的所有刀具和绳索，并逼着他服下各种正规的不正规的提振精神的药。直至徐盛出现在他们的人生里。那些危险而残暴的血与火，代替了依赖的药物。但是一瞬间的戒断效应，也同样猛烈致命。

"好，我们散伙。"

在抢劫犯手持雷管对峙，最后各奔东西之前，徐盛和薄重峰有一段升级的口角。

第三宗抢劫杀人案结束后，三个罪犯不敢返回城镇，当夜在寒冷的荒野里生起营火。摇晃的红光里，薄重峰说："到此为止吧，钱也赚够了。"

徐盛说："没有什么赚够的，这次我们一无所得。不过暂停一段时间也对，和上次一样。"

薄重峰说："我是说不干了，我们散伙。"

徐盛说："为什么？炸药明明还有剩。"

薄重峰说："剩下的炸药，我们找个地方处理掉。你如果嫌赚得不够多，我们的那份也给你。"

徐盛说："这次是不是又死了其他人？死了什么人？"

薄重峰说："你不用知道，和你无关。"

徐盛说："你们不说我也知道，和所有事情一样。"

薄重峰说："你是个局外人，回去过你的小日子吧。"

徐盛说："对，我就是个替代品。好，我们散伙。"

全程，薄一山一言不发。他没有眼镜，抱膝独坐一旁，两只眼睛黯淡无光。

徐盛离开了那一堆营火。他独自一人穿过山林和旷野，一路走到公路。当看见漆黑蜿蜒的道路尽头闪烁灯火，他转身往回走。当他重新回到已经半明半熄的营火旁边，发现空无一人。他拖着脚又奔了半里，就看见月光下的薄重峰手里握着一枚雷管。

几年以后，薄重峰再次手持雷管，和持枪的警察生死对峙；而在 2012 年深冬那个刺骨冰冷的野夜里，他对峙的人只是他的兄弟，而为的也是生死。

"你把东西放下，退后！不用你来，这些炸药我来处理！"

徐盛离开营火的那一阵，薄重峰喊薄一山早点去睡觉。

"你什么都别想了。等小盛和晓青离开郴州，我们回贵州把龙宝田宰了，这事就了了。"

薄一山微微点头，说："好。"

尽管无论是徐盛还是薄重峰都心中警惕，但他们还是低估了有些事对薄一山的深切影响。徐盛和薄重峰剧烈争执，并同意散伙离开，是因为连他也看出，在案后一反常态，如死寂般沉默的他们的兄长，已经到了某种精神崩溃的边缘。徐盛和薄重峰默契地对答，好让他们的兄长安心。

而薄重峰很后悔后来还是说了多余的话。

“不杀龙宝田也无所谓啊！我们想怎么活就怎么活！”那个粗糙却又细腻的汉子手持雷管，对他终身相伴的人叫喊。

在薄一山和薄重峰从小流离失所的几十年人生里，在无数深切如刀割的夜里，他们当然也讨论过那些锥心的耻辱和仇恨，也在心底里点过复仇的火。薄重峰横着酒瓶说，厚伯明找不到了，但龙宝田一直都在，总有一天我一定要杀了他。当薄一山沉默不语，薄重峰会说，“可惜我们不是杀人犯。”

薄一山摇摇头，说：“你不是，但我是。”

薄重峰沉闷地说：“你是就是我是。”

当后来那两个人都已经满手鲜血，薄重峰说：“现在我们都是杀人犯了，什么都别说，最后一单我们一起把龙宝田干了。”

看见薄一山仍旧沉默不语，薄重峰会暴跳如雷：“你他妈的一定要放下这件事，把龙宝田杀了，就是放下！”

没有人比薄重峰更明白，薄一山刻印在心里的死结。那个死结是：杀死龙宝田，是一种对自身责任的逃避。

臃肿的龙宝田在儒雅的厚伯明的办公室里，指着自己的大花脸抱怨：“没想到那只小白兔还挺生猛，一只脚我当然按得住，但那两只小爪子发狠抓人也很痛啊。”厚伯明笑道：“那找个听话的孩子帮你忙好了，更有趣。”龙宝田说：“要最听话的那个。”

薄一山按住厚小安的双手时，在对方的耳边低声说：“忍一下，就忍一下，找到机会，我们一起逃走……”厚小安手上就没了力气。

“杀死小安的人是我。”

这句话薄一山从不说出口。薄重峰一生都希望这句话能够从他的伴侣心里消失。

在寒夜里薄重峰骤然惊醒，发现营火只剩残热，他的兄弟不见影踪。薄重峰拔腿就追。薄一山没有眼镜，右肩背了一包炸药，左肩背了一包雷管，在黑夜里走得慎重，所以没能走远。在接近甘溪河的崖口，薄重峰就追上了。薄重峰心里知道，他的兄弟会往山崖的方向走，他毫不怀疑他的兄弟会把炸药投入江河，也毫不怀疑他的兄弟会跟随那些炸药一起。

两人在山边打了个滚，薄重峰夺下了装雷管的那个背包。薄一山爬起来，背起剩下的炸药。和许多年后一样，那两个人一人拿着雷管，一人拿着炸药。薄一山也是一样地向薄重峰伸出手，说：给我吧。

薄重峰从背包里掏出一枚雷管，说：“你把东西放下，退后！不用你来，这些炸药我来处理！”

薄一山眯着眼睛向前走。

薄重峰插上引爆器，说：“你再走近，我们两个都活不了！”

薄一山停下脚步，想了想，转身向山崖边走。

薄重峰叫：“不杀龙宝田也无所谓啊！我们想怎么活就怎么活！”

薄一山没有停步。他没有眼镜。

薄重峰突然也转身，向另一个方向跑。他的背包里还有几十枚雷管，只要拉开距离，那么只会死一个人。

薄一山叫：“不要！”尽管他心里明白薄重峰这个举动只是要威逼他离开山崖，但在混乱的思绪里，他还是下意识地迷蒙地往他兄弟的方向追。

薄重峰在暗黑里被山石绊倒，雷管掉落在地，手按在引爆器上。雷管距离他一米，背着炸药的薄一山距离他七米，电雷管的延时是两秒。

徐盛在飞扑中抓住那枚将爆的雷管，滚到三米开外，山谷里不大不小的一声爆鸣，又让他伴着泥土弹出半米远。薄重峰和薄一山骇然奔上前，看见他们后认的兄弟躺在草地上，半边身子黑乎乎，左手已经被炸得支离破碎。

徐盛后来说，没事，你们不懂，这种雷管只有五克炸药，死不了人，就是怕殉爆波会引爆其他炸药，所以不紧紧抓住不行。他又说，本来也想一脚踢开，但我只有一只脚，来不及踢了。他又说，真没事，我这只手以前就受过伤，也抓不紧东西了，没什么用，这样也好，把手的债也还了。

薄重峰说："你他妈是个疯子！"

徐盛笑："我们都一样。这下子，我们都为对方受过伤，拼过命了。"

薄一山后来站在山崖边，对薄重峰说："我们的命是那个人换回来的。"

薄重峰说："你知道他为什么也能及时赶到山崖边吗？"

薄一山说："知道。他和你一样，都知道我在想什么。"

说这话时，薄一山脑海里会浮现2003年春天初遇徐盛的夜晚。在小屋外，大树旁，陈晓青冷冰地对他说："哥，我先说清楚，我从来没有把徐盛当成小安！"薄一山挤出笑容，说："傻，我知道。"当夜深人静时，他再次走到屋外，独自蹲在树下哭泣，抬头望见徐盛正看着他。两人在月光下有不长不短的沉默对视。

薄一山对薄重峰说："能知道彼此的想法，没有什么比这更真实的证明了。"

"哥，看来这次我们真的要散伙了，我这个样子以后也帮不上忙。"躺在焦黑了一片的草地上时，徐盛的声音和他的身体一样轻飘飘，一阵近一阵远。

薄重峰把他扛起来，说："知道了，你负责回去和晓青过小日子。现在别说话，我们送你去医院。"

徐盛摇头："这是爆炸伤，会被警察盯上。晓青也会知道。"

"那你说怎么办！你的左手伤得太重了，会保不住！"

"如果阻止不了伤害你的事情，我宁愿自己来做。"

"你在说什么昏话！"

"制造成车祸好了，你们开车撞过来……我以前就出过车祸，掉进河里，没死……我就是少一只手一只脚，也活得下去……晓青说了，哪怕我再少一只手，也无所谓，只要抓得牢，一只脚一只手就够了……"

徐盛说着话，既模糊又清晰。薄重峰说："你会死的！"

"我活得下去……两位大哥说我能活下去，代替另一个人……两位大哥也能活下去。"

薄一山大声说："走吧！"

* * *

2013 年春天，伤愈后的徐盛和陈晓青离开郴州，到他乡过另一种欠债和还债的人生。一年后，薄一山和薄重峰回到贵州，继续犯案，在靖州通黎平的公路上把龙宝田杀死。动手前，薄重峰问薄一山：可以吗？薄一山点头说，哪怕不为别的，也起码能让他们离得更远一些。

在那次最后的临别，徐盛把血肉残缺的一只手搭在车窗外，脸上挂着笑容，问："哥，我是不是不欠你们了？"

薄重峰吼道："欠个鬼！没什么欠来欠去的！一家人，不说欠！"

徐盛看上去心满意足。

5

1998 年 4 月，徐盛紧跟在陈晓青屁股后面一整个学期后，她收下了他递过来的一张电影票。徐盛说，我知道你想去看，但我不想你一个人去看。陈晓青知道两张电影票二十块钱，花光了徐盛自己捡塑料瓶攒下的全部零钱。

两人骑着自行车一起到镇上的电影院。徐盛的车是借的，轮子特别大。半途，陈晓青的自行车扎了钉子，徐盛说，上来，我搭你。陈晓青说：你蹬得动吗？徐盛说，上来。陈晓青坐上去，每到爬坡的地方，她就忍不住紧紧盯住徐盛的腿，她知道在裤脚里那半截拼命发力的肌肉，一定红肿交加。

在影片的最后，当杰克僵直的手离开薄薄的残缺的木板，沉入冰冷的深海，徐盛看见陈晓青眼泛泪光。电影落幕，陈晓青静静地说：她一辈子都忘不了他，因为她欠他。

* * *

徐盛和陈晓青的相助和相欠更不直观，也许不见得只是因为一两句话的问题。

徐盛骨子里的一些执念也不见得只是因为一两句话的问题。譬如在八九岁的幼年时期，徐盛还住在村子里的时候，家里的窗户总会被左邻右舍用石头和砖块砸出空洞，墙和门也会被写上：欠债！他的祖母会对他说，欠了的债，一辈子都还不了。尽管徐盛至今搞不懂他祖母这句话的主语是谁。

正如陈晓青患上产后抑郁症，也不见得仅仅是因为徐盛在医生面前斩钉截铁地说：“我有钱！”

每当精神崩溃，陈晓青会说：我一直都有问题啊，我从出生就有问题，我的基因里有不洁的血统——我从来就没有资格……

徐盛心如刀割，抱住他的妻子说：“没有资格的是我！”

* * *

在2011年初秋的某一天，盈富选矿董事长周龙文被炸死的新闻在电视里播报，陈晓青有一瞬间脸色苍白。她点开网络上的消息，上面充斥着各种黑帮仇杀的故事版本。那之后她只和徐盛说了一句，说话的时候，她神情木然，声调也毫无起伏。

“那个人说过呢，如果我有了孩子，就给我一个家。”

徐盛的回答同样毫无起伏，他说：“我知道，你以前就告诉过我。”

陈晓青什么都没有问。

2012年冬天，她在医院看到因为出车祸而奄奄一息的徐盛，也什么都没问。徐盛的左手被货车碾轧，仿佛一根榨过汁的甘蔗，后来从肘关节以下截掉了。只剩一只手一条腿。出院后，徐盛对陈晓青说：郴州住腻了，想换个地方，可以的话，咱们一起走。

陈晓青问：“我们结婚？”徐盛说：“嗯。”

陈晓青说：“嗯，那就是搬家了。”

徐盛问：“要不要告诉他们？”

陈晓青的养父母一直都在郴州。2004年春节前夕，或许是大扫除那天，陈晓青在街头还碰见过他们一家。她的弟弟已经7岁，手里扯着一只机器人形状的气球，鼻尖上有白色的冰激凌泡沫。陈晓青穿着露脐装和超短裙，大耳环，烟熏妆。

养父的神色有些尴尬，眼睛不知往哪儿看，但养母热情地挽她的手。

“晓青越大越漂亮了，怎么都不多点时间回家？有事打电话。

什么时候成家了，记得告诉我们。”

陈晓青告诉徐盛说：“他们买了很多年货，红彤彤的大袋子有七八个，比够一家三口吃的还多。”

徐盛说：“过年的时候，我们到甘溪乡吧。”

在相连接的去年冬天，他们和薄家兄弟刚刚重遇又分别，徐盛心里一直记着那个地名。

陈晓青问：“为什么？”

徐盛说：“可以当旅游，也可以当回家。”

那年春假，徐盛和陈晓青参加旅行团到了施秉，游玩了舞阳河的高碑湖和诸葛洞；最后一天又离团，自行钻进那片山谷。陈晓青把孩子们寻宝游戏的路标指给徐盛看，两人在山林里捉迷藏，一直玩到天黑。

第二天，陈晓青说回去吧，两人就坐长途汽车回到郴州。在那次旅行里，陈晓青在古镇的步行街买了一件纪念品，那是一个枫叶造型的磁贴。她生活在那个似家非家的城市，只把那件纪念品留在身边，直到后来搬到新家，她把那枚红色的枫叶贴在冰箱上。

2013 年过完春节，徐盛和陈晓青收拾好行囊准备动身，徐盛再次问：“可以吗？要不要告诉他们？”

陈晓青淡淡地说：“说也行，不说也行。”

从 2003 年到 2013 年，徐盛在郴州逗留了十年，其间遇到无数事也选择逗留。陈晓青不离开，他就不离开。

* * *

2013 年搬到本市后，徐盛和陈晓青登记结婚。两人无婚宴可摆，但陈晓青还是给养父养母家打了个电话，告诉他们她成家了。

“很好啊！你搬到外地了吗？”养母在电话里声音欣然，“你老公是干什么活的？”

“他会开车，不过人生地不熟……您可以帮忙再介绍一次吗？”

“跑运输吗？”

“他用残疾驾照。”

“残驾啊——我试试在外地找人。”那边停了停，“哦，我想起来了，几年前在郴州我是不是就介绍过一次？原来还是那个人吗？怎么不早点告诉我他是你男朋友，你们都结婚了。这样的忙我怎么会不帮呢？没问题，我打几个电话。”

“谢谢您，妈。”

“说什么呢，举手之劳。”

不久以后，在几层关系的折叠下，徐盛和陈晓青就认识了同乡邓少兵。

“你的那个亲戚也没说清，腿不好就算了，怎么连手也不行？”徐盛夫妇第一次见到邓少兵时，那个同是跑货运的老乡“啧啧”皱眉，“我这个担保人不好当啊。”

陈晓青拎了两条烟、一瓶酒、一盒糕点，低了低头。

“邓大哥，就是困难，所以请你帮忙。你是出了名的仗义。”

邓少兵说：“没说不帮。你们在郴州的是远房亲戚吧？”

陈晓青说：“对，我家在贵州。”

“哦，我过世的老婆也是贵州人，但确实算老乡。”

邓少兵最后说：“你们确实难。烟酒拿回去吧，我现在不抽烟喝酒了。蛋糕我带回家给小孩。”

陈晓青说：“听说邓大哥的儿子长得很帅，你一个人带孩子，真厉害。”

邓少兵说：“嗯。”

临别时，邓少兵站起身，用眼角的余光又打量了陈晓青和徐盛两口子一阵，平静地“喂”了一声：“你们还没要孩子吧？”

陈晓青说："有计划。"

"你们喊我哥，我就提醒一句。你们的情况，最好先检查，对你们好。"

陈晓青说："谢谢你。"

两夫妻往回走的路上，徐盛一言不发；见面的时候，他话也不多。他的妻子牵着他的手，微微抓紧，说："那个人还可以，我想，他没有看不起我们的意思。"

她的丈夫摇摇头。

"我知道他没有看不起我，看不起我的人我见得多。他是同情我。这让他有优越感。"

陈晓青无言以对。那时候，邓少兵其实已经从货车司机改行当了出租车司机，后来听说徐盛也不再运货，而是在开黑车搭客，他又主动提出可以帮徐盛挂靠到出租车公司。

"你老公来不来打卡都行，还是开他自己的车。有个身份，你的老公起码体面。"

陈晓青道谢。放下电话，她略略低头，对徐盛说："挂个名字也好。"

她的丈夫平淡地说："行，听你的。"

再后来徐盛挂靠在出租车公司，也加入了出租车司机的工友群，他就把自己女儿徐嘉最可爱的照片发到群里。当邓少兵也发了他儿子的照片，大伙儿起哄两家可以结娃娃亲时，他在工友群里回复道：照片不可信，还得先看看真人。

在本地落脚后，陈晓青帮找的工作，徐盛都答应下来。他只在最初的时候提过一两句意见。

"也不用着急，我们有积蓄，你忘了我原来在药品公司拿过很多业绩奖吗？你看，后来我还买了一辆小货车，已经准备自己给自己打工了。"

他的妻子颔首，说："但是后来不是出了车祸吗？你受伤，车也撞坏了。"

"没全坏，后来卖了些钱。总之，我手头还有钱。"

陈晓青望着对方，说："我们现在结婚了，有了家，收入总是稳定一些好。"

那个早已手染鲜血的抢劫犯就点了头，顺从地说："你说得对，我听你的。"

当两夫妻一同坐在医院的接待室里，穿着白大褂的医生跷着腿，摊摊手说："徐先生、徐太太，你们可能以前也多少了解过，情况就是这么个情况。"

"没了解过，你说。"

"如果你们坚持想要孩子，得花些钱。"

陈晓青身体冰冷，平静地问："需要多少钱？"

医生说："第三代还挺贵的。"

"我们没有……"

她的丈夫打断她，斩钉截铁地说："我有钱！"

陈晓青心里冷如冰，是因为她知道代价是什么：后来他们迎来的那条新生命，到底是用什么交换而来的。

* * *

人做出选择的原生动因，时常坐落在远比我们想象更久的时间以前。徐盛知道自身问题的时间，也远比他自己愿意承认的早。

11 岁那年，徐盛见过他的亲生父亲一次。

那天他放学回家，看见一个男人站在他们家门口，靠着门框和他祖母说话。徐盛能看出那是一场争吵的尾声，他的祖母将那个男人推到门外，有力地守住门，但脸色却是灰的。

“只有这么多，你以后不要再来了！你知道我们没钱。”

那个男人如乞丐般衣衫褴褛，被推出门后，因为脚步不稳而踉跄着，但脸上的表情却赖皮而自鸣得意。他侧过头，就看见了呆立在几步开外的徐盛。那时候，那个男人嘴角拉起，露出滑腻腻的牙齿和笑容。

“那可说不死……”他挤了挤鼻子，“我也有权来看娃娃嘛。”

祖母耗尽了全部的力气，她说：“滚！”

那个男人再回望了徐盛一眼，但笑容已消失不见，取而代之的是一闪而过的落寞的表情。他转过身，拄着拐杖离开。徐盛看见他一只脚不着地，裤筒空空荡荡。

徐盛的祖母当年偷偷托人到邻村给儿子借种，她也没想到会所托非人，借来破种。徐盛的母亲怀孕后，一家人战战兢兢又心存侥幸，结果血统原来真的如此坚韧。

那天晚上，11岁的徐盛懵然问他的祖母：娭毑，今天那个人是谁？他干什么问我们要钱？

他的祖母狠狠地甩了他一个耳光。当看到她的孙子捂着脸，懵然地眼泛泪光，她又用手柔柔地抚摸他的脸，但声调只有冰冷和绝望。她说：“欠了的债，一辈子都还不了。”

过了些日子，徐盛的祖母央求好在郴州的继子，然后对徐盛说：“你走吧，我也不想再看见你。”

几年后，徐盛在郴州念完初中，又回到家乡娄底，为精神和身体都早已垮掉的祖母送终。当他把祖母的骨灰撒进江河以后，又到了邻村找人。只找到一片无主的荒坟。给了他生命的人，已经连一抔黄土都没有剩下了。

无家的人收拾心情，来到郴州，开始自己为自己找一个家。

在郴州和陈晓青重逢后，他问陈晓青：你喜欢孩子吗？

陈晓青说：“一点都不喜欢。”

隔了一会儿，她又浅浅笑道："但还是想要，有孩子家才完整嘛。"

后来，陈晓青成为周龙文的情妇，怀上孩子，徐盛问她是为了什么。

"当然是为了钱。"陈晓青自然地回答。

隔了良久，她又静静仰头望着那微小飞虫聚拢的黄色路灯："那个人说，如果我有了孩子，就给我一个家。"

最后陈晓青还是选择停止妊娠，她淡淡地自嘲：像我这样的人，没有资格要孩子。

而在自卑、偏执和剧痛的心境里，徐盛选择杀死周龙文。

* * *

徐盛确切知道自己的 13、14 号染色体存在平衡易位问题的时间很早。

他 20 岁那年回到郴州，希望自己为自己找一个家，那时候他就到医院做过检验。负责开检验单的医生和蔼而随意，笑着说，年轻人有提前意识挺好，一般来说呢，腿脚残疾这种问题不见得会遗传。

检验结果出来，医生就从鼻子里"嗯"了一声。

"情况就是这么个情况，遗传性已经很显然了。而且你的精子也比较弱。"

"我是不是不可能有孩子？"

"也不能这么说，还得看很多具体情况。这么说吧，你和你以后的爱人，也有几分之一的概率能生出健康的宝宝来，我想会大于十分之一。而且，别灰心，现在技术很先进的。"

"什么技术？"

"虽然现在是提早了说，不过你这种情况，最适合的就是 PGD 了，胚胎植入前遗传学诊断，也就是第三代试管婴儿。你不妨提前了解。"

“要花……多少钱？”

“起码三十万吧。”医生平平淡淡地说，“年轻人提早了解，提早准备也好。”

那个年轻人花了十年的时间准备这笔钱，到第九年的时候，他开始杀人抢劫。毕竟，那时候，他的爱人已经不年轻了。

徐盛和陈晓青相识于豆蔻年华，陈晓青说：“咱们叫青梅竹马也未尝不可。”两人成年后，有很长一段时间关系模糊，若有若无，他们相拥而眠，天亮又各自上路。陈晓青会说：“干脆我们在一起吧，起码是青梅竹马，想来想去，没家的人还是适合和没家的人凑一起。”徐盛说：“好。”陈晓青说：“得了，这话，你从来不主动自己说。”

徐盛从来不主动和陈晓青说“我们一起过吧”，只有在陈晓青问他的时候说“好”，除了复杂强烈的情感，另外一个原因是没钱。

既简单又真实。

* * *

连续犯下三宗抢劫谋杀案后，那个由三个人组成的抢劫团伙解散。在前两宗抢劫案里，他们一共抢了六十万的现金，还有价值不到十万的财物。第三宗只有火，没有钱。分别前，薄一山提出分给徐盛五十万。薄重峰说，什么都不要说了，你和晓青去过小日子，三十万说什么都不够。徐盛最后低低说了谢谢，没有拒绝。那时候，他的身体已到极限，而心理也坦然起来，起码在他的认知体系里不再觉得亏欠。他很高兴自己付出了半条命和一只手，够了还债，还有剩余。有剩余，才能让他不欠别人，而别人欠他。

当徐盛决定自己为自己找一个家时，他无所依凭，只想到让别人欠他。

徐盛和陈晓青结婚后第一年尝试的试管婴儿，以失败告终。

第三代试管婴儿的成功率最低，医生谨慎又乐观地告诉徐盛夫妇，妻子 30 岁，如果设备条件好，多取卵子和囊胚，再采取多胎措施，能到 65%。陈晓青犹豫不决，徐盛说，那就选最好的。

促排了 23 个卵，配成 15 个二级胚胎，养成 7 个囊胚，其中 5 个染色体异常，2 个正常。2 个未知的小生命从试管搬家到子宫，在两个月后停止了生长。

医生在徐盛夫妇对面把报告书翻来翻去，说："没办法了，只能下次再做 PGD。"

陈晓青脸色发灰，咬牙问："那，还是一样的钱吗？"

"嗯。"医生不抬头，又翻报告，说，"不过再做一次情况也不乐观。妻子就不说了，主要问题出在丈夫的身体条件上，除了染色体，精子质量也欠佳……"

陈晓青打断说："别说这个，做试管不就是解决这个问题吗？"

医生抬头说："我也不想你们花无谓的钱，我建议你们不如做第一代。"

"第一代？能做第一代的话，我们怎么会做第三代！"

"原来你们不接受，但从现在的情况看，我建议你们考虑一下。做供精。"

陈晓青脸色铁青，说："不可能，我们不可能考虑……"

徐盛用一只手抓住他妻子的手，也打断她的话，说："我接受。"

离开医院后，陈晓青脸色苍白，说："徐盛，不行，这不行，你……"

徐盛说："不用考虑我。"

陈晓青说："不行，我们不如领养一个……或者不要孩子了……"

她的丈夫坚定地说："不，你想要一个孩子，我们的家需要一个孩子。只要是你的孩子，就是我的孩子。"

陈晓青流着泪，说："徐盛，这不公平……"

徐盛说："我接受。"

＊＊＊

小时候，徐盛没搞懂他祖母说的“欠了的债，一辈子都还不了”指代的人是谁；长大后，也没搞懂他妻子说的“这不公平”指代的人是谁。

一条绳索在绳头打过结，就很难拉直。徐盛有许多原生的偏执，扭曲的自卑和自私，物化了欠与被欠的定义。他为了绑住离他不远的人，试图给他人捆绑债务，而忽视了那本身就是自己最大的债。

妻子备孕成功后，手头拼拼凑凑还剩二十来万，徐盛在城市的近郊付了一套二手房子的首付。

“房子有点旧，但街对面有不错的小学和中学。你说过，这里教育水平好，嘉嘉的一辈子不能像我们，要比我们好。你还说过，要让嘉嘉学弹钢琴。”

陈晓青平平淡淡地说：“嗯，我是这样说过。”

“我一直都记着。”徐盛说，“所以做第一代试管是对的，能把钱省下来。”

搬到本市的四年后，孩子终于生下来，是个女孩。性别其实在怀孕的时候就知道，名字也早已取好。徐盛说：名字叫嘉好吗？陈晓青微微点头，说好。

在同乡邓少兵的保荐下，徐盛重操旧业，在运输公司干了三年，给东城货场送各种鲜活的原材料。他工作拼命，口碑不错，买房子的一部分钱，也是在那三年存下来的。

“我说过，哪怕只有一条腿、一只手，也可以活得好！”他对自己，也对陈晓青说。

后来，那个丈夫又贷款买了一辆二手车，自己给自己打工，跑起了搭客生意。他的妻子则操持家事，一个人在家照顾孩子。

一家人的生活上了轨道。似乎所有过往的暴虐都从不存在。

在徐嘉三个月的时候，得了一次手足口病，一口水疱，高烧不退，整夜整夜地哭。陈晓青整夜整夜地抱着女儿，说："你传染我吧，你传染我吧，我们一起生病，一起去死。"

徐嘉两周后病就好了，报复性地喝奶，喝得凶凶的，在她妈的乳房上留下鲜红色的牙印。陈晓青没有如愿地被病毒传染，身体渐渐好了，但是灵魂深处的病并不见得会好。

陈晓青没日没夜地做清洁。卧室、客厅、厨房、厕所、阳台、天花板和床底下；柜子内壁、窗台外沿和门框的导轨。床套、被套、沙发套和窗帘晾满了阳台。她把空调和抽油烟机的滤网拆下来，用消毒液和毛刷用力刷。冰箱的隔层也全部拉出来清洗。如果不是缺乏工具，她会把洗衣机的内筒也拆下来。家里的地板一天要拖三次。

"我早上出门前不是已经拖过一次吗？"

晚上回到家，看见妻子赤足跪在老房子的粗糙地板砖上，埋头用巴掌大的抹布不管不顾地擦，徐盛不禁感到巨大的无力。那时候，半岁的徐嘉躺在婴儿床上，已经不知道啼哭了多久。

"不行，嘉嘉会在地上爬。你不知道有多脏。"

那是一种潜意识里的脏。

在那些昏暗无光的日子里，陈晓青有时也会对徐盛说出心里话，声调如死水般平静。

"我们都没有家，也可以没有家。你一直记着我说的话对吗？

"你害怕一个家如果没有孩子，就绑不住我对吗？

"徐盛，想要孩子的人是你，不是我。"

徐盛跌跌撞撞地从外面赶回家。日已西沉，房间里没有开灯，陈晓青赤着脚，坐在地板上抽烟。

徐盛跑到床边，女儿徐嘉四仰八叉，睡得正酣。

"她说睡就能睡，不像我。"陈晓青坐在昏暗的角落，头发垂落双肩，“她今天又是靠着沙发就睡着了，歪着头，口水把衣领都打湿了。我把她抱到床上，一直看着她。”

“你在电话里说……”

“嗯，枕头已经拿在手里了。我在想，如果我活不下去了，还是带上她一起走比较好。”

“你在说什么呀？你怎么了？”

“我不在了的话，你会对她好吗？毕竟，她和你没有血缘，她不是你的女儿。”

徐盛说：“别说了……”

“就和你一样。就和你的家，你的父母紧紧抱在一起在火海里死去一样。一直以来，你不是就是想让我亏欠你吗？”

徐盛说：“别说了，晓青……”

陈晓青蓦然崩溃，手指上夹着的香烟坠落在地，她掩面发出呜咽声。

“是我有问题，我已经把枕头放在嘉嘉的脸蛋上了，我真的想杀了自己的女儿……”

徐盛说：“不是你……”

陈晓青悲痛地喊：“我一直都有问题啊！我从出生就有问题，我的基因里有不洁的血统——我从来就没有资格要孩子……”

徐盛心如刀割，用一只手臂抱住他的妻子说：“没有资格的是我！”

* * *

徐盛辞掉了运输公司的工作，跑起黑车，这样灵活一些，在家的时间更多一些。他在家里装了一个摄像头，不在家的时候，他可以通过手机看见妻子和女儿的情况。

在一个初冬的干燥晴朗的星期天，徐盛提议一家人去郊外野餐，陈晓青摇摇头，说身体还是觉得累，想去近的地方。

“那到北佩路的公园吧，离得不远。”做丈夫和父亲的用一只手打个响指，“那里有片小树林可以休息，我听说最近还有灯光展。”

一家人在公园的小树林里支了个帐篷，摆上蛋糕和水果。徐盛手脚不灵光，陈晓青给他搭把手。徐嘉从帐篷里进进出出，摇摇晃晃，给她的小灰熊玩偶布置床铺。

徐嘉一岁半了，虽然走路还摇摇晃晃，但她开口早，已经会指着她的玩偶说，叫妈妈。

徐盛从草地上捡了一截小砖块，在树林里的许多棵树上画了小人的图案。

“嘉嘉，我们一起来玩寻宝游戏。”徐盛牵着徐嘉的手，指树上的小人，“顺着这个小人找，就能找到宝藏。”

徐嘉拍手“咯咯”地笑。徐盛牵着女儿的手，抬头看妻子，陈晓青浅浅地弯着嘴角。

一家人在公园里玩了一天，天色渐黑，树林里开始亮灯。光芒先是沿着树苗的轮廓，从树干伸展到枝冠，又蔓延开去，如接力的火炬般点燃另一棵树，从小树到大树，围成圆圈。很多人驻足或者坐着观赏，置身在圆圈里。冬夜寒冷，大家都裹着大衣，情侣牵手拥吻，有家人的相互偎依，在光芒的圆圈里都觉得温暖。

徐嘉已经在帐篷里睡着了。光芒映照在陈晓青脸上，绽放开。

“真好。”

陈晓青谨遵医嘱，吃了一年多的帕罗西汀，精神渐渐稳定。而那时候，徐盛也看见了妻子许久不见的笑容。

“还不错吧？”徐盛握着妻子的手，“我在报纸上看到，是一家创意灯饰公司设计的。听说他们还承接了一个市政的亮化项目，以后会在河两岸亮灯，也是相同的主题。我想你会喜欢。”

陈晓青说：“嗯，我喜欢。”

徐盛想了想，说：“要不我们搬到这边住？你喜欢这个公园，我们就住在旁边的小区，靠得近，你每天都可以带嘉嘉来散步。”

陈晓青皱皱眉：“我们房子还在还贷款，哪能说搬家就搬家？”

徐盛说：“房子不卖，嘉嘉以后还要上学。我打算装修一下，这期间我们可以住在这边，换换环境。”

“这有点折腾吧？”

“我们的房子太旧，到处都脏，地砖也不好拖，我很早就想翻新了。你怀孕和嘉嘉太小时不方便，现在时间正好。”

“但这……还得花钱。”

“我还有钱……”徐盛停了停，语调转折得有些生硬，“这几年我又存了些钱。”他又抬头笑起来，“不会花很多钱，就是简单弄弄。我刚才有个想法，嘉嘉喜欢玩寻宝游戏，我们可以把家布置成一个小小的冒险乐园。”

陈晓青抿住嘴，声音轻轻地抖：“徐盛，不要这样，你做的太多了……”

徐盛摇摇头：“不，我只能做更多。想来想去，这都是我唯一能赎罪的办法。”

* * *

听说换个环境，换个事情，对抑郁症患者恢复精神有好处，徐盛就这么做了。

徐盛一家在北佩路一个小区租了一间房子，站在阳台就能望见公园的小树林，以及闪烁的灯火。徐嘉最喜欢看灯，晚上趴在阳台的栏杆上张望，个子不够高，她就蹬着脚要往上爬，陈晓青只得把她抱起来，一看一个小时。徐盛说我来抱吧，徐嘉皱着鼻子说不要，爸爸的手又硬又冷。她的头一点一歪，直到在妈妈的臂弯里睡着。那妈妈抱着她的孩子，靠着阳台的边缘站上更久的时间，最后转身入屋。

那小树林的灯火是短期的展示项目，只亮了三个月。徐盛对陈晓青说：“家里的装修快结束了，不过最好多散散味道，再过一个月吧，我们要回去吗？”陈晓青点点头：“好了，我们就回家吧。”

到了 5 月的时候，又多了两件让徐盛一家回家的契机。

装修结束后，徐盛带着妻子和女儿回家看成果。墙和地都翻了新，铺了光滑而保暖的木地板。墙刷了浅绿色乳胶漆，在卧室、客厅、餐厅、阳台、洗手间、厨房……整个家的各个功能区，都用心地贴了统一的墙壁画。满眼看见的都是树。也有真的盆栽植物，琴叶榕、幸福树、天堂芭蕉、鱼尾葵、春羽……阳台还有一小株红枫。

另外破了土，改了结构，打通了一些墙壁，那面积不大的旧房子却变得四通八达，高高低低，可以绕着圈子跑。这是徐盛承诺给徐嘉打造的冒险乐园。

刚装修完的房子味道还在，陈晓青说别留太久，但徐嘉乐疯了，躲在一个带滑梯的组合柜里不肯出来，缩着身子叫唤：找我——爸爸妈妈来找我！

陈晓青轻靠着丈夫，问：“是不是花了不少钱……”

徐盛说：“别说钱。”

从家里出来，徐盛一家在离小区门口不远的地方，看到几个西装笔挺的人聚在一起讨论事情。站在中间的一个女士身穿黑白配套装，姿态干练，手举起指点方向。她周围的几个年轻人拿着笔记本抄抄记记。

“起码要覆盖到这个小区。”那年轻女人下任务时不由分说。

徐盛夫妇走近保安亭，问那些人是谁。

“说是市政府雇的什么公司。”老保安答道，“迟些河两岸要搞什么亮灯项目，他们过来看环境，就是看看这边能不能望得见。”

“啊，我们知道这个项目！我们这里也能看见河岸的灯？”

“说是站在阳台勉勉强强能望见边缘。这里是老边社区，他们说要让更多的家庭都看得见。”

陈晓青望向她的丈夫说：“我想去打个招呼。”徐盛点头，说：“一起去。”

徐盛一家走过去，陈晓青向身穿黑白套装的女白领伸出手。

“打扰了，我们是这里的住户。”

女白领转过头。也许是那些让人与人在时空相连的磁场使然，那个风风火火的职场精英意外地没有表现出不耐烦。她也伸出手，两个女子相握。

“你好，我姓谭。”

“我们想说，你设计的灯光很棒，之前我们在北佩公园也看过。谢谢你。”

“也谢谢你。”

徐嘉一手拉着她的妈妈，一手拉着她的爸爸，吊起脚荡秋千，一直“咯咯”地笑。

那女白领说：“你们家女儿很可爱。”

陈晓青说:“我想你一定有孩子,因为你设计的灯光,主题是家。”

女白领略微一呆，然后露出欣然的笑容：“也许吧。也许以后会有。”

徐盛问：“河岸的灯什么时候会亮？我们一家都很期待。”

“7月一定没问题。”女白领肯定回答，“最近我们就会做测试。”

徐嘉放开她父母的手，自己拍手：“灯灯，嘉嘉要看家灯灯！”

女白领蹲下身，微笑抚摸徐嘉蓬松柔软的头发，说：“你一定能看见。”

* * *

徐盛一家在 6 月初搬回自己的家，一周后，段美芸也来了。

5 月底的一天，徐盛一家在北佩公园旁边的一家家政服务中介门前停下脚步。

“家里请个保姆吧。你一直都累。”

在徐嘉出生不久，这个建议徐盛就和陈晓青提出过。那时候，陈晓青睁着通红的双眼，从喉咙深处发出语音：“我照顾不过来吗？！”

但那一天，陈晓青同意下来。

“先说明，哪怕家里有保姆，我也不会转过身。”

她的丈夫点点头：“嘉嘉要辛苦你，但起码，可以让保姆做家里的卫生。”

陈晓青之所以同意，是因为觉得自己已经好了。她知道丈夫提出雇一个住家保姆的初衷，是为了保护。

徐盛留下家政中介的名片，不久打了电话联系，中介公司的门店太小，双方约在公园旁边的咖啡厅见面。那就是徐盛一家第一次见到段美芸。

徐嘉沿着咖啡厅半圆形的卡座爬到对面，伸手摸段美芸的脸，一点都不怕生。

“是不是你来陪我玩？”

后来徐盛和两个警察也是在同一个咖啡厅见面，谈论着女儿的遇害，然后一同前往故地寻找真相。

“那个姓段的阿姨还不错，要的工资也不高，而且感觉……亲近。”初见后，徐盛斟酌着评语，而最后没有使用“熟悉”二字。他问他的妻子，“你有这样的感觉吗？”

陈晓青冷冷地回答：“一点儿都没有。”

这句话也许言不由衷，就像她从不把“告诉我”几个字问出口，也从未把“我知道”几个字说出口。

无论如何，徐盛一家在家政公司签下协议，预付了两个月的工资。然后他们重新搬回了家。那时候，他们心里都感到一种不期而遇的安定，徐盛觉得好了，陈晓青也觉得好了。然而那只是心怀侥幸。毕竟一滴血就能让暴虐的种子重新生长。而欠下的债始终都在，人心和生命始终脆薄；保护也始终在一步之遥。

* * *

盛夏的一天，他们回到干净、整齐的那个家，两岁的徐嘉从柜子后面爬出来，一脸的灰。手里抓着一个小木盒。

徐盛家没有保险柜，床头只有一个抽屉带锁，里面只有一些户籍和房产资料，不藏任何秘密。徐盛不想让他的妻子看见更多的锁。借着装修的时候，他在书柜后面做了一个小隔层，把他需要藏的东西藏在那里。不见得有什么万无一失，因为他自己也不见得真真切切地想藏。然而，徐嘉那孩子犹如一只猫，或者说，孩子都像猫——他们比谁都热衷于找，于是总能找到。他们似乎就是真相的本身。

盒子里有一张折叠成正方形的纸，打开后，上面画着小人的图标。

“这是什么？”那时候，徐嘉热切地问她的妈妈。

“这是什么？”那天晚上，陈晓青冰冷地问她的丈夫。

徐盛脸色掠过短暂的白。仿佛在走一道日常的楼梯，不过是一阵心情的恍惚，却乱了步子，生出下一秒就要失足下坠的恐慌。

那是一条陡峭倾斜、垂直向下的路。

“哦，就是地图——”但徐盛在垂直的台阶上刹住脚步，他的身体在悬崖边缘前后摆动，恐慌地向下俯视，但定了定神，觉得停住了。他望着妻子笑：“你忘了吗？有一年我们一起在山里玩过寻宝游戏，后来我把路标记下来了……”

陈晓青静静地点头，说：“嗯，是一起去的。”

“就是心血来潮……我怕以后我们再去，会找不到……”

“嗯，我们都走得太远了，会找不到回家的路。”

陈晓青什么都没有问。她没有问为什么盒子里还有一把钥匙，为什么地图和钥匙藏在黑黑的箱底。就像她已经很多年没有问起她的两个兄长的去向。

徐盛接过妻子递回来的钥匙，揣进口袋，然后犹豫地问：“地图，你给嘉嘉了？”

“嗯，她很喜欢，问是不是给她画的。”

“你……是怎么告诉她的？”

“和你说的一样。”陈晓青平静地说，“是寻宝的地图。”

* * *

和所有精神将愈未愈的人一样，陈晓青心里的那根弦轻轻地再次断开。长久以来，她活在一种鸵鸟心态里。她时常觉得脏，但那不是污垢，而是血的痕迹。

严重的失眠再次困扰着那个母亲。在梦境里，四面八方都簌簌流淌着黑漆漆的事物。安眠的药物一阵有效，一阵无效，她黑白颠倒，只有在更深的梦境里，才能一无所知。她再次在夜里起身，久久凝望女儿的脸。

而在那些刹那的恍惚间，徐盛会恨意骤生。

一个安静明朗的周末午后，陈晓青在卧室里补觉，徐盛陪女儿在客厅玩。前一秒徐嘉手里还拿着积木，下一秒就歪着头，靠着沙发睡着了。

徐盛无奈地笑了笑，想起妻子时常说“她说睡就能睡，不像我”。

那个父亲跪下来，伸出手，想把女儿抱进卧室。但当手臂前伸，又因为犹豫而停住。他只有一只手。女儿长大了，只用一只手已经抱不起她。她会醒，会哭。她的妈妈好不容易才睡着。徐盛望着女儿安静沉睡的脸，一转眼，这个强求而来的孩子已经两岁了。白白净净，漂漂亮亮，哪里有一点不像她的妈妈？只是不像她的爸爸而已。徐盛摇了摇身体，地板上有一块尖利的积木压在膝盖上，传来一阵粉碎性的剧痛。于是，疲惫的极限和幻灭的恨意也袭上心头。

“我们都没有家，也可以没有家。”

“你害怕一个家如果没有孩子，就绑不住我对吗？”

“徐盛，想要孩子的人是你，不是我。”

徐盛把手伸直。

“如果我活不下去了，还是带上她一起走比较好。”

“我不在了的话，你会对她好吗？毕竟，她和你没有血缘，她不是你的女儿。”

“我已经把枕头放在嘉嘉的脸蛋上了，我真的想杀了自己的女儿……”

徐盛把手放在女儿的脖子上。

如果我阻止不了伤害你的事情，我宁愿自己来做。

“徐盛，这不公平。”

“咚咚咚”。

外面传来三下不轻不重的敲门声。

犹如暮鼓晨钟，徐盛从恍惚中回过神，看见自己已经把徐嘉压在地上，而那个小女孩开始慢慢揉眼睛。徐盛恐慌地松开手，几乎向后坐倒。

“爸爸。”

“嗯……”

徐嘉的声音呢呢喃喃，眼睛也没睁开，仿佛刚刚诞生。

“你可以抱我的呀。我不说爸爸的手硬了，又不硬又不冷。我想爸爸抱。”

徐盛在一瞬间身体和灵魂都摇晃，几乎把泪水摇出眼眶。

他骤然明白妻子在医院门外为什么泪流满面，而她口中说的“这不公平”，真正的所指是谁。这个和他毫无血缘关系的孩子，因为自私而扭曲的理由，如筹码一般被带到人间。但她一无所知，毫无防备地喊他爸爸，义无反顾地爱他。

而他又怎么会不爱她呢?

徐盛用一只手抱住女儿，徐嘉嘟起嘴拍他的背，说：“爸爸，两只手。”

徐盛一辈子都希望他人亏欠他，从而在内心拒绝承认自己亏欠别人。直至那个瞬间，他真实地感到钻心的亏欠。

7 月 14 日的那一个午后，徐盛在手机里看到让人浑身冰凉的画面，于是浑身冰凉地赶回家，但女儿已不知所终。当他看到一地隔板的厨房和空空如也的冰箱，他明白他们再次受到的保护。于是他把两段往日的视频复制到监控录像的内存卡里，其中一段，就是自己掐住女儿的脖子。

在审讯室里，罗加问徐盛这么做的原因。嫌疑人回答：“我欠我的孩子。我欠太多人，而我几乎忘记了这些事。想来想去，这都是我唯一能赎罪的办法。”

姚盼对薄一山说：“你们都错了。真正的保护，并不建立在赎罪的基础上。”

陈晓青哭泣着说：“我一直都知道。”

* * *

当敲门声响起，如暮鼓晨钟。徐盛先拥抱了自己的女儿，然后走过去打开门。段美芸就站在门外。

“徐先生，你好，从今天开始我到你家上班。”

那往后的许多个深夜，那个住家的保姆会站在徐盛一家卧室的门旁，静静地看着。直至徐嘉死去的那天，她才抱着那个冰凉的孩子离开。

徐盛问妻子：“念书的时候，廖子雄的表哥是你打伤的吗？”

陈晓青摇摇头：“不是我，我只是把你的砖头藏起来了。我以为你抢先了一步。”

陈晓青问丈夫：“山上的那窝野狗是你打死的吗？”

徐盛摇摇头：“不是我，我也以为你抢先了一步。”

女儿徐嘉不知所终后，徐盛给薄一山兄弟打了电话。

“哥，可以再帮我一个忙吗，我想找一个人。”

薄一山沉默片刻，问：“是找她吗？”

“嗯，那个一直跟着我们，也一直保护我们的人。”

第四章　原生之蔓

1

当接到任务以后，我苦恼了很长时间应当如何记下这个故事。从哪里开始，用什么视角，什么人称？

杜学弧“啧啧”地笑：“老严，你越来越有作家派头了，干脆转行得了！”

我黑着脸回应：“我的不务正业都是拜你所赐！”

我想你们都知道，我并不反感偶尔和那个年轻的警察东拉西扯。他和我的儿子一样年轻。我也希望他能一直年轻。

姚盼说：“老严，这次又给你添麻烦了。想来想去只好拜托你。”

我笑说：“没事，我眼看就退休了。”

“严警官，谢谢你！”

同来的还有一个叫罗加的精干刑警，他微微收拢下巴，总是语气严谨。

杜学弧嘻嘻对他笑：“你不说这不是拿国家工资的警察该干的事吗？”

罗加警官笃定地回答："为人民服务有各种形式。"

那位奉公尽责的刑警神情严肃，话也分不清是正经还是调侃。我心里笑，被带偏的人又多了一个——我们每个人都曾受了杜学弧的感染，甘心被那个任性的人带着跑偏。

杜学弧、姚盼和罗加，他们三人联袂跑到乡下敲门，委托我把故事编写成书，我哪里有推辞的理由?

后来我思考了良久，问他们："我可以写无关的事吗? 我是指与案件本身没有直接关系的人和事。"

姚盼说："是不是案件调查过程的边角料?"她一语中的，说明心里早就想过相同的事。

"当然可以。"罗加说，"严警官，坦率地说，我们调查徐家女儿死亡一案，本身就没有几样'直接有关'，包括那些穿州过省的辛苦活。那案件从一开始就有了结论，我们从头到尾都在办私活。"他的目光瞥向杜学弧。

我说道："那我选择一部分有代表性的来写。我想，会有用。"

听到我这么说，杜学弧两眼发光，给我戴高帽："老严，你果然是最棒的！"我知道他是由衷地高兴，所以我也由衷地高兴。

姚盼的脸上也挂着笑容，对我说："没有人比你更适合了，你一定都懂。"

我知道她话中之意，毕竟我也曾经有过孩子。

* * *

"你知道我最无法接受的事情是什么吗?"

后来我还通过姚盼认识了另一个刑警霍鑫。那个身材魁梧形象威武的警察其实和前来找我的三个警察心意一致，只是他有他的立场和愤恨难平的理由，所以以生硬的态度作为盾牌。

“那几个抢劫犯作案累累，夺走了整整七条人命，然后你要告诉我，最初的目的只是赚够三十万，好去医院生一个孩子？”

姚盼平淡地说：“你这是以偏概全。”

霍鑫冷哼着说：“但那些人就是这般扭曲的想法！而且，你看看他们后来又是怎样对待自己的孩子的……”

那刑警没有把话说下去。姚盼心里知道，有一些更可怕更难以让人接受的事，他的搭档选择了避而不提。

霍鑫冷冷地说：“他们不值得同情。你们都被杜学弧带偏了。”

姚盼没有反驳，她知道那是言不由衷的反话。即便不考虑霍鑫和杜学弧的深厚交情，她的搭档本身就是出了名的刀子嘴豆腐心，内心的情感比杜学弧不遑多让。

姚盼心里只想到一点：是啊，如果没有亲历其境，谁会认为那些冷血残忍的罪犯值得同情，也没有人会知悉他们的人生，以及那些扭曲而震撼的剧痛。

还有那些绵长、唏嘘而无望的终生守护。

当众人都沉默下来，高大刑警又沉沉地叹了口气。

“那个三十年来一直跟着他们的人，又算什么呢？”

* * *

在案情明朗后，罗加问杜学弧，是从什么时候开始看透全貌的。

“哪里有全貌一说。”杜学弧哈哈笑道，“即便我们一起做了所有的深入调查，也未必就看清了全部，不是吗？”

“你就说什么时候看出端倪的吧。我知道早在技术组发现监控视频存在疑点之前，你就已经有了猜想。”

“要说猜想的话，我确实很早就说过。”杜学弧嘴角晃了晃，笑容变得若有若无，“就是为什么嫌疑人把死者放进雪柜，却又给她穿上外套的问题。”

罗加稍作回想，问：“是不是还有水壶里的暖开水？以及嫌疑人选择把死者放在海边的树林里？”

“嗯，死者在海边树林被发现的时候，身上挂着一个小水壶，水壶上有一个很可爱的灰熊图案。听说死者生前很喜欢这个小灰熊卡通呢，玩偶也有好几只。”年轻片警平淡地说着，因为觉得扯远了，又拉回来，“水壶里的水是热的，现场的警员也大声说着‘还有点暖’的话。”

罗加接口说：“而且在死者胃里也发现了少量水，根据检验情况看，是在那之前不久被人为喂进去的。嫌疑人这么做，是为了掩盖死者的死亡时间吗？”

“嗯，虽然做法很粗糙，但我是这么个想法。对了，我想这个想法的出现，也和之前发生的一件事有关。”

“什么事？”

“嫌疑人抱着死者沿着海滨路走的时候，曾经从上方的观景平台掉下来一杯热咖啡，她和死者都被淋到了。”

“哦，还有这么一件事？”刑警冷冷斜眼，“怎么一直没听你说过？”

杜学弧笑道：“因为无关。”

“你现在说到这件事，明明就是有关。”

杜学弧笑笑说：“那就说无关紧要吧。总之，这件事给了嫌疑人一个启发。她想，也许可以通过喂热水，从而让她怀里那个冰冷的小身体变暖起来。就像刚刚死去没多久一样。”

刑警皱皱眉头：“那真是够粗糙，那时候，徐嘉已经死去 4 天了吧？”

片警说：“嗯，毕竟她的文化水平也只能支持她做这么多。”

“好了，就当嫌疑人给死者喂热水的目的是这个，那问题是什么？”

“问题不在目的上，而在做法上。具体来说，是水的温度的问题。”

“温度？”

“我还是做了些功课的。”年轻片警微笑道，“在距离观景平台不远的路段，有一个便民饮水机，有热和冷两个接水口。我猜想嫌疑人就是在那里往水壶里盛的水，然后从死者口中喂入。但很快她发现这种方法其实不可行，于是作罢了。所以留在死者胃里的水并不多。”

刑警说：“说问题吧。”

“我试用了一下那个饮水机，冷水口出来的是常温的饮用水；热水口出来的是热开水，温度大约有 70 摄氏度，烫嘴。但留在死者水壶里的水，只是‘还有点暖’。”

“那时候距离死者被发现有一个多小时吧？水变凉了不是很正常吗？”

“我也是这么想的，可惜死者的水壶是保温壶，而且质量很好。”

“呃？”刑警愕然，他知道死者身上有个水壶，但已经不记得具体的样子。他愕然而又不甘：那个片警永远比他更关注，因此更知悉那些微观的痕迹。

“我去商场买了一只相同型号的小灰熊水壶做试验。往里面灌进 70 摄氏度的开水，盖上瓶盖，过了三个小时后打开，水温是 66.5 摄氏度。你看，保温效果真不赖呢。”

罗加望着杜学弧说：“死者水壶里的水有多少度，你也问到了吗？”

杜学弧笑道：“准确的温度肯定搞不清了。不过我确实问询了现场的警员，有一位警员曾经把水倒在手上，好感知水温。按照他的说法，是一种舒适的暖。我将 40 摄氏度的温开水倒在他手掌上，他说，对，差不多就是这个温度。”

片警停了停，平淡续道：“所谓舒适的暖，就是最适合饮用的温度。”

刑警说：“你想说明什么？”

“嫌疑人调节过水温。从热水口盛上一点，又从冷水口盛上一点，直至水温刚刚好。”

这句话让罗加莫名心跳，他滞了一下，说道：“嫌疑人可能怕水太烫了，虽然说目的是让身体变暖，但直接灌进死者身体里，说不定会留下烫伤的痕迹。”

“嗯，嫌疑人这一下子又周到细致起来了。我试了一下，70 摄氏度的水，虽说挺烫，但只是往一个死去的人身体里灌，有必要这么讲究吗？”

刑警虎着脸：“你不是想告诉我，喂水的时候，死者还活着吧？”

片警笑道：“当然不可能，我只是说嫌疑人讲究而已。”

“你已经确定过嫌疑人是在那台饮水机接的水对吧？”

“嗯，那一路没有其他能要到温开水的地方了。有目击证人能佐证，从咖啡杯落下到嫌疑人横穿马路，那期间没有多少时间。”

“又是你找的目击证人喽。”

杜学弧笑：“都是连一起的事。”

“你说吧，嫌疑人的理由是什么。”

“你不是已经说出来了吗？因为怕太烫了。”

“即便给一个死去的人喂水，也要热水倒一点，凉水倒一点，直至把水温调节到最舒适最适合饮用对吗？也就是多此一举。”

“可不是，多此一举。”

“就和嫌疑人把死者放进雪柜里，还给她披上外套一样。”

杜学弧淡淡一笑，道：“死者身上穿着的明黄色外套，是嫌疑人后来给她穿上去的，这件事，我也做了一些求证。”

那个片警这儿藏一手那儿藏一手的习惯，刑警罗加已经懒得再发牢骚，他更清楚的事情是，那个人一定会用最细致的方法核实他的猜想。

“你要说就说。”

“我在死者一家住的旧小区附近找了一圈，找到一家补衣服的小店，就是民居里支个摊的那种小店。开店的老奶奶告诉我，有人拿过一件黄色的孩子外套来修拉链，前一天拿过来，第二天才来取。那老奶奶已经不记得具体的日期了，衣服的样式也记不清，只记得来修补衣服的是个中年女人，带着一个可爱蹦跳的小女孩。小女孩玩累了准备回家，所以衣服留下了。”

罗加说：“该说走运还是不走运呢？如果开补衣店的是个年轻姑娘，应该能记得更清楚吧，但是这么一来，我们的雪狐神探又不好意思上前问东问西了。”

杜学弧苦笑道：“说事。”

“所以你证实了你的猜想。嫌疑人带着穿着黄外套的死者出门，是前一天的事。”

“嗯。7 月 13 日有一阵急降温，所以出门时给孩子添个衣。而 7 月 14 日那天虽然有雨，但气温回升了，照理穿一件 T 恤就够了。”

“得了。你从一开始就已经认定了，7 月 14 日死者是被嫌疑人抱着离开的家，根本不该穿着外套。毕竟在家玩穿着外套太热了。”

杜学弧笑着坚称：“没有认定，只是猜想。”

“7 月 14 日周日嫌疑人放假，她在回家前顺便去取回了孩子的衣服，其后她把死者从家里抱走，来到东城货场的铁皮仓库，把死者放进雪柜里。在此之前，她取出那件带在身上的黄色小外套，给死者穿上。是这样的经过吧？”

“嗯，我想是这样的。”

“真是多此一举。”

“对啊，真是多此一举。”

"嫌疑人后来把死者留在海边的树林里，也是一样的理由喽？她在海滨路穿过马路时，一瞥间看见了出租车司机邓少兵，她以为那个徐家的同乡兼担保人，而且爱自己孩子的男人把车停好后，一定会追过来。"

"嗯，嫌疑人希望死者早些被发现。"

"其实嫌疑人从东城货场到海滨路的一路上，随便找个没人的地方把死者放下就行了。或者丢进垃圾筒里也行，反正人都已经死了。"

"是啊，反正人都已经死了。"

"但是即便那个孩子已经死去，她把她放进雪柜里，还是多此一举地给她多穿上一件衣服；给她喂开水，还是多此一举地把水温调到最适合。即便那个孩子已经死去，她还是希望她能更早地被人找到——"

刑警罗加望着杜学弧，一字一顿道："能够解释这些多此一举的行为的理由只有一个。"

"你说。"

"不舍得。不舍得那孩子冷，不舍得她烫，不舍得她孤零零地躺在地上，许久都没有人抱起。"

年轻片警微微仰起头："是啊，想来想去，理由只有不舍得了。"但他很快收拾了自己的情绪，转过头笑，"罗警官说得真好呢！"

刑警没打哈哈，往下说道："所以这就是你的猜想的源头。嫌疑人段美芸长久以来跟踪徐盛一家，理由不见得是一种恶的意图。正相反，她对那家人怀着特殊的感情。"

罗加停顿了一下，声调转冷："徐嘉在离开家之前就已经死了。段美芸偷偷把她抱走，是为了掩盖徐盛夫妇所犯下的过错。她的目的是保护他们。"

杜学弧淡淡道："我想是这样。"

“所以段美芸才会把死者放进雪柜里。一方面是为了混淆死亡时间，让警方以为死者是此后一两天才死去——另一方面，她直白地希望，能借此掩盖死者的死因。”

“嗯，她的想法很简单。”

“这又是多此一举了。”

那个年轻片警终于低低头，轻轻叹息。

“我说过了，毕竟她的文化水平只能支持她做这么多。有时我们只能做这么多。”

* * *

“那个三十年一直跟着他们的人，又算什么呢？”刑警霍鑫的语气不平而感伤，“她自诩自己是他们的母亲吗？但是她都做了些什么？整整三十年啊，到头来，她什么都没做到，她什么都没保护好！她的孩子仍旧一一误入歧途，一一丧命……”

“是啊，真的够无能的。”

那时候，坐在一旁的我这个老头子平淡地开口。那时候，我不禁更加明白姚盼说“没有人比你更适合”的话中含意。明白他们把这个任务交给我的含义。

几个刑警同志都望向我。

我坦然笑笑说：“我也曾经有过孩子……”

霍鑫仍旧定定看我。

“有时我们只能做这么多。”我复述了杜学弧的话。然后我又补充了自己的话，“但不论结果如何，只希望不后悔和孩子的那一场缘分。”

2

有人说，人类文明起步于家的概念。以血缘认定为标准，从而与其他血缘谱系区分，是种族繁衍，进而发展的基石。以血缘关系维系的组织形态就是家。

这是一种原始的供求。

我想我应当提前说明，一个关于家的缔结和亲子缘分的故事，未必情意绵绵。罗加警官告诉我，当杜学弧说出“想来想去，理由只有不舍得”这句话的时候，他眼睛里闪过少见的落寞，是以他很快收回情绪，以笑掩藏。直到后来，我们才或多或少明白他的所思所想。

“我们都只是猜，只是往好的方向还是坏的方向猜而已。”

当站在徐盛一家布置得童趣盎然，犹如冒险乐园的房子中间时，那个年轻片警重复着他时常重复的话。

“何况，这已经没有意义了。”

刑警罗加望着他，问：“死者是死于意外，对吗？”

到头来，我们连一个孩子死去的真相都无法明悉。

* * *

所谓眼见为实，警方最初对徐嘉失踪和死亡一案性质的判断，是基于徐盛家自装的监控摄像的视频内容。

那是一个家居摄像头，产品最初的功用，就是为了方便在外的父母查看孩子的情况。譬如孩子和保姆单独在家的时候。徐盛很早就在家里装了这个摄像头，那时候，他们家还没有住家的保姆。徐盛在客厅电视柜的一侧放置它，是查看孩子和她妈妈单独在家的情况。

那个安静的摄像头和那位住家的保姆的职责一样，都是守护。

摄像头的视频可以通过智能手机远程查看，同步也保存在插入式的内存卡里。为了节约储存空间，摄像头开启了动作捕捉功能，只有当有人连续活动的时候才启动拍摄。所以都是片段视频，时间也不连续。

“储存卡的空间如果满了怎么办？”刑警罗加问负责分析视频的技术科警员。

“没什么怎么办，一般就是删除了重新录。或者换一张新卡。这种家居摄像头主要用来实时监控，视频本身就可以选择性保留，哪怕留一段不留一段也没什么稀奇。毕竟，人家厂家在设计时，也没多考虑从技术层面固化证据这类问题。你看，哪怕是小区的监控录像，也有留存时长不是吗？”

“所以，储存卡的视频信息，不好判断有没有修改过对吗？”

“有剪辑肯定能看出来，但原生信息不好说。尤其是如果换过储存卡。”

“就像这张卡一样。”

“嗯，就像这张卡一样。”技术警察坐在转椅上转过来，面对神色严峻的刑警，半无奈半安慰地轻轻摊手，“何况就像刚才说的，换卡也是正常情况。”

平心而论，在一宗孩童失踪案件伊始，没有谁会刻意怀疑家居摄像头的视频有无问题。一个孩子失踪了，焦心的父母来报案，摄像头明明白白地记录着，当天下午住家保姆牵着那孩子的手从家里离开的场景。警方立案找人，仅此而已。

“现在回过头来细看，也不能说毫无疑点。”技术科的警员把视频指给罗加看，“嫌疑人带死者出门的时间，显示是 7 月 14 日下午 3 点 17 分。我查了一下当天的天气记录，本市那一区从午后 2 点开始有阵雨，虽然3点到4点之间雨停了，但天色还是偏暗，而从视频显示的环境光看，从阳台方向投进客厅的光线是比较明亮的。”

那位职务已经颇为资深的警员停了停，平淡地补充：“不过考虑到视频质量一般，画面本身也有增亮效果，这也不是板上钉钉的事。何况，实际的天气和光线状况也说不准。”

罗加知道对方是在安慰他。事实上，有疑点的不是视频本身，而是在一个雨时下时停的下午，一个住家保姆确实会选择在这样的时点，把一个蹦蹦跳跳、穿着整齐的2岁小女孩拐带而走吗?

然而，7月14日那从午后到深夜时下时停的滂沱的雨，又掩盖了在那个老社区的监控录像里，未曾找到嫌疑人带走死者的视频画面的疑点。两个疑点相减，就从警察的脑海里滑走了。

直至片警杜学弧生出猜想，轻轻一查，才发现嫌疑人段美芸牵着身穿黄色小外套的小徐嘉出门玩耍的时间，原来是另一天。这一回，社区居委会的监控录像清清楚楚。而在附近经营一家补衣店的店主也给出了证词，那孩子的黄色外套在那天就留下了。

“修改视频的人是徐盛对吗？他把前一天监控视频的日期改成当天，是为了强化段美芸把徐嘉带走这件事……”罗加向杜学弧询问时停了停，思考一秒钟后说，“不，准确说，是为了让看到视频的人以为，徐嘉离家时还活着。”

“嗯。”年轻片警点点头，“段美芸没有在意家里有监控摄像头，对她来说无所谓，她也不懂这些高科技。她只想到偷偷把徐嘉抱走。但徐盛意识到这个问题，所以对监控视频做手脚。不过，他这么做，和段美芸的心态是相同的。”

徐盛在修改监控视频的时候花了些工夫。他更换了摄像头的内存卡，把片段式的视频文件重设时间，删一些留一些，然后拷贝到新的内存卡里。这让视频的原生信息不容易被核查；而他希望删除的视频，也将无影无踪。

他留下来的视频，包括在好几个半夜时分，住家保姆段美芸穿过黑黝黝的客厅，停步在主人房的门前，久久向里张望。

也包括在家里没人的时候，她扭开安眠药的瓶盖，取出一颗投入陈晓青的水杯里。

这些视频都指向，嫌疑人拐走主人家的孩子，是蓄谋已久的。

嫌疑人最后把死去的孩子在海边树林里放下，好让在找她的人能找到。

“孩子被拐走，失踪，孩子的父母会一辈子都放不下吧。”我的妻子沈敏对我说，“与其长痛，不如短痛。所以那个人选择让孩子被找到。她只能做这么多。”

罗加问杜学弧：“徐盛是在手机里看到段美芸抱着徐嘉离开家的实时画面，所以从外面赶回来的对吧？”

那时候，死者的父亲已经作为另外案件的嫌疑人坐在审讯室的铁桌后面。

杜学弧点头：“虽然那段视频已经被彻底删除，无法追回，但我想徐盛这个部分的陈述是真实的。”

“从摄像头覆盖的区域看，只能从客厅延伸，看到厨房的边缘。”

“嗯，徐盛能看见段美芸从厨房里把徐嘉抱出来。而当他回到家，他很快从厨房的状态判断出发生了什么事。”

“那时候，陈晓青还在房间里睡着。”

“嗯，药力很重，她一无所知。徐盛赶回家前给她打电话，她也没有接到。”

刑警轻叹了口气。

“所以，死者其实是死于意外。”

* * *

徐嘉的死因是窒息。

根据尸体检验的结果，除了小孩子常见的磕磕碰碰，死者体表没有发现任何严重外伤。但不久法医发现了死者身上有少量圆斑状的出血点。这是因为呼吸困难，心脏搏动因膈肌运动受阻，血液循环不畅，而导致毛细血管破裂和血液溢出。

同时，皮下组织有轻微的肿胀、发白，乳酸和二氧化碳积累较多。但这并非缺氧所致，检验报告的指向是，死者生前曾经历过中度失温——大概率是在低温环境逗留了较长时间。

当然，检验报告更清晰无误的一点是，死者的尸体曾在零下的温度里冷冻保存，这使得准确的死亡时间已经难以判定。

“这么一想事情就连贯了。段美芸专门跑到东城货场，把死者放进雪柜里，其中一个考虑，是不想让别人知道她是在哪里死去的。”刑警罗加说道，“但是她对医学知识懂得不多，或者说很有限。她不知道，人在生前和死后受到冷冻，留下的痕迹是不一样的。”

片警杜学弧道：“是的，她不懂这些。”

“从检验的结果看，死者生前并没有明显的冻伤，而只是失温。这说明死者生前所处的环境温度并不算太低。法医办公室给出的估计值是 2 ~ 6 摄氏度。”

“你说得对，这又是一次多此一举。”

刑警用手指弹了弹雪白的检验报告，语气变得沉重。

“所以 7 月 14 日下午，段美芸先回到家，她是从厨房的冰箱里把徐嘉抱出来的。”

* * *

再次到徐盛家调查取证的时候，同行的还有女警姚盼。那时候，两个案件调查组的人员已经会合。

而那个家曾有的温馨假象则已不复存在，房子里空无一人。这家人的女儿徐嘉已下葬，父亲徐盛被逮捕，而身体虚弱的母亲陈晓青则被专案组安排住在外面的旅馆，每天有警员看护。说是看护，也是看守。

“听说徐嘉是个好动的孩子。”姚盼仍旧留着一头干练的短发，伸手摸着徐盛家冰箱冰凉的陶瓷面板，“别觉得是女孩子就不野。小时候，我也喜欢在家里玩躲躲藏藏的游戏，还在床底下和衣柜里建过自己的基地。”

那是一台双门对开的西门子冰箱，650 升，和一个成年男性等高。高档的陶瓷面板流光溢彩，大气而华丽。

“市场价要五千多，徐盛家装修后新买的。”刑警罗加说道，“移居本市后的这五年，徐盛跑货运和黑车司机很拼，也赚到些钱。”

女警平淡地说：“他把钱都花在这个家上了。”

刑警说：“其实他如果一直走正道，生活也可以上轨道的。”

姚盼试着拉开一边冰箱门，很沉。

罗加道：“这款冰箱的门把手在面板的中间位置，一个 2 岁的孩子是够不着的。”

“嗯，能够着应该也没有足够的力气拉开。”

“所以正常情况来说隐患不大。”

“但那天陈晓青在厨房里做了大扫除。”

“是的。”罗加伸手摸了摸厨房正中抽油烟机的下沿，指尖没有一点油腻，“很长时间以来，陈晓青都有类似强迫症的精神问题，坚持要把家里打扫得一尘不染。她在潜意识里觉得脏。”

“听说她有时候半夜也会起来拖地。”

“嗯，抗抑郁的药她也一直在吃。”刑警平淡地说，“徐盛提出请住家保姆的时候，就让陈晓青以后把家里的卫生交给保姆做。段美芸到徐盛家以后，包揽了所有的家务事，也做得很好。一开始，陈晓青也接受得很好……”

罗加停下来，问姚盼：“可能你更能理解女人的心理。类似竞争或者捍卫自己价值地位的心理……”

姚盼说：“或许吧。我想是会有心理反弹的时候，某一天就会生出‘明明我来做要好得多’的莫名冲动。何况，她的心理状态本来就不稳定。”

“嗯，所以在 7 月 14 日的星期天，保姆当天休息的时候，陈晓青在家独自搞起了大扫除。尤其是厨房大大清洁了一番，甚至连新买的冰箱也包括在内。她把冰箱里的食物通通取出来，隔板通通拉出来，放进水池里冲洗——总之，是一种强迫性的行为。”

“在某种潜意识里，厨房是由保姆掌控的地方。”

“所以说你比我们更懂。”罗加站在厨房的门边，有种把整片领地让给女士的意味，“总之，陈晓青忙碌了一个上午，到中午时分，她给女儿和自己简单做了午饭。那些没完没了的活只能暂时搁下，食物啊，隔板啊都没来得及收拾。”

“结果也没注意有一边冰箱门没有关严。”

“嗯，那时候厨房里乱糟糟的。”

“而且，药力上来了。”

罗加点头：“是的，大约午后 1 点。”

姚盼手掌花点力气，把冰箱门向两旁展开，磁吸的密封条在分离时发出低沉的声响，像极了叹息。那台容量可观的大冰箱，左边是冷冻室，右边是冷藏室；无论是哪一边，隔板全部拉出来后，别说一个 2 岁的孩子，就是一个彪形大汉也可以爬进去。电脑控温，左边的冰冻室的温度区间是零下 18 摄氏度到零下 4 摄氏度；右边的冷藏室是 2 到 15 摄氏度。

所以，没有关严的门是在右边。

“我知道冰箱门从里面比外面更难打开。”女警道，“尤其人在里面待了一会儿以后。”

刑警道：“是的。人的呼吸会形成空气负压，再加上低温造成的气压差，门会被压得死死的。如果是从外面拉动门把，带智能功能的冰箱会触发气压调节机制，节省开门的力气；但如果是从里面推门，就只能靠自身的力气了。一个 2 岁的孩子几乎毫无机会。”

“她被关在冰箱里有多久？”

“根据身体失温状况判断，起码有三四个小时。不过，那孩子应该很快就因为缺氧而昏迷了，然后慢慢死去。失去知觉的过程最多几分钟。”

女警轻轻点头。

“时间基本能对上。”刑警翻看了一下记录，“陈晓青在午餐后服用了一片安眠药，大约 1 点钟困意来袭，她带着女儿徐嘉一起到卧室午睡。她很快熟睡，但徐嘉却没有睡着，或者很快醒来，于是自己爬起来玩……”罗加跳过了后面的话，往下说，“段美芸下午回到家的时间，大约是 5 点半。徐盛通过手机看到段美芸从厨房里把徐嘉抱出来的画面，立刻往家里赶，他在 6 点左右赶回了家——那时候，段美芸已经带着徐嘉不知去向了。”

“徐盛回到家以后，看到厨房的情景，所以猜到发生了什么事。”

“嗯，满台满地都是食物，湿漉漉的隔板晾在一旁，而冰箱里空空如也；再结合从监控视频里看到的画面，事情并不难猜。”罗加停顿了一下，“说不定，在冰箱里还留有徐嘉的一些痕迹，譬如头发。而那个做父亲的把这些痕迹全部清理掉了。然后对监控录像里的视频也做了处理，将段美芸把徐嘉抱走的画面删除。”

姚盼淡淡地说："那时候，他已经心有所悟，明白段美芸把徐嘉抱走的理由了。所以他一直等到8点钟，直到陈晓青从睡梦中醒来，才去报警。"

罗加点点头："他应该也急忙查看，并且删除了那天下午的其他监控视频，这让他毫无疑问地明白，女儿徐嘉是自己爬进冰箱里的。这是一场意外。"

"所以，这就是事情的全部经过了。"

"嗯，这就是事情的全部经过了。"

"杜学弧呢？"

男女刑警从徐盛家的厨房走出来，那个和他们一同来取证的片警从进门以后就没参加过他们的对话。罗加和姚盼环顾客厅，没人，他们听到声响，于是穿过客厅，走进隔壁的房间。那房间是个书房，一眼看去也没人。

"杜学弧！"罗加叫了一声。就在两个刑警准备走出房间时，那个长期自行其是的片警从靠墙的书桌底下爬了出来。

"在这儿呢。"他手里拿着一只小小的电筒。

"你在干吗？"女警姚盼问。

"没什么，找些东西。"

"找什么？"罗加问。

"无关紧要的东西。"

姚盼深知那个装模作样的人只会在该说的时候把该说的事说出来，道："你听到我们刚才讨论案情了吗？你有什么意见？"

"嗯，大致的情况，来之前我和罗警官也已经沟通过。"

罗加说："但你还没说你的意见，你觉得哪里错了吗？"

杜学弧拍打着身上的灰，他的后背蹭了一片白。那个片警摇了摇头。

"没有什么错的。你们，或者说我们推断得没有错，死者是被困在冰箱里而死去的，而她是自己不慎爬进冰箱因而被困。这些都没错。”

“问题是什么？”

“问题是为什么她会爬进冰箱里。”

“难道不是因为贪玩吗？”

“嗯，是因为贪玩。”

一个想法闪掠过两个刑警的脑海，他们对望了一眼。然后又望向杜学弧。

“你找到了什么？”罗加再次问，“你手里拿的是紫外线电筒，是荧光笔画的吗？”

“嗯。”杜学弧点点头，“肉眼看不见，但用紫外光一照就能找到。”

他将手电筒伸入桌子底下映照，两个刑警蹲下身，看见在墙角有一个蓝色的图案。那是一个用荧光笔画的小人，头上竖着三根线，斜斜指着门外的方向。

这个图标姚盼见过一次，而罗加更加熟悉。

“是路标吗……”

杜学弧道：“我都找过了。卧室衣柜的旁边、客房的床底下、客厅沙发的背后、卫生间的排风扇上面、阳台的围栏……家里的各处地方都有。”

“你的意思是，徐嘉那天在玩……”

杜学弧拿着电筒，踱步走出房间。两个刑警自觉地跟在他身后。

“你们记得吗？徐嘉在海边树林被发现时，身上是挎着一个小水壶的。”

刑警罗加冷冷地“嗯”了一声：“水壶上印着一个可爱的小灰熊图案，里面还装着刚好40摄氏度的温开水。”

杜学弧笑笑说：“可不是。”他很快敛去笑容，低头，“你们想过那个水壶为什么会在死者身上吗？”

两个刑警一阵沉默，女警姚盼想了想道：“段美芸把徐嘉从冰箱里抱出来以后，应该第一时间就离开了徐盛家。照理来说，她也许会想到把孩子外穿的鞋子带走，但没有理由非要把徐嘉的水壶带上不可……”

杜学弧点头：“所以那个水壶被一并带走，只有一个合理的解释。”

刑警罗加道：“徐嘉被困在冰箱里时，这个水壶就已经挎在她的身上。段美芸把她抱出来，匆匆离开，所以连同那个水壶一起带走了。”

杜学弧说：“是的，死者一直挎着那个小水壶。段美芸把她放进雪柜里之前，为她穿上小外套，水壶也曾经摘下来。后来段美芸把她从雪柜里抱出来，又重新把那个小水壶挎在她身上了。毕竟，那是她最喜欢的小灰熊水壶。”

那个年轻片警望向两个刑警：“你们能明白我的意思吗？”

罗加沉沉地说：“徐嘉在家里玩游戏，所以挎着自己的水壶。”

“是啊，她挎着自己最喜欢的水壶，可能也是自己穿上小鞋，然后在家里玩着最喜欢的游戏。她整装待发，开始了自己的寻宝。”

姚盼说：“这是她爸爸给她布置的冒险乐园对吧？”她停了停，“对了，她肩上挎着小水壶，脚上穿着小鞋，也许手里还拿着一张地图。”

杜学弧淡淡地说：“有可能。那上面有很多路标。”

罗加道：“那张地图，就是徐盛在甘溪乡的山上手绘的地图吧？我们这两个案件调查组，都曾经一度以为，那是一张指向埋藏炸药地点的地图。结果到最后发现，那不过是一张小孩子游戏里的藏宝地图。”

杜学弧说：“可不是。”

姚盼道：“徐盛把这张地图藏在家里，但是被女儿翻了出来。所以这张地图辗转变成了徐嘉的礼物。”

女警顿了顿：“徐嘉拿着那张地图，对照上面的小人图标按图索骥，在家里玩着寻宝游戏，可是谁也没想到，她最后会……”

女警停下来，望着杜学弧问：“是不是厨房里也有路标？”

杜学弧说：“这不正准备找吗？从书房那个路标指向的方向看，是饭厅。”

那片警蹲下身，用紫外线电筒沿着饭厅的边角扫描了一圈，很快在餐边柜旁边找到另一个小人图标。这一次，图标指向了厨房。几个警察顺着找过去，在厨房趟门的门框中间，找到了一个小人。那小人头顶的竖线延展开来，变得像一棵树。

几个警察望着那厨房的门框，顶端有三角形的装饰边，真的看上去就像是一座城堡——或者是家的入口。

刑警罗加叹了口气：“看来终点还真是设在厨房，虽然比设在房间或者洗手间什么的更合理和有趣，但真是要命啊。”

女警姚盼说：“但是，这距离冰箱其实还有一步之遥。说到底，那孩子还是贪玩……”

“问题在这里。”

两个刑警望向说话的杜学弧，后者已经走进了厨房，伸手指了指冰箱门的陶瓷面板。两个刑警不禁张了张嘴，那个事物一直都在，但他们两人刚才却睁目未见。

流光金色的漂亮面板上，贴着一个红色冰箱贴。手掌状的尖尖叶子展开，那是一枚枫叶的造型。

姚盼问：“这个是……”她很快想起来，“这是有一年徐盛和陈晓青回到施秉旅游，在当地买的纪念品对吗？”

杜学弧点头：“许多年来，这个纪念品陈晓青一直保存，搬新家后也一直贴在冰箱上。”

刑警罗加神情感慨，说道：“原来问题就出在这里，再加上冰箱门刚好没有关严。”

杜学弧说：“是啊，加上冰箱门刚好没有关严。”

女警姚盼说："是不是那张地图上，标记宝藏的图案也是一枚红枫叶？"

杜学弧说："我想是这样的。"

刑警罗加说："嗯，徐盛画的地图，指示的终点是甘溪乡山上的矿洞小屋，而那间小屋的门锁正是枫叶状。这样一来，事情都相连了。"

杜学弧说："可不是。"

女警姚盼说："徐嘉照着地图一路找，刚好看到冰箱上贴着一枚红枫叶，冰箱门又半开着，所以贪玩起来钻了进去，最后一不小心把冰箱门关上了。"

刑警罗加叹息道："一环扣一环，都是天意。"

杜学弧点头："是啊，一环扣一环，都是天意。"

几个警察都各自沉默。然后在两秒钟以后，一种不寒而栗的感觉骤然笼罩。刑警罗加望向那个巨大的冰箱，似乎从那密封空间的缝隙里冒出了滚动的白气，让小小的厨房气温剧降，然后那冰寒迅速扩展，蔓延到那童趣盎然，犹如冒险乐园的整个家。

罗加环顾四周，胃部莫名抽搐，浑身不自觉地颤抖一下。那刑警望向姚盼，而另一个刑警脸色也已然一片惨白。

一种硕大无朋的无力感，让罗加只能死死地盯着杜学弧。

"真的是天意吗？"

杜学弧一言不发。

"真的是刚好吗？路标刚好画在厨房的门上，枫叶状的纪念品刚好贴在冰箱上，厨房刚好做了清洁卫生，冰箱里的食物和隔板刚好被通通取了出来——冰箱的门刚好没有关严……还有其他刚好吗？"

杜学弧一言不发。

姚盼沉声问："那张地图，是她提出送给徐嘉的，对吗？"

罗加霍然想到什么，下巴弹簧般一抬：“那张地图，本来是不是根本没有用红枫叶标记终点，而是后来才画上去的？”

杜学弧仍旧沉默，罗加大声道：“说话！”

片警微微歪头，继续沉默了一会儿，出于思考的缘故，嘴唇紧抿着。他伸手，把冰箱门再次拉开。

“其实还有一个刚好。你们想过冰箱门是怎么关上的吗？”

刑警们愣了愣，这又是个细节。而这个细节其实相当关键。毕竟，如果冰箱门没有关上，悲剧也不会发生。而在他们的意识里，只想到过“一不小心”。

姚盼问：“不是死者自己关的吗？这个冰箱门很沉，风应该吹不动。”

杜学弧回答：“我想是死者自己关的。贪玩的孩子钻进宝藏城，然后想着把城门关上，这是一种可预见的行为。”

罗加问：“问题？”

“问题是她是怎么把门关上的？”

杜学弧指了指拉开的冰箱门的内壁。两个刑警观察着，有一阵疑惑不解。少顷，罗加把门背后的置物隔板抽出来，伸手试了试。

“门……抓不住吗？”

杜学弧点点头：“如果把隔板抽掉，门并不好拉。”

冰箱门由冷轧钢板制成，门后背是 ABS 材质的塑料门胆，光滑平整。把置物隔板拿掉以后，只剩下几道浅浅的卡槽。一个两岁的孩子，其实不容易找到发力点，把沉重的冰箱门从内关上。

罗加又把一块带凹槽的隔板插回去，再次伸手尝试。这下子，突出的隔板变成了舒适的门抓手，就像把房间的门关上一样自如。

刑警脸色阴沉，他已经明白杜学弧说的“另一个刚好”指的是什么。

“整个冰箱的隔板都被取了出来，清洗完了也没来得及装回去，唯独门背后的隔板，却刚好装了回去吗？”

杜学弧说：“我想，不排除这种可能性。”

刑警的眼睛寒光闪闪，问：“这是为了让冰箱里的孩子可以轻轻松松地把门关上吗？”

杜学弧淡淡地说：“我不知道，也许是巧合，也许是刻意。这都是猜。”

刑警罗加恼怒不已，又一阵无言以对。他浑身冰冷，毕竟那个可怕的猜想是如此冰冷。

女警姚盼低声发问：“那安眠药呢？”

* * *

直到许久以后，杜学弧才在一个风和日丽的下午，和我聊起安眠药的事。

“陈晓青到最后都坚持，自己只吃了一颗安眠药吗？”我问道。

那个年轻片警站在一片向日葵旁边，缓缓地点头，说：“嗯。”

不知从什么时候开始，杜学弧跑到乡下探望我的时候，我们总是习惯一同步行到村头的山边。那里有零零星星的几栋宅基屋和许多野花。几年前，那些自生自灭的向日葵还只有几排，几年过去后，已经长成了片。无论日出还是日落的时候，都会燃烧。

我和杜学弧望着熟悉的风景，边走边聊。

“在水壶和水杯里残留的安眠药，最后也无法确定是谁投放的吗？”我又问。

“嗯，可能是徐盛后来放的，也可能确实是段美芸放的。”

“谁让你只是猜。如果坚持要去核实，你肯定有你的办法。你啊，就是任性。”

那个年轻的片警浅浅地笑着，向前走开。他没有重复他说过的那些话，因为他知道我能懂。

在 7 月 14 日那个天空阴沉的午后，陈晓青服下安眠药，从 1 点到晚上 7 点半，沉睡了整整六个半小时。她对所有一切一无所知，直至徐盛回到家，收拾完一切该收拾的事，然后把她摇醒。

在得知女儿被住家保姆带走，消失无踪后，那个母亲情绪失控，歇斯底里呼喊："不可能！我不可能睡得这么沉！"

后来上门取证的警员将她午后喝水的水杯和盛水的水壶带走做化验，发现里面残留有浓度很高的氯硝西泮成分。

警方也从客厅监控视频里，看到住家保姆曾经往女主人的水杯里投下安眠药的画面。

我走在杜学弧身旁，问："段美芸确实曾经偷偷让陈晓青服安眠药吗？"

杜学弧用脚尖拨弄青草，答道："我想是的。陈晓青有时不肯吃药，导致整夜整夜地失眠。睡眠问题严重的人，对安眠药物会产生既依赖又抗拒的矛盾心理。"

我想，这和陈晓青的精神底色如出一辙。

我说道："陈晓青说安眠药对她有时有效有时无效，所以她服药的时间和用量也变得随意。其实这是段美芸偷偷把药兑到水里造成的。"

杜学弧淡淡地说："她只是不想陈晓青长期失眠，那个人的想法和做法向来都这么简单。"

我们路过村头的水车，驻足看了一会儿水的流淌和车轮的旋转。

"但 7 月 14 日那天，段美芸投药的可能性不大，对吗？"我问。

"嗯，可能性不大，那天她从早上就出门了。而且，除了陈晓青的水杯，在水壶里也发现有安眠药，段美芸没有这么做的理由。"

"这样看来，投药的人应该是徐盛。他在回家以后往水杯和水壶里倒入数量不少的安眠药，目的是让他妻子持续沉睡，其间一无所知的事实能够自圆其说。”

杜学弧说：“可能性比较大。”

“所以实际上，还是陈晓青自己服用了大用量的安眠药，而不仅仅是一颗。但她自己不愿承认。她像鸵鸟一般低着头，向别人坚称，更是在心底里向自己坚称：女儿不是她亲手杀死的。”

“谁知道呢？服用安眠药不定时不定量，有时只服一颗，也一样会长睡不醒。”那个年轻片警微微仰头，“我们都只是猜，只是往好的方向还是坏的方向猜而已。”

我点点头：“我明白，我们谁也不愿承认。这何尝不是一种不舍得。”

* * *

当站在那个童趣盎然，犹如冒险乐园的房子中间，刑警罗加高声喝问：“是陈晓青吗？她用这种方法杀死了自己的女儿？”

杜学弧说：“我不知道。”

“她把冰箱的门留下一条缝，把冰箱里的隔板全部抽掉，唯独留下门背后的一格；她在寻宝地图上的终点画上红色枫叶。她服下安眠药让自己沉沉睡去，临睡前却让自己的女儿挎着水壶，穿着小鞋，拿着地图去玩寻宝游戏——这些都不是刚好！”

杜学弧说：“我们都只是猜，只是往好的方向还是坏的方向猜而已。”

刑警罗加大声地说：“所以这是一个可怕的诡计！她想把一切都伪装成意外。”

杜学弧说：“这不算是一个问题。”

刑警说：“我要问的是，陈晓青是不是从一开始，就企图杀死自己的女儿？”

杜学弧说："我们都知道，她很早就有过这样的企图。别忘了，她老公也一样。他们一家都想过杀死自己的女儿，这一点他们都会向我们承认。"

刑警霍然要转身，说："我现在就去审她——我不信她不说！"

杜学弧冷冷地说："这是你的权利，但我不会参加。反正，我是一个不敢和女人说话的人。"

罗加怒气直冲，想说"用不着你参加"，但一转头，却看见姚盼脸色铁青。

罗加突然在一种泄气中明白，姚盼比他对杜学弧的认识更深——从那个人口中说出这样的话，是因为他动了真怒，并且下了坚定的决心。而这股气势，几乎无可对抗。

罗加说不出理由，但他和所有曾与杜学弧打交道的警察一样，在某个时刻莫名其妙就在职责与任性的较量中败下阵来。这让他深感泄气。

罗加后来审问徐盛：那幅藏宝地图的终点，是不是本来就画着红色的枫叶。

徐盛停了一秒钟，回答："是的，是我画的。家里用荧光笔画的小人路标，也是我画的。"

姚盼也在审讯室问了薄一山同样的问题。

薄一山也只停了一秒钟，回答："是的，原本就有。"

而两个刑警都没再找陈晓青问话。罗加只问过杜学弧一次，如果有什么要和陈晓青说的，他可以带话。杜学弧想了想说：有机会，就带一句吧。

那个刑警后来依约帮杜学弧带了话，并且自己多补充了一句。

案件结束后，罗加警官找我喝酒，提起他——或者说是我们——总是落败的原因。

"这是不公平的较量。"那警官气恼地说，"那个家伙坚守的东西远在职责之上。”

“可不是。”我和他清脆地碰杯，“不过，他其实比谁都更加心知肚明，这是一种奢侈和贪心。”

罗加望着杯中的琼浆玉液，点点头：“其实我们都贪心。我们贪心地围着真相打转，而那家伙贪心地守护人心。”

当站在那个童趣盎然，犹如冒险乐园的房子中间，那个年轻片警指了指阳台的方向。

“其中终点不止一个。”

刑警罗加和姚盼顺势望去，从客厅通往阳台的地方安装着玻璃趟门，顶部有三角形的装饰边，和厨房的门一样。杜学弧举起紫外灯电筒映照，两个刑警看见在阳台门框的上方，也有一个小人路标。那小人头顶的竖线延展开来，呈树状。也和厨房门框上面的一样。

杜学弧淡淡地说：“我都找过了。其实相同的树状标记，在这个家里还画了好几个。我想这样的树状标记是宝藏的入口的意思。”他望向罗加，“这个路标我们也曾经亲眼见过，就刻在山洞入口旁的树上。从山洞进去，就能找到代表宝藏的小屋。”

女警姚盼低声问：“所以，路线不止一条……”

杜学弧浅浅笑道：“是啊，寻宝的路线是多项选择。有时也可以修修改改。这个家不大，但孩子每次都能玩得开心。”

刑警罗加心里涌起难言的情绪，他想起二十多年前在甘溪乡的那座荒山上，那个人陪同那些际遇凉薄的孩子玩着寻宝游戏，也是一样的心思和安排。

罗加一言不发，从打开的阳台门往外走，举目四顾，很快把眼光落定。姚盼跟着走出阳台，也很快停下脚步。

徐盛家装修翻新以后养了花草，屋里摆放了一些盆栽植物，阳台上也有不少。阳台的东侧还搭了一个荫棚，留了一隅灰泥，里面种了一株小小的红枫。

杜学弧也走出阳台，站在两个刑警旁边。

“也许，这也是地图上的一个终点。”

两个刑警心绪纷乱，说不出话。他们努力把各种情景在脑海里思来想去，却没有答案。因为沉默良久，罗加再开口时，声调里就带着怅然和求助。

“告诉我，”罗加定定地望着杜学弧，问，“死者是死于意外，对吗？”

杜学弧摇摇头。

“我不知道。”片警说，“我说过了，我们始终无法了解一个人的全部生平，也无法了解一个人做出一种选择的全部动因。我们都只能猜，往好或者坏的方向猜。”

“但是真相是什么？”

“真相重要吗？那个孩子已经死了。”

“所以我们要知道那个孩子是怎么死的，是谁杀死了她！”

“我说过了，徐盛也好，陈晓青也好，他们都会向我们承认是自己杀死了自己的孩子，并接受惩罚。”

“我问的是真相！”

“我不知道，我只能猜。”

女警姚盼打断说：“假设往坏的方向猜吧——陈晓青把地图交给徐嘉，让她自己去玩寻宝游戏，但指向终点的线路有许多条。然后她服下安眠药沉沉睡去，她心里的想法是什么？”

“往坏的方向猜很简单：概率杀人，从而伪装成意外。”

“可是她为什么要用这种不确定的方法？”

片警微微仰头，声音冰冷：“这不是显而易见的事情吗？其实我们都有答案。”

后来，杜学弧又领着两个刑警走回到厨房。他站在冰箱前，平静地说出另一件事。

“我先说明，前提仍旧是我们向坏的方向猜。”杜学弧再次把冰箱门拉开，“你们想过冰箱为什么会通着电源吗？”

刑警罗加说：“我想过这件事，通常清洁冰箱时会把电源拔掉。陈晓青曾把冰箱里的食物全部取出来，后来明明还没放回去，没有道理把冰箱电源重新接通，却又忘记把门关严。”刑警停了停，“这个行为同样证明了——她是故意的。”

杜学弧点头：“我想是故意的。”

“原因是什么呢？”

“也许是为了让冰箱里亮着灯。”

“看到冰箱里面亮亮堂堂，又凉快，更能吸引一个孩子钻进去吗？”

杜学弧淡淡地说：“所以要看我们怎么猜——冰箱门关上之前和之后，里面都不算黑。”

一瞬间，两个刑警莫名动容！

姚盼说：“她是……不愿意冰箱门合上后，那孩子被关在漆黑可怕的环境里……”

杜学弧说：“我说了只是猜。不过如果沿着这个思路，也许没有关严的冰箱门，也经过了选择——选择右边，而不是左边。”

罗加说：“右边是冷藏室，左边是冷冻室。”

“嗯。零下的冷冻室，太冷了。”

两个刑警感到内心翻腾，一种巨大复杂的情绪冲上来，从胸口到咽喉堵得人发慌。女警姚盼微微捂住嘴，开口时声音甚至有了哽咽。

“她不舍得……之所以用不确定的方法，也是因为不舍得……”

“你看，其实我们都有答案。”杜学弧毫无起伏地说，“再怎么样，她也是个母亲。”

罗加的眉头和声调都深沉，问道：“所以在确认女儿死亡后，她试图自杀，对吗？”

那个片警冰冰冷冷地说："你们要问陈晓青是不是企图杀死自己的女儿，我想答案显而易见，她只是换了一种顺序而已。她不是不愿向我们承认，而是不愿向自己承认。她想在心底里告诉自己，女儿的死是个意外。"

* * *

那个母亲送给女儿一幅寻宝的地图，画上许多路标，也画上许多终点。那份地图对应着许多条可行的路径。

然后她沉沉睡去。但没想到一觉醒来，女儿却从家里消失无踪，这让她陷入巨大的自责和不安。再后来女儿的尸体在寂静的海边树林被找到。当希望终于幻灭，那个母亲选择吞服大量安眠药自杀。

陈晓青宁愿用这种方式和女儿一起离开人间。

后来我和我妻子沈敏说起这件事，沈敏对我说：这何尝不是一种不舍得。

"一种选择是，自己自杀，并且用枕头捂住孩子的脸，带着孩子和自己一起走；另一种选择是，孩子因为意外而死去，而自己因为自责和悔恨而自杀——那个母亲宁愿选择后者。"我的孩子的母亲对我说。

我点点头："结果都一样，只是换了一种顺序而已。"

妻子说："但对她来说不一样。"

"我明白，她不舍得亲手杀死自己的孩子。"

"你不明白。"孩子的母亲摇摇头，"那个当妈妈的人，在心底里试图让自己坚信自己孩子的死是一个意外；其实与此同时，她也在用更深的力量告诉自己：这都是她的错！"

我想，我确实不明白；我们都不够明白。我们也无法说出："不对，这不过是一种卑鄙的逃避！"杜学弧时常说，我们并不具备上帝的眼睛，无法了解一个人的全部生平，无法了解一个人做出一种选择的全部动因。我深以为然。

我们无法知道，那些对别人也对自己极端危险的人，他们每日维系灵魂，细若游丝的所需是什么。

“更难想象的是一个母亲的精神世界的痛苦。”我孩子的母亲批判性地朝我翻眼睛，“尤其当精神的死结，本身就源自孩子。”

随后，我的妻子又叹了口气：“当然，这不代表值得原谅。”

刑警罗加也不止一次追问：真相到底是什么?

而杜学弧会回答：真相固然重要，但更重要的是追寻真相的意义是什么。

另一个刑警霍鑫也会甩着没有头发的光头，喋喋地埋怨：“老杜，他们每一个都是罪犯，杀人犯！他们不值得原谅，不值得同情。”

“我不原谅他们，也不同情他们，”那个任性的片警会嘴硬而摇头，“但我希望他们能活下去。”

3

“如果我阻止不了伤害你的事情，我宁愿自己来做。”

当专案组内部讨论嫌疑人段美芸将死者徐嘉从家里抱走的动机时，刑警罗加用这句话回答组长孙明玉的提问。

“其他人大体也是相同的想法。”刑警姚盼补充道。

刑警霍鑫“哼”了一声，冷冷地发言：“这叫一脉相传。”

孙明玉沉稳地问：“那个化名段美芸的女人，这么做的目的，是想减轻死者父母的自责吗？”

罗加回答："是的。7 月 14 日下午，段美芸回到家打开冰箱的时候，徐嘉已经回天乏术了。我们认为她很快做出了决定。她没有惊动在卧室熟睡的陈晓青，偷偷把徐嘉带走。她让自己成为拐走和杀害孩童的嫌疑犯，从而把那个孩子的死的罪责揽在自己身上。"

"那之后，她把死者的尸体藏在东城货场一间铁皮仓库里的旧雪柜里吗？"

"嗯，徐盛曾经在东城货场当过货运司机，而段美芸曾经跟踪过徐盛一家很长时间，所以她也知道那个地方。在那里，她小心翼翼地保存了死者的尸体四天。直到她发现薄一山和薄重峰在四处找她，她心里也觉得时间差不多了，就在 7 月 18 日把死者从东城货场抱出来，一路走一路看，最后选择把死者在海边的树林里放下。"

"为了让那孩子能够被人找到吗？"

"是的，孩子如果一直失踪，做父母的永远会放不下。所以，段美芸宁愿让他们知道孩子已经死了。"

女警姚盼从旁道："虽然同样是面对孩子死去的痛苦，但与其让他们发现自己的孩子死在自家厨房的冰箱里，还不如让他们以为孩子是被人贩子拐走然后杀害了。虽然同样是无法消除的自责，但后一种自责，起码轻一些。"

"起码有可以怪责的人吗？"

"要恨就恨我吧，别恨自己。段美芸是这么想的。"

"既然避免不了想保护的人受伤，那么宁愿自己来做那个加害者。"

"是的。"

孙明玉微微颔首。那位胸襟若海的公安局局长望向他的部下们，斟酌着下一个问句的用词。

"段美芸做出这个决定之前，心里也认为那个孩子的死，是由于孩子的父母疏忽大意而造成的意外吗？"

罗加和姚盼沿着彼此的肩膀对视了一眼。霍鑫则略略低下头。

几个刑警心里都明白，这其实是一个事关真相的问题。案件最后的定性报告，将由专案组组长签字——责任由他们的老大承担。

办公室里有一阵子静默无声。

然后，刑警罗加坐直身体。

“我想，段美芸没有多去猜想那些她希望保护的人的心思。她只是明白一个状况：那个孩子被困在冰箱里，已经无法挽回。另外她更加明白的一点是，当那个孩子的母亲醒来后看到这一幕，会痛苦不堪——这种痛苦，也同样无法挽回。”

女警姚盼交叠手指，轻咬嘴唇说：“徐嘉的尸体被找到的当晚，陈晓青尝试过自杀。”

专案组组长孙明玉淡淡地说：“所以我想问的是，这值得吗？”

姚盼说：“她觉得值得。哪怕只能减轻一点痛苦，只能提供一点保护，她也愿意让自己成为一个背负杀死小孩罪名的逃犯。”

罗加说：“她觉得无所谓。因为长期以来她都是一个没有身份的人。”

那一刻，许久不言语的霍鑫开了口。

“那个人的想法从来都这么简单！”那铁塔样的刑警的声调既冷淡又温热，“一个孩子已经死了，再做什么都没有意义，但哪怕只是增加一点点机会，她也希望她其他的孩子能够活下去。”

刑警们的老大沉静片刻，点头说：“我明白了。”

* * *

在徐盛的口供里，他陈述自己回到家，看见冰箱里空空如也，冰箱门紧闭，无论里外都没有安装隔板。另外，他坚称地图上的红枫叶标记原本就有，由他亲手所画。用荧光笔在家里各处画上小人路标的人也是他。

尽管这份供词逻辑上多有矛盾，但无法推翻。

没有证据，一切都是推理和猜测——只是看猜的方向，我们更倾向于好的还是坏的。

徐嘉死亡一案，死者死于她的父母的过错造成的意外。专案组组长孙明玉在案件结案报告上签下名字。

谁又能说这不是对的呢?

有时我在想，仅仅是为了守护人心的微薄的一点，只要有一息尚存的机会，那个名叫杜学弧的任性警察，就愿意拼尽全身气力。

哪怕是对于那些罪无可恕的人，他总是说，我一点儿都不同情他们。我们几个年纪比他大一轮的警察都知道，他是嘴硬。

譬如在连环爆炸抢劫和女童失踪死亡两案的调查犬牙交错，又情势吃紧的情况下，杜学弧任性地央求专案组组长孙明玉，暂时不做并案，给他三天时间各查一边；他又领着一众刑警穿州过省，粉墨演戏……大伙儿都被他折腾得骂爹骂娘。

霍鑫刑警在事后铁塔般地戳在杜学弧面前，喝问：“你小子胡搅蛮缠的目的是什么？”

“因为徐盛是主犯。”那个年轻片警答道，“但我不想让他从那些亲如兄弟的人的口里被供出来。”他的口气理所当然，“到最后，徐盛勉强算是自己坦白招供——坦白才能从宽。”

仅此而已。

他转而又嘻嘻一笑：“何况，你们看，两边案件其实并无关联，所以也没必要并案。”

与案的刑警们对这个任性的家伙气结不已，但其实心里都早已接受。这些事，从来都不阻碍那几位警察之间产生共鸣。

有一次我问他：“你觉得追寻真相的意义是什么？”

我以为他肯定会自有答案，没想到那个年轻片警却斜过头，挠挠下巴青青的胡茬，露出一种罕见的特别苦涩的笑容。

“我不知道。我选择当警察，就是想找答案。”

我又问他：“我把这个故事一五一十地全部写出来，连同事实和猜想，这样真的可以吗？”

他笃定地点头说：“当然，我们想要的就是这个，他们想要的也是这个。”

我问：“但这有什么区别呢？”

杜学弧对我明朗一笑：“不一样，有温度的文字会不一样。”

* * *

化名段美芸的嫌疑人，终于不再是嫌疑人。

而那时候，有犯罪嫌疑的人都已逐一落网，他们戴上手铐，等待着审判。

“两边案件哪里无关了？”刑警霍鑫一直对杜学弧哼哼，“薄一山和薄重峰跑到我们这里招摇过市，就是徐盛喊过来的。”

杜学弧耸肩说：“也对也不对。哪怕没有发生徐嘉失踪的事，他们也打算来找人。我想，事情发生在两个月前。”

刑警罗加望向他，问：“是不是因为那些路标不见了？”

两边的案件，最后还是会合在一起。在时间和空间上具有偶然性，又有必然性。那原生的蔓藤延绵那些人的一生，谁能说它们无关？

* * *

刑警罗加、片警杜学弧和死者的父亲徐盛，三人曾以追寻徐嘉死亡一案的真相为由，一同前往坐落在黔东南州的甘溪乡。那是被案件的几个当事人视为故乡的地方。

徐盛领路，带着两个警察在漆黑的山林里寻宝。后来两个警察证实，领路的人是借着夜月和电筒的光，偷偷在树木和岩石上画下代表路标的小人图案。他满手留下木炭的黑灰。

事实上在那时候，山上原本的寻宝路标已经消失不见了。

负责连环爆炸抢劫案的霍鑫在审讯室里审问薄一山:“两个月前，你和薄重峰回到甘溪乡的时候，就已经找不到那些路标了吗？”

抢劫犯给出了肯定的回答。

刑警们随后又审问嫌疑犯重回甘溪乡的原因，嫌疑人没有正面回答，只用手指推推厚厚的近视眼镜，用不悲不喜的语气说：“没什么原因，就是想回去看看。”

那时候，薄一山已经知道徐盛也已被捕，于是卸下了冷酷而乖张的面具。尽管他仍旧回答得不具体，但警察们都大体理解了那些罪犯的心情。

薄一山和薄重峰的A级通缉令在2014年10月发出，那两个身负七条人命的重犯，已经四处逃亡了好几年。他们都已经累了。

“我们想到香港再搞点生意。”

薄一山兄弟打算背着剩下不多的炸药到香港犯案，在那之前，他们在一定程度上已经做好了长路将尽，不再回来的心理准备。

所以他们决定，回家看一眼。

“结果，他们却找不到回家的路了。”女警姚盼淡淡地说。

“嗯。”杜学弧答是，“山上的路标被全部擦去了。薄一山和薄重峰在巨大茂密的山林里迷了路，怎么都找不到那个山洞的入口。”

姚盼说：“所以，他们陷入一种焦虑中。”

罗加说：“又焦虑又失落。这也可以理解——家找不到，也回不去了。”

杜学弧突然望向霍鑫，笑起来：“所以你们原本的推测也没错。”

霍鑫闷闷地说：“什么没错？”

“薄一山兄弟跑到这边来，目的是找地图。不过，不是埋藏炸药的地图，而是回家的地图。”

几个刑警都感到呼吸一窒，说不出话。

过了一会儿，罗加开口说：“地图在徐盛的手上。或者说，地图在他心里。现在想来，那个人是仅凭记忆，就能在黑漆漆的山林里找出路来。”

杜学弧浅笑着说：“那地图本来就是徐盛亲手画的嘛。画画的人，记性也好。”

姚盼说：“因为他比薄一山和薄重峰，更深地惦记一个家。”

在和警察同行的那个月夜里，领路人心急到矿洞小屋里找人，因为发现山上的路标消失不见，所以他一边假装到处找路，一边自行画下路标。

“别以为我不知道，”罗加摆头看杜学弧，“徐盛之所以急着找人，是因为你的一路诱导。你在苏本利的旧仓库上画了小人标记吧？所以你才会把我们支到朱杨莲那边去。”

杜学弧笑道：“谢谢罗警官一路帮我打掩护，戏也演得好。”

姚盼也笑：“比十年前的戏演得还好吗？”

女警脸上的神情有种罕见的妩媚，她又瞥了脑袋光亮的搭档一眼：“夜枭的戏从来都比曼哈顿博士好，你选人选得对。”

杜学弧哈哈大笑，说：“可不是。”

光头刑警喝道：“你们是不是找死！”

那班交集深远的警察都笑起来。

隔了一会儿，姚盼正色，问杜学弧：“你在苏本利的仓库上画小人图标，是为了让徐盛以为段美芸回来过吗？”

杜学弧点头：“薄一山已经被捕，所以会在那里画图标的，徐盛以为是那个一直跟着他们的人。”

霍鑫冷冷地说：“徐盛肯定会这么联想，毕竟他们当年偷炸药的时候，仓库门上面就曾经挂着一把枫叶锁。”

姚盼问：“那把锁是段美芸挂上的对吗？目的是为了阻拦他们……”

霍鑫说：“这有什么用？那些人早就红了眼了！”

几个警察无言，女警姚盼缓缓地轻敲会议桌的桌面。

“所以，那些曾经画在山上的图标，也是段美芸擦掉的吗？”

罗加点头：“我们是这么猜的。那些画在树上、石上的图标，能够历久常新，是因为在数十年的时光里，段美芸经常回到那座山里重画一遍。但后来，她决定把那些图标擦掉。”

“为什么？”

罗加望向杜学弧，杜学弧淡淡地说：“我们只是猜。这里面可能有些误会。”

霍鑫问：“什么误会？”

罗加答道：“徐盛和薄一山兄弟，曾经带着数量不少的爆炸物前往甘溪，最初的目的，是把家伙藏在矿洞小屋里。但后来他们改变了主意，没有把那些用来杀人的物品留在那里，而是在山里悉数销毁了。”

姚盼说：“因为他们把那里视为了家，不舍得玷污那个地方。”

“嗯，那时候，段美芸可能远远看见了。”

“她一直跟着他们？”

“嗯，这一点可以想象，那一阵徐盛等人刚犯完案，所以段美芸很关心他们的行踪。她很可能偷偷跟着他们回到甘溪……可是她不敢靠太近，或者是来得晚了，导致没有看清。”

姚盼“啊”了一声：“她只看见徐盛他们在山洞入口的附近，埋了什么东西！”

罗加说：“应该是这样。徐盛等人把乳化炸药和雷管沉入了潭水里；还剩下一袋硝酸铵，在薄一山的提议下，他们埋在了山洞附近的树下——硝酸铵这种东西，既可以是炸药，也可以是养分。”

女警低声说：“他们做这件事的时候，心里的情感一定很复杂。”

霍鑫哼道：“这班人的脑子每一个都有问题。”

姚盼说：“段美芸远远看见，以为他们把炸药藏在了那附近。”

罗加点头：“她知道那些是烈性炸药，也不敢贸然挖开来看。”

杜学弧莫名地笑了一下：“挺像的。有时候，父母也会误会孩子不是吗？”

几个警察一阵沉默，过了片刻女警把话重新接上：“所以，段美芸选择把山上的路标擦掉了。她不想徐盛他们，再次回来找到这些炸药，也担心如果有其他人偶然看到路标而误闯，会发生危险……她想做的，还是阻拦和保护他们……”

霍鑫把眉毛拧得发直，但口气平淡下来：“太粗糙了！这和在仓库门上挂一把一砸就断的锁一模一样……”片刻过后，那铁塔般的刑警自己叹了一声。

“不过，她也只能做这么多。”

* * *

后来警察们复核了嫌疑犯的陈供，证实薄一山和薄重峰曾经回过甘溪乡三次。

2014 年 8 月，薄一山、薄重峰和徐盛散伙以后，在隶属贵州地界的公路上炸死了龙宝田。而在那年初夏，他们还回过一次甘溪乡。

在这件事得到印证之前，其实杜学弧早已猜到。

“我们在矿洞小屋的墙上，看到贴着一张有火烧痕迹的照片。”罗加面向大家说，“那是薄一山、薄重峰、陈晓青，还有其他一些被教堂收养的孤儿的合照。”

姚盼问：“这张照片是段美芸贴上去的吧？”

罗加用下巴遥指杜学弧："他说不是，当时就要和我对赌。"

几个警察都望向杜学弧。

那年轻片警脸上开始挂着坏笑，但很快消失不见。

"把那张照片留在小屋里的人是段美芸，但是一直以来，她不愿凸显自己的存在，而只是远远地守护，我不认为她会把那张照片贴在墙上。所以我猜想，后来做这件事的是薄一山兄弟，他们还回去过那间小屋一次。"

霍鑫扬声说："有什么好猜的，直接审问犯人就知道了！"

"不，"姚盼摇摇头，"直接问没有我们自己猜好。比起自己说出来，犯人更愿意由别人说出来，然后问他：是这样吗？"

"这算什么道理？"

"因为他们把那张照片贴在墙上，是想告诉段美芸，他们回来过。"

霍鑫哼了一声，别过光头不说话。到后来，他也曾冷冰冰地向案件的罪犯发问，而罪犯沉默不语，嘴角挂着苦涩却又温暖的笑容。

那时候，那个魁梧的刑警理解了他的搭档的话。

罗加说："薄一山他们在做完这件事以后，就做出了杀死龙宝田的决定。"

姚盼说："最后也是最初。那两个人之所以会和徐盛一同走上犯罪和杀戮的不归路，其实只是在内心给自己强加了一个理由——因为已经不能回头，他们才可以做出杀死龙宝田报仇的决定。"

片警杜学弧平淡地说："没有人会一开始就下决心杀人。"

几个警察各自沉默，罗加瞥向杜学弧说："反正你全部猜对了。"

姚盼问："那么，这里面的矛盾是怎么回事？薄一山和薄重峰在 2014 年还回过矿洞小屋一次，难道那时候山上的路标还在吗？但是早在 2012 年的时候，段美芸已经看见了他们在山洞附近埋藏炸药，这个猜测不对？"

罗加说："这个猜测没错，但是那时候，段美芸没有当即做出擦掉路标的决定。因为一些我们能理解的原因。"

女警愣了愣，口中问："因为，不舍得吗……"

罗加轻轻点头："无论是对他们还是对她来说，那都是一个家。让孩子们找不到回家的路这种事，也不是说下决心就能下决心的。"

警察们说不出话，心里都发堵。

隔了一会儿，霍鑫梗着脖子望向杜学弧："那你说，她是什么时候擦掉那些路标的？"

"我猜就是最近的事。"

"最近？"

杜学弧兀自侧了侧头，答非所问："其实我也以偏概全了。"

"啊？"霍鑫嘴角向眼睛的方向提，他完全不知道对方打算说什么。

"段美芸是一个假名，不过有名字总容易有线索。而且我们知道她当过社区公园的保洁员，就在公园里住过小半年。"

姚盼和霍鑫都望向曾经和杜学弧一起行动的罗加，但后者无奈耸肩，显然也是知道一些，再多的就不知道了。姚盼心有所感，问那个片警："查户口是你专长，你查到什么了？"

"没发现什么。没查到段美芸此前在哪里打工，在哪里落脚。"

姚盼说："这说明什么？"

"段美芸确实在我们城市逗留过，比如她知道东城货场这个地方。但总体看她在本市行踪寥寥，不能证明她长期都在徐盛一家旁边。"

霍鑫愕然望着杜学弧："你是说，她更多的时间……在薄一山和薄重峰那边？"

"嗯，从她的心态也可以推断这件事——毕竟那边的两位，是被通缉的逃亡犯。"

霍鑫皱眉，说："薄一山和薄重峰的通缉令在2014年10月发出，从那以后他们一直在潜逃，段美芸怎么找得到他们……”

杜学弧点点头：“是的，所以我想段美芸这几年，更多的时间就待在甘溪乡的山上。”

虽然已经有所猜想，几个警察心里还是一阵震颤。

姚盼问：“她回到矿洞小屋里了吗？”

“应该没有，”罗加摇头否定，“我们检查过那间小屋，从灰尘覆盖的厚度看，已经好多年没有人在里面居住了。但附近的山洞里有住过人的痕迹。”

姚盼低叹：“她不想让回来的人，发现那间小屋里有人居住。她不愿意凸显自己的存在，而只是远远地守护……”

杜学弧说：“她一直以来都这样，包括三十年前，陪那些孩子到山上玩寻宝游戏。”

霍鑫瞪着杜学弧，说：“总之，你认为最近几年段美芸都住在山上。因为找不到薄一山和薄重峰的行踪，所以她只好守着？”

“嗯，因为没把路标擦掉，所以她只好在那里看守。这是她一直以来唯一擅长的办法。当然她也两头跑，偶尔也到本市来看一眼。”

“你就说她是什么时候把路标擦掉的吧！”

“要么是半年前，要么就是最近两个月。”

“为什么？”

“因为她做了某个决定，这个决定我们都知道。”

几个刑警只沉思了几秒钟，女警姚盼道：“半年前，就是段美芸在社区公园当保洁员的时间对吧？从那时候起，她开始看着徐盛一家了。”

罗加有些发呆，说：“她是发现徐盛家有隐忧……”

“是的。”杜学弧回答，“徐盛和陈晓青把家搬到新的城市，有了稳定的工作，结了婚，然后也有了自己的孩子，这样的生活叫人放心。所以段美芸那几年，没有长时间留在他们身边——但问题总有暴露的时候。”

罗加说：“今年年初，徐盛一家因为装修搬到北佩路附近，段美芸一定去找过。而这个契机让她察觉到，那个家其实有一些可怕的、从未解决的矛盾……她一定在某个夜里，望见陈晓青站在家里的阳台上，久久抱着一岁多的女儿，高高越过阳台栏杆的边缘……”

姚盼说：“她可能高喊了一声，然后陈晓青退回去了……所以，她选择在那个公园里住下来，每天都紧紧地望着徐盛一家。尤其在深夜里，她总是彻夜站在公园树林的一角，望着徐盛一家的阳台。”

罗加说：“也出于这个原因，她有几次碰见出租车司机邓少兵，在半夜带着他残疾的儿子到公园散步——她也看见了邓少兵在树林里穿着女装跳舞。”

杜学弧说：“你们明白段美芸为什么也关注和跟踪过邓少兵吗？”

罗加想了想，答道：“她是想看看，能不能拜托那个叫邓少兵的人，看护徐盛一家——因为邓少兵曾经给徐盛当过担保人。”

“我也是这么猜。”年轻片警浅浅地笑，“几年前徐盛一家刚搬到本地时，邓少兵还是给过他们热情帮助的，甚至嘴上会说，你们就把我当哥吧！段美芸应该了解过这些事。她想，徐盛和陈晓青虽然人在异乡，但已经认识了新的值得信赖的同伴——所以有几年，她放心地回到了甘溪乡。”

姚盼接口说：“后来，段美芸又发现邓少兵很爱护自己的孩子，更觉得他是个好人。所以有一阵，她想进一步接近邓少兵看看情况，找机会坐邓少兵的出租车，和他攀谈。”

罗加想起杜学弧和他说过的词语，这时候顺着说了出来：“品格检验。”

姚盼点头：“段美芸想看看邓少兵，能不能代替她照看徐盛一家……但她很快发现，这是一厢情愿的事。”

罗加说：“邓少兵虽然自称兄弟，其实和徐盛一家关系并不亲密，最近几年已经几乎不联系了，他连徐盛一家曾经住在公园附近的事情都不知道。”

杜学弧耸耸肩：“哪有这么容易就能新认一个兄弟。人和人之间，哪有这么容易建立坚定不移的感情。”

罗加说：“这几年，徐盛一家虽然已经在异乡落地生根，但没有朋友、没有亲人，其实仍旧是无依无靠的浮萍。他们只有自己为自己创造的一个小家。”

姚盼说：“当段美芸意识到这件事，心里一定很责怪自己怎么说放心就放心了——她为自己这几年离开得太久而感到自责。”

霍鑫冷冷地说：“所以她做了那个决定。”

姚盼说：“现在我明白了。为什么你说段美芸把山上的路标擦掉，是最近这两个月的事。段美芸在 6 月初住进徐盛家……而且，她以为自己会住上很长一段时间。”

罗加叹气：“手心手背都是肉，但她已经没法两头跑了，而只能选择守护一边——这就是前因后果吗？”

杜学弧淡笑着说：“有时我相信事情之间总是有关联的。”

霍鑫沉沉地说：“她在山里露宿了几年，直到哪怕不舍得也没有办法的时候，才把路标擦掉……”

姚盼说：“嗯，直到没有办法守护为止。”

* * *

当知道徐盛家准备请一个和他们住在一起的保姆时，段美芸就去了。

在那跨越数十年时光的绵长守护里，那是唯一的一次近距离接触。她和他们住在同一个屋檐下，和所有的母亲一样。尽管只有整整一个月零三天。

不久之后，薄一山和薄重峰回到甘溪乡，想最后到那间小屋再看一眼，却发现无法找到回家的路，而不免陷入失落之中。

世事总在冥冥中相连。后来我们又进一步证明了这一点。

杜学弧告诉刑警们，薄一山两人正是从那时起生出寻找段美芸的念头。

“我们可以尝试去理解他们的心理。”那个片警每次都习惯性地从人心切入真相，“薄一山兄弟把他们的照片贴在小屋的墙上，是想告诉段美芸他们回来过，那是一份留言。几年以后他们重回故地，想最后再看一眼那个家，也是想看看他们的留言有没有被收到。但是没想到，反而是回家的路找不到了——你们理解这种心情吗？”

几个警察有一瞬都想点头，但最后他们都不敢点头。

杜学弧说：“我也不能全部理解。我想，他们应该无法确定，那些消失的路标是因为山林的日晒雨淋导致褪色，还是有人主动擦掉了。但是他们肯定明白，无论是哪种情况，都说明那个一直为他们画路标的人已经不会再来了。而他们也已经再回不了那个家。”

霍鑫问：“所以他们决定去找徐盛要地图吗？”

杜学弧摇摇头：“不，那时候他们还没有想过去找徐盛。五年前，薄一山两人和徐盛分开，他们已经下定了决心要和徐盛以及陈晓青割断关系。让他们好好过自己的小日子，这是薄一山两人的愿望。何况，那时候他们已经是逃亡的通缉犯，冒险去找徐盛，难保不会让对方受牵连。”

“那他们做了什么事？”

“你们可以猜猜看，还是两个月前的事。”

几个刑警凝眉思考，蓦地，姚盼扭过头，和她的搭档霍鑫对望了一眼。

霍鑫惊愕道：“不会吧！你是说——是他们自己在网上散播的消息？”

杜学弧嘻嘻一笑：“我说过吧，我倾向相信事情总是连在一起的，尤其是那些在时间和空间上，看似巧合的事。”

罗加一时想不起连环爆炸抢劫案的细节，皱起眉头问：“什么网上消息？”

姚盼答道：“几个月前，郴州的甘溪河沿岸，有一座废矿在改造时发生了爆炸意外。这件事后来在网上被炒作起来，有人指责甘溪河沿岸有很多废矿都有残留爆炸物资的隐患，其实矛头是指向一个生态开发区的房地产项目。”

罗加说：“我知道是什么事了，这就是你们这边办案的压力来源吧？”

姚盼点点头：“本来完全是不相干的事，但莫名其妙就和薄一山等人涉案的连环爆炸抢劫案联系在一起。这使得这宗未结的旧案，一下子被重新投入大量警力。”

霍鑫说：“网上是谣言四起，说什么有一个大型抢劫团伙在湖南、贵州等好几个省连续犯下十多宗大案，警方不但抓不到人，还把事情压了下来。还说这个团伙已经逃到了国外，但出逃前留下来了数以吨计的炸药。”那体格健壮的光头警察停了停，“那些消息说，炸药就藏在甘溪……”

罗加问：“这些消息，就是出现在两个月前吗？”

霍鑫闷闷地回答：“是！但发酵了一些时间，郴州那边的警察反应慢半拍，又因为政治利益的问题拖拖拉拉，结果通缉犯已经跑到我们这边来了！”

姚盼说：“郴州警方也做了一些核查工作，他们找到一些线人，声称见过形似通缉犯薄重峰的人。根据线人提供的消息，薄重峰还在酒后漏了话，说准备把一大批炸药挖出来，好到香港去犯案。”

罗加问：“在漏的话里，是不是也包括了炸药藏在甘溪？”

“是的。”

罗加望向杜学弧，另外两个刑警也一样。

“这些事，都是薄一山和薄重峰故意做的吗？”

片警轻轻摆手：“当然不包括废矿爆炸那件事，那些带利益的阴谋论和他们无关。”

姚盼说：“但是薄一山兄弟蹭了这件事的热度，把连环爆炸案勾连在一起。”

“嗯，随便在网上发个帖子，哪里会有几个人关注？我猜真实的情况是，薄一山两人偶然在网上看到废矿爆炸事件沸沸扬扬，受了启发。所以他们决定往里面掺点私货——因为刚好有一个天然的巧合点，可以让两件事不露痕迹地粘连在一起。”

“甘溪河和甘溪乡！”刑警罗加甩甩拳头，“网民也好，警察也好，都以为那是同一个地方。”

“是啊，而知道不是同一个地方的，只有他们想传递消息的那个对象。”

几个警察又是一阵沉默，姚盼压低声音问：“你的意思是，薄一山两人是想通过自我暴露的方法联系段美芸？”

“嗯。”杜学弧点点下巴，“薄一山兄弟没有任何办法找段美芸，他们只能期望段美芸来找他们。他们也没有正常的途径传递消息，他们都是身负命案的通缉犯，总不能去找电视栏目帮忙找人。所以他们只能在网络上制造半真半假的话题，希望让那个他们想找的人看见。尽管这个机会微乎其微。”

罗加说：“然后他们在甘溪乡等着。原来是段美芸守着那座山，这次换成是他们了。是这样吧？”

“嗯，大致是这样。”

“我不能理解！”刑警霍鑫突然提高声量，“那两个是逃亡了整整四年的通缉犯，他们到网上高调发帖，散播自己的行踪信息，让公众关注他们，让警察都来抓他们——这不叫自我暴露，这叫自投罗网！”

“你说得对，他们要的就是自投罗网。”杜学弧回答，“被逮捕，被判刑，登上报纸的新闻，这样子，那个他们想找的人就总能看见了。”

在血与火之中，以生命为代价将亡命之徒抓捕的刑警，身体因为气恼而发抖，他喝道：“胡说八道！”

杜学弧平静地说：“这不难理解，他们已经累了。”

那时候，几个警察在市刑侦支队的办公室里闭门讨论，一直谈到夜深。其他警员都已下班离开，局长孙明玉临走前推门进去，对他的几个部下说，要叫外卖自己叫，要铺床铺自己铺。他从来都给予他们最充分、最不受干扰的空间。

那一阵子，铁塔般的光头刑警拂袖站立，几乎要转身。姚盼和罗加都静坐着没有看向他，这是十多年搭档下来的无须多言。悬挂的时钟的秒针静静地走过了两格，凌晨的办公室白白亮亮，四面八方都安静。霍鑫伫立了那两秒钟，然后叹气，坐下。

那刑警说：“我不理解。”

“嗯。”杜学弧越过了那两秒钟，“其实没有罪犯会真的束手就擒。薄一山和薄重峰只在甘溪乡逗留了一个月，然后他们背起一口袋的雷管和炸药离开，准备到香港再次犯案——如果不是有了新的情况的话。”

罗加说：“就是这个时候，徐盛联系了他们吗？”

“嗯，7 月 13 日徐嘉失踪，徐盛给薄一山兄弟打了电话。”

女警姚盼平静地说：“于是爆炸抢劫犯来到本市，和儿童失踪案汇聚在一起。”

4

2012年冬天，薄一山、薄重峰和徐盛分道扬镳。其后五年多，一方潜藏逃亡，一方远走他乡。他们把彼此专用的电话号码锁进保险箱，从无联络。

直至有必要。

不联系不相忘，有事来电话。这是家人的关系。

“徐盛想找到段美芸，但自己不方便，所以让薄一山两人来帮忙吗？”姚盼问杜学弧。

女儿的失踪让徐盛对段美芸的身份生出猜想，但报警以后他难以自由行动。另一方面，由于深知案件的隐情，他也更加不希望警方先一步找到段美芸。在一番考虑以后，徐盛拨通了他兄弟的电话。

“虽然不完全，但主因是这样。”片警耸耸肩。

“徐盛也是为了薄一山他们。”罗加代答了这个问题，“徐盛知道他的两个兄弟，一直以来都渴望找到段美芸，而此时此刻终于有了近在咫尺的线索。”

杜学弧缓缓点头：“但驱使徐盛做出这个决定的最关键因素，还是因为瞒不住。他知道女儿失踪和死亡的事情会见报，到头来他的两个兄弟总会得知。他不想让他们通过这种方式知悉这件事，一无所知地担心。所以他决定自己主动告诉他们。”

姚盼说：“这是家人的心情。”

霍鑫哼了一声：“那两个抢劫犯像是来帮忙找人的吗？他们身上背着炸药包，手里还拿着偷渡去香港的船票呢！”

杜学弧偏过头，说：“还是这个问题，我们能理解他们的心情吗？”

几个刑警窒住，过了一会儿还是姚盼先发言：“这是一种自我否定吗？”

杜学弧说：“自我否定，自我掩饰，自我嘲笑，我也想不出适合的词。只不过，别忘了薄一山两人曾经在甘溪乡苦等了一个月，想必会觉得自己很可笑吧？我想，他们接到徐盛电话的时候，会若无其事地说：好啊，我们刚好顺道去香港！”

罗加说：“心里越是渴盼，面上越是装作不在乎。”

霍鑫冷哼一声：“说白了，他们就是怕希望越大，失望越大。”

杜学弧说：“嗯，说白了都通俗。”

几个刑警沉默不语，停顿间杜学弧又笑了一下，他倒坐在座椅上，双手抱着椅背。

“老霍说得没错，人哪里有这么好找。”

霍鑫气闷地说：“你想说什么？”

“薄一山兄弟是想好了找不到人，就继续去香港犯案——如果不是你和你的伙计们，给他们铐上手铐的话。”

光头刑警合拢宽厚的两片嘴唇，片刻过后从唇缝之间舒出一口气。

“你的好听话就算了吧！我现在算明白了，那两个罪犯在我们这里招摇过市，袒着文身吃霸王餐，打架，抢劫，作死一般大闹——无非和网上发帖一样的路数。”

姚盼说：“他们想吸引段美芸的注意？”

杜学弧微微点头：“说要找人，但徐盛也好，薄一山两人也好，他们其实也不知道从何找起。”片警停了停，“不过，他们也不只是盲目地闹。”

刑警们都盯着那个片警，不问可知，那个人又藏了一手。

“我试着在全城找了一下，找到 100 多个图标。”

罗加张口问：“全城？你是说那种用炭笔画的小人图标？”

“嗯，每个区都有。其实东城货场里也有好几个，不过是在其他一些厂铺的门上，离冷冻厂那边有些距离，所以我们之前没发现。当然了，没找到的图标肯定比找到的多得多。他们没有办法所有地方都画全，我也没有办法所有地方都找全。”

几个警察心里震动不已。这是一个巨大无边的城市，犹如那座茂密的山林，也犹如那间冒险乐园般的房子。无论是画图标的人，还是找图标的人，他们都在用难以理解的决心，实施一项艰难而执着的工程。

那些人仍旧有的画，有的找，用一张白白平平的地图标记关于家的坐标。

姚盼问：“你是沿着徐盛一家曾经到过的地方找吗？”

“嗯。这五年多来，徐盛一家曾经居住过的、工作过的、游玩过的、到达过的地方，我都去转了转。”

那个片警做了他最擅长做的事。

“段美芸曾经跟踪过徐盛一家，这是他们唯一有的线索。说实话，这个办法真够笨的。”

杜学弧说罢摊摊手，不知道“笨办法”指的是薄一山两人还是他自己。

罗加说：“段美芸抱走死去的徐嘉以后，肯定大部分时间都在匿藏，不会四处走动。而且薄一山他们也不知道，其实这几年段美芸更多的时间不在本地，而是在甘溪乡。”

杜学弧说：“是啊，他们用的还是无望的办法。所以在7月18日那天，香港的船期到了，他们心里也想过放弃。”

姚盼抬头“啊”了一声：“所以，他们在码头旁边的大排档大吃大喝，然后又醉酒闹事，其实是……”

杜学弧点点头：“说是自我暴露也行，说是发泄情绪也行。”

罗加叹道：“满城市画了好几天图标而一无所获，换谁都会心情沮丧。他们以为这次也是一样地找不到人，所以干脆破罐子破摔了……那两个人敞开胸膛，是用这种方法对他们要寻找的人喊话：我们就在这里啊，求求你出来吧！”

杜学弧说：“是啊，你们看，他们并非从一开始就瞎闹。虽然他们想到有一天会被捕，但是也并不希望在这个城市被捕。”

几个刑警都明白他的话。

沉默了一阵，霍鑫郁郁地开口：“他们不知道，其实他们已经把人找到了。”

杜学弧说：“可不是，谁说笨办法就没有价值呢？”

罗加说：“千万个路标，总有一个会被看见。他们在海边敞开胸膛大声喊话，话也传到了。那时候，段美芸一定就在不远的地方。”

姚盼问：“段美芸是在东城货场看到了图标吗？那段时间她应该住在铁皮屋里，一直守着徐嘉。”

杜学弧点头：“我想是的。段美芸知道东城货场，是因为跟踪过徐盛，而她后来藏身在东城货场，也一定心有灵犀地捕捉到了画路标的薄一山兄弟的身影——那些撒大网的做法，其实准确无比。”

罗加往下说：“那之后，段美芸其实一直跟着薄一山和薄重峰，但始终不愿现身。直到看到他们在大排档打架闹事，自己暴露行藏，她才忍不住做出回应……唉，她舍不得。”

霍鑫说：“所以后来她在长顺街附近的高架桥底下，画下相同的图标——给那两个找她的人留言。”

姚盼分析道：“薄一山和薄重峰在大排档因为情绪激动而闹了一场，闹完以后他们也深感后悔，所以匆匆逃离了现场。他们打上出租车，茫茫然到了长顺街。段美芸一路跟随过去，当发现薄一山两人在街上撞来撞去，看上去是要找厕所，她急忙跑到附近的几个厕所和高架桥下，用炭笔画下小人图标，并写上：8 点半东城货场。”

霍鑫冷哼地说：“她有样学样，也做了广撒网的事。”

姚盼突然想到什么，眉头收缩一下，发问：“但是因为时间很紧迫，段美芸来不及写下更详细的地点——东城货场挺大的，薄一山他们后来是怎么找到那间铁皮屋的呢？”

霍鑫说：“他们是不是打电话问徐盛了？”

负责另一边案件的刑警罗加摇摇头：“那时候，徐嘉失踪案的调查正处于紧张阶段，因为考虑到绑架勒索的可能性，我们安排了人力在徐盛家盯守，对徐盛夫妇的电话也做了一定程度的监控，我不认为薄一山两人会在节骨眼上贸然给徐盛打电话。而且，即便是他们秘密通信了，我认为徐盛对东城货场也是印象泛泛，理应想不到冷冻厂一类的线索。”

霍鑫说：“那就是薄一山他们在东城货场找了一大圈了。”

罗加还是摇头：“不对，我们找到了把薄一山两人搭到东城货场的摩的司机，据那个司机说，那两人是很快就下了车。也出于这个原因，我们一直以为薄一山他们和段美芸应该有更密切的联系……”

说到这里，刑警罗加突然张了张口，语音戛然而止，他快速扭过头看杜学弧：“喂！难道说，是因为牛祥春说的话……”

年轻片警转过椅子，仰头望了望闪烁的日光灯。

“我不是说过吗，我倾向相信事情总是连在一起。”

霍鑫横眉问：“什么话？牛祥春又是谁？”

“就是那个摩托车司机，一个目击证人！”刑警罗加回想着那些目击证人的证词，心里莫名感到一阵悸动，“牛祥春把薄一山两人搭到东城货场后，随口说了一句：他以前来过这个冷冻厂买批发雪糕。”

杜学弧弯起嘴角笑：“目击证人的原话是：开到这里的时候，我说了一句，以前这里批发雪糕，我还来按斤买过——他们就喊我停下来。”

另外两个刑警惊愕不已，霍鑫问：“什么意思？他们因为听到这句话，所以下了车？”

女警姚盼吸了口气，说：“我明白了。徐盛向薄一山说过徐嘉失踪前的情况，他们都猜到徐嘉是因为困在冰箱里而死，而段美芸把徐嘉抱走的目的是掩盖这件事，所以他们听到并看见冷冻厂的时候……不免产生联想。”

罗加沉沉地点头，说：“事实上，我和杜学弧找到东城货场，看到那家冷冻厂的时候，也是立刻想到了这一点……”

“所以，这是一个巧合？”

“可不是。”那个年轻片警笑起来，“你们知道那个叫牛祥春的摩的司机在搭客途中，为什么会突然冒出这么一句话吗？”

罗加苦笑说：“因为他曾经到冷冻厂按斤地买雪糕，买给他的儿子，所以记忆犹新。”

“是啊，因为他突然想起他的孩子了。”

一种说不出来的涟漪在几个警察心中荡漾。

杜学弧笑笑说：“我倾向相信事情总是连在一起，一半人为，一半天意。”

空空荡荡的会议室里时钟嘀嗒地走着，头顶的日光灯微微闪烁，几个警察有站着的，也有坐着的，只有安静的涟漪在荡漾。

“你们不渴吗，要不要喝茶？”

杜学弧用伸懒腰的方式打破沉默，但没人理会他。

罗加说：“我在想，这件事也在某种程度上打乱了段美芸的计划。”

杜学弧说：“怎么说？”

罗加说：“别装。”

姚盼说：“我也想到这件事了——他们来得太快，所以段美芸没有时间做准备。”

在杜学弧这里，几个刑警不自觉地都成了努力思考的学生。

姚盼继续说：“因为段美芸来不及画，所以警方没有在铁皮屋里发现那种小人图标……”她停下来，自我修正，“不对，段美芸不会把薄一山两人约到铁皮屋，因为徐嘉的尸体还存放在雪柜里……她应该打算约在其他地方，譬如在货场一些更显眼的地方画上图标。”

罗加点头说：“段美芸应该和薄一山两人差不多的时间从长顺街离开，长顺街不好打出租车，段美芸应该立刻就选乘了摩托车；而薄一山和薄重峰因为是两个人，地方又不熟悉，一开始花了些时间等出租车，后来因为心急，才两个人共乘了牛祥春的摩托车。尽管时间耽误了一些，不过根据牛祥春的证词，他们到达东城货场时是 8 点 10 分左右，距离约定的 8 点 30 分其实还有时间。”

霍鑫古怪地笑起来，接着又叹气：“那个人的想法，真是粗糙又简单！她以为约好 8 点半，约的人就会 8 点半才来。谁会等啊？那两个人看到留言，心就急得像火了。”

杜学弧也淡淡地笑：“可不是。”

姚盼接着说：“段美芸刚回到铁皮屋不久，就听到远处传来摩托车的引擎声，才一会儿工夫，那摩托车居然停在了冷冻厂的旁边。这让她措手不及，只能急忙把徐嘉从雪柜里抱出来，电源没来得及拔，东西也没来得及收拾；她急匆匆地离开铁皮屋，藏在荒地的草丛里。”

罗加说：“所以，后来我们在铁皮屋里才能轻易地找到她和徐嘉逗留过的痕迹。”

姚盼说：“直到最后，她还是没打算和薄一山两人见面。”

几个警察都停下来，不自觉地将目光投向杜学弧。那年轻片警无奈地摊手，说：“这些话非得我来说吗？你们又不是不能理解。”

那几个和杜学弧相识多年的刑警不禁苦笑，逐一别过脸，他们也有忘了那个人傲娇劲的时候。

姚盼轻叹：“相见争如不见，能理解。”

霍鑫哼哼：“见面能说什么？抱在一起抱头痛哭？这谁受得了！要知道，那个人已经远远地守护一辈子了。”

罗加冷静地说：“还有更关键的原因。别忘了，段美芸把徐嘉抱走的目的是什么。既然她打算把所有罪过背下来，又怎么可以让自己被找到呢？”

杜学弧小鸡啄米似的点头，说：“嗯，你们都说完了。”

刑警们知道那个人是故意岔开气氛，懒得理会。罗加往下说：“这样一来，后面的事情都理顺了。薄一山两人找不到段美芸，失望而归。他们不知道段美芸在高架桥下留言的时间，也不知道段美芸和他们是前后脚到达东城货场，而以为段美芸已经提前离开了，所以重新坐上牛祥春的摩托车，漫无目的地四处寻找，不知不觉又回到了码头附近。”

姚盼接口说：“而另一边，段美芸站在荒地里，远远地目送薄一山两人离开。那一刻，她怀里抱着冰冷的徐嘉，想着这孩子已经离家整整四天，时间也差不多了，于是她也决定离开。她一路前行，一路留下踪迹，她考虑着把徐嘉放在什么地方好，但一直没有下定决心。城市里很多人都看见她抱着身穿黄衣的小女孩，那两岁的孩子在她怀里沉睡得如此安静，那个场景太过安宁，没有人向她们多看来一眼。她走上海滨路，沿途被上方观景平台的一杯热咖啡浇头淋下，她下意识地惊呼，伸手护住怀里的孩子，几乎忘记了那孩子早已没有生命。当她反应过来，想过把徐嘉就地放下，但观景平台上却无人探头，悄无声息。她只得继续前行，下雨了，路人开始各自奔跑，毫不停留地越过她的身边。当路过路边的饮水机，夜雨已经滂沱，在雨中她深深感到怀里孩子身体的冰冷，即便刚刚被热水淋湿，也没有改变半分。她停下来，用挎在那孩子身上的小灰熊水壶接水。水太烫了，她左边接一点热水，右边接一点凉水，直到水温刚刚好。身子冷了，最好喝点热水。她最后一次，给身子冷了的孩子兑一壶温开水，最后一次喂进她的嘴里。她又再冒雨前行，在接近码头附近的酒吧街时，又天意般望见了薄一山两人的身影。她再次匆匆地躲闪开，在雨中穿过马路，一辆出租车急刹急停，刹那相会的白光里，她和出租车司机邓少兵目光对接。她深信这一次，哪怕在漆黑的夜雨里，也一定会有人为了那个孩子奔跑过来。她越过马路，钻进海边的小树林，把徐嘉平放在柔软的菰草堆上面，把小灰熊水壶放在她的胸前。尽管那张小脸冰白，但抱着的水壶里的水还算暖和，身上穿着的明黄小外套也还算暖和，她很快就能回家了……"

好一会儿的静默后，片警杜学弧重新开了口。

"你们知道为什么段美芸和薄一山兄弟，后来又会天意般各自行走到海边码头吗？"

女警问："不是天意吗？"

杜学弧微笑道："当然是天意，或者还是心有灵犀。"

霍鑫闷声地说："你说吧。"

"薄一山兄弟重新回到码头，理由应该容易理解。"

罗加思考了一秒钟，说："那时候，他们是决定离开了，所以回码头等着晚上坐船去香港。薄一山两人作为通缉重犯，在大排档闹了一场，后来也抢劫了摩的司机牛祥春的钱，心知自己的行藏已经暴露，再留下来风险很高……而且，因为和段美芸见面已经断了希望，这种失落的心理也驱使他们选择离开——"他停下来问杜学弧，"那段美芸呢？"

"还不是一样。"

"你是说，段美芸也想到了薄一山两人会离开？"

"是啊，她约而不见，本来就是让找她的人断了念头，赶紧走人的意思。所以眼望搭着薄一山两人的摩托车开出东城货场后，她也急急地向前走。她一路前行，一边寻找适合放下徐嘉的地方，一边不由自主地向着码头的方向走。直到在码头附近重新望见薄一山两人，她才心安下来，转而放下徐嘉，把剩下的事情办完。"

几个警察都发呆，霍鑫说：“她是不放心，担心薄一山和薄重峰继续流连……不安全，所以想着到码头去看看？她想亲眼确认他们离开……”

姚盼说：“其实还是不舍得。别忘了她也曾经在甘溪乡守了好几年，同样为了等待失联的薄一山两人回来——这次再一别，以后可能真的无缘再见了。”

罗加说：“她抱着已经死去的孩子，心里也惦挂着其他的孩子。”

杜学弧说：“可不是，太操心了。”

短发的女警抿嘴低头，片刻又抬起来：“我明白了，薄一山两人为什么搭着摩托车，茫茫然地找了一圈，最后仍旧选择回到码头去——他们心里想的是：我们要走了，你会来送我们吗？”

片警点点头：“虽然有时有误解，但最终他们都想到一道去，心有灵犀。能知道彼此想法的，就是家人，没有什么比这更真实的证明了。”

姚盼轻启朱唇：“还有一件事，段美芸给薄一山两人留言，写下 8 点半东城货场，可是最后仍是约而不见，这有什么用呢？如果从这个角度考虑……”

几个警察都立刻明白了她的意思，罗加压低下巴说：“我想是的，她给他们留下了东西。牛祥春也举证，薄一山两人曾经在铁皮屋里逗留了一小段时间。”

光头刑警自揭其短说：“对，原本我们还猜测薄一山和薄重峰，是在铁皮屋里翻找所谓的埋藏炸药的地图……”他歪头想了想，“不对，这个猜测是那个洪长安提出来的——哼哼，他也有猜错的时候！”

杜学弧挠挠下巴的胡茬，笑道：“我想，那个警察其实知道的并不比我少。”

霍鑫说：“喂，段美芸不会真的留下了那张地图吧？那张地图应该是死者徐嘉拿着……”

刑警罗加摇头："应该不会！徐嘉被关在冰箱时手持地图，这和她的死有关，段美芸不会把它留下，她不希望徐盛一家产生哪怕一丝的联想，所以那张地图她一定带走了……另外还有徐嘉一并拿着的紫外线小电筒。"

"那她留下了什么？信物或者信件吗？但是薄一山两人被捕后，我们也没在他们身上搜到什么特别的东西。"

又一次不自觉地，几个刑警望向那个片警。

杜学弧坐在转椅上，眯眯狭长的眼睛，那里面既迷蒙又清澈。他再一次笑起来，那笑容既暧昧，又质朴。

"我是猜，所以你们也可以猜。不过可能你们会失望，那东西粗糙得很。我说过了，她留言，也留下该留的东西，不过是让他们赶紧走而已。"

霍鑫问："怎么猜？"

杜学弧告诉了刑警们从何猜起，事实早已藏在所有的信息中。

薄一山和薄重峰搭着摩的司机牛祥春的摩托车，在城市的边缘漫无目的地转啊转，最后停下来。他们拒绝支付车资，又把牛祥春洗劫一空。他们已经决定离开这个城市，在空荡荡的自暴自弃的心境里，两个抢劫犯重操旧业，干脆地自我暴露。

"他们说，那个女人走了，什么都没有了。"

后来，摩的司机牛祥春自己主动前往公安局，补充完整了他的目击证词。

"喀，其实也怪我自己，是我把他们惹爆了……"

做笔录的警员问："他们还说了什么？你还说了什么？"

"那两个人下了车，一身酸馊的汗味，丢了魂一样低头向前走，我说：'喂，还没给钱啊！'那个穿背心的矮个子停下来站住，嘀嘀咕咕地说：'我们没钱。'我当场就冒气了，大声吼了一句：'搞什么，没钱回家问你妈要啊！'听到这句话以后，他们转身走回来，亮出刀子……”

把两个抢劫犯逮捕归案的光头刑警，毫无意义地用力晃动拳头。

“这些浑蛋……他们最可恨的地方，就是自暴自弃！”

杜学弧告诉了刑警们猜的方法：“为什么我们没能在薄一山两人身上搜到特别的东西呢？因为本来就没有特别的东西。她只留给了他们最普通、最粗糙的东西。”

刑警罗加平淡地说：“和二十多年前，她留在矿洞小屋里的东西一样。”

女警姚盼莫名哽咽，说：“她只做了许多和她一样的人做的，最普通、最粗糙的事情。”

后来，在审讯室里，刑警们核对了所有的猜想。

那时候他们都不禁深深感知，为什么明明可以直接从犯人口中把事实撬出来，但那个年轻片警却坚持东奔西跑，连蒙带猜的意义是什么。而那不过是最普通、最粗糙，令人失望的东西，当他们从口中说出来的时候，却让那个冷酷残忍的杀人犯泪如雨下。

“那个女人，她以为我们有需要……她以为这样，可以喊我们不要再抢劫，不要再杀人！她以为我们没钱，但是就那么一点点钱，她还把我们当小孩啊！”

二十六年前，14 岁的薄一山和 12 岁的薄重峰提着小小的煤油灯，摸到那间隐藏在深山里的小屋之前，一把小小的钥匙静静地躺在地上。他们试着开门，门就开了。两个孩子蹑手蹑脚地闯进那间无人的屋，点燃那盏大大的煤油灯，最后在储物柜里，找到一袋米、一袋土豆、一袋罐头和三百块钱。

孩子们的寻宝游戏，最后真的寻到了宝物。毋庸置疑，那是他们最需要的东西。

二十六年后，那两个孩子又一次闯入无人的荒屋，这次他们只找到皱皱巴巴又整整齐齐的一叠纸。

“一共五千三百七十二块钱，还有三个硬币，用红色的塑料袋包着，挂在铁皮屋的门上。哈哈，他妈的，怕我们找不到吗……我们搜遍了整间屋，什么都没有了！连一张字条都不留，就那么一点钱！她对我们说：都给你们了，没了，你们给我赶紧滚蛋……”

二十六年前，那两个孩子把他们最需要的东西背下山，对另外两个孩子说：“我们有食物和钱了，所以，跑吧，我们四个人一起跑！”

薄一山在审讯室里摘下眼镜，用手掌捂住眼睛，因为泪水融解了他的面具。

“她对我们说：快走，好好地活下去。”

5

有时我会想，为什么在这次案件调查里，很多事杜学弧坚持去猜想、拼接和自证，几乎带有某种强迫性和仪式感？那是因为我们始终需要依靠猜的，是那个化名叫段美芸的女人的一生。

直到最后，我们也只能从有限的人的口中、有限的踪迹记录，以及那些她留下来的有限的事物，零碎而模糊地望见她的人生片段。正如杜学弧常说，在更多地方有我们看不见的人生——何况有的人生本来就一无所有，所以更加地让人无从知晓。

我们只知道她生平的二三事，做过的二三事。

她应该是苗族人，20 世纪 60 年代末，出生在黔东南山区的某个苗寨里。大体是 1976 年前后，她跟随她的母亲翻过几座山，逃难到施秉县的甘溪乡，从此在那里安了不像家的家。13 岁或者是 14 岁那年，她的母亲自缢身亡，村里人把她母亲的尸体烧掉。那之后她一半讨一半偷，依靠夹在白眼里的残羹冷炙独自活下来，直至成年。她一直住在村尾河滩边的一间泥砖屋里，住了超过十年，开始她和她母亲一起住，后来只有她一个人。那附近的林木受了虫害和诅咒，一圈草木长期腐朽不堪，像个围起来的结界，和住在那里的主人一样阴阴森森。无人靠近那一片不祥之地。村里一些顽劣成性的孩子有时会往那间屋里丢石头，瞄准窗户丢，每砸中一次都集体欢呼；还有一些大胆的会摸过去，在泥屋的墙上，用黑乎乎的木炭画上大大小小代表诅咒的图案。

在村里赖吃赖住十余年以后，忍无可忍的村民终于得以把这个人赶走。但后来发现赶得还不够彻底。有一段时间村里人还能看见她，人们猜想她就露宿在环绕着村庄的广袤大山里。她偶尔会跑下山来，在村头村尾一闪而过，有时蛰伏在什么地方。在村里住的时候，她本来就活得像野兽或者幽灵，现在则更像了。没人知道她住在山里什么地方，也没人知道她住了多久。后来人们就看不到她了。硬要从时间上说，和村里一个外国人建的教堂被烧成灰烬的时间重合。1992 年的深秋，当孩子们离开以后，人们也没再看见她了。

那之后距今又过了二十六年，她从山村里的幽灵变成城市里的幽灵。在那个更广袤更荒芜的世界里，因为无人知晓，她的人生进一步只剩下零碎而模糊的片段。

1997 年到 1998 年之间，她曾经在郴州临武县的金江中学当过清洁工。2003 年到 2004 年之间，她曾经在郴州市的三里田城中村当过清洁工。2010 年到 2011 年之间，她曾经在郴州三十六湾矿区附近的一栋山间别墅里，给人当过住家保姆。2011 年下半年，她曾经在郴州市区裕湘路的商铺当过清洁工。2018 年上半年，她曾经在本市北佩路的一个社区公园里当过清洁工。6 月 11 日到 7 月 14 日，她曾经给一家三口当过住家保姆，当了一个月零三天。

这些就是有迹可循的全部。

后来我们通过个别情报、证物，以及一些人的口述，连蒙带猜，还知道她应当做过的一些事。

她曾经在山林里的石头和树上，画满曲曲折折、指引方向的图案；在山洞旁的树上，刻下代表宝藏入口的标记。她在多年的时光里定期把那些图标重画翻新，直到最后才擦去。她曾经在山洞中的矿洞小屋前，留下一把开门的钥匙。那钥匙一钥两用，能打开枫叶状的门锁，也能打开枫叶状的挂锁。在小屋的储物柜里，她留下了一袋米、一袋土豆、一袋罐头和三百块钱。后来山下的教堂烧毁，她把捡回来的一张焦黑点点的合照也留在了那里。

她曾经在金江中学里，把陈晓青的同班同学徐盛推倒在女厕所，后来又用砖头砸死学校后山一窝野狗，砸破欺侮过陈晓青的一个高年级学生的脑袋。

她曾经呼喊认识的护士，救助欠下黑道组织债务而受重伤的薄一山和薄重峰。她曾经在矿山仓管员苏本利私藏爆炸物资的仓库的门前，挂上一把枫叶状的锁。后来薄一山和薄重峰在抢劫中又一次负伤，她把一间倒闭的美容院后门的保险锁打开。

她曾经住在社区公园，在深夜的树林里，久久仰望徐盛一家三口的阳台。后来她住进徐盛家，也在深夜里站在主人卧室的门旁，久久凝望那熟睡的一家三口。

她曾经把徐盛家死去的孩子抱走，放进冰冷的雪柜里，又放在海边的树林，把孩子留给她的父母。而在那几天的同一时间里，她也给薄一山和薄重峰留了言，最后在另一间小屋里，给那两兄弟留下一塑料袋皱皱巴巴又整整齐齐的钱，一共五千三百七十二块。

我们只知道她做了这么多。

毕竟，她连名字都没有。

她曾经给自己取名陈甘溪、陈美荷，以住地为名，以门锁为名，粗糙而朴素。到本市后，她又化名叫段美芸。也许还有其他名字，但我们已无从得知。

我们只知道她做了这么多。只知道她的行踪始终跟随着那些孩子，名字也始终跟随着那些孩子。而时间是二十六年，是三十二年，是一辈子。

“其实我也以偏概全了。”

杜学弧后来如是说。刑警们疑惑。

“我和罗警官到达矿洞小屋，看到那张照片时，我曾经对徐盛说，段美芸一直跟踪的人不是他，而是他的妻子陈晓青。”

刑警罗加点头表示记得，回想说：“一开始，各种线索表明段美芸在跟踪徐盛一家，我们以为段美芸跟踪的人是徐盛。后来才发现，那是因为在过往多年以来，徐盛一直都在陈晓青的身边。徐盛跟着陈晓青，段美芸也跟着陈晓青，结果得出了段美芸跟着徐盛的判断。我们只从一个视角看到了一个侧面。”

女警姚盼说：“而现在我们知道，段美芸一直跟着陈晓青，仍旧是从一个视角看到的一个侧面。”

刑警霍鑫闷闷地说：“其实不止。”

杜学弧微微仰头，说：“是啊，其实不止。”

刑警罗加和片警杜学弧在矿洞小屋里，看见墙上贴着一张自称甘溪帮的孩子们的合照。那张照片曾被教堂的业火烧掠，边缘残缺卷起，画面里都是焦黑的污垢和破洞。后来徐盛被捕，陈晓青也被看守，警察们在那个已经空空荡荡的家里，找到由陈晓青持有的同一张照片。那张照片放在一个带锁的抽屉里，抽屉里有户口簿、房产证等资料——可以说重要，也可以说不重要。那张照片压在抽屉最深的角落里，和那些可以说重要也可以说不重要的凭证一起，若无其事地存放着。徐盛家只有那一个抽屉带锁，徐盛不想增加更多的锁，于是把想藏的东西藏在书柜后面的隔层里——直至后来被顽皮的女儿找出来。家的照片和家的地图，他们各自藏在一边。

那张被保留着的照片过了塑，画面清晰而干净。

警察们把那张孩子们的合照放在亮光下面，看了又看。

孩子们列了一排，其中几个格外要好的手牵着手。他们站在溪水旁边，无邪的笑脸盛开如花。而在他们背后的茂密山林，画面将尽的角落，有一个模糊的黑色身影。

我们都看不清，但我们都猜那个人就是她。那是她和他们唯一的合照。

“1997 年，薄一山和薄重峰在施秉县城办了户籍，那时候，他们分别是十九岁和十七岁。”擅长查户口的片警告诉刑警们。

女警姚盼立刻反应过来：“那一年，也是段美芸——那时候她化名叫陈甘溪——在临武县金江中学受雇当学校清洁工的时间。而在此之前，她其实一直留在贵州吗？她是直至看见薄一山两人平安回来，才安心地离开贵州前往湖南，对吗？”

杜学弧点头：“我想是这样，毕竟那时候，那两兄弟的情况更让人担心。”

薄一山和薄重峰火烧教堂后逃离了甘溪乡。那几个十来岁的孩子流浪数年，没人知道他们是怎么生活下来的。直到事情已经过去，那两个将近成年的孩子才回到故乡，自己给自己领取一个社会身份，也把自己的姓氏从“厚”改成“薄”。

“听说当年教堂被烧毁后，当地县政府在媒体的督促下介入处理，民政部门接收了住在教堂里的孤儿，英国人厚伯明也被强制遣返，他走之前把孩子的名录交了出来。那些孩子都没有户籍，县里给他们重新做身份资料，就以这份名录为依据。”片警补充着他核查到的二十多年前的事情，“但那份名录里，名叫厚一山和厚重峰的两个孩子的那两页资料，曾经被人撕掉了。”

刑警罗加说：“是薄一山两人离开教堂前撕掉的吧？”

“应该是。因为他们两人单独逃跑，这事也不了了之。但后来有人给民政部门投了信，信里有两张手画的表格，上面填的就是薄一山和薄重峰的资料。表格和上面的字歪歪斜斜，但格式和教堂的名录基本一致。表格上面甚至还分别贴了薄一山兄弟的黑白照片。但照片是用复印纸剪裁的，看上去是从某张合照上把头像剪出来的。”

“应该是她投的信……”女警喟叹，“教堂烧毁后，段美芸应该忍不住下山去看了，趁着夜里没人的时候。后来她在火场里捡到一张甘溪帮孩子们的合照，尽管残缺不全，自己在照片里的身影也更看不清，但她还是把这张照片放在了矿洞小屋里。”

罗加接下去说：“后来她去民政局打听，知道教堂名录里没有薄一山和薄重峰的信息，于是把那张照片复印了一张，把薄一山两人的头像剪下来，做成资料表格投递到民政局。”刑警顿了顿，声量降低一些，“她可能想过直接从照片上把头像剪下来，但是不舍得。”

霍鑫问杜学弧：“那两个人的资料归档了吗？”

杜学弧答道：“嗯，那两页档案纸夹进名录里了，这让薄一山兄弟不至于无根。后来他们重办户籍，也省了许多麻烦。”

姚盼说：“她在当地等着、守着，直至几年后那两个流浪的孩子回来，把户口办了，有了正常的社会身份和生活。然后她离开，到另一个地方，去看望另一个孩子的情况。”

“是的。那时候，陈晓青已经被一户不错的人家领养，搬到了新的家，这让她一度感到放心。”

“但后来她才发现，陈晓青的生活过得并不好，养父母住在城里，而把她一个人丢在乡下。于是她跑到陈晓青就读的乡镇中学里当清洁工——开始守着她。”

“就是这么个原则。”杜学弧点点头，“哪里的孩子有需要，她就留在哪里。”

在三十多年的时光里，那个没有名字的女人一直跟随着那些没有家的孩子，在这里住上几年，又在那里住上几年；放心了就离开一阵，不放心就留下来。即便有时候分身乏术，哪儿哪儿都不省心，但她仍旧想方设法，始终在或近或远的距离里静静地看守，或近或远，都在身边。说她跟着谁，都是以偏概全——她的孩子不止一个。

她的人生零零碎碎，模模糊糊，一无所有，只以她的孩子的足迹为线索呈现。

杜学弧说："我想她是幸福的。"

* * *

"我们还是叫她段美芸吧。很早你就说那个女人像魔芋。"

罗加从裤袋里掏出一罐薄荷糖，抛给大家解乏。杜学弧笑着举起手。

"我没这么说过呀，只是刚好听说甘溪乡在种这种经济作物，所以随口讨论。而且，讨论也是我们一起讨论的。"

罗加懒得和对方贫嘴，把薄荷糖罐朝他的方向抛，但等对方做好接的动作，却转手抛给姚盼。女警接过，往嘴里倒了一颗，感觉着一半凉甜一半苦。

"就是那种开在荒山里，腐臭而又有毒的魔花吗？"姚盼问。

霍鑫也从姚盼手里接过薄荷糖，咀嚼着说："不对吧，我知道魔芋虽然口感很粗糙，但是可以吃的。"

罗加说："嗯，埋在泥土里带毒的块茎，最终又能做成盘中菜肴。外表丑陋、不祥，但最终给别人带来的还是养分。"

姚盼说："是挺像的。"

"而且开花的时候叶子会掉光，因为不祥，也没人会靠近。其实她开一次花，就要耗尽自身全部的养分。"

"是一种孤独，而又自决的花呢。"

杜学弧笑起来，说："嗯，相比于孤独，我更喜欢自决这个词。"

一来一往的对答就此停下来。

罗加扭头望杜学弧，说：“说起魔芋，我们都差点忘了朱杨莲，这个植物就是从她口中告诉我们的。说起来，段美芸也给朱杨莲当过一年多的保姆，就住在矿山附近的别墅里。”

杜学弧说：“嗯，陈晓青也曾经在那栋别墅住过，后来朱杨莲怀上周龙文的儿子，就把陈晓青的地位替代了。”

“陈晓青对朱杨莲应该怀恨在心，和徐盛说过她想杀了朱杨莲。”

“可不是，就是那种女人之间的怀恨在心。”

“陈晓青就是说说而已，对吗？小时候她站在学校的后山，手里拿着砖头，恶狠狠地对徐盛说，要杀野狗立威，就连大带小一窝杀了，也是说说而已。”

“可不是，她一直都是这样的人。”

“但是段美芸不知道陈晓青是不是说说而已。她不想让陈晓青真的手染鲜血，所以自己动手把山上的一窝野狗全部砸死了。后来她还为此打伤了一个初三的学生。她给朱杨莲当保姆，住进那栋别墅，也是一样的理由——她想拦在陈晓青前面。”

女警叹息：“她做的事，一直都这么粗糙。不过她就是这样的人，她只能做这些，做这么多。”

杜学弧浅笑：“不祥的魔花嘛，连口感也粗糙。”

姚盼说：“但她惠及了不止一人。包括朱杨莲在内，他们每个人都受了保护和照顾。”

警察们各自沉默。杜学弧压着下巴，斜看墙上的时钟，说：“我已经两天没有刮胡子了，我又不像老霍一样不用刮头。”

姚盼说：“得了，你一个星期才刮一次胡子。”

罗加望向杜学弧。

“但原生的关系还是陈晓青，对吧？”

当案情业已大白，刑警们嚼着薄荷糖提神，在深夜的办公室里翻着厚厚的档案资料，当他们把所知道的各种猜想和事实前后串联，然后开始寻找因由最初坐落的地方。

但那个年轻的片警仍旧没有痛快地给答案。时值深夜，胡子跨日生长，他挠挠下巴刚长出来的青青短短的胡茬，神情暧昧。

“也可以这么说。”

“三十二年前，甘溪乡的村民在村尾段美芸居住的泥屋里，看见她用铁链囚禁了一个一两岁大的女孩，还用木棍打她，于是村民把那个孩子解救了出来，送到外国人建的教堂里寄养。那个女孩就是陈晓青吧？”

刑警陈述着往事，片警没搭话。

“段美芸向村民声称，那个女孩是她从村外捡回来的。她说看到那个孩子无家可归，所以把她抱了回来。这种话谁会信呢？”

杜学弧淡淡地回应：“是啊，谁会信呢？”

罗加说：“村民们都说，所谓捡就是偷，所以三十二年前，段美芸就有偷小孩的劣迹了呢。”刑警停顿一秒，“其实陈晓青是她的女儿吧？”

几个警察都望着杜学弧。

那个片警莫名叹了口气，说：“你看，她担心的就是这个。”

刑警皱起眉头：“你说什么？”

“我说，段美芸担心的就是别人会以为那个孩子是她的女儿——尽管那个孩子其实和她毫无血缘关系。”

几个刑警因为猜想落空而讶然，姚盼低声说：“不对吗？但是陈晓青的血检报告确实显示……”

“有时，先入为主就是悲剧原生的根。”杜学弧嚼着薄荷糖，“不过，很多事情也不尽然。”

罗加道：“亲子鉴定报告还没出来，你提前做了检测吗？”

“嗯，坏习惯，有了猜想我习惯自己验证。段美芸在东城货场的铁皮仓库里留下了一些生物痕迹，我找了个私交，已经检验过了。”

“结果……不是吗？”

“嗯，不是。陈晓青也好，薄一山兄弟也好，他们并无差别——他们和段美芸都只有亲缘，没有血缘。”那个片警微微停顿，“段美芸从来都没有说谎。”

“那个孩子确实是段美芸捡回来的？”

“嗯，我也核查过这件事。”片警杜学弧转头，对曾和他同行的刑警罗加说，“你记得甘溪村的村民说过吧，他们把那个来历不明的孩子从段美芸家里救出来以后，也曾经在附近村问了一圈，看有没有人丢失了孩子。”

罗加说：“我想起来了，有人说旁边有一个什么村，听说过有孩子失踪，但后来又说搞错了，失踪的孩子是男孩，不是女孩。”

杜学弧点头：“距离甘溪自然村五里山地以外的扶堰村。”

“那个孩子确实是从那个村里走丢的吗？但为什么又说搞错了……”罗加错愕了一下，笔直浓密的眉毛突然深深一夹，“因为是……女孩？”

另外两个刑警虽然对甘溪乡的问话情况不了解，但也立时顿悟过来。女警姚盼因为刹那的愤怒而身体微微发抖。

霍鑫虎声问：“因为是女孩，所以不想领回去吗……不，那个孩子根本就是被遗弃的！她的父母一定是把她一个人丢在深山老林里，回头就说孩子失踪了。没想到隔壁村有人找到了这个孩子，他们于是改口说搞错了，自己丢的是男孩，不是女孩。”

杜学弧收拢下巴，说：“是的，那个孩子是个弃儿，后来我甚至找到了她的亲生父母。”

罗加冷笑着说：“如果隔壁村说找到的是男孩，他们估计会乐于往自己家里多加一个男丁吧。反正孩子还小得很，什么都不知道。”

霍鑫发怒：“那扶什么村的人，肯定都帮着说谎了！相比之下，那个信上帝的甘溪村还算有人性的。”

罗加有一瞬莫名泄了气，叹道：“已经是三十多年前的事了，那时就是那样的时代。”

姚盼也已平复了情绪，以警察的沉着语气说：“段美芸应该是在山里找到那个女孩的，她立刻明白了一个只有一两岁的孩子为什么会在那里。所以她把她抱回了自己村里，后来被村里人发现，她也没有说那个孩子是迷路了，而是说无家可归。”

杜学弧点点头：“她知道那个女孩能回家的机会已经很小了，相比之下，自己村里的人还值得依靠一些。毕竟她自己就被这个村庄收留了十多年，从年幼到成人，虽然说生活得不怎么样。”

罗加记起在甘溪村问话的时候，杜学弧对村里人说，包括那个苗女在内的人，都会这么想……他把这句话说出来。

“无论是怎么样的家，总是家。”

杜学弧点头:“这是她真实的想法，我想她没有记恨过村里的人。”他停了停，继续道，“何况，村里还信上帝。”

姚盼问：“她本来就打算把那个孩子送到教堂去吗？”

杜学弧答道:“我想是的。如果村里有人愿意收养那个孩子也行，如果没有，起码他们会把那孩子送到教堂去。那时候，那座外国人建的教堂在甘溪乡已经屹立了几年，声名在外，段美芸觉得那孩子能够到那里生活，也是一件不错的事情。她的想法从来都很简单。”

片警停下来，又问其他人：“现在你们理解了吗？她为什么要把那个孩子用铁链锁铐起来，而且用木棍虐打她？”

姚盼张张嘴：“她是……为了避免让村里人以为那个孩子是她的女儿。”

罗加也艰难地拉开嘴角：“她怕村里人不相信……”

杜学弧回答说:“是啊。她说那个孩子是她从外面好心抱回来的，谁会信呢？有的人可能会认定她是偷了孩子，但也免不了会有人猜想，这个孩子会不会就是她生的。”

霍鑫叹气：“所以她故意等村里人接近的时候，把那个孩子绑起来，又恶狠狠地把那个孩子打得号啕大哭，好把村里人吸引过来，也让村里人坚信那个孩子是她偷来的。唉，真粗糙……”

罗加苦笑着说：“她的想法只是这么简单。”

姚盼淡淡地说：“如果我阻止不了伤害你的事情，我宁愿自己来做。”

杜学弧说：“她从来没有奢望过自己有能力和有资格抚养一个孩子，正相反，她生怕别人觉得她会和这个孩子扯上关系。她是一个魔女的女儿，也是一个魔女，她深知那是一种什么样的人生。”

姚盼接着说：“所以她也没有自己把那个孩子送到教堂去。她想让那些热心的村民把那个孩子送过去，叮嘱教堂好好抚养。为此，她宁愿自己背上偷小孩的邪恶罪名，后来也因此被村里人驱赶走。”

那个年轻片警仰了仰头：“这么说吧，或许她把那个孩子抱回来以后，还是偷偷抚养了一段时间的，直至她意识到自己无能为力。譬如那孩子突然生起病来，她无计可施，所以只好通过这种方法激起村民的关心。这也是她为什么没有直接把那个孩子搁在教堂门口一走了之，而是鼓动村民把孩子送过去——她怕不保险。”

女警姚盼淡淡地说：“谁能说她简单而粗糙呢？”

几个警察沉默着，时钟的指针已经滑过了凌晨 2 点。

“所以，那个被遗弃的女孩，就是陈晓青了。”罗加总结道。

然而当刑警们的目光转过去，却看见那个年轻片警仍旧缓缓摇头。

“很遗憾，那个女孩也不是陈晓青。”杜学弧的神情里掠过不常见的苦涩，“据我所知，那个女孩确实得了不好治的病，在 5 岁的时候就死去了。”

后来，杜学弧说出不过寥寥几句话的真相，女警姚盼低声叹息：“但这就是陈晓青的原生的心结。”

6

陈晓青很多事都只是说说而已，而试图支起一个看似顽强的外壳。

她用这种方法把头埋起来，躲藏起来，躲藏那些一触即发的崩塌。

七八岁的时候，她时常扒在教堂彩色的玻璃窗下面，望着一些外观闪闪发亮的汽车呼啸而至。她追踪那些西装革履、大腹便便的宾客直至教堂后方的贵宾接待室，那些宾客会牵上一个，或者两个孩子的手，消失在华美厚重的门背后。隔音很好，即便她扒在门上也听不见什么。无聊等待或长或短的时间后，那些宾客就推门走了。陈晓青只发现，负责迎宾的孩子们之后会多了新玩具，或者新衣裳，或者是没见过的好吃的零食。

她没有一次当过迎宾的孩子。

有一次有个头发金黄、长相英俊的中年宾客来访，进门就对陈晓青微笑。陈晓青也跟着笑逐颜开。她扒在神父厚伯明办公室外面，从门缝里偷看，看见两个都风度儒雅的金发男人侃侃而谈，陈晓青看见那位远道而来的宾客的嘴巴张成“O”字形。门打开，陈晓青甜甜地笑着迎上前，不料那位宾客吓了一跳，如触电般向后倒退。神父跟出来，赶昆虫一般向她挥手，用略带口音的中文说:“你，走开！”

陈晓青双手捧着腮，孤独地坐在教堂门口的台阶上。那个金发宾客很久以后走出来，远远望了女孩一眼，本来想从旁边走开，但经过时停下脚步，略微靠近，脸上露出不怀好意的笑容。他朝那个女孩嘟长嘴唇，以便让自己的发音更清楚。

“You,dirty！”

那天晚上，陈晓青闷闷不乐地问给她分饭的护工，外国话“得体”代表不好吗?

护工冷淡地往女孩的碗里舀了一份白菜，有些孩子有肉菜，陈晓青很少能分到。

女护工说：“不是得体，是脏。”

厚小安从那扇贵宾室的门后面出来以后，瘸着脚跑到山边，在溪水里冲刷身体，抱着膝盖“呜呜”地哭。陈晓青跟过来，问他哭什么。厚小安把身体团缩起来，躲藏着，说：“我很脏。”陈晓青大声地说：“你根本不懂什么是真正的脏！”

那时候，她也一样不懂。

到郴州上学后，陈晓青遇见徐盛，当察觉对方朝自己靠得太近，她就和班上的同学们一同设计伤害他，亲手伤害他，冷冷地摆明自己对他的厌恶的态度，对他说：“我们都没有家，也可以没有家。”

她只是说说而已。因为懊恼和悲伤。也因为害怕。

从童年到成年，她热衷出售自己的身体。10 岁的时候，她对长相儒雅的养父说，“爸爸我喜欢你给我洗澡”。14 岁的时候，她把同班同学的手放在她身上说，“推那个残废的有什么意思，来推我有意思多了”。她又拉着高年级的学长的手钻进学校的后山，她对徐盛说，“我乐意，何况能赚钱”。17 岁她辍学步入社会，伴过舞，陪过唱，主要还是靠和男人睡觉赚钱。23 岁那年，她成为盈富选矿董事长周龙文的情妇。那个 48 岁的矿山老板声音洪亮，手臂有力，铁钳般地抓住她说：“如果你有了孩子，我就给你一个家！”

她怀上周龙文的孩子，徐盛问她为什么。她若无其事地回答：“当然是为了钱——反正就是生个孩子。”

后来孩子流产，徐盛劝她就此离开周龙文。她叉开双腿坐在路边，仰望围着昏黄路灯打转的飞虫，说：“哪有这么容易，他比任何人，都把我抓得牢。”

她只是说说而已。因为那些都是真心话。

她真心想过用一个孩子交换钱，也真心想过用一个孩子交换家。

连她自己都不知道它们各占多少比例。

她也不知道还剩下多少比例，她不过是真心想知道，自己到底能不能生孩子。

但她终究还是说说而已。怀孕6个月的时候，她停止妊娠，把那个孩子流掉。

她终究不舍得把一个孩子带到人间。

她对徐盛淡淡地自嘲："我想我这样的人，没有资格生孩子。"

徐盛心如刀割。而在那些自卑、偏执和剧痛的心境里，那个决意抓牢不放的男人选择杀死周龙文，然后抢劫。那意思是：无论是钱，还是家，还是孩子，都交给我。

结婚以后，徐盛问他的妻子："我们要不要孩子？"陈晓青每次都会思量许久，一开始说不喜欢，最后淡淡地说："要也可以，有孩子家才完整嘛。"

生下徐嘉后，她对丈夫说："你害怕一个家如果没有孩子，就绑不住我对吗？徐盛，想要孩子的人是你，不是我。"

她只是说说而已。

没有人比她更盼望有自己的孩子。她自己知道，她的丈夫也知道。

自她懂事以后，就时常有一种执念对她说：我就是要生孩子！而另一种更加长期占领她的大脑的执念会告诉她：你疯了！

每当精神仿佛被寸寸撕碎，她会把枕头久久高悬在女儿熟睡的脸庞上方，也会抱着女儿长久地站在阳台的边缘。她长久地坐在黑暗的房间角落里，当夹在指间的烟蒂落地，她会在一瞬间的崩塌中对丈夫喊出说说而已的话。

"我一直都有问题啊，我从出生就有问题，我的基因里有不洁的血统——我从来就没有资格……"

这让徐盛心如刀割。

警方在徐嘉命案的调查过程中，调阅了死者母亲的医疗档案。

那个母亲抑郁成疾，服用着抵御沮丧的帕罗西汀和抵御失眠的氯硝西泮。徐嘉被证实死亡后，那个母亲一度——或者说再度尝试自杀。而她一直在吃的药品清单里，还有一种药，服用的时间要比另外两种早得多。药名叫提拉依的混合药，俗称鸡尾酒疗法。一日三片，抵御着其他。

医生把病历报告交到警察手上，神色如常地在一栏小字上指了指。

“虽然载量为 0，但血检是阳性，CD4 也只有 430，毫无疑问她是 HIV 携带者。”

* * *

医生告诉警察，载量为 0 代表没有传染性。

“一般来说，HIV 病毒载量低于 50 拷贝 / 毫升就检测不到了，虽然不代表病毒完全没有，但从实证的角度看，传染别人的可能性基本可以忽略不计。而对携带者自身免疫系统的影响，一般也比较稳定。我认为她能够长时间过正常人的生活，甚至一辈子。”

警察问：“需要一直服药吗？”

“如果载量一直为 0，其实可以吃也可以不吃。不过她的 CD4 确实不高，手头没有历史检验数据，我也不好说是近期开始降低还是本来就低。有些人天生免疫力就不好，所以最好还是坚持吃吧，毕竟病毒也可能躲在淋巴细胞或者细胞核里，谁也说不清会不会哪一天突然就跳出来。”

“这个病是不是无法根治？即便载量一直为 0。”

医生淡笑着说：“你们都知道这是什么病。虽然病例史上有过唯一的一次奇迹，但我还是直说吧：是的，按照现有的治疗手段，只能控制而无法根治。它会跟随一个人一辈子。”

“那么，可以要小孩吗？”

“当然。这是任何人的权利。”医生果断地说，“即便是有传染概率的携带者，也可以通过阻断手段怀孕，积极进行抗病毒治疗，一样可能生出健康的孩子来。载量为 0，认为可以像正常人一样怀孕也未尝不可。”

医生停了停：“当然了，父母的心理负担肯定不小——尤其当携带者是母亲。”

“是不是做试管婴儿会好一些？”

“各有各的说法吧，排卵、人工授精、剖腹产，这些方法都能在一定程度上降低母婴传染风险，但必要性见仁见智。如果选择做试管，我个人觉得主要还是心理上的安慰。当然这也很重要，不是吗？”

警察静静地点头，最后问：“能知道是什么时候感染的吗？”

医生回答：“这一点没有办法判定了，只知道她的携带时间已经很久很久。”

“从出生就携带呢？”

“谁能说不可能呢，这不就是来自母亲的传染吗？”

* * *

即便是杜学弧，也无法回答跟随陈晓青一生的病和毒，是不是来自她的母亲。没有人知道她的母亲是谁。她是一个弃儿，和其他弃儿一样。杜学弧只告诉我们，那病和毒从小就在那里，而她也从小就知道。

“我找到一个当年在教堂干活的护工，勉强肯开口，但也只能知道二三事。”

警察们尊重杜学弧的意见，后来没有去寻访那些曾经侍奉上帝，而今已行将就木的人。

“那间教堂给每个孩子都做过体检吗，”女警姚盼咬牙问，“为了那些宾客的需要？”

“具体已经查不清了。也许是那位神父讲究，也许是有过哪个宾客带病而来，也许是有些孩子身体不太对，毕竟那里的许多孩子身体都有缺陷。总之体检是有的。陈晓青从小是 HIV 携带者这件事，在那间教堂里并非秘密。”片警淡淡地说，“但孩子不懂这些。”

刑警罗加接着说：“她只是从小觉得自己脏。”

女警姚盼声音沉痛地说：“在那间教堂里，那个女孩没有经历其他孩子的经历，但对她而言，其他孩子反而是让她羡慕的对象……这是一种多深的精神创伤。”

刑警霍鑫神情凝重，那些灵魂扭曲、犯下重罪的人的生平，只能让他一言不发。

杜学弧略微抬起下巴。

“在那里长大的孩子，也许他们比我们想象中懂事更早。”

姚盼骤然联想到什么，沉声问：“所以……她因此从小以为段美芸就是她的母亲？”

但那个片警摇摇头：“不，那时候她无论如何都还太小，我想她联想不到这些事。哪怕她后来懂了，也从来都知道，那个早已被村里人赶走的邪恶的巫婆，不会是她的母亲。她只是在内心这样告诉自己，她只是说说而已。”

在罗加和杜学弧离开甘溪乡后，他们曾经讨论过段美芸的母亲。

“可能就是艾滋病。”

40 多年前，那个带着女儿从苗寨逃出来的女人，被村里人认为是个魔鬼的仆人。她会画符，会下蛊，会勾走村里男人的魂，然后那些男人接连死了。各种死法都有，吐血，全身发红，手脚的骨头说断就断，下巴肿着大疱，人瘦得像干尸。有些一家人都跟着丧命。

“虽然现在已经无迹可查了，但按照村里人的描述，其实都能用人体免疫系统崩溃来解释。”刑警罗加分析道，“器官衰竭、疱疹、淋巴结肿大、恶性肿瘤、骨头坏死、瘦骨如柴……唉，那个病的死法，本来就不一而足。”说到后面，刑警也不禁神情发怵。

我们都知道，那是极其可怕的病。

后来医生告诉警察们，HIV 病毒和很多其他病毒一样，在人体潜伏的时长也不一而足。有些携带者在很长的时间里身体都和常人无异。

“你们听过‘伤寒玛丽’吗？”医生举了个有名的病例，那是生活在 20 世纪的一个女人，“这个人终生携带伤寒杆菌，但她自己的身体没什么问题，一直活到 69 岁。”

但她也一生被隔离在一座孤岛的病房里。

“有很多人把她视作魔鬼的化身，这也无可厚非。”医生摊开手说。

后来段美芸的母亲上吊自杀，村里人把她的尸体烧成灰。

“段美芸的母亲带着女儿逃难到异乡，孤儿寡母，无依无靠，所以她把村里的男人拉上她的床，是为了生活……”

刑警喟叹着，停顿了一下：“其实，她到底本身就是携带者，还是定居甘溪乡以后才被别人传染，现在也说不清了。”

杜学弧说：“可不是，已经无迹可查了。就连她是无症状携带者这件事，我们也是猜。”

“她在村里画符、焚火、跳舞，其实是为了祈求村里安康吧。因为有人得病。”

“嗯，傩舞本来就是驱走疾病的仪式。”

“段美芸在她母亲死后，时常在村里人的家门上画符，也是相同的用意吧？”

片警浅浅地笑起来：“那可不一定。虽然我说她不记恨村里人，但说实在的，怎么可能会不恨呢？那时候，她只有十三四岁。村里人说，她放火烧谷子，用铁丝把羊崽勒死，在村里家家户户的门上用木炭画上黑符，我想这些都是事实。她只是仍旧把那里当家而已。”

片警一字一句地复述着村民的原话，刑警只感一阵难言，回想片刻，叹了一声。

“我记得那个村干部说，段美芸画的符号是一个小人，头顶插一根针……那确实是诅咒人的黑符吗？就和陈晓青后来画在苏本利别墅厨房里的一样。”

杜学弧耸耸肩：“或许吧，我也不懂。咒符这种东西千变万化，多一笔少一笔，意思都不一样，不是吗？”

罗加静默了一会儿，问：“那，段美芸也是携带者吗？”

杜学弧坚定摇头：“不，她一定不是。”

无论如何，那个让人闻之色变的病，并非说传染就能传染。

而杜学弧坚持认为，段美芸一定身体健康。杜学弧说，那个无名无家像幽灵一般生活的女人即便再一无所知，也一定知道体检这件事。既然她后来去当一个住家保姆，和别人如家人般同住在一个屋檐下，也许内心诚惶诚恐，但她一定身体健康。为了她的孩子，她一定会身体健康。

“否则她哪里会舍得？”

没有证据，那个片警只是猜。而这次他比以往更坚持，往好的方向猜。

在深夜的办公室里，刑警们因为不得不同意而沉默。

女警姚盼淡淡地说：“但陈晓青认为她就是，也在心里告诉自己，她就是她的女儿。”

刑警罗加向杜学弧看齐，不自觉地仰头望了望，而上方只有吱吱作响、刺目亮白的日光灯。

“也不是不能理解。”那刑警轻叹着说，“懂事以后，陈晓青想起村里流传的那些关于段美芸母女的事，她不由得联想自身，进而告诉自己，她从小就有，携带一生的病就是从那里而来。这是血统决定的事情——她这样自欺欺人地告诉自己。”

霍鑫沉郁地说：“她是给自己找一个……出口。”

姚盼望向杜学弧。

“那在她懂事之前呢？你说她是知道自己不是段美芸的女儿的。”

年轻片警侧侧头，平淡道：“我知道的也不多，仍旧只有个别知情人说的二三事。”

杜学弧从知情人那里了解到，被段美芸抱回来的女孩，在教堂生活了几年后就病死了。而那个女孩和陈晓青同龄。

“是什么病也说不清了，总之她只有短暂的人生。后来教堂的人把她埋葬了。”

刑警们都明白，那些孩子不过是被豢养在那个有着彩色的窗户的地方，哪里会有人对他们尽心尽责？

有些村里人偶尔会到教堂里喝茶或咖啡。看到年龄相仿的小女孩跑过去，会举起烟斗问一句：“咦，不是说那个被苗婆偷回来的女孩，前阵子病死了吗？”

旁边的人会回答：“你搞错了，病死的是另一个。”

搞错的人嗯嗯地说：“教堂的孩子就是多啊，得了治不好的病也是没福气。”

后来教堂里孩子争吵拌嘴，有些身上衣裳比较新比较好看的孩子，会轻蔑地伸手推搡陈晓青：“总比你好，我爸爸妈妈是不在了，但我现在有人要；你是石头生的，你连你妈是谁都不知道，以后也不会有人要。”陈晓青会大声抗辩：“我知道我妈妈是谁！”

那以后，她也会故作神秘地对厚小安、薄一山和薄重峰声称：我知道我妈妈是谁。

哪怕那只是说说而已。

杜学弧告诉刑警们，那个早已病逝的女孩，后来他设法找到了她的亲生父母，他们就在附近的村子里。

但陈晓青的父母，已经连可查的痕迹都没有了。

姚盼说：“她羡慕其他的孩子。她甚至羡慕那个同为弃儿，已经病死的女孩。”

霍鑫叹气，说：“这还是找一个出口。”

在那间教堂里，每一个孩子都境况凄凉，但陈晓青羡慕着他们，她的心境比他们更凄凉。她也羡慕那个由魔女捡回来的孩子，而告诉自己，我就是她。

小时候，她只是心怀卑微的渴望，说说而已。而在成年以后，当她懂事而得知自己终生跟随的是什么病，她在一种巨大的无望中强化了自己的自欺。她进一步把头埋起来，告诉自己：就是这样，没有错，我就是被那个女人所抛弃的孩子。在我身上流着魔女的血，我的祖母是魔女，我的母亲是魔女，所以我也是……这是由血统决定的，没有办法的事情。

她只能以此为自己找一个出口。

“现在你们可以理解吗，为什么她对母亲这个身份既向往又恐惧，既自责又怨恨？而当郁结最终变成死结，她只是不舍得抛下自己的孩子而已。”

这就是杜学弧告诉我们的寥寥几句的真相。

* * *

杜学弧说，陈晓青也好，薄一山兄弟也好，其他人也好，他们并无差别。在很长的人生里，薄一山和薄重峰因为看见了影子，所以一直心心念念地寻找。而陈晓青从来没有寻找过。那个关于母亲的影子，一直就藏在她心里。

小时候，她带领着厚小安、薄一山、薄重峰爬到山上，一棵树接一棵树地寻找路标，玩着孩子们的寻宝游戏。甘溪帮第一四人小分队一玩就是一天，笑声洒遍山林。陈晓青奔跑在最前面，满头大汗，心中莫名充满骄傲。

长大以后，当她明白自己的病是什么，她恐惧而痛苦，只能告诉自己那是由血统决定的，没有办法的事情。由此她也对心中那个母亲的影子充满了怨恨：就是她，没有错——她生下了我，又抛弃了我，只留给我恶魔的血脉，恶魔的病和毒。

为了找到出口，她给自己安排一个可以怨恨的对象，一个解释她原生之病的理由。

每当害怕不已，她习惯把头埋得更深，告诉自己“就是这样”，或者“我不知道”。

一个人在郴州过着边缘的生活的时候，她在郊外找到一间荒废的小木屋。她有时会躲在那里。蜷缩着身体躺在乌黑肮脏的地板上，睡上一整晚。当半夜醒来，她用倾侧的目光从残缺的屋顶透过去，望见寂静干净的星空。她默默寻找着北边天空最亮的恒星，她知道那颗星叫天狼星，许久以后却发现单凭她自己已经找不到了。以前她会爬上屋顶，依赖厚小安指给她看——哪里有嘛——你看，就在那里——这让她不具备自己找的技能。所以现在，从今往后，她知道自己永远都找不到了。

她也在木屋的一角用炭笔画上一排小人。每个小人头顶三根竖线，一根笔直，两根斜斜。一排四个人，手牵着手。

然后她又用炭笔狠狠地把那些小人划掉。横线胡乱交叉，像一团麻绳，但底下的图案还能看清。

她有时想用刀子来划，直至只剩下木屑，看不出痕迹。但最终还是不舍得。

后来，她和薄一山、薄重峰，还有徐盛相逢。四个人在木屋里喝酒，合眠，重温类似家的暖意。薄一山在月光下注意到那一排被划掉的小人，她只冷淡地说："我已经不记得了。"

而当她的兄长不期然地伸手触摸，她又变得不舍得，于是若无其事地"哈"了一声。

"真巧，今天这屋子里刚好也是四个人。"

她心怀怨恨，害怕不已，但心底又有微薄的期望。而最终还是不舍得占据上风，所以若无其事地说说而已。

她一直保留着甘溪帮孩子们的合照。无论搬过几次家。她把那张照片放进抽屉的深处，挂上锁。锁上之前，她又在抽屉里放进房产证、户口簿等资料。她告诉自己：放重要资料的抽屉当然要带锁，我可没故意要保留它，也没故意把它放在带锁的深处，它只是无关重要地、碰巧地放在了那里而已——我也不会承认，它与房产证和户口簿放在一起，是因为我把它视作家。

当然她更不会承认，她知道在那张合照的角落，有一个模糊的身影。

她对自己说："我不知道。"

"陈晓青知道那位住进她家的保姆，就是段美芸吗？"女警姚盼问杜学弧。

片警摇头表示否定。

"徐盛也许会对段美芸隐约有印象，但陈晓青应该从来没有见过段美芸，或者从未注意过她。除了段美芸后来来当保姆，她和他们最近的距离，就是在金江中学当学校保洁员的时候了，但那也已经是二十年前的事情了。"

姚盼叹息，说："一辈子藏在心里的人，当真的出现在面前却不认得……她甚至和自己住在一个家里朝夕相处，这是一种什么样的遗憾呢……"

女警停顿下来，想了想又做转折：“不过我想，当在咖啡厅里见面的一瞬间，当她望着那个坐在她对面的不苟言笑的陌生女人，还是生出无法解释的亲近感吧？”

罗加点头：“陈晓青原本是强烈反对住家保姆的，她讨厌在家里多一个陌生人。但她却最终同意让段美芸住进她的家里，和她住在一起。尽管她对她一直态度冷淡，频频在口上说着讨厌她的话，也声称讨厌她把徐嘉单独带出门……也许在她心里，感受是相反的。”

霍鑫闷闷地接口：“她故意说说而已。”

罗加望向杜学弧，说：“也许她一直都注意，一直都知道。”

杜学弧笑笑，说：“或许吧，我不排除心有灵犀的可能性。”

姚盼平静地说：“即便不认得，也不能阻隔心有灵犀。就跟她和她的其他孩子一样。”

陈晓青后来对徐盛说：“我一直都知道。”那里面包含了很多。听到这句话以后，徐盛就跟着两个警察回到故乡了。

光头刑警问：“我要问的是，陈晓青是不是一直都知道徐盛曾经抢劫杀人。”

但问题提出后，他最终没有追问答案，而是自己回答了自己。

“罢了，即便有所知道，她也只会把头埋起来，告诉自己我不知道。”

后来杜学弧告诉刑警们，如果陈晓青有所知道，最早还是来自薄一山和薄重峰。

姚盼问：“是因为他们行踪不定吗？陈晓青虽然从来不提起薄一山两人，也不问他们的去向，但是其实一直默默关注着他们。”

那个片警浅笑着点头：“我们都别忘了，他们是她的兄长。她和他们几乎断了联系，不是因为有着对往事的追悔，而是因为他们知道彼此的想法。她知道他们刻意不再和她联系的原因。”

刑警罗加沉想片刻，道：“我明白了。相比于一直留在她身边的徐盛，她更怀疑是不辞而别的她的兄长犯下了事。而他们之所以和她砍断联系，是因为这些事和她有关。尤其当知道周龙文死于非命以后。”刑警停了停，“而在 2014 年底，薄一山和薄重峰的通缉令被新闻播报出来，不敢提不敢问的事情也终于变得确凿无疑。”

片警杜学弧告诉了刑警们陈晓青一直关注着薄一山兄弟行踪的证据。

“发生在 2011 年秋天的第二宗抢劫杀人案里，有一个 23 岁的女性遇害者，她曾经在 18 岁的时候未婚生下一个儿子。所以这个孩子在 5 岁的时候成了孤儿。”

杜学弧说他没记住名字的女性死者，名叫汤梅，福建龙岩上杭县人。她因为和黑道人员申大河同车，在爆炸抢劫案中受牵连而丧命。她留下的 5 岁遗孤被寄养在农村的亲戚家。从 2013 年 1 月开始，那家亲戚每半年会收到一个信封，里面装着五千块钱。信件没有署名，但有邮戳。第一次的邮戳盖在湖南郴州市，往后的则来自我们城市。那信和钱整整寄了五年半，最后一次是在今年的 6 月。

女警姚盼问：“是陈晓青吗……”

杜学弧耸肩，说：“我没有证据，我只是猜。我想，她也不会承认。”

刑警们没有追问，只在心里承认了这个答案。2013 年 4 月，陈晓青跟随徐盛离开郴州，搬到本市，那钱寄送的路径已不言而喻。徐盛不会做这样的事，花这样的钱，但陈晓青会。她知道丈夫不肯用她积蓄的钱，她就把她的钱用在别的地方。

杜学弧问刑警们知不知道为什么钱是从 2013 年开始寄的。

“在 2014 年通缉令发出来之前，其实陈晓青就已经确信了。”罗加答道，“因为 2012 年 12 月发生了第三宗抢劫案，随后徐盛却手臂负伤而住院治疗，这个明显的关联事件让陈晓青确信，之前的几宗案件都是她身边的人干的。”

杜学弧淡淡地说："或许这也是一方面原因，她确实是避无可避地开始确信了。但我想，陈晓青是不到最后都不愿意相信徐盛与案件有关的。徐盛说他是出了车祸，她会仍旧告诉自己要相信。"

姚盼想了想，张张嘴："我明白了。她确信和案件有关的薄一山两人，因为已经有两宗案件的遇害人和他们密切相关了，尤其是第三宗案件……"

杜学弧点点头："第一宗案件周龙文的死网上更多流传的是黑帮仇杀，第二案申大河的死也是众说纷纭。陈晓青虽然多少知道徐盛和薄一山兄弟都与申大河有些过节，但是徐盛和薄一山兄弟之间的密切关系，他们一直瞒着她，陈晓青以为他们只有一面之缘，不至于会联手犯案。所以前两宗案件都让她在心里有了埋头躲避的空间。但第三宗案件的死者是永州的猪场老板邓庆旺，同样和薄一山兄弟有积怨，这就变得避无可避了——三宗案件都和他们或者和她有关，这不是能用巧合做解释的事情。"

姚盼说："薄一山两人和陈晓青在郴州重逢后又分别，其后到永州辛苦打拼了好几年。陈晓青知道邓庆旺和他们有积怨，说明她曾经打听过他们的情况。"

"嗯，也许她还亲自去看过。"片警微微收拢下巴，"陈晓青之所以在通缉令出来之前就有所确信，是因为她并不比别人少地一直悄悄关注着她离开的兄长。"

罗加望了望霍鑫，略微放低声音："那几个人之所以连续犯案，并且只选择和他们有关的作案对象，本身就是为了模糊和第一案周龙文的关系——本身就是为了保护她。"

姚盼没有望她的搭档，平静地说："陈晓青明白了这一点，所以她给案件中无辜死者的遗孤寄钱……她做不了其他事情，只想给她的兄长，给保护她的人赎一点点罪。"

光头刑警微微一哼，没有发言。

杜学弧说：“对了，在第一次寄钱的信封里还留了一张小纸条。纸条上写着：加油活着，你还能找到爱你的人。我想，这是寄信人写给那个失去了父母的孩子的话。”

闻言，几个刑警内心都一阵情绪翻腾。

后来那个片警把后面的话补完：“但最后是她自己没有相信这句话。她害怕相信，仍旧只是说说而已。”

在白亮如光天化日的警察办公室里，讨论接近尾声。

刑警霍鑫重新开口，刻意冷淡地说：“当 2014 年底薄一山和薄重峰的通缉令发出来，那时候，陈晓青心里只剩下最后一个埋起头来的幻觉了。”

杜学弧点头：“只剩下告诉自己：她的丈夫，她的孩子的父亲没有参与其中。”

姚盼低语：“那时候，她已经怀孕了。”

罗加对照记录回答：“嗯。2014 年是她第一次备孕，尝试用父母双方的精子和卵子结合的第三代试管婴儿，但没有成功。一年后，在徐盛的坚持下，陈晓青第二次备孕，用的是她的卵子和供精库的精子。徐嘉在 2016 年 6 月出生，从生物学关系上说，她和徐盛没有血缘关系。”

刑警停了停，叹道：“这两个身体都有缺陷的人，为了一个要孩子的执念拼尽全部……其中一方甚至不择手段……”

姚盼说：“也是为了要一个家的执念，这是他们两个人原生的心结。”

霍鑫用冷哼打断，但声调却带了苦涩。

“最后让陈晓青再也无法埋头不看那些避无可避的事实，幻觉彻底破灭，是因为徐嘉找到了那张地图对吗？那张所谓的寻宝地图。”

罗加沉沉点头：“是的，这是最后一根稻草。徐嘉在无意间把她父亲的藏匿之物找了出来，和地图放在一起的还有一把钥匙。陈晓青深知地图指向那间矿洞小屋，也深知小屋的钥匙原本由薄一山他们持有。这代表一个无法回避的事实：徐盛和她的兄长，一定一直有着伙伴关系。”

姚盼从女性的视角接口：“而这些事，他们一直瞒着她。尤其是当地图被找出来后，她的丈夫也仍旧坚持隐瞒……那张地图和钥匙一直被藏在黑暗的地方，这已经不是可以再用自我欺骗来否定的事实。”

杜学弧淡淡地说：“我们别忘了还有一件事。”

众刑警一愣，下一秒是霍鑫睁大了眼睛：“那些……薄一山和薄重峰发在网上的消息！”

杜学弧点点头：“薄一山兄弟为了引起段美芸的关注，在网上发布半真半假的消息。这些消息，段美芸没看到，但是一直关心他们去向的陈晓青看到了——他们在甘溪藏了炸药。矿洞、地图、钥匙、藏炸药……当看到这个消息，又怎么能不让他们的妹妹把这些事物联想在一起呢？”

世事相连的方法，让刑警们心中的震动复杂难言，感受到一种天意般的讽刺。徐盛把那张寻宝的地图和家门的钥匙珍藏起来，其实和罪恶无关；薄一山和薄重峰在网上自我暴露，也和罪恶无关——但是从这些无关的误解里，传达给他们至亲的关于罪恶的认知，又怎么能说是误解？

忽然他们又想到一种天意般的冰凉。那个母亲最后把那张地图送给女儿，向她指引宝藏的坐标……当她选择做出这个决定的时候，心中到底认为它是代表着家，还是代表着其他？这又是一种如何重叠而又幻灭的心境。

无论理解与否，他们只记住了一个恍惚而现实的结论。

女警姚盼低低陈说：“当那张地图从黑暗的角落呈现的那一刻，她蓦然感到自我欺骗的无以为继，于是细若游丝的心弦，也在那一刻绷断。她深深知道她丈夫的执念，更深深知道在他的执念里，也有她自己的那一份执念。她也深深知道代价是什么，他们的孩子，到底是用什么交换而来？当她的丈夫在医生面前大声地说出“我有钱”的时候，也在更早的时候，她就知道。她只是抱紧残余的幻觉。她一辈子呼吸空气，都依靠把头埋在泥土里，当再也无法埋头，她就只剩下一个出口了。”

罗加望了杜学弧一眼，说：“虽然我只是猜，她的免疫指标也是在近期急降的吧？也许是时间本已来到，也许是因为心灵的一瞬崩塌。尽管病毒的载量依然是0，但她知道自己身体的变化。而这本身就是让人惧怕的事情……”

杜学弧仰头凝望上空，问：“你们知道她最害怕的事情是什么吗？”

姚盼点头。

“她总是说着她有肮脏的血统，也总是说着徐盛不会对那个没有血缘关系的女儿好，她总是说说而已。但哪怕那个孩子没有遗传她的血，哪怕那个孩子的父亲会待她如亲生，也无法改变她的母亲是一个艾滋病人，她的父亲是一个杀人犯的事实。而当她的父母都不在了，她又会过上什么样的人生呢？”

霍鑫重重叹息，说：“但她没有权力……”

罗加说：“是的，她没有权力，那只是偏执。当郁结最终变成死结，她只是不舍得抛下她的孩子而已。”

当刑警们各自沉默，又不期然望向另一个人，而那个年轻的片警已经换上冷冷的声调，他复述了那句说给一个没有了父母的孩子听的话：加油活着，你还能找到爱你的人。

“但最后是她自己没有相信这句话。她害怕相信，仍旧只是说说而已。”

陈晓青一辈子呼吸空气，都依靠把头埋在泥土里。她对太多事情害怕得无法自已，是以坚持不看和不问。她拒绝知晓，告诉自己：我不知道。她也对别人说：不要告诉我！

当怀上周龙文的孩子六个月而把那个孩子流产出来后，陈晓青绝口不向医生询问那个夭折的孩子的情况。徐嘉出生后，她也绝口不问。

警察最终没有对她采取盘问。刑警罗加问杜学弧要不要给那个女子带话，片警淡淡地说：有机会，就带一句吧。后来罗加依约，只带去一句短短的话。

“那个孩子很健康。”

当刑警平静地说出那简单的话，孩子的母亲如被利剑命中心脏，她跪在床沿，双手捂脸，因为悲怆而近乎号啕。泪水从她紧紧遮挡面容的指缝里挤涌着，像被捧着一般。那个母亲用力地哭泣，说：“我一直都知道……”

罗加知道，那个情感泛滥的年轻片警总是任性地自作主张，贪心地守护他坚守的事物，而他也从不吝对人心进行狠狠一击。他从不吝于保护，也不吝于惩罚。

他坚持用他的方式贯彻惩罚。毕竟人只有活着，才能接受惩罚。

所以刑警罗加在转身离开前，自己又多补充了一句，他对跪坐在病房里的女子说：“你要做的是抬起头，活下去。”

7

连环抢劫杀人犯薄一山和薄重峰最终没有去成香港。

7 月 19 日凌晨，他们曾经尝试搭上偷渡香港的舢板船，但遭到城南公安分局和海关的联合拦截，逃窜而去。其后他们在本市继续匿藏了五天，直至 7 月 24 日被刑警霍鑫带队的搜查小组发现行迹。两个悍匪手持炸药筒和雷管与警方对峙，最后案犯薄重峰被当场击毙，薄一山被逮捕。

刑警霍鑫在思索许久后，还是向他相识多年的年轻片警提了一问。那时候，他的语气已经如经历过许多的警察一般冷静。

“那两个人在本市多藏了几天，是因为担心和不舍吗？”

片警杜学弧点头。

7 月 18 日夜晚，失踪四天的徐嘉的尸体在海边树林被发现。当天晚上，死者的母亲陈晓青吞服大量安眠药自杀，被送进医院抢救。7 月 19 日，涉嫌绑架和谋杀儿童，化名段美芸的嫌疑犯的 A 级通缉令报批和登出，头像贴满城市的大街小巷。

本已决定继续逃亡的另外两个 A 级通缉犯留了下来。他们不舍得就此离开；另一方面，他们也觉得累了。

霍鑫又问：“警察破门的一瞬间，他们已经做好逃不出去就引爆炸药的决定对吗？他们死了，案子就断了。最起码，不会从他们口中，把他们另外的兄弟和家人说出来。”

杜学弧答道：“虽然都是错误，而且说不上有用的做法，但那些人，确实在心里希望着彼此保护。”

后来我和那几位与案的警察几次聊起“以偏概全”这个词。这个词在案情调查和讨论的过程中每每出现，我们都深感自己容易陷入一种对世事、对人心的简化习惯中。包括事实的定性，也包括行为的动因。世事如海，人心如渊，其实我们哪里能全部看见，全部看清。

譬如有的人手执屠刀，鲜血满身；我们当然可以只说一句：这很容易理解，他们心理扭曲，出身也摆在那里。这当然是答案。但并不足够，也不公平。

杜学弧说，没有人会一开始就下决心杀人。尽管犯罪本无借口，但起码我们会尽力去指出：动因不止一个，而它们相互叠加。

薄一山和薄重峰选择抢劫杀人，除了为了报复，也是为了赎罪，为了陪同。

徐盛选择抢劫杀人，除了为了钱，也是为了紧抓，为了在一起。

陈晓青的选择，自然叠加的因素更多。

而我们也无法否认，在那些人之间叠加在一起的相互守护。

在审讯室里，嫌疑人薄一山平静地对警察们说："这是我自己的选择，和任何人无关。但我可以告诉你们，这些年我可以苟活下来，是因为重峰和晓青，也是因为徐盛。他们知道我缺失的是什么。"

说这话时，他在心里也想着已经死去的人。那个和他终生相随的伴侣提及徐盛时，也是一样地说道：所以我讨厌他，也感谢他。

在病床上，陈晓青在泪海里说："我一直都知道，他们一直在保护我……他们知道我身和心都有病……"

而在另一头分开的审讯室里，徐盛对刑警们摇头，激动地作答："不对，其实一直以来受着保护的那个人是我。一山哥和重峰哥在保护我，我妻子也在保护我！你们不知道，她是因为知道我一心想要钱，所以才会给周龙文当情人的，她甚至想过用生一个孩子的方法来换钱，你们知道这对她来说是多么挣扎和痛苦的事吗？这都是为了我！你们也不知道，她为了不让我走犯罪的路，宁愿放下唯一的自尊，她顶着嘲笑去哀求那些伤害过她的人，三番五次，只为给我找一份工作。你们知道这又是多么挣扎和痛苦的事吗？一切都是我的错……"

那些人，相互都知道对方缺失的是什么。不必说，彼此就知道，没有什么比这更真实的证明了。

我们说那个无名的女人终生跟随着谁，是以偏概全，她的孩子不止一个——而她的孩子其实也跟随着她。

我们说那些无家的孩子终生受到谁的保护，也是以偏概全，他们的保护人不止一个——他们也曾相互保护。

在那些漫长、艰难而孤独的岁月里，那些人彼此都是对方的跟随者，也都是对方的保护人。即便那些保护无一不失败，无一不错误。

这当然可悲。但那些人确实曾以此相互联结，相互取暖，没有什么比这更真实的证明。在那些漫长、艰难而孤独的岁月里，那些为了相互取暖而凑在一起的人，他们是一家人。

7 月 14 日夜幕刚刚垂落的时候，徐盛跌跌撞撞地赶回家，只看到家中空空如也的冰箱和在卧室里陷入昏睡的妻子陈晓青。在唤醒妻子前，他收拾好该收拾的东西，往妻子的水杯和厨房的水壶里投入安眠药。他又把家中监控摄像头的视频文件转到另一张记忆卡里，删删留留，修改时间。在那张新的记忆卡里，他留下了自己用一只真手、一只义肢，重重掐住女儿脖子的画面。然后反复删除。

“他又留又删，目的还是留。这是他留的保险。”刑警罗加告诉众人，“他知道我们有技术手段把视频还原出来，在必要的时候。”

那段视频不能一下子就被警察看到，但做这件事的人知道，在必要的时候警察能看到。

“比如说，如果段美芸被警方找到，而她说出她是从厨房冰箱里抱出已经死去的徐嘉。”刑警说道，“这时候，警方必定会重新检视视频录像的完整性，花时间进行技术修复——那段父亲掐住女儿脖子的视频就会呈现眼前，而且带着让人不得不怀疑的反复删除的痕迹。”

罗加停顿片刻，把话说完：“徐盛打算在事情瞒不住的时候，向警方证明是他杀死了自己的女儿。这就是他留的保险。”

霍鑫冷冷地说：“他可以说他先把死者弄晕，然后放进冰箱里。动机也好编造，他的女儿和他没有血缘关系……他原本就是准备这样顶罪的。”

姚盼说："他想保护陈晓青。"

罗加点头同意："徐盛往水杯和水壶里投放安眠药，是为了证明他的妻子一直昏睡，一无所知。他留下自己袭击女儿的视频，也是为了证明罪责都是他的，和他妻子无关。"

霍鑫问："他知道陈晓青做了什么吗？"

"也许知道，也许不知道。"罗加回答，"徐盛只知道，无论他的妻子做了什么，都绝不能让她知道女儿在她昏睡期间爬进了冰箱。无论是意外还是其他，他知道这个事实会让她面临什么样的精神崩塌。哪怕保护一点点也好，其实他的想法和段美芸一样——哪怕只能保护一点点，他宁愿当那个做出伤害的人，他想给陈晓青一个恨责的对象，而不是恨责自己。"

姚盼说："他宁愿由他来当杀死自己孩子的那个人。"

后来警察们在审讯室里问徐盛这么做的原因，那个罪犯平淡地回答："想来想去，这都是我唯一能赎罪的办法。反正我确实想过杀死自己女儿，反正我本来就是杀人犯。我欠太多人。"

那时候，片警杜学弧也主动提出参加了审讯，他坐在嫌疑人的面前，冷冷地问："不止吧？"

杜学弧在和刑警们讨论的时候，也说不止——当然，后来我们知道他说的是另一些不止。

"徐盛想保护的人，不止陈晓青。"

刑警们愕然，又瞬即恍然。

罗加问："还有段美芸吗？"

杜学弧点头。

刑警自行说："我明白了。徐盛担心的不是段美芸在被警方找到后，会说出她从冰箱里抱出死去的徐嘉，而是更担心段美芸会自己扛下拐走和杀死孩子的罪名。"

姚盼放低声音说："他既不愿让陈晓青背负罪责，也不想让段美芸背负罪责——背负罪责的事，他决定还是由他来做。”

罗加又略略皱眉，问：“但是，徐盛也在储存卡里留下了段美芸夜里偷看他们一家人睡，以及往水杯里投放安眠药的视频，留下这些视频的目的则是向段美芸栽赃……这不是自相矛盾吗？”

“是自相矛盾，因为他自己也犹豫。”杜学弧淡淡地回答，“那时候，让警方认定是段美芸把徐嘉拐带走，肯定是第一优先。”那个片警莫名站起身，慢慢走到办公室的窗边，透过玻璃眺望城市的夜景。尽管时至深宵，但那片广袤的黑色里仍有光芒延绵，灯火不熄。

“很显然，徐盛把自己袭击女儿的视频以隐藏的方式留下来，是最后做的决定。也许在某个时刻，他也突然从心底生出了不舍得吧。”

当警察们一如既往地先有猜想，然后在审讯室问罪犯是不是这般考虑的，那个罪犯就平淡地“哦”了一声。

“你们这么说我也不否认。我想别人欠我嘛，我哪能再欠别人。虽然我和那个女人没什么关系，但她和晓青，和一山哥与重峰哥有关系，我也没有让人家替罪的资格对吧？”

杜学弧淡淡地说：“你认为你是半路加入的外人。”

罪犯说：“本来就是。”

“但是对她来说并无差别。”

“你说什么？”

“我是说，陈晓青也好，薄一山和薄重峰也好，你也好，对于那个化名段美芸的女人来说都是一视同仁。她这些年不是也经常出现在你的附近吗？”

对面的人愕然一下，微微苦笑：“那是因为我一直死死跟着晓青，后来也跟着一山哥和重峰哥……她只是跟着他们而已……”

“你是 2003 年 3 月回到郴州，4 月开始在三里田城中村租房子住的吧？段美芸也在那里当过垃圾回收员。”

“那是因为一山哥他们也住在三里田，房子就是一山哥介绍我租的。”

“薄一山和薄重峰 2002 年就住在那里了，而段美芸是 2003 年才开始在三里田干活的。你忘了吗，就是那位原来在金江中学当校医的护士阿姨告诉我们的。”

“这……也说明不了什么……”

“那我们往前说，段美芸最早认识你，就是二十年前在金江中学的时候。那时候，她在女厕所把你推倒在地。”

对面的人继续苦笑：“是啊，那时候，我还以为她是存心害我。”

“现在你怎么想呢？”

徐盛略略发呆，不自觉地摸摸自己的义肢。他只有一只手戴了镣铐。

“现在大体能理解吧。那时候我老是缠着晓青，牵连她也受了同学的欺负……我一个残疾的穷鬼，死皮赖脸地缠着她关心的人，她一定很讨厌我吧。”

“可不是，那时候，连陈晓青也说很讨厌你。她还写信骗你，好向其他同学显示她有多讨厌你。对了，本来说要到女厕所袭击你的人也是陈晓青。虽然她只是说说而已，不过在旁边听见的段美芸，还是抢先了一步。”

徐盛抿住嘴唇，片刻嘘出口气：“好吧，我想她主要是想代替晓青做这件事。”

坐在对面的片警点点头，他和审讯室里的罪犯，也有过几天同吃同住的相处，当那个罪犯渐渐愿意坦承，他点头表示满意。

“我想，段美芸主要是感到心疼。她一直守看着陈晓青，一定曾看见过你和陈晓青并肩走在校道上，走在乡间小路上的身影。尽管后来陈晓青刻意和你保持距离，但陈晓青也好，你也好，都知道彼此对对方的感情，所以你才会死皮赖脸地不愿放手。而同样知道这份感情的，还有段美芸。你们每个人，尽管有时略有误解，但都心有灵犀。”

那个年轻片警停了停：“所以，段美芸抢在陈晓青前面出手，心里想的还是你们几个都时常挂在嘴边的话：如果我阻止不了伤害你的事情，我宁愿自己来做。”

残疾人浅笑着说：“是啊，她知道晓青如果自己把我推倒在地，其实心里也会难受。”

“你还要这样偷换主语吗？”

“嗯？”

“我可以肯定地告诉你，段美芸一点都不讨厌你。当她远远看见你瘸着腿和陈晓青在夕阳下并肩慢慢走着，陈晓青说我帮你背书包，你伸手说把你的书包给我才对，那时候，那个远远看着的人心里只有喜欢。”

杜学弧直望着徐盛的眼睛，把那话说出来。

“她不想受到伤害的人是你。相比于被喜欢的人攻击，被一个陌生人攻击，受到的伤害要小得多。她宁愿自己变成被记恨的对象。”

对面的人嘴唇颤抖，无言以对。

杜学弧平淡地补充：“你应该记得，你在女厕所被推倒不久，段美芸就被人用砖头砸破了头，她用渗出血的纱布包着头，在学校里到处走来走去，再然后她就辞职离开了。你觉得，用砖头砸伤她的人是谁呢？我想就是她自己吧。从那以后，无论是班上的同学，还是高年级的同学，都没有人再敢欺负你了。”

徐盛一言不发。

“后来还有不少事，你应该比我记得清楚。譬如山上有一窝野狗被人用砖头砸死了，后来有个欺侮过陈晓青的初三学生，也被人用砖头砸伤。这些事你比我清楚，你和陈晓青都没来得及自己动手，你们都被捷足先登了。而我想，抢在你们前面的人，心里想的不仅是要保护陈晓青，还有你。”

杜学弧又说下去，说着那些碎片般一闪而过的往事。

“2011 年夏天，薄一山和薄重峰刚回到郴州，头天晚上，你就会同他们到苏本利的私人仓库偷取炸药，而仓库门上挂了一把锁。挂锁的人为什么能这么先知先觉呢？我想，只能认为那时候她守着的人，并非薄一山和薄重峰，而是你。

“2011 年秋天，薄重峰在抢劫申大河时被土制手枪射伤，当晚你们三人在一家已倒闭的美容院里临时藏匿，因为那家美容院的后门没有挂上锁，给你们留门的人也一样留得及时。我想，那个人知道的不是薄重峰受了伤，而只是你满头大汗地到处找落脚地而已。

“后来你和陈晓青搬到我们这里，你在东城货场运货，那个人也出现在东城货场；出租车司机邓少兵给你当担保人，那个人又设法观察邓少兵。我想，这些都和陈晓青无关，而只和你有关。”

片警停下来。而对面的人仍旧良久无语，片刻摇摇头，仍旧苦笑：“没有的事……我和晓青结了婚嘛，哪怕她关心我的情况，也是因为晓青……”

“是吗？那她把名字改成段美芸也是吗？”

对面的人骤然呆住。

“我一直很好奇，那个没有名字的女人是怎么给自己取名字的。”片警说，“我们知道她曾经用过的名字有陈甘溪、陈美荷，也许还有其他，但已经找不全了。取这两个名字都容易理解，陈晓青后来改姓陈嘛，所以她也跟着给自己改姓陈。甘溪是她和那些孩子的故乡；美荷则是因为她偶然在美容院看到一把锁的品牌叫美荷牌，她想到自己之前给那些孩子留过几次门锁，所以简简单单就叫自己美荷。但是段美芸这个她在本市用的姓名，却有些跳跃，名可以随意取，但为什么连姓都改了呢？直到后来我才明白。”

徐盛抬起头，身体微微抖着问：“是为什么？”

“你看，其实你自己也有所感觉嘛。你和你妻子在面试保姆，第一次看到段美芸的时候，不是都对那个应聘人产生某种熟悉的亲近感吗？这有二十年前的学生阶段你们和她打过照面的原因，有心有灵犀的原因，不过我想对你来说，还有另外一个感到亲近的原因。”

徐盛呆呆前望。

“我查了一下，你死去的母亲名字是叫谷丽芸吧。”

对面的人喉间吞咽，片刻又苦苦地自嘲地笑：“是啊，只不过是有一个字相同，我就自己觉得熟悉了……”

“我还没说完呢。”片警平静地继续，“我又查了一下，你母亲到外地打工的时候，用的确实是谷丽芸这个名字；但她在娄底老家最早的户口簿上，登记的准确名字其实是縠丽芸。縠姓是个特殊的旧姓，也可以做谷姓。因为这个字难认难写，所以你母亲在外打工时，干脆写成谷姓了。当我看到縠字时，就一下子明白了。原来是因为那个女人文化水平太低嘛，她不认识縠字，也不知道怎么念，所以就差不多地给自己改成姓段了。”

杜学弧停顿，目光直视对面的人：“那个人确实是想取一个和你母亲相近的名字。不仅是名字里的一个字，连姓也想尽量靠近。我说啊，你和你老婆闹别扭的时候，你老婆是不是曾经大声说过，更想要一个孩子的人是你，更想要一个家的人是你呢？”

徐盛浑身颤抖。

杜学弧说：“对了，那个人能看到你母亲縠丽芸的名字，说明她一定去过你的家乡娄底。或许就是你初中毕业以后，回老家念高中的那几年吧。她也去看过你呢——不是去看陈晓青，不是去看薄一山和薄重峰，而是单独去看你。所以说，她也没有把你当作另一个残疾孩子的代替品，她没想这么多。”

徐盛用一只手捂住眼睛。

“现在你明白了吗，段美芸这个名字，是特地为你而取的。她知道你比其他人更想念母亲，更想有一个家。她住进你们的家，给陈晓青做饭，也给你做饭。而她后来把死去的徐嘉抱走，是不舍得那个在房间里沉睡不醒的孩子的母亲记恨自己，又何尝不是不舍得那个没能赶回家的孩子的父亲记恨自己呢？陈晓青也好，薄一山和薄重峰也好，你也好，甚至包括她后来才遇见的朱杨莲也好——对她来说都并无差别，你们每一个都是她的孩子。”

那个没有家，少一只手一只脚的人，“嗷嗷”地哭出声来。

“可是为什么……我和她又没有关系……”

“她和你们每个人都没有关系呀！她和你们每个人都素昧平生，毫无关系。”那个年轻的片警望着对面的罪犯的眼睛，冷冷地问道，“你到现在还不明白吗，那个人耗尽一生跟随着你们的原因是什么？”

我们说那个没有名字的女人的人生一无所有，是以偏概全。

她的人生零零碎碎，模模糊糊，直到最后都只能以她的孩子的足迹为线索呈现，连名字都为她的孩子而取。杜学弧说，我想她是幸福的。

她的孩子就是她的人生。她的人生里有不止一个孩子，怎么能说一无所有？她的人生也许本来一无所有，直至那些孩子的出现。

她曾独自一人住在甘溪乡村尾草木枯萎的圆圈里。村里一些顽劣的孩子有时会入侵那个圆圈，往泥屋丢石头，每砸中一次窗户都集体欢呼；还有一些大胆的会靠得更近，用木炭在墙上画上代表诅咒的图案。她会身穿黑袍，呼啦一声从屋里跑出来，那些靠近的孩子也会呼啦一声四处奔散。隔了几天，孩子们又来了。她又一次呼啦一声出来，孩子们又一次呼啦一声奔跑。

当她被村里人赶走，独自一人住在山林里，偶然看见靠近山脚的几棵树上，用木炭画了头上三根竖线的小人图案，她也动笔画起来。一棵树接一棵树，一块石头接一块石头，小人头上三根竖线，指向东南西北，指向她所住的地方。那几个孩子就来了。他们一路奔跑一路寻找，笑声洒遍山林。她把路标擦了又重画，每次都改变寻宝的路线，孩子们每次都玩得开心。她远远看着，也每次都开心。

后来她把自己家门的钥匙放下，留给他们，寻宝而归的孩子背着他们最需要的东西，跌跌撞撞跑下山，立定在山脚的时候，他们转过身，朝着黑漆漆的大山，朝着那间小屋的方向大声呼喊：谢谢！

孩子们离开后，她也跟随她的孩子们离开。

从此，或在更早——那个没有名字的女人和那些没有家的孩子一生相连。

杜学弧告诉我们，说那个人一直保护着那些孩子，也是以偏概全。

“她没想过要保护他们，她没想这么多。她只是远远看着，就感到开心而已。而在实在不忍心的时候，她才粗糙地露一次脸，粗糙地做一些事。她蹑手蹑脚，无论做的事情有用还是无用，做完了就急忙离开。”

在另外一边的审讯室里，另一个罪犯同样在掩面流泪，他曾在铁皮屋里拿到叠得整整齐齐、用塑料袋包好的一生积蓄。

那个叫薄一山的悍匪，一生背负罪责的重压。他从心底希望陪同和保护身边的人，是因为他从心底希望赎罪，却最终陷入更深的泥泽，犯下更深的罪业。

女警姚盼开口对他说：“你们都错了。真正的保护，并不建立在赎罪的基础上。你知道那个一直跟随着你们、守护着你们的人，她这么做的原因吗？她和你们毫无关系、毫不相欠。她也不管你们犯了多少错，是不是杀人犯。她只是远远看着你们，就觉得开心。或许你们也组成了她的人生，让她的人生变得有意义，但她没想这么多。她一生跟随你们，留在离你们身边不远的地方，只是因为她喜欢你们而已。”

杜学弧问徐盛：“我问你，是因为陈晓青和你一样有身体缺陷，所以你才会选择她对吗？只有找这样的女人，才可以让她欠你，而不是你欠她。”

对面的人早已泪眼迷蒙，这时他放下捂住眼睛的一只手掌，唇和后背都在发抖，心中的话想说又死死憋着不说。

片警杜学弧向后靠坐铁椅，跷着腿，下巴也略微抬起。

“我再说一件事。1998 年你和陈晓青一起看过电影，就是很有名的那部。那时候你们还是初中生。看完以后你的女伴都感动哭了，说：她一辈子都忘不了他，因为她欠他。我本来对抠抠搜搜的感情片没兴趣，但看了以后还是觉得疑惑。在那部电影里，女主角其实也没欠男主角吧？虽说最后男的把木板让给了女的，自己泡在海水里被冻死，这感人是感人，但从情形和气氛来看也算不上欠不欠的，只是正常举动，你看女的当时也没推搪。而且从前面的情节看，女的为男的做得更多，譬如如果不是女的跑回来救男的，男的早就淹死在船舱里了；后来她有机会乘船先走，又是自己跳下船，死死跟着对方不肯走。真有相欠，他们两个人也扯平了。那么问题就来了——她为什么一辈子忘不了他呢？她为什么愿意死死跟着他走呢？我想，不只是因为欠吧？”

杜学弧下巴朝对面的人扬了扬：“二十年前直至如今，你能明白你的女伴说这句话的真正意思吗？她是对你说的。你能明白她想告诉你什么吗？”

对面的人把头低下，埋在双拳之间，后背弓起来。

杜学弧看着他，冷冷地说：“我再问你一遍。你选择一直死死跟着陈晓青，死死不放手，是因为这样的对象很难得，只有这样的女人才可以让她欠你对吗？你选择要为她做更多的事情，要给她更多的东西，选择宁愿让自己成为她记恨的对象，是因为你想让她欠你更多吗？只是欠吗？不止吧？”

徐盛抬起头，那个自卑的，只有一只脚一只手的残疾人从胸间呐喊出来：“什么都不是！是因为我喜欢她，我爱她！我想和她在一起！而她告诉我，她也一样地爱我！她一样地想和我在一起，和她有一个家……”

那个年轻的片警满意地点点头。他想告诉那些无家的人和那些罪犯，也想让他们自己坦承的事情，仅此而已。

家并非由别的什么东西缔结和相连，不是血缘，也不是亏欠，而只是发自内心的喜欢。

8

“你在画什么？”

厚晓青问那个她已经不记得名字的女孩。她只记得她的姓。教堂里每一个孩子都姓厚，大家都是兄弟姐妹，一家人。但那个女孩不肯，她说她记得自己姓陈。

“不记得名字就回不了家了。”

那女孩总是脸色发白，说话很慢，呼吸很急。有时走着走着，就要蹲下来，呼呼喘气。所以她更多时候都安静地坐着，趴在桌子上画画，缓慢而又肯定地说话。

她握住还剩短短一截的黑色铅笔，认认真真地画了一个火柴小人。小人头顶有一根直直的竖线，往下还要穿出一点，像插入脑袋的针。

“这是什么？”4 岁的厚晓青站在她的同龄人身后提问，“我觉得这样画不好看。”

“我还没画完。”

女孩在小人的头顶多画了两根线，弯弯的，向两边展开。

“哦，这是头发吗？”

“对呀。”

“是这么画的吗？”

“就是这么画的。”

“谁教你的？”

“我自己发明的。”

那些直直的针，从此变成蓬蓬生长的头发。

“但是中间那根还是长过头了，都跑到脸蛋上去了。”

“那是鼻子呀，妈妈的鼻子又高又好看。”

“妈妈？你的妈妈？”

“嗯，这是妈妈。长头发、高鼻子，我很喜欢，我记得。”

那个只记得自己姓氏的女孩转过头，笑容肯定而幸福，她微微喘气，连苍白的脸都变得红润。厚晓青呆呆地站在她身后，羡慕不已。

从出生开始，厚晓青脸上就有一大块青色的鳞片状的斑，几乎遮掩半边面容。孩子们看到她就跑，说：“蛇精来了，蛇精来了——”

“要么是皮肤病，要么是血液的原因，大体都和遗传有关。”

教堂里给孩子们做体检，厚晓青是最早参加的那几个。

年纪渐长，那块青斑变淡了，但教堂里的孩子和大人，仍旧远远躲着她。只有那个女孩不躲她，后来厚小安也不躲，以及其他的几个人。想来是因为他们和她一样都生病，又都跑不动，想跑也跑不开。尽管后来他们都不在了，但厚晓青曾经都羡慕他们。

教堂烧毁后，县里来了些人，挑选孩子领养。有人指着她说，这个女孩子好，身体健康，坯子也好看，脸上的斑好说，激光一照就没了，关键是政治加分。一个男人走到厚晓青面前，蹲下身，露齿笑：“你好，我姓陈。你可以叫我陈叔叔；如果愿意，也可以叫我陈爸爸。”厚晓青立刻说：“我愿意！”

户籍登记好以后，厚晓青就成了陈晓青。她做了激光治疗，掩藏容貌的青斑褪尽，有一段时间她的养父对她越看越喜欢。长大后，她又给自己割了眼皮，修了下巴，隆了鼻子。她让自己变得更好看，也让自己掩藏得更深，好让别人喜欢。

她时常想念和羡慕一些人。尤其想念和羡慕那个记得自己的姓，在 5 岁时已经安静地死去的女孩。

初春里的一天，8 岁的厚晓青、9 岁的厚小安、11 岁的厚重峰和 13 岁的厚一山，结伴跑到村尾玩，在一个草木腐败的圆圈里，看见一间荒塌的泥屋。外墙上用木炭画满了小人的图案，头上一根针，那是黑色的诅咒。

而其中靠近矮矮的墙角的那几个，头上除了直直一根线，两旁还有两根。歪歪斜斜，断断续续。

在那个时候，刚刚拿稳画笔的 2 岁的女孩，一定曾趴在墙角展开自己的发明创作——在小人的头顶多添上弯弯的两笔。当她画好，也一定曾回过头，对着那个蓬头垢面、恶形恶相盯着她看的女人拍手笑。她指着墙上的图案，又指指身后的女人，咿呀地说："妈妈，这是妈妈……"

那些黑色的诅咒，从此变成爱的代称。

腿脚不便的厚小安第一次看见，问："这是什么？"

年长的厚一山说："别碰。"来过的厚重峰说："我知道，很厉害的东西。"

厚晓青说："你们才不知道，只有我知道。"

几个冒险的孩子从洞开的残破木门走进去，左看右看，左翻右翻。厚重峰在瓦砾下面捡到半张黄色的纸。纸张残缺，上面写着歪歪斜斜的和孩子差不多的字。

"这字难看死了，写的是什么？"厚重峰把纸递给他的兄弟。厚一山念出来。

"……我阻止不了……伤害你……我……自己来做……"

厚晓青说：“如果我阻止不了伤害你的事情，我宁愿自己来做。”

厚小安问：“这是什么意思？”

“就是最起码的事情，伤害你的人是我，而不是别人。”

厚重峰拉长嘴角：“你是自己编的吧？你怎么知道？”

厚晓青别过头说：“我就是知道。这张纸条，是留给我的。”

他们的兄长皱眉，问：“你在说什么？”

他们的妹妹别过头，说：“什么都没说。”

当孩子们踏着溪水走到山边，厚晓青就捡起一根木炭，在一棵树上唰唰地画。她把那个小人的图案刻画在上面，头上竖线三根。

兄长们问她：怎么了？

那个女孩丢下木炭，双手围住嘴巴，面朝大山喊：“我在这里——你在哪里——”

初春里的另一天，当几个孩子再回到原处，就在一棵接一棵树，一块石头接一块石头上，找到漫山遍野的小人图案。头上三根竖线，指向东南西北，指引着方向。

厚晓青心中莫名骄傲，开心地领头奔跑。

“甘溪帮第一四人小分队，寻宝小分队今天成立！”

那些孤独的图案，从此变成寻宝的路标。

无家的孩子们一次又一次漫山遍野地开心地奔跑，每次都停步在一个山洞前。山洞旁边有一株枫树，上面刻着最后的路标。小人头顶的线条延展开来，和树融为一体，枝枝叶叶，蔓蔓而生。

当漫山遍野的笑声因缘而相连，就成了家的坐标。

在数十年前的那个初春，草木吐芽，长出新枝。从那以后，那个在很远又不远的地方，一生看望她的孩子的人，总是开心地看望着。在数十年以后，当她在朗日下，牵着徐嘉的小手在路上走走追追，给她披上好看的小外套；当她在滂沱的雨夜里抱着徐嘉冰冷的身躯，给她挎上温热的小水壶，那些时候，她的心里一定也回想着，这个她的孩子的孩子，沿着咖啡厅半圆形的卡座溜溜地爬过来，一点都不怕生地伸出双手，摸着她的脸，对她说话。

“是不是你来陪我玩？”

谁能否认——所有的蔓生，所有的联结，所有的家，它们的原生仅此而已。

* * *

后来，杜学弧又告诉我们一件让人瞠目结舌的事。

“那个化名陈甘溪、陈美荷、段美芸，也许还有其他名字的女人，和她守看的孩子没有一点血缘关系；但我因为好奇而查了一下，结果却发现她和另一个人可能存在血缘。”

那个片警说他因为好奇而查，其实是因为他时常倾向相信冥冥中的天意。

“我只是瞎猜。而我最早开始猜的理由，其实不值一提。”片警耸耸肩说，“你们都看过段美芸的照片，不会只有我一个人觉得她的鼻子又高又勾。这也让或多或少见过她的人能认得她，虽然大多是因为觉得她神情阴森。

“总之，说她像个中外混血，是一种看一眼就会有的猜想。”

杜学弧总说那是看一眼就会有的猜想，每每让几位刑警汗颜。姚盼有一回和我聊天，聊起这件事，接着又聊到了另一位来自外地的警察。

“我是想起薄一山近视这件事。”女警叹气说，“我们明明都知道这个人戴眼镜，有近视，但却从来没有再往前多想一点，他的近视度数到底有多深——也因此没意识到，他在和警方对峙时，弃眼镜而不捡的行为意味着什么。我们啊，总是没有深想……一个冷血的杀人犯，管他近不近视呢？一个阴森的偷孩子的人，管她长什么样呢？”

姚盼停了停，说：“但那两个警察不一样。”

我微笑说：“那个叫洪长安的郴州警官是不是说，原因在于你们对一个犯罪嫌疑人，一丁点都不关心。”

姚盼苦涩地笑：“嗯。我们之所以不能做到看一眼就产生猜想，是因为我们从来没有真正看向过他们，注视过他们。”

我笑道：“是不是不得不承认，那个警察和杜学弧还挺像的。”

女警偏过头，不置可否地说：“或许吧。”

杜学弧因为好奇、注视和某种偏信而猜，他在查验段美芸和陈晓青等人是否有血缘关系的时候，也一并比对了一个外国人的血液样本。

那个人就是四十多年前曾在甘溪乡开办教堂，给自己取名厚伯明的英国人。

“结果不一定对，只是从父系 X 染色体的遗传相似度来看，有这样的可能。”杜学弧用模糊的说法降低众人的吃惊，“毕竟，相比于亲子鉴定，兄妹鉴定属于疑难鉴定。”

20 世纪 70 年代末期，那个英国人选择在黔东南的大山里安营扎寨，有很多黑暗而扭曲的动因。而其中之一，却是因为他真的把那个地方幻想成曾经的家。更早的时候，他的父亲曾经带着他在那片土地上穿行，居住，也留下血脉。父亲去世后，他孑然一身重回旧地，是因为他幻想着：也许在那里，他还有家人。

“段美芸和厚伯明真的可能是……同父异母的兄妹？”刑警罗加在惊讶中发问，因为惊讶，甚至用了“真的可能”这种矛盾的话。

片警杜学弧包容对方错误地笑。

“嗯，我说了，只是可能。我在想，当年段美芸的母亲被驱赶出家乡的苗寨，可能是因为她携带了病，也可能是别的原因。譬如说，她生下来的孩子长得太像异族人。虽然有点巧合过头，但我查了一下，时间和地点基本吻合，所以也不是没有这种可能性。”

女警姚盼因为想到什么而嘴唇微张，话语有些断续。

“最初的时候，段美芸是不是也觉得那间教堂……挺好？或者说她是对那个教堂的经营人抱有好感——所以她才会决定把那个被父母遗弃的陈姓女孩送到那里抚养和治病……她后来时常接近那间教堂，也不仅仅是想看望里面的孩子……哎，这也是另一种心有灵犀吗……”

刑警罗加叹道：“谁能说血缘不会带来莫名的亲近感呢？”

“但她在偷偷窥望的过程中渐渐发现，那间教堂其实并没有她想象中的美好，她送去的孩子几年后就病死了，而其他孩子的脸上也难得看到笑容……所以她后来才会帮助薄一山等人逃跑。她心里，一定也有一种对当初自己决定的后悔。”

刑警霍鑫说：“所以她心里才会更加难舍，而决定一直跟随、守护那些孩子。”

片警杜学弧淡笑着说：“我们还是不要简化动机为好。人的动机，比什么都复杂。”

罗加不由感慨道：“厚伯明和段美芸，一个如同那些孩子的父亲，一个如同母亲。他们一个是神父，却深深恶待那些孩子；另一个是魔女，却如补偿一般守护了那些孩子。而他们两个人，身上却又流着一样的血，是真正的家人……唉，这是一种什么样的天意？”

霍鑫哼道：“要我说，天意就是喜欢嘲弄人。”

杜学弧笑笑摊开手，说：“我不否认。”

罗加想了想，又道：“那个外国人为寻亲而来，在教堂初建的时候，他可能真的从心底想过要给自己建一个家。他的那些善举也是半真半假，对待那些孩子也是，所以甘溪乡的村民才会如此相信他，至今还感恩戴德。但随着时间推移，那个人心底的邪念生长开来，占了上风，行为就变质了……”

姚盼冷冷而平静地说：“说到底，他从来没有真心喜欢过那些孩子。”

罗加问：“我听说，这个人前几年假冒身份又跑回来了？”

女警冰冷嗯了一声：“现在住在山东青岛，郴州那边查到的。五十多年前，他和他父亲最早落脚的地方就在山东。”

“那个人到底在想些什么，落叶归根？但是现在要他开口也办不到了对吧？”

“嗯。两年前他一个人住进青岛郊区的一家疗养院，那时候他已经风烛残年，哪儿都去不了了。他提前交了一笔钱，最近半年他长期昏迷，已经转到了临终医院，现在就只剩一口气。他孑然一身，基于人道主义，医院不好拔管，我们也不能把他驱逐出境。”

这时候，刑警霍鑫重重地哼了一声。

“明知厚伯明已经是这个样子，但那个叫洪长安的吊靴鬼却瞒着不说，还以此作为筹码刺激薄一山，诱使他招供——那时候，弄得我们够被动的！”

坐在转椅上的杜学弧摆动身体，嘻嘻地笑道：“但是我听说，那位洪警官在第二天早上，再向薄一山问话的时候，一开口就把这件事先说了。”

光头刑警冷哼着说：“那是因为前一天晚上，你和罗加已经让徐盛招供了，他再要手段也没意义——这事你们俩干得不错，反正是抢先一步，搞赢了那个吊靴鬼。”

杜学弧问：“那洪警官为什么不早一天就让薄一山招供？我听说前一天的下午，薄一山就已经提出了减刑的条件，我记得那时候，我和罗警官还挤在面包车里，在去甘溪乡的盘山路上转得头晕呢。那天后面的时间，那位洪警官为什么没再出过手呢？”

“我和姚盼拦着啊！我们哪肯让他和嫌疑犯做减刑交易！”

“但那时候我们这边的压力很大吧？嫌疑犯自己也提出要做交易，如果郴州警队一施压，怕是连孙局都兜不住。”

“我管他，说好的时间没到，当然拦着不放。”

杜学弧用食指摩擦下巴的胡子，装模作样地点头：“嗯，所以原因是他遵守了承诺。”

这话让霍鑫滞了滞，想张口又找不到话。他和搭档姚盼对望了一下，后者的神情也是无法反驳的意思。

“如果一定要谈时间比赛，其实是我们输了。”代表本地的片警略略坐直身体，坦率地笑，“那位洪警官，手里一直握着厚伯明这张王牌，他随时都可以用，随时都可以赢。他一直留到最后，只是信守给我们时间的承诺而已。他在等我们，或者说是相信我们。”

姚盼想了想，问：“那那时候，他为什么要把这张牌打出来？”

“他不是把原因告诉你们了吗？一走出审讯室就告诉你们了。”

姚盼和霍鑫愕然一怔，心中都有一种难言的震动。

杜学弧淡淡地问道：“那天早些的时间，你们是不是告诉薄一山警方已经锁定了甘溪乡这个地点，也已经派人去调查？前一天，你们也提到了薄一山开车把徐盛撞下河的那场假事故。那天审讯结束的时候，你们说了一句‘可惜你们还缺一份地图’，嫌疑犯是不是摘下眼镜哈哈大笑起来，笑得几乎流出眼泪？”

姚盼已经明白了杜学弧话里的意思，她默然点点头。

“从审讯的策略来说，你们肯定没做错。”片警的声调并无起伏，“告诉嫌疑人，我们已经掌握了重要证据，人的关系有了，老巢也找到了，马上就要直捣黄龙，不信你不招。这种心理施压当然有效，对一般的嫌疑犯有效，对薄一山这个嫌疑犯也有效。只不过，那可能是我们预期以外的有效。当听到警察说出他想藏起来的兄弟的名字，听到他们的那个家的名字，也听到你们说出他们所丢失的地图，那个人笑出了眼泪。”

几个刑警心中涟漪层层，一阵无言。他们想起那个矫情的片警长期以来，几乎从来不对嫌疑人进行审问，他谢绝采取威逼利诱的技巧，而宁愿自己左跑右跑、左猜右猜——直至他确信，嫌疑人能够自己敞开心扉。那个瞬间，刑警们似乎更加明白了这种固执的原因。

“眼镜！”刑警霍鑫脸上蓦然掠过一阵白，“虽然我们专门给犯人配了胶框和塑料镜片的眼镜，但真要折断了吞下去，也能要人命……我们太疏忽了……”

杜学弧淡淡地说：“嫌疑犯如果铁了心，方法很多，这也防不胜防。”

女警抬头望他：“洪长安看出了这种迹象，所以在考虑以后，决定使用厚伯明这张牌。他担心再拖上一个晚上，漫漫长夜，不可测的风险会很高，对吗？他是想稳住薄一山，防止他寻死。”

杜学弧弯起嘴角，语气里有一种相惜的欣然。

“可不是，人家这么做的原因也早就告诉我们了。他不是对我们说了吗，想让一个想死的人开口，当然要激发他活下去的理由。”

当我和姚盼在聊天时聊及那个外地的警察时，我笑笑问姚盼：“这么说，那个叫洪长安的警官，和我们家杜学弧还挺像的。虽然表面上冷酷无情。”

姚盼别过脸说：“我没这么在意他们像不像。”一会儿把头转回来，“而且也不是同一回事。洪长安那个人，只是纯粹的目的导向而已。”

我笑道：“你说得对。杜学弧是爱管闲事，而洪长安是只盯着任务，从不多问多管。不过，他们确实说了同样的话，做了同样的事。他们都希望那些人活下去，你们其他人也是一样的想法。”

姚盼望向我，问：“作为警察，这样的想法对吗？虽然那些人活着也是一种惩罚，也是一种赎罪，但他们罪无可恕……”

我答道：“我想，无论作为警察，还是不作为警察，这种想法都绝不能称为错误。而杜学弧和洪长安他们，只是从心底更坚信这一点。”

＊＊＊

那位叫洪长安的郴州刑警，在得悉连环抢劫团伙的最后一个成员已经招供的消息后，第二天就离开了。他留下郴州警队的几个部下在本地做交接，自己则坐上了早晨的列车。走的时候，那个脸颊瘦削的警察面无表情地说，他的任务只是核实那些数以吨计的爆炸物品，有或无，在哪里。既然搞清炸药早已变成化肥，蒸发得无影无踪，上级交办的任务就完成了，其他的事由其他人办，他可以回去复命了。说完他伸了个懒腰。

那天，回去的警察和回来的警察的列车，也许曾在铁轨上错身而过。

负责送行的姚盼问了一句："我们的人今天就回来，你确定不等他们吗？情况不用对碰一下？"

"你指你们的王牌部队吗？"那个外地刑警神情有些桀骜，语气喜怒不明，"我的人都在，情况和他们说就行。"过了一会儿嘴角又挑起，露出意味深长的笑，"或许以后会有机会。"

洪长安给下属打了招呼，两边刑警队的老大也通了气：犯人已经招供，爆炸物隐患也已经解除，各方的情势都降了温，郴州方面也不再抢着要人。郴州刑侦队的老大全于剑给孙明玉打电话，在电话里摆着阔气。

"两边案件的人都先搁你们那儿，等门清了我们再过来接人。文章由你们来写，跑腿的活交给我们办，够意思吧。"

孙明玉平淡地回道："谢谢。"

根据这般分工原则，郴州警队的警员陆续返回湖南，会同贵州方面负责搜查物证、完善证据链条的工作。而本地刑警则负责梳理案件全貌，审讯犯人取得供词，最后形成案件调查报告。在组织体系里，写报告比其他事来得重要，执笔写报告的人也比其他人来得有功。全于剑也是厚道人，自己这边的旧案和大案得以顺利告破，犯人从逮捕到坦供都是别人出的力、流的血，他心里感谢，也不再邀功。

女警姚盼向老大孙明玉请缨，由她执笔撰写两案的联合报告，另外几个刑警都点头。姚盼把初稿写好后，拿给众人协审。刑警罗加翻着厚厚的稿纸，说了一句："杜学弧说，人有关，但案子无关，那个郴州的警察说反过来也成立。"

姚盼"嗯"了一声："洪长安说：案子无关，但人有关。其实他说得对，那些人的心结是如此深刻地决定了他们的行为，案件虽然无关，根源却是一样。世事的因果都联结在一起。"

罗加指了指报告里的一处地方。

"朱杨莲所住的别墅里，在厨房的墙角曾被人用炭笔画了一个类似药功的小人图案。这个图案，是陈晓青被周龙文抛弃并从那栋别墅搬出来之前画的对吧？"

女警答是。

"徐盛的口供证实了这件事。虽然只是细枝末节，但在案件调查的过程中，这个图案却是两边的案件首次出现交汇的线索，所以我还是写进报告里了。"

"我知道你写这件事的用意，这佐证了陈晓青的心性。"经办徐嘉一案的刑警苦涩地笑了一下，"那个图案早在多年前被擦去而无迹可循，我们问过朱杨莲，她也坚称不记得图案的具体样子。记得那个图案的人，只有那位叫洪长安的郴州警察了。"罗加的笑容转而明朗了一些，"所以你在报告里对这个图案的描述，是根据他所说而来的对吗？"

姚盼也笑了笑，点头承认。

"我去火车站送洪长安，那个人从月台走进车厢的前一秒，回过头补了一句。他说：我想起来了，那个药功的符咒没画对，上面有两根多余的直线——看来画的人不懂行。”

罗加说：“三根头发的小人图案，画在厨房里，那不是诅咒对吧？我听说的版本，那代表的是生育和家庭。”

姚盼像杜学弧一般耸耸肩，话语也照搬着：“谁知道呢，咒符这种东西千变万化，多一笔少一笔，意思都不一样。洪长安如是陈述，我只是如是记录而已。”

罗加玩味地笑起来：“如果我们追问，我想那位洪长安警官会说他懒得再去核查。他从来不管与案件无关的闲事。譬如朱杨莲曾经给周龙文生下一个孩子的事，他也懒得说破。那个人，和杜学弧行为相反，但理念看来差不多。”

姚盼耸肩而不置可否，另一个刑警霍鑫则冷冷地哼声。

“哪儿都不像，就是让人恨得牙痒这点一模一样！”

后来我和杜学弧在乡下的山边散步，我问他怎么看那位和他缘悭一面的外地警察，会不会也觉得自己和他像。

杜学弧嘻嘻地笑：“哪里的事，我比那位洪警官差远了。坦率地说，他比我看见的东西更深远。”那个年轻片警想了想，又说，“当然也可以说，他比我差远了。”

我问：“什么差远了？”

“他远远没有我这般自以为是。”

“哦？这话从你口中说出来真难得。”

杜学弧眺望着山边野花的海洋，嘴角略略弯起，但神情有些黯淡。

“洪警官临上火车前说的话，我想是对我说的。那位警官想告诫我的是，我们甚至搞不懂一个图案的真实意思，又哪里有资格去猜想画下这个图案的人的真实心机。所有自以为是的猜想，都隐含巨大的危险。”

我陪他站在荒野中间，说：“我明白，你不是也经常自省吗？你时常说，哪怕我们能了解一个人的全部生平，也无法了解他真实的为人。你和罗警官到郴州找出租车司机邓少兵问话的时候，你也这么说过。那个为人父亲的心里所想，同样远比我们能猜想的复杂。你也说，你从来不认为你都能猜对。”

“嗯，但我还是太执着于往好的方向猜了。”

我沉默着，山风呼呼掠过。我问：“还是陈晓青的心性，对吗？”

杜学弧望着在疾风中摇摆的野花，那一大片无名的花朵花茎细长而高，摇摆的时候只剩下模糊的影子。他伸手扶稳其中一朵，没有说话。

我平淡地说：“如果她从一开始知道她的兄长和爱人为她而犯的血案呢？如果这本来就是她的目的呢？如果所有事情都是源自她的引导和借刀呢？包括杀死自己的女儿。如果她一直装出精神崩溃的样子，是为了让她的丈夫动手，为她杀死自己的女儿呢？她的身体在渐渐衰败，而如果在她灵魂里，还有我们看不见的猜不透的黑暗呢？”

我站在杜学弧身边问他：“你是想问，如果真是这样，该怎么办对吗？”

那个年轻警察有一瞬露出落寞，他低头苦笑：“是啊，这该怎么办呢？”

“但不是没有证据吗？”

“话虽如此……”

“疑罪从无是基本守则。所以谁能否认，向好和向坏的方向猜是一种信念的选择。而你只是选择了更贪心，也更艰难的那一种。”

杜学弧望向我，而我也笑笑望向他。在那片我们相逢相识的山边花田里，我们都曾见证过善恶难辨的人心，剩下的唯有信念的选择。我和他一样心中冰凉，但那个年轻人往自己身上背负的更多。我想，当他偶尔感到疲惫而自我否定的时候，他会愿意有一个如长者般的人站在他身旁，拍拍他的肩膀对他说：坚持自己的选择。

胡茬青涩的片警微微一笑，恢复常态说："能不能拜托你，把这些都写进故事里？因为它们不会出现在其他地方。"

我答道："当然，我就知道你装模作样的居心。"停了停，我又故意拉近年龄差地向那个年轻人露出顽皮的笑，"我也会说明白，这次你的矫情和任性为的是什么。"

我把笑容沉淀下来，语音一字一句。

"那是一位母亲遗留的心愿，你，你们只是不舍得视而不见而已。"

* * *

在写这个故事的过程中，我的脑海里总会呈现许多重叠的场景。

譬如在北佩路社区公园旁边的咖啡厅里，徐盛一家曾在那里第一次与段美芸相见。后来，片警杜学弧和刑警罗加也是在那间咖啡厅里，邀请徐盛一同到郴州调查。听到这个邀请之前，徐盛眼望那两个警察，总是莫名卸下戒备，而一种类似希望的东西从心底浮起。听到这个邀请后，他返回家中收拾行李，也把行程告诉躺在床上的妻子。

"我去找那个人。"徐盛蹲在床沿，用尽量平静的声调开口。

他的妻子身体抖了抖，说好。当她的丈夫转身，她平静地补充："我一直都知道。"

徐盛在心中默然点头，然后跟随两个警察踏上回家的路。在那座巨大的山林里，徐盛带领警察跟随路标寻找宝藏，一如多年前他和他兄弟一道同行的场景——也一如在更久远的时光里，那一群孩子同行的场景。

以鲜血为代价，将爆炸抢劫的凶徒缉捕归案的刑警霍鑫挥手说："行了，就当他们几个人，都有自首情节吧！"

刑警罗加说："不，我们不做这样的认定。杜学弧心里想要的也不是这样的认定。无论是不是为了小林，我们都不会和罪犯做交易。我们也不会为他们求情，他们罪无可恕。何况，我想他们在法庭上也不会为自己做辩护。"

女警姚盼把厚厚的案件报告放在众人面前，旁边还有满满一大箱卷宗。她淡淡地说："如果你们没有意见，报告今天就提交出去。这份报告和这些资料，会客观地、完整地反映所有的罪案。"

罗加颔首说："提交吧，已经够全面了。我们能够呈交检察院和法庭的，本来也只有这么多。"

"但它们仍旧以偏概全。"

"嗯。所以杜学弧想找人帮忙，他喊我们一起去。"

"帮忙？找谁？"

姚盼问完，又在瞬间领悟。

"卷宗里记不进的事情，审判时也说不出的事情……所以，他打算用别样的方法记录和披露吗？"

"嗯。"罗加沉沉地点头，"不交易、不求情、不辩护，但也不简化——杜学弧想恳请我们的，只有这一件事。"

姚盼向她的搭档霍鑫望去。几个刑警心里都明白，杜学弧用了恳请一词，所为的对象不是别人，而是霍鑫紧紧心系的部下林钧。那位优秀的刑警为了抓捕罪犯而身负重伤，至今昏迷未醒。

"林警官要得到最好的表彰，把罪犯写得越凶残、越十恶不赦越好——因为无论哪个角度看，他们从行为到本性都是罪大恶极的人，没有一点值得宽恕的余地。"当姚盼领下撰写案件报告的任务的一刻，杜学弧笑笑，恳请她。

姚盼皱眉，说："但是，这不够……"

所以杜学弧提出两全的恳请。他贪心地想恪守全部。

当姚盼把征求的目光投向霍鑫，那个铁塔般的刑警别过光光的头，沉闷地说：“随便你们……”然后，他又转回头来，发出平静而铿锵的声音。

“别小看我的部下！小林会醒过来，他会当你们要写的东西的第一个读者。他会知道他究竟保护了什么，拯救了什么。他也会知道，他做出了一个警察最正确的判断，是因为他清晰地看见了那些罪犯的内心。”

于是，当联合专案组把厚重的案件卷宗移交检察院，杜学弧、罗加和姚盼联袂来到乡下，敲响我的家门。而我接下了把这个故事编成书的任务。

我坦然地对我的委托人说：“第一，我不知道能不能做到不以偏概全；第二，我不知道这个故事能不能让更多的人看到，而他们看到又会作何反应，对案件的审判又有何影响；第三，我也不知道能不能来得及。”

杜学弧嘻嘻地笑着说，这就够了。

* * *

在案件结束两个月后，也就是 9 月的时候，国际编号 1822 的热带风暴在西北太平洋上生成，日本气象厅将其命名为“山竹”。那热带风暴不久升格为超强台风，掠过关岛海域，穿过巴士海峡，先在菲律宾北部登陆，其后继续北移吹袭我国华南沿海。由于灾害等级严重，次年的台风委员会年度会议决定将“山竹”除名。

当“山竹”过境香港时，香港天文台挂出了 8 号风球，城市停工、停课，公共交通工具停止运营。

那场台风起编日期是 9 月 7 日，停编日期是 9 月 17 日。台风消散一周后，香港警队给本市公安局打来一个电话，电话随后转到了市刑警支队。

“因为贵方此前做过通传，所以我们在接到相关线报的第一时间进行反馈——贵方可以看看是否对应？”

在薄一山被捕接受审讯期间，女警姚盼在一种刹那的无来由的预感中，给香港警队打了招呼。那时候，他们得悉薄一山和薄重峰曾经打算到香港犯案——或者更准确地说，他们接到的情报是，那两个罪犯“想去太平山看夜景”。

“我听厚神父说，有个叫香港的地方有很多灯，就像天上的星星一样多。”

甘溪帮寻宝小分队在荒凉的山林里奔跑直至夜幕降落，或者躺在彩色的屋顶上仰望夜空的时候，对天上的星星如数家珍的厚小安会憧憬地开口。

厚重峰会冷哼着说：“小安你别听那个人的话，他是个骗子。”

他们的弟弟会顺从而温厚地点头：“嗯。我想去看看，这样才能相信。”

后来，薄一山、薄重峰和徐盛站在三十六湾的山崖上，薄重峰就迎着风呸了一声：“这狗屎样的地方也能叫小香港？”

徐盛问他的两个大哥，是不是想去香港看看。薄一山回答，有机会再说。薄重峰回答：“等有钱再说。”

在那种无由来的预感里，姚盼把相关资料通传给香港警队，请他们多关注太平山一带。在那里，有适合抢劫犯选择作案目标的富人聚集区；在那里，也能俯瞰那个城市如星河一般辉煌的灯火。

于是在风暴过境，盛夏也接近尾声的时候，香港警队尽责反馈了可能相关的线报。线报来自太平山脚浅水湾区的一户商人。香港警队也尽责地把水警部门后来从海湾里打捞到的一些相关物品，一并寄了过来。

那是一只灰色的帆布袋，里面有几件破旧的衣服，可惜在海水里漂荡已久，已经提取不到任何生物痕迹。但在其中一件衣服里，包裹着一张 A4 大小的纸张。纸张过了塑，虽然在海水里漂荡已久，画面仍大体能辨。

上面手绘了一座山林和许多小人状的图标，标明方向和距离——无疑，那就是那些孩子曾经的寻宝地图。

“那种时候，长什么样子我哪里还记得清……”香港警队把一张照片递给那个商人的儿子辨认，而那个刚满 17 岁的年轻人撇了撇嘴。

商人拍他儿子的脑勺，喝道：“你好好想！”

“是有点像啦……嗯，我记得她的鼻子挺高，我觉得不是内地人啦……”

由于在统计台风受灾人员的资料时，没有发现对应的本地人，香港警方判断可能是外来人员，所以把本地警队此前通传的资料进行比对。

在那些提前发过去的资料里，就有一张段美芸的照片。

当香港警队的线报传来，霍鑫叹了一声：“那个女人从案发后就不知所终，原来是去了那里……”

“薄一山和薄重峰想去香港，是想代替厚小安去看一眼。”罗加平淡地说道，“但他们没有去成……他们一个被击毙，一个被逮捕。所以，段美芸代替他们去了……”

刑警停了停，继续道：“因为他们都知道，对方再也没有机会去心想的地方看一眼。”

姚盼点点头：“段美芸在海边放下徐嘉而成为通缉犯后，她一定在想，她剩下能做的事情，就是代替她的孩子最后完成一些心愿……我们应该早点想到的……”

“你不是早已想到了吗？”

当姚盼抬头，看见杜学弧笑着望向她。

“你和他们一样——那一刹的预感，就是心有灵犀。”

闻言，女警姚盼略略发呆，心里涌起浓烈的苦涩。她伸手拿起那个无名的女人的照片，蓬松弯曲的头发遮挡着尖尖的脸颊，迷蒙而看不清内容的细长眼睛，笔挺带钩的鼻梁，剩下是沟沟壑壑的皱纹。女警发现自己居然是第一次细看对方的容颜。

“衰仔，你再好好想想啊！”香港商人又一次敲打他儿子的头，“人家是你的救命恩人！”

“我知道呀，我谢谢她嘛……我觉得就是她，就是这个长得很好看的奶奶。”

香港警队告诉我们，在台风登陆的那天，在太平山脚的浅水湾区，几个“富二代”跑到海边看潮涌，面对风云变幻的海港振臂欢呼。当海潮骤然扑打堤岸，其中一人因为逃避不及，被海浪掀翻在地。

“我不知道她是从哪里跑出来的，但她把我推开了，推得很用力。”

“然后呢？”问询的警员问。

“紧接着又来了一个大浪，我爬开了。我回过头，已经看不见她……”

姚盼又拿起那张从海里打捞起来的，过了塑的白白纸张。在那张地图的终点，画着一枚红色的枫叶。因为水迹的侵蚀，有一团鲜红弥散开来。

女警心里想：那既代表了鲜血，也代表了亲缘。

* * *

当故事写到这里的时候，对那几个罪犯的审判还在进行中。我不知道最终的结果是什么，也许是死刑，也许是无期徒刑。

在这几个月里，刑警林钧从医院的重症监护室转到一般病房，但仍旧安静地沉睡着。我听说陈晓青住进了疗养院，她的免疫指标一度出现滑坡，现在 CD4 的数值平稳在 200 至 300 之间。医生说，如果能稳定下来，密切注意机会性感染，也不一定会进入发病期。病人的心态很重要。

有时，我不禁会想，结局也许残破，而意义是什么……

后来我去听过一次庭审，徐盛和薄一山并排站在审判席上，一人一个格子。徐盛一只手戴着手铐，手铐的另一边铐住审判台的栏杆。徐盛是第一被告，薄一山是第二被告。庭审的全程，他们两个人肩膀相距不远，栏杆相隔，从来不曾对视。庭审结束，他们又被分别关押回去。

离开法院后，我跟随押送犯人的囚车到了西城监狱。到达以后，我看着徐盛和薄一山走进不同方向的囚室，我站在原地考虑了片刻，分了先后走向两个方向。我先见了薄一山，然后见了徐盛。

那天我受了委托，领了任务，负责告诉他们从香港警队得知的消息。

在那最后一次见面里，那个身心都残缺的人面如土色，死死忍住不让眼泪流下来。他颤抖地说："不会的，我知道她不会……"过了一会儿他又苦笑，"但反正我自己也没机会……"然后他的眼泪还是流出来，说，"怎么办呢……我再也没有机会和她说了……"

我平淡地说："薄一山让我转告你，他已经替你说过了。"

对面的人呆呆地抬头看我。

我望向他说："二十年多前，你的兄长面朝大山，已经大声地说过谢谢。你的兄长说，他们说了，就是你说了。"

罪犯号啕大哭。隔了许久以后，他抬起头，从胸口嘶吼出来："但是不只啊，还有对不起……"

有时，我也会想起杜学弧的话，他笑笑，说：这就够了。

后 记

国庆节的一天晚上，我坐车到城中心的绿道广场，那里举办了一年一度的灯光节。出门时，妻子沈敏笑着对我说：你还有兴趣凑这种热闹呀？她看见我腋窝下夹了个文件包，所以眼角嘴角都笑。

幸亏老年人总是习惯把时间提前得够多，我刚从地铁车厢钻出来，就听到广播说开始采取限流措施，本站地铁也将在半小时后暂停开放。我走出地铁站，走进绿道广场，不禁被巨大的人流惊住。

椭圆形的广场位于城市商业核心区的中轴线上，外圈围绕铺着塑胶跑道。因为广场太大，我只看到宽敞的道路笔直向前，一直向河岸延伸。我到达的时候，绿道的两旁已经全部架起了白色的塑料围栏，大量穿制服的警员在维持秩序，只开放少数几个入口供游人进出。我这个乡下人听从指引徐徐前行，眼前只看到摩肩接踵的后背和带汗珠的颈脖，心里不禁有些犯难。

还好只是灯光展的入口做了限流，当游人有序进入展区，人流就分散开来，视野也变得开阔。时间还没到，我在展区里走走坐坐，看见四面八方几乎挤满穹幕的摩天大厦开始亮灯，渐渐犹如璀璨的星河，我想着自己已经好久没有到城市来感受日新月异了。

等了一个小时，耳旁突然听到“哗”的一大片惊叹声，眼前也掠过明亮的光芒，我抬起头，看见五光十色的灯火。展区里的林木、建筑，还有天空都在闪光，各种造型独特的灯架流水一般变幻着形状，几乎不似人间。我站起身，一边仔细观察一边向前走，虽然我还没亲眼见过，但我深深记得它的样子。

很快我就找到了它。那是一排红色的树，围成不算大的圆圈。激光借着树体本有的轮廓进行二次描绘，脉络清晰，向上延展，尤其是树冠的叶子有更清晰的勾勒。叶片呈掌状裂开，末端尖尖，有的是五裂，有的是六裂。红彤彤的像剪纸。那是枫叶。

我站在树旁找寻。我毕竟当了一辈子的警察，在人堆里找人的基本功还是有的。我也相信要找的人今天一定会在，因为我听说她对自己的工作有执着般的认真。

不久，我注意到一个身穿黑白套装的女士。她也站在枫树灯饰景观的外围，一直站立、观看了很久，神情有些肃穆。但她更多的不是望向景观本身，而是望向其他观赏的游人。她观察着游人的表情，当有人驻足讨论，她会略微靠近，站在能听见讨论语音的距离，偶尔她还会和对方攀谈两句。这再明显不过了：那是创作者在征集自己的作品的意见。

是以我走上前，礼貌地打了个招呼：“你好，请问你是谭淼淼小姐吗？”

对方微微一愣，望向我的神情仍然严肃，礼貌地回答：“你好，你是……？”

我说：“我在杂志上见过你的照片，知道你是灯光设计师，也知道这片景观是你的作品。”

那位女白领神情松弛了一些，但眉间又掠过不易察觉的落寞，她淡淡地说：“我也算不上是设计师，我只是个跑商务的。”

“我很喜欢你的这个作品，年初的时候我在北佩路的公园就看过样展。”

“谢谢你的一直关注。”

“我听说这个画面，原本也计划在河两岸的高楼幕墙上做展示，形成城市的亮化景观。如果能实现，一定是很棒的事情。”

女白领嘴角泛起苦涩，低闷地“嗯”了一声：“算是其中一个篇章吧，不过项目已经叫停了。”

“那真的太可惜了，以后会再推动吗？”

女子摇摇头：“不推了。”她停了停，有点自言自语，“我也不知道值不值得……”

我望向前方那片深红的枝叶繁茂的树，肯定道：“当然值得。我想你也特别喜欢这个作品，所以才会在灯光节再次展出。”

女白领愣了一下，可能是因为被我听到了她的自言自语，也可能因为其他。她有点出神，低头想了想，问道：“你，为什么喜欢这个作品……我坦率地说，这原本只是整个项目里很小的章节。当初在公园里做样展，也只是因为成本比较低……”

我转头对她微笑：“可能是因为我年纪大了，看到家的画面就感到喜欢。”

她有点惊讶，张张嘴没说话。我问道：“不对吗？”

女白领答道：“对是对的，这幅画面的创意确实是以家为主题。不过这一点没有对外宣传过，一般来说，我们更希望让观众自己感受作品的含义。”

“有和我一样猜对的观众吗？”

“嗯，以前也有过……”

我笑道：“我想，心有所念的人就容易猜对。何况，枫树的含义本来就是家。”

设计者点点头：“原来你知道。我们取材自苗族的先民传说，枫树是他们的图腾树，代表本源、守护、生长，所以也代表母亲和家。”

“嗯，我听一个朋友说，枫树的另一个化形就是他们的蝴蝶妈妈。”我用手比画了一下，“蝴蝶妈妈的头顶，有两根弯弯的触角。”

对方可能不太熟悉蝴蝶妈妈的图腾，也不明白我的所指，只是神情呆呆，默默点头。

“对了，作品里还有一个设计也很用心。”我的目光又投向面前的图画。那一排枫树围成圆圈，光芒是流动的。先是从一株枫树的根和干亮起，向上延展到树冠的枝和叶，接着是旁边的另一棵树亮起来，一棵树和一棵树蔓蔓相连，最后围成圆圈。因为用作展示的区域有限，树木不多，所以围成的圆圈也不大。但可以想象，如果是围绕着河两岸展示，那一定是一派壮丽而神奇的景观，是让人震颤的巨大相连。

但我所指的设计是另一个细节。

“我注意到了，当光芒延展开去，第一棵树的光芒就会慢慢黯淡下来。在光芒围成圆圈之前，第一棵树的光芒会熄灭，直到下一次循环开始。”

我重新望向身边的设计者，问她：“这里的寓意，是母亲的奉献和牺牲吗？”

女子静默思量，片刻轻轻摇头，答道：“我想不是的。我们没有想到牺牲，而只是希望说明生命的轮回。毕竟有消亡，才有新生。这是所谓生生不息的真谛。”

我静静点头，说：“你说得对。惋惜逝去本无意义，重要的是，活着的代替死去的，活下去。”

我和身旁的人都沉默下来，我们并肩站立，安静地望着眼前的光芒流转，一圈一圈。过了一阵，我的目光向下侧移，停留在那个女子低垂的左边手指上。

我笑问：“原来你最近结婚了。”

女子闻言愕然了一下，左手抬起来，用另一只手轻轻抚摸无名指上的戒指。她莫名地没有问我，是怎么知道她是最近结的婚。

“嗯……我上个月结婚了。”

我本来想问她，有没有要孩子的计划，但想了想，没问。一来唐突；二来，有答案的事情，不必问。我转而微笑问道：“话说，你的丈夫是不是也是猜对这幅图画代表着家的观众之一？”

这回，那位女白领终于讶然望我：“你，怎么会知道？”

“因为心有所念的人容易猜对嘛。”我故意侧侧头，若无其事地微笑，“我还知道，另外还有几位一眼就猜对的观众，是一家人。你曾在一个老旧社区里与他们相遇。而且也是因为他们，你才会在这次的灯光节里，选择再次展示这幅也许只占小小章节的作品。”

女白领睁大眼睛，身体微微颤抖。

“我想问一件事。”我望向她，淡淡地说，“这幅代表家和相连的图画，曾经还展出过一次对吧？”

女白领呆了呆：“你是说……”

“我听说，河两岸的亮化项目虽然后来中止了，但此前曾经测试过一次。当时用来测试的，就是这幅图画吧？”

“是的……”女子呢喃地说，“因为那家人，那个孩子说过想看……”

“测试的时间，是不是7月14日晚上8点以前？”

“对，是7月14日晚上7点半……那天的雨好不容易停了片刻……”女子的声音缓缓低落下去，“后来我知道，那天有一个孩子……但那时候，她已经……”

“嗯，那个孩子没能看见。”我淡淡道，“不过，有另一个同样身为孩子的人看到了。他曾经悲痛而绝望地站在漆黑的屋里，然后当夜雨片刻停歇，他走出阳台，望见远处的河岸骤然亮起灯火。尽管他只能看到那画面的边缘，但他一定看到了那第一株枫树的点亮和熄灭。尽管他的理解不一定对，但他确实因此做出了某种选择。

尽管他的选择同样不对，但里面确实包含了温热的感情。我想他想起了母亲。而他也一定在那幅图画里，找到了一种救赎。”

我想那位女子能听懂我的话，明白我所指何人和何事，因为她也曾深深关心。

“所以，我想这当然值得。”

我停了停，再次望向身旁与我并肩的人。

“我想，这也代表着你和他们之间不止一次的、更紧密的相连。”

闻言，那个女子一只手握住自己另一只手，身体震颤得不能自已。我静静地等待她恢复平静，我知道她能够做到。于是在片刻等待后，她停止颤抖，挺直身体，抬头看我。

“您，也是警察吧？”

我浅笑，说：“现在不是，现在我没有穿警服。”

“嗯，和那位警官一样。”

我微笑，说：“我想我应该提前说的，你认识的那位警官是我的朋友，我受了他的委托。”

“您说。”

“不过来找你是我自己的主意。原本我有些犹豫，但我看到你选择展出这幅作品，也听到你的话，我猜想你会同意。”

那位叫谭淼淼的女白领目光镇定地望向我，于是我从腋下夹着的公文包里拿出一叠稿纸，递给她。

“如果你同意，我想把你写进这个故事里。”

（全书完）